MOEWIG
ROMAN

Zum Buch

Carrie Kingston, die Tochter von Adam und Molly Kingston, wird mit 18 Jahren vor die schwierige Aufgabe gestellt, die familieneigene Plantage Kingston's Landing zu leiten. Ein fast unlösbares Problem in einer Zeit, in der Nord- und Südstaaten sich bis aufs Blut bekämpfen, New Orleans von den Yankees besetzt und ihr Bruder in den Krieg gezogen ist und sie für ihren Onkel Etienne ebenso sorgen muß wie für ihre Schwester und die Sklaven, die schon jahrelang auf Kingston's Landing leben. Als eine Yankee-Patrouille unter der Leitung von Rance Stewart sich für eine Nacht auf der Plantage einquartiert, opfert Carrie dem gutaussehenden Captain ihre Unschuld – in der Hoffnung, damit das Erbe ihrer Eltern zu retten. Wie überflüssig ihr Opfer ist, wird Carrie erst später erfahren. Doch Rance Stewart geht ihr nicht mehr aus dem Sinn. Und ihr Kampf um Kingston's Landing soll sie noch etliche Opfer kosten.

Zur Autorin

Betty Layman Receveur lebt noch heute im amerikanischen Louisville, wo sie geboren und aufgewachsen ist. Die Autorin ist in zweiter Ehe mit dem Autor John Birkett verheiratet. Aus erster Ehe hat sie drei Söhne, ihr Mann drei Töchter. Betty Layman Receveurs Leidenschaft gilt alten Häusern, Antiquitäten, Blumen – und ihrem wunderschönen Kentucky.

Als Moewig-Taschenbücher sind von ihr erschienen:

Und zähmte dein Herz
Flüstern im Sturm

Betty Layman Receveur

CARRIE KINGSTON

MOEWIG

MOEWIG Band Nr. 2652
Verlagsunion Erich Pabel-Arthur Moewig KG, Rastatt

Titel der Originalausgabe: MOLLY GALLAGHER
Aus dem Englischen von Dagmar Hartmann

Deutsche Erstausgabe

Umschlagentwurf und -gestaltung: Franz Wöllzenmüller, München
Umschlagillustration: Wyles/Vega
Verkaufspreis inkl. gesetzl. Mehrwertsteuer
Auslieferung in Österreich:
Pressegroßvertrieb Salzburg Gesellschaft m. b. H.,
Niederalm 300, A-5081 Anif
Printed in Germany 1989
Druck und Bindung: Ebner Ulm
ISBN 3-8118-2652-2

1

Flußaufwärts von New Orleans schimmerte und dampfte die fruchtbare Flußlandschaft in der späten Vormittagssonne. Ein kastanienbrauner Wallach mit weißer Blesse suchte sich vorsichtig seinen Weg durch das Gestrüpp am Ufer des Mississippi. Ein dunkelhaariges Mädchen ritt ihn im Damensattel, den Rücken kerzengerade, den Kopf hoch erhoben. Die Brise kräuselte das Wasser, zupfte an den grünen Moosflechten, die von den knorrigen alten Eichen herabhingen.

Carrie Kingston zügelte Majestic und saß reglos im Sattel, die großen bernsteinfarbenen Augen auf das Land gerichtet, das sich südlich vom Sugar House erstreckte. Einst war es reich und gepflegt gewesen, doch jetzt ragten verkohlte Zuckerrohrstummel aus der Erde, und die Abflußgräben waren verstopft, nutzlos, wenn die heftigen Sommerregenfälle einsetzten.

Dies hier war nur ein kleiner Teil des riesigen Grundbesitzes, der zu Kingston's Landing gehörte, aber die anderen Felder waren in keiner besseren Verfassung. Tränen schimmerten in Carries Augen, aber schnell wischte sie sie fort. Der dunkelgrüne Rock ihres Reitkostüms zeigte einen Teil der langen, schlanken Beine darunter, die passende Jacke spannte sich über Brüsten, die für eine kaum Achtzehnjährige schon gut entwickelt waren; aber von ihr ging auch eine gewisse Kraft aus, eine Entschlossenheit, die sich in dem festen Schwung ihres Mundes ebenso widerspiegelte wie in den dunklen Augenbrauen.

Sie hatte sie von ihrem Vater geerbt, und es gab Leute, die diese Züge für ein Mädchen unpassend fanden. Sie erinnerte sie wirklich an Adam Kingston. Es war, als wäre er selbst aus dem Grab auferstanden und stände jetzt in der Hülle eines Mädchens vor ihnen. Und war es nicht ein Jammer, sagten sie außerdem, daß es nicht ihr Bruder George Pierre gewesen war, der den Geist des alten Adam geerbt hatte?

Carrie dachte in diesem Augenblick an ihren Vater, empfand schmerzliche Dankbarkeit, daß er nicht sah, was aus der Plantage geworden war. Es hätte ihm das Herz gebrochen. Nein, verbesserte sie sich augenblicklich. Es hätte ihm nicht das Herz gebrochen! Er hätte etwas unternommen! Und das sollte sie auch... irgend etwas. Aber der Krieg...

„Zum Teufel mit dem Krieg!“ sagte sie laut, selbst ein wenig erstaunt über ihre Worte. „Zum Teufel mit dem Krieg! Und mit den Yankees!“ fügte sie trotzig hinzu.

Etwas raschelte plötzlich im Gebüsch in ihrer Nähe. Carrie wirbelte herum, wartete mit angehaltenem Atem und klopfendem Herzen, bis zu ihrer großen Erleichterung ein graues Kaninchen aus dem Unterholz schoß und davonjagte.

Sie atmete auf und lachte, kam sich ein wenig albern vor. Aber heutzutage konnte man schließlich nie wissen... Sie hatte von Jayhawkers*gehört, skrupellosen Männern, die die unsicheren Zeiten ausnutzten und durch Louisiana ritten. Und seit New Orleans im Frühjahr gefallen war und die Unionstruppen fast bis Baton Rouge vorgedrungen waren, sah man häufig Yankee-Soldaten in dieser Gegend.

Bislang hatten sie Kingston's Landing in Ruhe gelassen, aber von anderen Plantagen am Fluß hatte sie gehört, daß sie von Truppen heimgesucht worden waren, und die Yankees hatten sich ganz und gar nicht gentlemanlike benommen.

Sie seufzte und wendete ihr Pferd, als sie aus dem Augenwinkel eine Bewegung in dem Gebüsch ausmachte, aus dem das Kaninchen gekommen war. Wieder fing ihr Herz an zu hämmern, sie wartete, und dann sah sie ganz deutlich den Umriß einer Schulter hinter einem schlanken Ahornstamm.

„Sie da!“ hörte sie sich rufen. „Treten Sie hervor, damit ich Sie sehen kann!“ Trotz des hämmernden Herzens und ihrer plötzlich feucht gewordenen Hände war sie entschlossen herauszufinden,

* (Mitglieder einer Bande aus Kansas zur Zeit des am. Bürgerkrieges, Anm. d. Ü.)

wer der Mann war und was er auf dem Gebiet von Kingston's Landing wollte. Wahrscheinlich ein entflohener Sklave, sagte sie sich. Davon gab es weiß Gott genug. Und alle wollten nach New Orleans zu den Yankees.

„Wer sind Sie?“ rief Carrie mit fester Stimme. „Zeigen Sie sich sofort!“

„Carrie? Carrie Kingston? Bist du das?“ drang die Männerstimme zu ihr. Als deren Besitzer hinter dem Baum hervortrat und sie die graue Uniform der Konföderierten sah, stockte ihr der Atem.

„Paul! Paul Gayerre!“ Sein Name kam ihr über die Lippen, ehe sie es unterdrücken konnte, aber sie begriff sofort, in welcher Gefahr er sich befand. Sie vergewisserte sich, daß niemand sie sah, und stieg dann vom Pferd.

Die Gayerre-Plantage lag gegenüber von Kingston's Landing auf der anderen Seite des Flusses, das Haus drei Meilen flußaufwärts. Als Carrie sich jetzt Paul Gayerre näherte und die feinen, kreolischen Züge sah, fühlte sie sich an ihren Bruder erinnert, der selbst irgendwo für die Konföderierte Armee kämpfte. George Pierres Mutter, Papas erste Frau, war Kreolin gewesen. Bei ihrem Tod war George Pierre erst vier Jahre alt.

„Paul“, sagte sie. Ihr Blick fiel auf die müden Augen des Mannes, auf die schmutzige, schlammverkrustete graue Uniform, die zerrissene Jacke, die Hose, die bis zu den Knien hinauf naß war. „Paul...“, flüsterte sie. „Großer Gott, was machst du hier? Komm, wir müssen dich irgendwohin bringen, wo du sicher bist.“

Er hatte den verbeulten Hut vom Kopf genommen, als sie näher kam, vergaß nicht einmal jetzt seine kreolische gute Erziehung und verbeugte sich hochoffiziell. Aber seine dunklen Augen verrieten Besorgnis. „Ich... bitte, Carrie, hast du etwas von meiner Frau und meiner Mutter gehört? Ich war daheim, aber das Haus ist geschlossen, die Fenster sind verriegelt...“

„Sie sind in Sicherheit“, unterbrach ihn Carrie. „Als es den Anschein hatte, daß die Yankees in New Orleans einfallen würden, haben Aurore und deine Mutter beschlossen, nach Natchez zu reisen.“

„Natchez? Da werden sie wohl zu Tante Colette gefahren sein.“

Carrie nickte. „Sie haben ihre persönlichen Diener mitgenommen und eines der letzten Dampfschiffe bestiegen, die flußaufwärts gefahren sind, ehe die Yankees alles gesperrt haben. Nur dein Aufseher wurde zur Bewachung der Plantage zurückgelassen."

„Aber sie ist verlassen. Da ist niemand!"

„Ich weiß. Ich fürchte, der Mann hat seine Sachen gepackt und ist bei der ersten Gelegenheit nach New Orleans geflüchtet."

„Und die Sklaven?"

Carrie schüttelte den Kopf. „Die sind davongelaufen."

Paul fluchte leise und fuhr sich mit den langen Fingern über die Stoppeln seines Bartes.

„Das hätten sie sowieso gemacht. Unsere auch, fast alle", erzählte Carrie tröstend.

Er schwieg einen Moment, starrte zum Fluß hinüber, ehe er endlich berichtete: „Ich war auch in Maisonfleur, aber es scheint ebenfalls verlassen zu sein. Wo ist Monsieur Moreau?"

„Onkel Etienne wohnt bei meiner Schwester Susannah und mir auf Kingston's Landing. Er will nicht, daß wir allein dort leben, so lange George Pierre nicht da ist."

Paul nickte, und Carrie bemerkte, daß er leicht schwankte. „Bist du verletzt?" fragte sie hastig.

„Nein, nein. Nur müde. Ich habe seit mehr als zwei Tagen nicht geschlafen."

Carrie sah die Falten, die sich in sein Gesicht gegraben hatten. Er schien um zehn Jahre gealtert zu sein, seit sie ihn zuletzt vor einem Jahr gesehen hatte. „Komm, auf Kingston's Landing bist du sicher. Kannst du hinter mir aufsitzen?"

Er zögerte. „Ich bringe dich nur in Gefahr. Ich habe eine Patrouille der Unions-Soldaten gesehen. Deshalb bin ich auch von daheim fort und über den Fluß. Vielleicht sollte ich –"

„Unsinn", unterbrach ihn Carrie. „Bei uns bist du in Sicherheit. Wir hatten bislang noch keinen Ärger mit den Yankees. Außerdem gibt es auf Kingston's Landing unzählige Plätze, wo du dich verstecken kannst. Also komm, ehe wir gesehen werden."

Schließlich willigte er ein und half ihr aufs Pferd, blickte dann zu ihr empor. „Ging es Aurore gut?“ erkundigte er sich besorgt. „Sie hat unser Kind erwartet, weißt du.“

„Ihr ging es gut.“ Carrie lächelte ihn an. „Sie hat sich sehr auf das Baby gefreut. Ich habe sie oft getroffen, ehe sie abgefahren sind. Sie hat sich nur Sorgen um dich gemacht.“

Obwohl er ein wenig verlegen wirkte, lächelte er sie nun doch an, und etwas von seiner Sorge wich aus seinem Blick, als er hinter ihr auf dem Damensattel Platz nahm.

Carrie kannte die Plantage wie ihre Westentasche. Sie lenkte das Pferd durch den Wald, weitab der Straße, auf der sie jemandem hätten begegnen können, und schließlich lag Kingston's Landing vor ihnen.

Eckige, weiße Säulen trugen die Balkone, die sich quer über die Front und zu beiden Seiten des Hauses erstreckten. Ein riesiger, alter Bougainvillea-Strauch, übersät von purpurfarbenen Blüten, rankte an einer Ecke des Gebäudes empor, fast bis zum Dach hinauf.

Carrie lenkte ihr Pferd auf die Rückseite des Hauses, wo Benjamin, ein Negersklave, der schon vor ihrer Geburt im Besitz ihrer Familie war, in der Nähe der Sommerküche Holz hackte. Er drehte sich zu ihnen um, als sie näher kamen, und blinzelte ihnen entgegen. Sein blaues Baumwollhemd war schweißnaß, die Schultern waren noch immer kräftig, wenn auch schon leicht gebeugt vom Alter. Schweiß glitzerte auf dem dunklen Gesicht, als er die beiden auf dem Pferd ausmachte, und als er dann erkannte, wer seine Herrin begleitete, ließ er die Axt fallen und lief auf sie zu.

„Mist' Gayerre“ begrüßte er ihn, und sein Flüsterton verriet, daß er sich der Gefahr wohl bewußt war. Er half Carrie aus dem Sattel, und dann stieg auch Paul Gayerre ab, wobei deutlich zu erkennen war, daß er sich kaum noch auf den Beinen halten konnte.

„Benjamin, hilf Lieutenant Gayerre ins Haus und sag Lafitte, er soll in einem der Gästezimmer untergebracht werden und bekommen, was immer er braucht.“

„Ja, Miss Carrie.“

„Ich schicke etwas zu essen hinauf“, versprach sie Paul und wandte sich der Küche zu.

„Carrie, Moment...“, hielt Paul sie zurück. „Hier...“ Aus seiner Brusttasche zog er ein Päckchen verknitterter und schmutziger Umschläge und drückte es ihr in die Hände. „Von deinem Bruder.“

„Du hast ihn gesehen? George Pierre ist in Sicherheit?“ Ihre Kehle zog sich zusammen, als sie auf die ordentliche Handschrift ihres Bruders starrte.

„Ja, ich habe ihn gesehen. Und deinen Verlobten, Lieutenant Morrison, auch. Von ihm sind auch Briefe dabei.“

„Oh...“ Sie seufzte dankbar. Seit New Orleans gefallen war und die Yankees jede Verbindung zum Rest der Konföderation abgeschnitten hatten, hatte sie weder von George Pierre noch von J. D. gehört. „Wo sind sie?“ wollte sie jetzt wissen. „Noch immer in Montgomery?“ Abwehrend hob sie jedoch sofort die Hand. „Sag nichts! Wir können uns später unterhalten. Geh und ruh dich aus.“

Sie beobachtete, wie sich Paul ins Haus führen ließ. Dann schob sie die Briefe in ihre Rocktasche und ging zur Sommerküche hinüber. In den heißesten Monaten wurde hier gekocht und auch das Wasser erhitzt, damit das Haupthaus so kühl wie möglich blieb.

In der Küche roch es angenehm nach Vanille. Chloe, eine kräftige Negerin mit rundem Gesicht, die das graue Haar mit einem weißen Tuch zusammengebunden hatte, stand an dem makellos sauber geschrubbten Tisch und schlug Eiweiß. Sie sah sich über die Schulter um.

„Da sind Sie ja, Miss Carrie. Ich dachte mir doch, daß ich Ihre Stimme da draußen gehört hab'.“

„Chloe, Lieutenant Gayerre ist hier“, erzählte Carrie.

„Mist' Gayerre? Von...“ Mit dem Kopf wies sie zum Fluß hinüber.

„Ja. Er hat ganz offensichtlich eine harte Zeit durchgemacht, um hierherzukommen. Er wußte nicht, daß Aurore und die alte Madame Gayerre flußaufwärts gefahren sind. Benjamin bringt ihn in eines der Gästezimmer. Kannst du ihm etwas zu essen machen?“

„Und ob ich das kann!“ Chloe schob die Schüssel mit dem Eiweiß beiseite und machte sich sofort an die Arbeit.

„Und, Chloe, er hat George Pierre und J. D. gesehen. Es geht ihnen gut! Paul hat Briefe mitgebracht!“

„Dem Herrn sei Dank!“ Chloe strahlte vor Freude.

In diesem Augenblick tobte Susannah, Carries Schwester, herein. Ihre honigbraunen Locken tanzten, ihre Wangen waren vor Aufregung gerötet. Susannah war gerade erst sechzehn geworden und trug erst seit zwei Monaten lange Röcke, und sie hatte noch immer nicht gelernt, richtig damit umzugehen.

„Carrie! Ich habe gerade Paul Gayerre gesehen!“ platzte sie heraus. „Benjamin bringt ihn nach oben. Und weißt du, was er zu mir gesagt hat? Er sagte: ‚Oh, Mademoiselle Susannah, ich hätte Sie ja kaum erkannt. Sie sind so erwachsen geworden, seit ich Sie das letzte Mal gesehen habe.‘“ Susannah kicherte, und Carrie mußte über ihre hübsche, kleine Schwester lachen.

„Na, ich finde, daß diese Miss nicht ständig die Rüschen von ihren Unterröcken abreißen würde, wenn sie wirklich so erwachsen wäre“, brummte Chloe, aber der liebevolle Blick, den sie dem Mädchen zuwarf, strafte ihre Worte Lügen.

„Ich bin gestolpert, Chloe“, erklärte Susannah.

„Suzy, Paul hat Briefe von George Pierre mitgebracht!“ Carrie konnte es nicht länger für sich behalten.

„Briefe?“ Susannahs damenhafte Pose war vergessen, als sie eifrig näher kam. „O Carrie, ist auch einer für mich dabei?“

„Mal sehen“, neckte Carrie. Schnell zog sie das Bündel aus der Tasche und reichte Susannah ihren Brief. „Da ist auch einer für Onkel Etienne.“

Carrie trat an den alten Eichentisch und setzte sich, den Kopf über ihren Brief gebeugt. „Er ist von Montgomery nach Vicksburg verlegt worden, schon vor drei Monaten. Und es geht ihm gut“, erzählte sie Chloe.

„Das Schlimmste für mich war, als ich hörte, daß unser New Orleans in die Hände des Feindes gefallen ist“, las Carrie laut vor. „Ich mache mir schreckliche Sorge um Euch alle auf Kingston’s Landing. Und ich bete jeden Tag für Eure Sicherheit...“

In Chloes Augen standen Tränen, als sie zum Herd hinüberging, um den Speck zu wenden. „Lord, Lord“, murmelte sie, „dieses Kind so fern von daheim. Es kommt mir vor, als wäre es erst gestern gewesen, daß er da draußen unter dem Apfelbaum gespielt hat.“

Ein hübsches Mädchen Mitte Zwanzig mit milchschokoladenbrauner Haut trat ein. Mit schwingenden Hüften durchquerte es die Küche.

„Lafitte sagt, ich soll mich um Mist' Paul Gayerres Kleider kümmern“, erklärte es und rümpfte die Nase angesichts der schmutzigen und zerrissenen Uniform, die es in einem Korb bei sich hatte. Lafitte war seit vielen Jahren der oberste Diener im Haus.

Chloe schenkte ihrer Tochter Mattie einen Blick aus leicht zusammengekniffenen Augen; sie war mit dem Alter ein wenig kurzsichtig geworden. „Ich werd's mir anseh'n“, versprach sie. „Hol mir das Tablett von da oben.“

„Ja, Mama.“ Mattie war das einzige überlebende Kind von Chloe und Benjamin. Sie hatten auch einen Sohn gehabt, der im Fluß ertrunken war, und zwei andere Mädchen, die schon als Babies gestorben waren.

Chloe legte heißen Schinken und dicke Brotscheiben auf einen Teller, daneben kalte Süßkartoffeln. Sie fügte noch einen Teller mit frischen Pfirsichen hinzu, eine Tasse heißen, starken Kaffee und stellte alles auf das Tablett. „Hier, bring das Mist' Gayerre. Und dann kommst du wieder hierher“, befahl sie dem Mädchen.

„Mattie“, warf Carrie hastig ein. „Niemand darf wissen, daß Lieutenant Gayerre hier ist, verstanden?“

Susannah blickte von ihrem Brief auf. „Wem sollten wir das schon erzählen? Ist doch sowieso niemand da.“

„Nun, es könnte ja jemand unerwartet vorbeikommen.“

„Du meinst Yankee-Soldaten, oder?“ Aus Susannahs grünen Augen sprach plötzlich Besorgnis. „Carrie, was würden die tun, wenn sie wüßten, daß Paul Gayerre hier ist?“

Carrie suchte nach Worten. Es hatte keinen Sinn, ihre Schwester zu ängstigen. „Bislang sind noch keine Yankees hier gewesen,

Suzy. Es gibt keinen Grund, warum sie plötzlich kommen sollten. Bloß – nachdem wir uns auf besetztem Gebiet befinden und Paul ein konföderierter Soldat ist – da ist es vielleicht das beste, wenn wir niemandem verraten, daß er hier ist. Okay?"

Susannah zuckte die Achseln. „Also gut. Kann ich Onkel Etienne diesen Brief bringen? Ich glaube, er sitzt im Garten. Ich wette, er weiß noch nicht einmal, daß Paul hier ist."

„Natürlich." Carrie reichte ihrer Schwester den Brief. Doch sobald das Mädchen gegangen war, wechselten Carrie und Chloe einen Blick. „Sag Benjamin, er soll aufpassen. Lieutenant Gayerre hat mir erzählt, er hätte eine Yankee-Patrouille in der Nähe gesehen. Wenn sie hierherkommen, müssen wir ihn schnell verstecken."

Und Chloe nickte ernst.

Carrie durchquerte den rückwärtigen Teil des Hauses. Ihre Schritte waren auf dem schönen, alten Perserteppich kaum zu hören. Zu beiden Seiten der Eingangshalle lagen die mit alten Möbeln eingerichteten Zimmer, aber Carrie lief direkt auf die Treppe zu. Sie wollte in ihr Zimmer hinaufgehen, um J. D.s Brief in Ruhe lesen zu können.

Als sie am Kopf der Treppe ankam, sah sie Lafitte aus einem der Gästezimmer treten.

„Hat Lieutenant Gayerre alles, was er braucht?" erkundigte sie sich leise.

„Ja, Missy. Er schläft jetzt." Er sprach mit dem französischen Akzent, der so typisch für die Sklaven in Kreolen-Haushalten war. Carries Vater hatte Lafitte zusammen mit der Plantage erworben und ihn sofort zu seinem persönlichen Diener gemacht. Jetzt zeigten sich die ersten grauen Haare an den Schläfen des Negers.

„Wir müssen sehr vorsichtig sein, Lafitte", warnte Carrie auch ihn. „Niemand darf herausfinden, daß Lieutenant Gayerre hier ist."

„Ich weiß, Missy", beruhigte der Mann sie. „Benjamin und ich werden Wache halten."

„Danke, Lafitte." Dankbarkeit erfüllte sie, als sie ihn den Gang entlang und die Treppe hinuntergehen sah.

In ihrem Zimmer schloß sie die Tür fest hinter sich und zog die beiden letzten Briefe aus ihrer Tasche. Sie lächelte, als sie die schwungvolle Handschrift auf den Umschlägen sah, stellte dann den Brief an J. D.s Eltern auf ihren Nachttisch und setzte sich ans offene Fenster, um ihren eigenen zu lesen.

Liebe Carrie,
O Gott, wie sehr ich Dich vermisse, mein Schatz! Aber welches Glück, daß Paul Gayerre sich zu seiner Frau durchschlagen will. Er kann Dir diesen Brief mitnehmen. Ich hoffe, daß es Dir gutgeht, Liebling. Ich denke immerzu an Dich, vor allem nachts, wenn ich in meine Decke eingerollt bin. Ich wünschte, wir hätten geheiratet, ehe ich fortmußte. Aber wir werden das nachholen, sobald ich heimkomme.

Carrie fühlte das alte Unbehagen in sich aufsteigen. J. D. war so ungeduldig. Er wollte alles immer *sofort*. John Danfield Morrison. Ihr Verlobter – so hatte Paul Gayerre ihn genannt. Es kam ihr merkwürdig vor, aber das sollte es eigentlich nicht. Hatten nicht alle immer angenommen, daß sie und J. D. eines Tages heiraten würden?

So lange sie zurückdenken konnte, hatten die Morrisons Kingston's Landing oft besucht, und die Kingstons waren ebensooft zu ihnen in die Stadt gefahren, bis zu dem Unfall, bei dem sie ihre Eltern verloren hatte. Und obwohl sie erst dreizehn Jahre alt war, als das passierte, hatten die beiden Familien doch bereits von einer Heirat zwischen Carrie und J. D. gesprochen, nicht als Möglichkeit, sondern so, als wäre es eine beschlossene Tatsache.

Und als er ihr, zwei Tage, ehe er und George Pierre mit ihrer Truppe aufbrachen, einen goldenen Ring an den Finger steckte, hatte sie nur an das denken können, was sie als Kinder zusammen erlebt hatten.

Er hatte sie an sich gepreßt, und als sie schwach protestierte „J. D. ...", da hatte er nur seinen Kopf mit dem blonden, fast weißen Haar gesenkt, hatte sie aus himmelblauen Augen angesehen und sie geküßt, mit einem Mund, der offen, feucht und heiß war.

Er hatte Carrie schon früher geküßt, vielleicht ein halbes Dutzend Mal alles in allem, aber es waren immer anständige Küsse gewesen, mit geschlossenen Lippen, und ganz bestimmt hatte er niemals mit seiner Zunge getan, was er jetzt tat. Sie hatte gedacht, sie müßte ersticken!

Sie wand sich und preßte die Hände gegen seine Brust, bis er sie schließlich losließ.

„Also schön." Er grinste sie mit amüsiert hochgezogenen Brauen an. „Aber ich bin ein Mann, Schätzchen. Erwachsen. Und ich küsse, wie ein Mann küßt. Ärger dich nicht darüber."

„Ich bin nicht wütend, J. D. Bloß..." Sie stammelte, wurde rot, während sie sich fragte, ob es stimmte, was sie gehört hatte – daß er und ihr Bruder George Pierre diese Häuser in New Orleans aufsuchten, wo Frauen Männer tatsächlich Dinge tun ließen... für Geld!

J. D. hatte ihre Gedanken unterbrochen. „Laß uns jetzt heiraten, Schatz. Ehe ich fortmuß!"

„Aber das ist unmöglich!" Aus Carries Stimme sprach Panik. „Du fährst morgen nachmittag ab... und ich habe kein Hochzeitskleid... und deine Mutter wäre so traurig... Sie möchte den Empfang planen. Und unsere Freunde hätten auch keine Zeit..."

J. D. seufzte. „Also gut", hatte er schließlich nachgegeben. „Aber du setzt dich mit Mama zusammen und besprichst alles. Wir heiraten bei meinem ersten Urlaub."

Aber bislang war J. D. noch nicht heimgekommen. Und obwohl sich Carrie schreckliche Sorgen um ihn und George Pierre machte, mußte sie sich doch ehrlich eingestehen, daß sie froh war, J. D. nicht sagen zu müssen, daß sie es für besser hielt, mit der Hochzeit bis nach dem Krieg zu warten.

Und auch dann würden sie noch einige Zeit brauchen, um sich wieder aneinander zu gewöhnen. Schließlich war es über ein Jahr her, daß sie sich gesehen hatten.

Carrie holte tief Luft und wandte sich wieder ihrem Brief zu. Er endete mit Liebesbeteuerungen und der Bitte, den Brief für seine Eltern nach New Orleans weiterzuschicken. Es gab noch ein Postskriptum:

Carrie, Schatz, ich hoffe, Ihr hattet keinen Ärger mit den Yankees. Da ich weiß, wie sehr du Kingston's Landing liebst, nehme ich kaum an, daß es viel Sinn hat, aber ich schlage Dir trotzdem vor, mit Susannah zu meinen Eltern nach New Orleans zu ziehen, bis ich wieder zurück bin.

Carrie starrte auf den Brief. J. D. hatte recht. Sie liebte Kingston's Landing und würde der Plantage nicht länger als unbedingt nötig fernbleiben.

Kopfschüttelnd stand sie auf, legte den Brief auf ihren Nachttisch und zog das Reitkostüm aus. Sie war groß und schlank, mit einer schmalen Taille und runden Hüften, mit gutgeformten Schenkeln und jungen, vollen Brüsten. Sie entsprach nicht dem gängigen Schönheitsideal, dafür war sie zu groß, war ihr Gesicht nicht zart genug, waren ihre Brauen zu breit. Die vollen, korallenroten Lippen waren zu entschieden, ganz und gar nicht der zarte, einer Rosenknospe ähnliche Mund, der allgemein so bewundert wurde. Aber seit sie sechzehn war, hatte sie schon oft die unverhohlene Glut in den Augen der Männer bemerkt, wenn sie sie ansahen.

Manchmal dachte sie über den scheinbaren Widerspruch nach, aber heute ging ihr nur J. D.s Brief im Kopf herum. Ungeduldig riß sie das Band aus ihren Haaren.

Sie griff zu ihrer Schildpattbürste und fuhr sich mit kräftigen Strichen durch das lange dunkle Haar, ehe sie sich nach einem letzten Blick auf J. D.s Foto ins Bett legte. Was war nur los mit ihr? Sie liebte J. D., würde ihn heiraten. Und es war dumm, sich Gedanken um den genauen Zeitpunkt ihrer Hochzeit zu machen.

Sie preßte das Gesicht in die kühlen Laken und versuchte sich vorzustellen, wie es sein würde, mit J. D. verheiratet zu sein.

Paul Gayerre verschlief den ganzen ersten Tag und auch den größten Teil des zweiten. Zum Glück nahm das Leben auf Kingston's Landing seinen gewohnten Lauf. Am Abend informierte Lafitte Carrie, daß Lieutenant Gayerre wach sei und in

Kürze nach unten kommen würde, und dreißig Minuten später stand Paul Gayerre frisch rasiert und in der sauberen und geflickten Uniform vor ihr und Susannah.

Er begrüßte sie mit kreolischem Charme, und als der Onkel der Mädchen dazukam, wandte er sich respektvoll an diesen. „Monsieur Moreau, wie geht es Ihnen, Sir?“

„Danke, Paul, gut.“ Etienne Moreau stand, wie immer perfekt gekleidet, in seinem, wenngleich alten, schwarzen Anzug im Zimmer. Eine deutliche silberne Strähne durchzog das glänzende schwarze Haar, und Carrie bemerkte plötzlich, daß er dünner war denn je. Der liebe Onkel Etienne. Er war der Bruder von Papas erster Frau Dominique gewesen, und ihm gehörte Maisonfleur, das hübsche, alte Haus nur eine Meile weiter flußabwärts. Adam Kingston hatte ihn immer wie einen Bruder behandelt.

Carrie sah, daß Lafitte ihr aus der Halle zunickte, und forderte die anderen auf: „Laßt uns hineingehen. Ich glaube, das Essen ist fertig.“

Trotz der Umstände war das Eßzimmer festlich gedeckt. Es kam nicht oft vor, daß sie zum Essen Gäste hatten, seit New Orleans von den Yankees eingenommen worden war, sagte sich Carrie.

„Es tat gut, von George Pierre zu hören“, bemerkte Etienne, als sie alle Platz genommen hatten und Lafitte und Mattie zu servieren begannen.

Paul nickte. „Er kann es wohl auch kaum erwarten, von Ihnen allen zu hören. Ich werde ihm jede Minute dieses Essens hier genau beschreiben müssen.“

„Erzählen Sie uns, wie geht es mit dem Krieg wirklich voran?“ bat Etienne. „Wir sind hier nie ganz sicher.“

„Die Zeitungen in New Orleans können nur drucken, was General Butler drucken lassen will“, erklärte Carrie.

„Butler!“ Gayerre spie den Namen regelrecht aus. „Wir hören nur Schlechtes von ihm. Hoffen wir, daß wir ihn und seine Männer bald aus Louisiana vertreiben.“

„Darauf wollen wir trinken.“ Etienne hob sein Weinglas, und die anderen taten es ihm gleich.

Susannah warf den Kopf zurück. „Nun, wir werden froh sein, wenn der Krieg endgültig vorüber ist“, erklärte sie trotzig. „Carrie wollte mich nicht einmal an meinem Geburtstag nach New Orleans lassen. Wegen der Yankees da.“

„Ach, das ist ja jammerschade, Mademoiselle Susannah“, meinte Paul. „Einer so hübschen Lady beraubt zu sein ... ein großer Verlust für New Orleans.“

Susannah errötete, und Carrie fiel wieder einmal auf, wie sehr sie ihrer Mutter ähnelte.

Das Gespräch wandte sich glücklicheren Zeiten zu. Sie sprachen von Ausflügen in die Stadt und von Festen auf den Plantagen.

„Ich erinnere mich noch gut an eine der Feiern hier auf Kingston's Landing. Ich war damals noch ein Junge ...“, erzählte Paul, entspannt und sehnsüchtig, als plötzlich von der Halle lauter Lärm hereindrang. Carrie erstarrte, ihr Herz schlug ihr im Halse.

Paul Gayerre wollte vom Stuhl aufspringen, seine Hand fuhr an seine Seite, wo seine Waffe gewesen wäre, hätte er sie nicht im Gästezimmer oben zurückgelassen. Aller Augen wandten sich der Tür zu, als Lafitte erschien. Er hielt eine silberne Kaffeekanne vor sich.

„Mattie hat aus Versehen das Tablett fallen lassen, Missy“, wandte er sich ruhig an Carrie. „Sie wischt gerade auf.“

Carrie fühlte, wie die Luft aus ihrer Lunge entwich. Sie war sich nicht bewußt gewesen, daß sie den Atem angehalten hatte. „Schon gut, Lafitte. Sagen Sie Mattie, es wäre schon gut.“

Der Schwarze nickte und stellte die Kanne auf die Anrichte.

Paul lachte nervös und sank auf seinen Platz zurück, und auch Etienne Moreau wirkte erleichtert. Sie aßen weiter, bemüht so zu tun, als wäre nichts geschehen, aber die frühere fröhliche, lockere Stimmung wollte sich nicht wieder einstellen. Schwer lastete der Krieg auf dem Zimmer.

Als sie schließlich ihren Kaffee getrunken hatten, fragte Etienne Paul, ob sie sich auf eine Zigarre und einen Brandy ins Arbeitszimmer zurückziehen wollten.

„Das muß ich leider ablehnen“, antwortete der junge Kreole. „Ich halte es für besser, wenn ich jetzt gehe.“

„Schon?“ protestierte Etienne. „Ich hatte gehofft, Sie würden bis morgen bleiben. Wir könnten Schach spielen oder –“

„Vielen Dank“, unterbrach Paul ihn ernst. „Ich danke Ihnen allen für Ihre Gastfreundlichkeit. Aber ich habe Sie so schon genug in Gefahr gebracht.“

„Das ist nicht wahr“, widersprach Carrie.

Paul lächelte und stand auf. „Aurore und ich werden das nie vergessen.“ Seine Stimme war sehr leise. Einen Moment herrschte Stille, ehe er nüchtern fortfuhr: „Außerdem ist es für mich sicherer, bei Nacht zu reiten. Und ich muß so schnell wie möglich zurückkehren.“

„Natürlich. Ich werde von Chloe Proviant einpacken lassen“, sagte Carrie.

Kurz darauf wartete sie mit Paul Gayerre im Schatten der vorderen Veranda. Etienne und Susannah holten ihre Briefe an George Pierre. Carrie hatte Paul die Briefe für J. D. und ihren Bruder bereits gegeben.

„Ich muß mich noch für mein Aussehen gestern entschuldigen“, meinte Paul verlegen. „Normalerweise besuche ich meine Nachbarn nicht in einer solchen Aufmachung, aber ich mußte Abstand zwischen mich und die Yankee-Patrouille legen. Und das einzige, was ich finden konnte, um den Fluß zu überqueren, war das alte Fischerboot von Pompey. Ich glaube aber nicht, daß sie mich gesehen haben. Ich hatte mich, nachdem ich festgestellt hatte, daß unsere Plantage verlassen war, ein wenig hingelegt, als ich sie direkt vor meinem Fenster hörte.“ Plötzlich erschien eine tiefe Falte zwischen seinen Augen. „Es war sonderbar, Carrie. Die erste Stimme, die ich hörte, war die eines Mannes, der Befehle erteilte, mit Südstaaten-Akzent. Ich dachte, es wären Konföderierte, aber dann sah ich durch einen Spalt in den Schlagläden die blaue Uniform. Ich bin dann hinten hinaus.“

„Das ist wirklich merkwürdig“, stimmte Carrie zu.

Achselzuckend meinte er jedoch nur noch: „Vielleicht habe ich mich ja auch geirrt. Hab’ es vielleicht nur geträumt. Daß der Mann wie ein Südstaatler sprach, meine ich. Die Patrouille war garantiert da.“

Das wartende Pferd schnaubte und stampfte mit dem Huf. „Was ist mit euch?“ wechselte Paul das Thema. „George Pierre macht sich Sorgen um euch, er fürchtet, es wäre nicht genug Geld vorhanden.“

„Geld? Aber natürlich haben wir genug. Sag George Pierre, daß hier alles in Ordnung ist. Er braucht sich keine Sorgen zu machen“, beruhigte Carrie ihn.

In Wirklichkeit hatte sie so manche Nacht über den Büchern gehockt und nach einer Möglichkeit gesucht, das wenige Geld zu strecken, das ihnen noch geblieben war, hatte sich gefragt, wie es George Pierre gelungen war, in so kurzer Zeit Papas ganzes Geld auszugeben. Aber es war nicht seine Schuld, erinnerte sie sich selbst. Er konnte nichts dafür, daß er nicht Papas Geschäftssinn hatte. Und außerdem war er erst neunzehn gewesen, als Papa gestorben war und er die Leitung von Kingston's Landing übernehmen mußte.

„Habt ihr keine Sklaven mehr?“ erkundigte sich Paul jetzt.

„Nur noch drei oder vier, die zu alt sind, um fortzulaufen.“

„Drei oder vier in den Sklavenunterkünften, und dann noch eure Haussklaven.“

Die hatte Carrie nicht einmal mitgezählt. Für sie waren sie wie eine Familie, und deshalb hatte sie nie auch nur daran gedacht, daß sie fortlaufen könnten.

Paul schüttelte den Kopf. „Dann sehe ich keine Möglichkeit, wie ihr im nächsten Frühjahr etwas anpflanzen wollt.“

„Doch, es heißt, in New Orleans gibt es viele Flüchtlinge, die für jeden arbeiten, der sie bezahlt“, widersprach Carrie.

„Bezahlt?“ wiederholte Paul wütend. „Sie sollten von den Behörden wieder ihren Besitzern übergeben werden! Aber wahrscheinlich macht es den Yankees Spaß zu sehen, wie die Pflanzer alles verlieren!“

„Wir verlieren nichts“, erklärte sie scharf. Vor ihrem inneren Auge sah sie die brachliegenden Felder, die fast leeren Unterkünfte, die Ställe, die dringend gestrichen werden mußten. Sie würde das irgendwie in Ordnung bringen, schwor sie sich.

Ihre Gedanken wurden von Susannah unterbrochen, die mit

ihrem Brief an George Pierre auf die Veranda heraustrat. Ihr folgte Etienne.

Nachdem Paul die Briefe sicher in seiner Hemdtasche verstaut hatte, schauten sich die vier fast verlegen an.

„Wirst du versuchen, nach Natchez durchzukommen?“ wollte Carrie wissen.

Paul nickte. „Und sobald ich Aurore und das Baby gesehen habe, mache ich mich wieder auf den Weg nach Vicksburg und liefere die Briefe ab. Wenn ich erst einmal die Yankee-Linien hinter mir habe, gibt es keine Probleme mehr.“

Das wartende Pferd wieherte, und Etienne Moreau umarmte Paul nach kreolischer Sitte. „Gott schütze dich“, murmelte er.

„Paß auf dich auf“, fügte Carrie hinzu.

„Keine Angst.“ Pauls weiße Zähne blitzten. „Ich kenne das Land besser als sie.“

2

Carrie aß den Rest ihres Zimthörnchens und schob den leeren Teller beiseite. „Ich begreife nicht, wie ich so lange schlafen konnte“, wandte sie sich an Chloe. „Du hättest mich von Mattie wecken lassen sollen.“

„Ich fand, Sie hätten die Ruhe nötig“, erklärte Chloe. „Sie waren gestern abend wieder mächtig lang auf. Ich hab’ das Licht im Arbeitszimmer geseh’n.“

Carrie nickte und unterdrückte einen Seufzer. Zwei Tage waren seit Paul Gayerres Besuch vergangen. Am Vorabend nun hatte sie die alten Ordner ihres Vaters durchgesehen, aber nur wieder festgestellt, daß kaum noch Geld übrig war. Und obwohl Onkel Etienne eine Art Partner war – die beiden Plantagen waren von ihrem Vater gemeinsam geleitet worden – vermutete sie, daß er selbst kaum noch Geld übrig hatte. Ihn konnte sie nicht fragen.

Carrie legte die Serviette auf den Tisch und stand auf. „Trotzdem, ich hätte früher aufstehen sollen. Ich habe Onkel Etienne versprochen, daß ich heute mit ihm nach Maisonfleur reiten würde. Wo ist Susannah? Sie möchte vielleicht mitkommen."

„Dieses Kind ... sie ist vor fast einer Stunde in den Garten gegangen, um ein paar Blumen zu pflücken."

„Mal sehen, ob ich sie finden kann", meinte Carrie. Sie ging die wenigen Schritte zum Haupthaus hinüber, durchquerte es und trat auf die Südgalerie hinaus. Sie entdeckte ihre Schwester sofort inmitten des hübschen Durcheinanders von Blüten.

„Suzy!" rief sie, und das Mädchen richtete sich auf und winkte. Dann nahm Susannah den Korb hoch, raffte die Röcke und lief zur Galerie hinüber.

Carrie schüttelte lachend den Kopf. „Laß deine Röcke herunter! Man kann deine Beine sehen!" schalt sie.

Susannah wurde unverzüglich langsamer, strich ihr Kleid glatt und legte den restlichen Weg langsam und gesittet zurück, aber das Funkeln ihrer grünen Augen stand in krassem Widerspruch zu ihrer Haltung.

„Schau mal, Carrie!" rief sie und streckte ihr den Korb mit rosa, roten und gelben Rosen entgegen. „Sind die nicht hübsch?"

„Das sind sie wirklich." Carrie beugte sich über den Korb und sog den Duft der Blumen ein. „Komm, wir stellen sie ins Wasser." Sie legte den Arm um die Taille ihrer Schwester, und gemeinsam gingen sie ums Haus herum.

„Warum bist du so lange fort geblieben?" wollte Carrie wissen. „Chloe sagte, fast eine Stunde."

„Es war ein schöner Tag, und da bin ich zum Fluß hinunter gegangen."

„Also wirklich, du solltest dich nicht so weit vom Haus entfernen, so, wie die Dinge zur Zeit stehen ... wir müssen vorsichtig sein", schalt Carrie.

„Aber du reitest doch selbst die ganze Zeit herum."

„Das ist etwas anderes. Ich kann auf mich aufpassen."

„Ich auch!" kam die trotzige Antwort.

„Würdest du *bitte* tun, was ich sage!"

Sie hatten die Sommerküche erreicht und traten ein. Carrie holte von einem oberen Bord eine Vase, die sie mit Wasser füllte und zusammen mit einem scharfen Messer zum Tisch trug, um die Rosen zu kürzen. „Onkel Etienne und ich reiten nach Maisonfleur hinüber“, wandte sie sich an Susannah. „Möchtest du mitkommen?“

„Zu diesem staubigen, alten Haus? Wozu denn?“

„Nun, Maisonfleur ist eines der schönsten Häuser von Louisiana. Und wenn es staubig ist, dann nur deshalb, weil es unbewohnt ist. Niemand kümmert sich darum. Vielleicht sollten wir einmal hinüberreiten und putzen. Ich glaube, das würde Onkel Etienne gefallen.“

„Och!“ Susannah verzog das Gesicht. „Seit George Pierre fort ist, unternehmen wir nichts mehr, was Spaß macht. Warum fahren wir nicht einmal wieder nach New Orleans?“

„Weil New Orleans kein günstiger Aufenthaltsort für Damen ist, seit General Butler und die Yankees dort das Sagen haben.“

„Und warum nicht? Die Morrisons haben geschrieben, daß es ihnen gutgeht, Yankees hin oder her. Und Paul Gayerre schien es auch nicht so schlimm zu finden, wenn ich dorthin gehen würde.“

„Paul war einfach nur nett zu dir.“ Carrie steckte die letzte Rose in die Vase und reichte sie Susannah. „Komm, wir bringen sie ins Haus. In der Eingangshalle werden sie hübsch aussehen.“

Noch immer brummend folgte Susannah ihrer Schwester. „Ich begreife immer noch nicht, warum wir nicht fahren sollten. Wenigstens für kurze Zeit. Wir könnten bei J. D.s Familie wohnen.“

„Nicht jetzt, Suzy. Vielleicht, aber auch nur vielleicht, fahren wir später im Jahr.“

Susannah sah ein erstes Zeichen von Schwäche und drängte weiter. „Ich habe von General Butlers *Woman's order* gehört. Wenn ein Yankee-Soldat es wagen sollte, mich auf der Straße anzusprechen, dann würde ich bloß ‚Guten Tag‘ sagen und weitergehen.“

„Was höre ich da von einem Soldaten? Ein Yankee-Soldat hat dich angesprochen?“

Die beiden Mädchen wandten sich um und sahen Etienne Moreau die Treppe herabkommen. Seine dunklen kreolischen Augen funkelten.

Susannah lief kichernd zu ihm. „Nein, Onkel Etienne. Das würde ich sagen, wenn es einer wagen würde."

„Nun." Er schien kaum besänftigt. „Wenn es einer wagen würde, dann brauchtest du überhaupt nichts zu ihm zu sagen, weil er nämlich mir Rede und Antwort stehen müßte!"

Carrie musterte die beiden lächelnd. „Genau das ist der Grund, warum wir nicht in die Stadt fahren", erklärte sie entschieden. „Bist du fertig, Onkel 'Tienne? Dann laß uns nach Maisonfleur aufbrechen. Soll ich Lafitte den Wagen anspannen lassen, oder möchtest du lieber reiten?"

Carrie war froh, daß sie ihren Strohhut mit der breiten Krempe trug, die sie gegen die heiße Sonne schützte, obwohl sie sich soweit wie möglich im kühlen Schutz der Bäume bewegten.

Majestic schnaubte leise und tänzelte, er fühlte sich wohl. Der Wallach, den Etienne Moreau ritt, scheute, aber der Kreole brachte ihn schnell wieder unter Kontrolle. Carrie lächelte; er war ein guter Reiter.

„Ich habe an Paul Gayerre gedacht", erzählte er jetzt. „Ich hoffe, er hat die feindlichen Linien gut hinter sich gebracht."

„Das hoffe ich auch. Wenigstens ist es hier ruhig gewesen. Von der Yankee-Patrouille, die er auf der anderen Seite des Flusses gesehen hat, keine Spur."

„Hoffen wir, daß es so bleibt."

Sie ritten ein paar Minuten schweigend weiter.

„Wußtest du", fing Onkel Etienne dann an, „daß dieses ganze Land einmal eine eigenständige Plantage war, mit Maisonfleur als Herrenhaus?"

„Ja, das wußte ich, Onkel 'Tienne", antwortete Carrie, aber er fuhr fort, als hätte sie geschwiegen.

„Das Haus hat einmal sogar einen König beherbergt... einen künftigen König. König Louis Philippe von Frankreich, als er noch der Herzog von Orléans war. Das Schachspiel, das ich heute mitnehmen will, hat er meinem Onkel Pierre Dubonnet geschenkt. Und dein Bruder, George Pierre, wurde nach Onkel Pierre benannt, mußt du wissen."

„Ja, er war dein Onkel mütterlicherseits, nicht wahr?“

„Das ist richtig. Meine Mutter war eine Dubonnet, mein Vater ein Moreau.“

Carrie hatte das alles schon oft gehört, aber sie liebte die Geschichte der Dubonnets und der Moreaus, alter, kreolischer Adel. Sogar die Namen klangen exotisch.

Doch heute schien ihr Onkel kein Interesse an der Familiengeschichte zu haben, sondern meinte nur: „Die Ländereien von Maisonfleur wurden zu einem Teil von Kingston's Landing, als dein Vater meine Schwester Dominique heiratete. Adam hat sich um alles gekümmert, und er hat hervorragende Arbeit geleistet. Ich war ihm nie eine große Hilfe ... genausowenig wie dir, Carrie, im vergangenen Jahr.“

„Bitte, Onkel 'Tienne, sag so etwas nicht.“

„Nein, nein, es stimmt schon. Dein Vater hat immer gesagt, wir Kreolen hätten keinen Sinn fürs Geschäft, und er hatte recht. Ach, Carrie, manchmal glaube ich, ich lebe zu sehr in der Vergangenheit.“

„Lieber Onkel 'Tienne ... ich wüßte nicht, was Suzy und ich ohne dich tun würden. Ehrlich.“ Etienne Moreau lächelte, denn es war offensichtlich, daß Carrie ihre Worte ernst meinte.

„Schon als kleines Mädchen, *ma chère*, hast du immer die richtigen Worte zur rechten Zeit gefunden.“

Sie waren jetzt nicht mehr weit von Maisonfleur entfernt, und vor ihnen tauchte der Ort auf, den Adam Kingston vor langer Zeit zur Familiengrabstätte erkoren hatte.

„Ich dachte, ich bleibe ein paar Minuten hier, Onkel 'Tienne. Ich komme gleich nach“, entschuldigte sich Carrie.

„Laß dir nur Zeit, *ma chère*. Und ruf mich, wenn du ins Haus kommst. Ich bin dann wahrscheinlich oben in Onkel Pierres altem Zimmer. Ich glaube, er hat das Schachspiel in einer Truhe am Fußende seines Bettes aufbewahrt.“

„In Ordnung“, stimmte Carrie zu. Dann wandte sie sich den vier Gräbern unter den beiden großen Eichen zu. Der alte Monsieur Dubonnet war dort begraben, und Armand Moreau, Onkel Etiennes Vater – Carrie konnte sich nur schwach an ihn erinnern –, ein alter Mann in einem hochlehnigen Rollstuhl. Und da waren die Gräber von Adam und Molly Kingston. Wilder Wein rankte sich an den Grabsteinen aus italienischem Marmor empor, und Carrie brauchte einige Minuten, bis sie ihn abgerupft hatte. Schließlich jedoch war sie zufrieden mit ihrem Werk, nahm die beiden Rosen, die sie mitgebracht hatte, und setzte sich in das süß duftende Gras neben der Stelle, an der Molly Gallagher Kingston begraben lag. Sie legte die rosafarbene Rose für ihre Mutter aufs Grab und versuchte, sie sich mit derselben Schärfe und süßen Bitterkeit ins Gedächtnis zu rufen, die sie mit ihrem Vater verband.

Mama war so hübsch gewesen ... und sie hatte nach Limonen geduftet. Am besten erinnerte sich Carrie an ihre Augen, grün mit goldenen Flecken. Es war, als hätte sie die Farben unter ihren Töchtern aufgeteilt; Susannah hatte das klare Grün bekommen, Carrie das bernsteinfarbene Gold, tatsächlich das einzige an ihr, das von ihrer Mutter stammte.

Es hatte nie einen Zweifel daran gegeben, daß Molly Kingston ihre Kinder liebte – nicht nur ihre beiden eigenen Töchter, sondern auch ihren Stiefsohn. Aber selbst als Kind hatte Carrie immer gewußt, daß Mama Papa noch mehr liebte. Und irgendwie erschien ihr das richtig ... Papa mehr als alle anderen Menschen auf der Welt zu lieben.

Noch jetzt, nach fünf Jahren, konnte Carrie sie an der Reling des Dampfschiffes stehen und winken sehen ... Papa so groß und gutaussehend, und Mama, die ihm für einen Moment ihr Gesicht zuwandte, mit all der Liebe in den Augen.

Es sollte ein Sommerurlaub in Philadelphia werden. Papa mußte sich um Geschäftsangelegenheiten kümmern, und Mama wollte sich die neueste Mode anschauen. Aber schon kurz nach Baton Rouge war ein großer Heizkessel explodiert, und mehr als zwei Drittel der an Bord befindlichen Personen hatten weder Philadelphia noch einen anderen Ort je wiedergesehen.

Mama war sofort tot gewesen, Papa wurde ins schmutzige Wasser geschleudert, mit zerschmetterten Beinen. Lafitte, selbst unverletzt, hatte seinen verletzten Herrn aus dem Fluß geborgen.

Daheim hatten sie den alten Rollstuhl wieder hervorgeholt, und als es Adam Kingston gut genug ging, saß er darin, aber der einst kräftige Körper war jetzt schlaff und mager.

„Es gibt Sünden, für die man viel zahlen muß. Vergiß das nie, Carrie, mein Liebling." Das hatte er an einem heißen Septembernachmittag zu ihr gesagt, als der Duft der Rosen schwer in der Luft hing und Bienen im Garten summten. „Aber ich hatte deine Mutter für eine Weile ... und euch Kinder. Und ich hatte das Land. Ich hatte Kingston's Landing. Gott hat mir das gelassen ..."

Kurz darauf war er gestorben.

Carrie ging jetzt zum Grab ihres Vaters und legte dort die blutrote Rose nieder. Dann schloß sie die Augen. „Ich werde dafür sorgen, daß Kingston's Landing wieder so wird, wie es war ... für dich, Papa", sagte sie laut. „Ich weiß nicht wie, aber ich werde es schaffen."

Einen Moment blieb sie mit geschlossenen Augen reglos stehen. Dann drangen Dinge in ihr Bewußtsein, die sie schon seit ein paar Minuten bemerkt hatte. Schwache Geräusche, die vom Wind mitgetragen wurden – es hörte sich an wie das Rufen von Männern und einmal das Wiehern eines Pferdes.

Sie wirbelte herum und sah Rauch über den Bäumen aufsteigen, gefährlich nah bei Maisonfleur. Schwarze Wolken schoben sich vor den blauen Himmel, und plötzlich roch sie auch das Feuer.

Großer Gott ... vielleicht war es eine der Scheunen. Oder sogar das Zuckerhaus ... Hoffentlich war es eines davon.

Sie raffte die Röcke, warf sich in den Sattel des überraschten Majestic und trieb ihn mit der Peitsche an, als er im Galopp auf die Straße jagte.

Etienne Moreau hatte seinen Weg nach Maisonfleur fortgesetzt, nachdem Carrie am Familienfriedhof zurückgeblieben war. Er war in die Erinnerungen vertieft, die ihn in letzter Zeit heimsuchten. Er kicherte leise, als er daran dachte, wie er Adam Kingston zum erstenmal mit auf ein Plantagen-Fest genommen hatte. Die Kreolen waren empört gewesen, entsetzt, daß ein Amerikaner Gast in dem prachtvollen, alten Herrenhaus war, in dem drei Generationen Dubonnets gelebt hatten.

Die Dubonnets und die Moreaus waren von Anfang an in Louisiana gewesen. Und hundert Jahre lang hatten die beiden Familien das Rückgrat der kreolischen Aristokratie gebildet, die aus einem kleinen Grenzort eine zivilisierte Stadt gemacht hatte.

Doch dann, nach dem *Louisiana Purchase*, hatten die Amerikaner die Macht übernommen, und alles hatte sich verändert. Die eleganten und sanften Kreolen, die einstigen Herren der Stadt, mußten den aggressiven Amerikanern weichen, waren aber trotz allem stur und hochnäsig geblieben.

Sein eigener Vater, Armand Moreau, war klüger gewesen als die anderen. Er war der Ansicht gewesen, daß die Kreolen und die Amerikaner sich treffen, sich aneinander gewöhnen mußten. So hatte er eingewilligt, daß seine Tochter Dominique diesen Amerikaner heiratete, diesen Adam Kingston, und nicht nur, weil Adam ein reicher und einflußreicher Mann war. Aber das hatte natürlich auch eine Rolle gespielt, denn sie brauchten Geld, um Maisonfleur nicht zu verlieren. Aber er war ernsthaft davon überzeugt gewesen, daß die Kreolen nicht überleben könnten, wenn sie nicht lernten, mit den Amerikanern zu leben.

Als der Sturm der Entrüstung sowohl die amerikanische als auch die kreolische Gesellschaft ergriff, war Armand Moreau fest geblieben. Und Dominique, die sanfte Dominique, hatte sich in ihrer Liebe zu dem großen Amerikaner nicht beirren lassen.

Etienne schloß für einen Moment die Augen und stellte sich vor, wie Dominique in ihrem Hochzeitskleid ausgesehen hatte. Ein dumpfer Schmerz erfüllte ihn, wie immer, wenn er an sie dachte. Sie war zu jung gestorben. Zu tragisch.

Er richtete sich im Sattel auf, wütend auf sich selbst. Das alles lag lange zurück, und er war der letzte der Moreaus, so, wie Onkel Pierre der letzte der Dubonnets gewesen war. Sogar Adam Kingston, der Mann, den Etienne mehr als jeden anderen auf der Welt bewundert hatte, war nicht mehr . . . und die liebe, süße Molly. Er mußte jetzt an die Kinder denken, an Adams Kinder. Er mußte sie sicher durch den Krieg bringen. Und er würde es mit Freuden tun. Waren sie nicht fast wie eigene, die er niemals haben würde?

Es gab Zeiten, da sehnte er sich nach der stillen Ruhe von

Maisonfleur mit seinen hohen Decken und den grazilen Fenstern, nach dem stolzen Ausdruck im Gesicht seiner Ahnen, die aus goldenen Rahmen in der Ahnengalerie auf ihn herabsahen.

Er seufzte. Wenn die Kinder erst einmal wieder sicher zusammen waren, würde er heimkehren können. Aber heute würde er erst einmal das alte Schachspiel von Onkel Pierre heraussuchen, und anschließend wollte er alle Schlagläden überprüfen, ob sie auch wirklich gut geschlossen waren –

Er fuhr zusammen, als er einen Schrei hörte, eine tiefe männliche Stimme, die einen Namen rief, den er nicht verstehen konnte. Fast sofort folgte der Antwortruf.

Er gab seinem Pferd die Sporen und schoß zwischen den Bäumen hervor, konnte von seinem Platz aus das große Haus sehen, die runde Auffahrt und die Veranden auf der Vorderseite. Acht oder zehn Mann liefen umher. Etienne wollte seinen Augen nicht trauen.

Eines der großen Fenster auf der Vorderseite zersprang klirrend, und im nächsten Augenblick setzte ein großes schwarzes Pferd hindurch, auf dessen Rücken geduckt ein schwerer Mann mit Schlapphut und einem roten Halstuch saß.

Der Mann schwenkte einen schweren Silberleuchter in der Hand und grinste. „Vergeßt den hier nicht!“ brüllte er. „Wiegt mindestens sechs, acht Pfund!“ Er warf ihn einem Bullen von Mann zu, der auf dem Boden hockte und ein großes Tuch vor sich ausgebreitet hatte, auf dem sich Silberteile stapelten.

„Ich hab' keinen Platz mehr!“ bellte der Mann.

Ein rotwangiger Junge in der blauen Uniform der Unions-Armee sprintete aus der Tür. „Tu ihn hier rein“, brüllte er und schwenkte einen weißen Kopfkissenbezug.

Etienne starrte wie gebannt auf dieses Schauspiel, aber sein Gehirn arbeitete fieberhaft. Jayhawkers, diese Männer waren Jayhawkers; ein merkwürdiger Name, den die Amerikaner diesen Diebesbanden gegeben hatten. Dieser Junge in Blau war ein Deserteur ...

Er schien unfähig sich zu bewegen, während die Wut in ihm anschwoll. Ein zweiter Deserteur kam aus dem Haus und schwenkte triumphierend eine kleine Uhr. Selbst auf diese Entfernung konnte Etienne erkennen, daß es sich um ein Stück handelte, das einmal seiner Mutter gehört hatte.

Vielleicht war es der Anblick dieser Uhr, die durch die Berührung des Mannes entweiht worden war, der ihn zur Besinnung brachte. Er trieb seinem Pferd die Absätze in die Flanken und trabte entschlossen auf das Haus zu. Sein Rücken war so gerade wie der eines ganz jungen Mannes, den Kopf hielt er aufrecht.

Etienne war fast dort, ehe sie ihn überhaupt bemerkten. Dann sah Etienne einen kräftigen Mann, der eine Flasche über dem Kopf schwenkte, auf einem gescheckten Pony auf ihn zureiten. Einen Augenblick lang wünschte er, er hätte sein altes Schwert dabei. Er war ein ausgezeichneter Kämpfer gewesen in seiner Jugend... er trabte unbeirrt weiter.

Als die beiden Pferde fast kollidierten, stieß der Mann einen lauten Schrei aus und schlug mit der Flasche auf Etienne ein. Der Schlag warf ihn aus dem Sattel. Schmerz durchzuckte ihn, dann war da der weiße Kies der Auffahrt, Staub in seinem Mund... und Dunkelheit hüllte ihn ein.

Nach einiger Zeit wurden die Schmerzen stärker, zwangen ihn ins Bewußtsein zurück. Er bewegte sich, spie den Kies aus und rang nach Luft. Er begriff, daß etwas oder jemand an seiner Hand zerrte, und als er die Augen öffnete, sah er einen der jungen Deserteure, denselben, der auch die Uhr seiner Mutter gestohlen hatte. Ein erfreutes Grinsen stand im Frettchengesicht des Jungen, als er den schweren goldenen Siegelring von Etiennes Finger zog. Der Kreole öffnete gerade den Mund, um zu protestieren, als er eines schrecklichen Anblicks gewahr wurde: Flammen zuckten aus den unteren Fenstern von Maisonfleur, Rauch stieg auf. Ein Schrei entrang sich seiner Kehle, ging in anderen Schreien unter.

„Laßt uns von hier verschwinden, Jungs... Kommt schon!"

„Wartet! Nicht ohne das hier! Hier gibt's guten französischen Brandy!"

„Verdammt! Lassen doch keinen guten Stoff zurück!"

Etienne konnte sie hören, hörte auch ihre Pferde stampfen und schnauben, als er sich langsam und unter Schmerzen schwankend aufrichtete.

„Seht mal da! Der Frenchie steht auf!“ brüllte einer von ihnen.

„Messieurs“, sagte Etienne mit sonderbar flacher Stimme, „Sie werden alles zurücklassen, was Sie gestohlen haben ...“ Der Mann mit dem Schlapphut, der ihm am nächsten war, wendete sein Pferd, bis er fast mit Etienne zusammenstieß, doch dieser fuhr fort, als wäre nichts geschehen: „Und Sie werden ...“, er keuchte, „... meinen Besitz ... umgehend ... verlassen!“

„Soll das ein Witz sein, Frenchie?“ Der riesige Mann brüllte vor Lachen. Dann drehte er sein Gewehr um, holte aus und schlug mit dem Kolben mit solcher Wucht auf Etiennes Kopf ein, daß dieser rücklings zu Boden stürzte.

Mit offenen Augen zum Himmel emporstarrend nahm Etienne Moreau kaum noch wahr, wie die Männer sich in Zweierreihe formierten und unter Gebrüll und Fluchen davongaloppierten. Und ebensowenig sah er Carrie, die in diesem Moment zwischen den Bäumen hervorkam.

Er spürte nur den Schmerz in seinem Kopf, und selbst dieser schien sich von ihm losgelöst zu haben. Einen Augenblick lang glaubte er seinen Vater zu sehen, ganz in Schwarz gekleidet wie immer, abgesehen von dem weißen Rüschenhemd, groß und schlank und königlich. Und Adam ... *Mon Dieu*, sie waren sich so ähnlich. Nie zuvor war ihm das aufgefallen. Vielleicht hatte er sie deshalb beide so sehr geliebt ...

Er starrte noch immer zu dem rauchgeschwärzten Himmel, als Carrie ihn erreichte und mit einem schmerzerfüllten Schrei neben ihm auf die Knie fiel.

„Onkel ’Tienne ... O mein Gott, Onkel ’Tienne!“ Sie schob einen Arm unter seine Schulter und zog seinen Kopf in ihren Schoß.

Die Seite seines Gesichtes war geschwollen und blutunterlaufen, aber es war die Wunde auf dem Kopf, die sie erschreckte. Hellrotes Blut quoll daraus hervor, klebte das silberdurchzogene Haar zusammen. Seine Augen waren umwölkt, aber seine Lippen bewegten sich.

„Dominique ...“, flüsterte er Carrie zu. „Bist du das ... Dominique?“ Ein Schauder durchlief seinen Körper. Einen Augenblick lang bebte er heftig, dann entspannte er sich, während ein zischender Laut über seine Lippen kam.

„Onkel ’Tienne!“ schrie Carrie entsetzt. „Onkel ’Tienne! O bitte ... Onkel ’Tienne!“

Sie saß im Kies und schaukelte hin und her, sein Kopf lag noch immer in ihrem Schoß. Sie kümmerte sich nicht um das Blut auf ihrem Kleid, oder um den Rauch, der ihr in die Nase stach, oder die Hitze der lodernden Flammen auf ihrem tränenüberströmten Gesicht. Sie sah wieder dieses flüchtige Bild vor sich, das sich ihr geboten hatte, als sie aus dem Wald gekommen war, als die Marodeure hinter dem brennenden Haus verschwunden waren. Sie hatte nur einen von ihnen deutlich gesehen, den letzten der Reihe, aber sie hatte es Blau aufblitzen sehen, hatte die Yankee-Mütze erkannt.

Es konnte keinen Zweifel daran geben, wer hierfür verantwortlich war. *Soldaten der Unions-Armee hatten Onkel Etienne getötet ... hatten Maisonfleur zerstört.*

3

Carrie schlüpfte aus ihren Kleidern und in das weiche, weiße Musselinnachthemd. Sie schloß die rosa Bänder am Hals des Morgenmantels, ging langsam zur Kommode hinüber, nahm das Foto von George Pierre in die Hand und blickte lange in seine dunklen, sensiblen Augen. Wenn sie ihm doch nur von Onkel Etienne erzählen könnte. Aber vielleicht war es besser so. Es würde ihm schrecklich weh tun, davon war Carrie überzeugt.

Es war jetzt zwei Tage her, daß Onkel Etienne neben seinem Vater und seinem Onkel, ganz in der Nähe von Mama und Papa, bestattet worden war. Carrie hatte sich zusammengerissen und alles getan, was getan werden mußte. Da Onkel Etienne Katholik gewesen war, hatte sie von Lafitte einen Priester holen lassen, und dieser hatte die lateinischen Worte gesprochen, die Onkel Etienne sich gewünscht haben würde.

Der alte Monsieur Cirrillo, ein benachbarter Plantagenbesitzer, der in den letzten Jahren Etienne Moreaus bester Freund gewesen war, war gekommen, nachdem Benjamin ihn benachrichtigt hatte.

Auch Justice war von seiner kleinen Farm nördlich von Kingston's Landing gekommen. Justice, ernst und ruhig und kräftig, war immer dagewesen, wenn die Kingston-Familie Probleme gehabt hatte. Früher einmal war er dort Sklave gewesen, aber dann war er zum Aufseher aufgestiegcn und schließlich Adam Kingstons starke rechte Hand geworden. Viele Jahre hindurch galt nur das Wort von Adam Kingston selbst mehr auf der Plantage als das von Justice.

„Tut mir ehrlich leid mit Mist' Etienne, Miss Carrie", hatte er gesagt, und Carrie hatte seine dunkle Hand gedrückt. Er hatte dann mit seiner Frau Tana ein wenig abseits gestanden, bis es Zeit wurde, den Sarg in die Grube zu senken. Da war er vorgetreten, um Benjamin und Lafitte zu helfen.

In diesem Augenblick hatte Susannah so herzzerreißend zu schluchzen begonnen, daß Carrie sie schließlich von Mattie ins Haus bringen ließ. Sie selbst hatte während der gesamten Bestattungszeremonie mit unbewegtem Gesicht dagestanden, hatte anschließend versucht, die richtigen Worte für den Priester und den alten Monsieur Cirrillo zu finden, während sie die Erinnerungen bekämpfte, die auf sie einstürmten ... schmerzlich deutliche Bilder von Onkel Etienne, wie er im Staub lag, vor dem brennenden Maisonfleur.

Erst am Abend, als sie endlich zu Bett ging, ließ sie ihren Tränen freien Lauf. Und anschließend überlegte sie, was sie tun sollte, jetzt, da Onkel Etienne nicht mehr war, und sie schauderte, obwohl die Nacht warm war.

Keiner durfte wissen, wie groß ihre Angst war, beschloß sie. Sie war verantwortlich für die anderen, und sie mußte stark sein – so stark, wie Papa es gewesen wäre. Irgendwie mußte sie alles zusammenhalten.

Sie hörte Schritte im Gang und wischte hastig ihre Tränen fort. Als es kurz darauf leise klopfte, wandte sie sich zur Tür um. „Herein!"

„Ich bin's nur." Chloe trat ein. „Ich habe guten, heißen Tee gemacht."

„Danke, Chloe."

Die Frau stellte das Tablett auf den Nachttisch. „Hätte besser 'n bißchen warme Milch bringen sollen", murrte sie, „würd' dich vielleicht 'n bißchen polstern. Ich glaub' nich', daß du in den letzten Tagen genug gegessen hast."

„Unsinn, Chloe. Mir geht es gut. Und ich hasse warme Milch."

Chloe nickte nur, schenkte ein und reichte ihr die Tasse. „In der Kanne ist noch mehr. Ich lasse sie da", sagte sie und ging zur Tür.

„Chloe, warte . . .!" rief Carrie sie zurück. „Ich muß mit dir reden. Komm, wir können uns beide aufs Bett setzen."

Chloes Augen blickten besorgt. Sanft legte sie eine Hand an Carries Wange. „Was ist los, Schätzchen? Komm, du kannst es der alten Chloe ruhig sagen. Bist du nicht seit deiner Geburt ebensosehr mein Baby wie das deiner Eltern gewesen?"

Carrie nickte und fand sich plötzlich in Chloes starken und tröstenden Armen. Es fiel ihr schwer, die Tränen zu unterdrücken, die ihr wieder in die Augen getreten waren. Aber schließlich richtete sie sich mit einem dankbaren Lächeln auf.

„Also laß uns reden", meinte Chloe. „Was hast du im Sinn?"

„Ich halte es für besser, wenn ich für eine Weile nach New Orleans gehe", fing Carrie an. „Ich muß Leroy Tate in der Bank aufsuchen, wegen Onkel Etiennes Testament. Wenngleich ich nicht glaube, daß er viel hinterlassen hat. Das Haus . . ." Sie seufzte, als sie an die Ruinen von Maisonfleur dachte, die schwarz zum Himmel emporragten.

„Ich weiß, ich weiß . . .", murmelte Chloe kopfschüttelnd.

Carrie holte tief Luft und fuhr dann fort: „Und ich glaube, daß Susannah in New Orleans trotz General Butler und seinen Männern doch sicherer ist. Bestimmt würden J. D.s Eltern sie aufnehmen."

„Für dich wäre es auch sicherer."

Carrie schüttelte den Kopf. „Ich bleibe nur so lange, bis ich das Geschäftliche abgewickelt habe. Ich habe Angst, Kingston's Landing auch nur für kurze Zeit zu verlassen."

„Ich bleibe hier, Schatz. Ich und Benjamin..."

Carrie schwieg einen Moment lang. „Die Vorstellung gefällt mir nicht. Dasselbe, was in Maisonfleur passiert ist, könnte auch hier geschehen."

Chloe schob trotzig die Unterlippe vor und zog die Brauen zusammen. „Hier soll sich besser kein Yankee seh'n lass'n, sonst werd' ich ihm was erzählen!"

Carrie lächelte und drückte Chloes Hand. „Also schön. Wenn etwas passiert, könnt ihr immer noch Justice holen. Er wird tun, was er kann."

Chloe nickte.

„Ich muß irgendwo Geld auftreiben, um gleich zu Jahresbeginn pflanzen zu können. Ich werde Leroy Tate um ein Darlehen bitten."

Chloe sah sie mit wissenden, dunklen Augen an. „Das Geld eures Vaters?"

„Davon ist nicht mehr viel übrig. Aber ich möchte nicht, daß Suzy erfährt, wie schlimm es steht."

„Hmmhmmhmm. Es gab mal 'ne Zeit, da sah es so aus, als hätte Mist' Adam alles Geld der Welt. Aber dieser süße kleine George Pierre –"

„Es war nicht nur seine Schuld", verteidigte Carrie ihn.

„Natürlich nicht. Er hat getan, was er konnte."

Chloe stand auf, schlug die leichte Bettdecke zurück, schüttelte das Kopfkissen auf und sagte: „So, aber wenn du das alles schaffen willst, dann brauchst du jetzt deine Ruhe. Wann willst du abreisen?"

„Ich denke, in ein paar Tagen."

Chloe nickte. An der Tür wandte sie sich noch einmal um. „Mach dir keine Sorgen, Liebes. Ich paß schon auf Kingston's Landing auf, während du weg bist."

Carrie lächelte der Frau zu, die wie eine zweite Mutter für sie gewesen war. „Das weiß ich, Chloe. Ich glaube, du bist die einzige, der ich Kingston's Landing jetzt noch anvertrauen kann."

Nachdem sie ihren Tee getrunken und das Licht gelöscht hatte, kuschelte sich Carrie tiefer in die Bettdecke. Chloe hatte recht. Sie mußte schlafen. Sie spürte irgendwie, daß sie in den kommenden Tagen besonders gut in Form sein mußte.

„Wirklich, Carrie? Wir fahren *wirklich* nach New Orleans?" Susannahs Augen glänzten, eine gesunde Röte trat in das seit dem Tode von Onkel Etienne so blasse Gesicht. Und als Carrie es ihr bestätigte, eilte Susannah nach oben und fing an, Truhen und Hutschachteln hervorzuziehen, obwohl die Abreise erst in drei Tagen geplant war.

Sie hatten beschlossen, Mattie und Lafitte mitzunehmen, und das hübsche schwarze Mädchen hatte ebenso enthusiastisch reagiert wie Susannah. Es unterdrückte nur mit Mühe einen Schrei des Entzückens und tanzte durch die Halle. Lafitte reagierte würdevoller, richtete sich nur zu seiner ganzen Größe auf und nickte mit dem Kopf.

„Paß mir bloß gut auf die Mädchen auf", ermahnte ihn Chloe.

„Hab' ich schon jemals meine Pflichten vernachlässigt?" empörte sich Lafitte.

„Also schön, dann wäre soweit alles klar", mischte sich Carrie ein. „Aber wir haben noch viel zu tun, wenn wir pünktlich abfahren wollen. Chloe, würdest du bitte eine Liste all der Dinge anfertigen, die wir benötigen? Wir wollen die Gelegenheit nutzen, um in New Orleans auch gleich einzukaufen. Und du, Lafitte, bittest Benjamin, den großen Wagen noch einmal zu überprüfen. Er ist schon so lange nicht mehr benutzt worden . . ."

„Ja, Missy."

Die beiden eilten davon, und Carrie ging ins Arbeitszimmer hinüber und verbrachte den Nachmittag über den Büchern. Sie würde auf die Bank gehen und etwas Geld vom Konto abheben müssen. Und sie mußte unverzüglich mit Leroy Tate sprechen. Sie war zuversichtlich, daß er ihr ein Darlehen für den Zuckerrohranbau gewähren würde. Hatte Papa nicht all seine Geschäfte über die

Tate Bank von New Orleans abgewickelt, seit er damals nach Louisiana gekommen war?

Carrie lehnte sich in dem großen Ledersessel zurück. Die Sonne fiel schräg ins Fenster, es mußte schon spät sein.

Sie hörte Hufschlag. Benjamin brachte wohl die Pferde von der Weide herein, dachte sie. Und dann wurde plötzlich die Tür aufgerissen und Lafitte stand dort.

„Miss Carrie, da draußen sind Soldaten!“ Nur einen Sekundenbruchteil später hörte Carrie einen lauten Schrei. Sie erkannte Matties Stimme, aber diesmal klang sie nicht fröhlich, wie wenige Stunden zuvor, sondern angsterfüllt.

Der Schrei war von der Vorderseite des Hauses gekommen. Carrie sprang auf und rannte an Lafitte vorüber in die große Eingangshalle. Sie erhaschte aus dem Augenwinkel einen Blick auf Susannah, die mit fliegenden Röcken die Treppe heruntereilte. „Bleib drinnen, Suzy!“ rief sie über die Schulter, und dann stieß sie auch schon die schwere Eichentür auf und trat auf die vordere Veranda hinaus.

Sie blieb abrupt stehen, als sie vier Männer in staubigen, blauen Uniformen sah. Ihre Pferde stampften mit den Hufen, als sie sich aus ihren Sätteln herabbeugten und sich grinsend gegenseitig anstießen. Ein Soldat stand auf der Erde. Er hatte einen Arm um Matties Taille gelegt und hielt sie hoch, ungeachtet ihrer strampelnden Füße, die sich ein ganzes Stück über dem Boden befanden. Mattie stieß immer wieder kleine Schreie aus, und ihre vollen Brüste hüpften unter dem dünnen Baumwollstoff ihres Kleides.

„Du bist wirklich ein hübsches Ding“, bemerkte der große Soldat. „Sei doch endlich still... ich tu' dir nich' weh.“ Und seine schmutzigen und zerlumpten Partner brüllten.

„Er will doch bloß 'ne kleine Umarmung, Süße!“ rief einer von ihnen, und die anderen grölten erneut.

Carrie konnte ihr Herz so heftig schlagen fühlen, daß sie fürchtete, ohnmächtig zu werden, aber sie holte tief Luft und ging entschlossen die breite Treppe hinab auf die Männer zu.

Der Soldat, der Mattie hochhielt, gab nicht nach, und das junge schwarze Mädchen sah seine Herrin aus großen, ängstlichen Augen an. „Miss Carrie..."

Carries Mund war trocken, aber sie versuchte sich zu erinnern, wie Papa geklungen hatte, wenn er einen Befehl erteilte, von dem er erwartete, daß er befolgt werden würde.

„Sie da", erklärte sie mit lauter und überraschend fester Stimme, „lassen Sie sie sofort herunter!"

Der Soldat starrte sie einen Moment lang überrascht an. Dann warf er den Kopf zurück und lachte. „Sieht aus, als wäre dieses Haus hier voll von Hitzköpfen!"

„Haben Sie mich nicht gehört, Sie!" Carrie trat einen Schritt auf ihn zu, obwohl ihre Beine so sehr zitterten, daß sie jeden Augenblick befürchtete zu fallen. „Ich sagte, Sie sollen das Mädchen herunterlassen!"

Schweigen trat ein, während der Soldat sie unverschämt musterte. Dann ertönte plötzlich hinter ihr eine tiefe, männliche Stimme mit deutlichem Südstaatenakzent.

„Ich denke, Corporal, Sie sollten lieber tun, was die Dame sagt."

„Jawohl, Sir." Der Soldat zögerte, während Carrie herumwirbelte und in die grauesten, direktesten Augen schaute, die sie jemals gesehen hatte.

Vor ihr stand ein Mann von eindrucksvollem Äußeren. Er war schlank, aber noch größer als J. D. – fast so groß wie Papa gewesen war.

Er grinste. „Ich muß mich für meine Männer entschuldigen, Miss." Der Südstaaten-Akzent überraschte sie, denn er trug die unverkennbare, wenngleich staubige Uniform eines Offiziers der Unionsarmee. „Ich fürchte, der Corporal hat sich für einen Moment vergessen", meinte er ruhig.

Carrie starte ihn an, unfähig zu sprechen, aber sie bemerkte doch die schmale, gerade Nase über einem dunklen, gepflegten Schnurrbart und einem ausgeprägten Grübchen genau in der Mitte eines markanten Kinns.

„Wenn Sie gestatten, möchte ich mich vorstellen." Er zog den Hut. „Captain Rance Stewart, Adjutant von General Benjamin Butler, dem militärischen Befehlshaber von New Orleans. Meine

Männer und ich waren in einem Spezialauftrag des Generals unterwegs und –"

„Captain Stewart", unterbrach ihn Carrie eisig, „machen es sich Ihre Männer zur Gewohnheit, Privatgrundstücke zu betreten und unschuldigen Frauen ihre Aufmerksamkeiten aufzuzwingen?"

„Gewiß nicht, Miss... äh...?" Die grauen Augen blickten durchdringend.

„Kingston", erklärte sie mürrisch.

„Gewiß nicht, Miss Kingston." Aus seinem Blick sprach eine gewisse Belustigung. „Ich bitte nochmals um Entschuldigung."

Aus dem Augenwinkel fing Carrie eine Bewegung auf und blickte schnell zur Veranda hinüber. Susannah trat gerade auf die unterste Stufe. Und in diesem Augenblick begriff Carrie, welch verführerisches Bild ihre kleine Schwester abgab. Sie war kein kleines Mädchen mehr, sondern eine ausgesprochen hübsche junge Dame mit dieser Unmenge brauner Locken, den rosigen Wangen und der hübschen Figur.

Carrie hätte sie ohrfeigen können. Begriff sie denn nicht, daß dies die Patrouille war, von der Paul Gayerre erzählt hatte? Höchstwahrscheinlich hatten dieselben Männer auch Onkel Etienne getötet und Maisonfleur niedergebrannt. Warum war sie nicht im Haus geblieben, wie sie es ihr gesagt hatte?

„Wir sind auf dem Weg zurück nach New Orleans", erklärte Captain Stewart. „Leider ist eines unserer Lastpferde im Fluß gestolpert, und unsere Vorräte sind ruiniert."

Carrie beobachtete ihn, sagte aber nichts.

„Meine Männer sind müde und hungrig und können vor Tagesanbruch nicht weiter. Es tut mir leid, wenn wir Sie belästigen, aber ich muß doch die Gastfreundschaft Ihrer Plantage für eine Nacht in Anspruch nehmen."

Carrie holte tief Luft. „Haben wir eine Wahl, Captain?"

Rance Stewart blickte mit seinen grauen Augen auf sie herab. „Miss Kingston", meinte er in seinem schleppenden Tonfall, „es gibt tatsächlich Bestimmungen bezüglich besetzter Gebiete, aber ich bin sicher, wir müssen nicht darauf zurückgreifen. Ich habe noch niemals eine Dame aus dem Süden kennengelernt, die einem müden Reisenden die Gastfreundschaft ihres Hauses verweigern würde."

Einen Moment lang starrten sie einander an. Schließlich neigte Carrie den Kopf. „Also schön, Captain. Aber ich möchte Sie bitten, dafür zu sorgen, daß sich Ihre Männer anständig benehmen, solange sie auf Kingston's Landing sind."

„Ich gebe Ihnen mein Wort."

Plötzlich hörte man ein lautes Geheul, und ein schmächtiger Soldat schoß mit fliegenden Armen ums Haus. Chloe rannte direkt hinter ihm und hieb heftig mit einem Besen auf seinen Kopf und seine Schultern ein.

„Chloe!" rief Carrie. Die schwarze Frau senkte ihre Waffe und starrte die Männer wütend an, während der unglückliche Kerl, der ihre Aufmerksamkeit auf sich gezogen hatte, zu seinen Kameraden hinüberschlurfte, die ihn brüllend empfingen. „Chloe, es ist schon in Ordnung", sagte Carrie. „Diese ..." Sie machte bewußt eine Pause, „... Herren werden die Nacht bei uns verbringen."

„Jawohl, Miss Carrie." Chloe blickte immer noch mißtrauisch auf die Soldaten.

„Benjamin soll hinten Tische für die Männer aufstellen. Captain Stewart wird mit uns essen."

„Vielen Dank, Miss Kingston. Wenn es nicht zu viele Umstände macht, würde ich mich gern ein wenig säubern." Der Captain fuhr sich mit der schmalen langfingrigen Hand übers Kinn.

„Lafitte wird sich um Sie kümmern, Captain." Sie wandte sich an den Diener. „Lafitte, sobald der Captain versorgt ist, bring bitte Seife, Handtücher und Eimer voll Wasser für die anderen nach hinten."

„Ja, Miss Carrie."

„Ich habe noch ein Wort mit meinen Männern zu reden und komme dann sofort", erklärte Captain Stewart.

„Tun Sie das, Captain."

Mattie, die ihre ursprüngliche Angst überwunden hatte, sah das Ganze jetzt als Spaß an und stolzierte auf eine Art und Weise herum, die die Soldaten veranlaßte, sich gegenseitig anzustoßen.

Carrie und Chloe wechselten einen Blick, und Chloe versetzte ihrer Tochter einen Stoß, der diese fast umgeworfen hätte. „Ich brauch dich in der Küche!“ erklärte sie. Und nachdem alle Frauen sicher im Haus waren: „Geh in dein Zimmer, Mädchen, und zieh dir deinen Unterrock an. Und dann das karierte Kleid, das mit dem Kragen bis zum Kinn! Und wenn du fertig bist, sieh zu, daß du in die Küche kommst und das Fleisch brätst!“

„Ja, Mama“, erwiderte Mattie schüchtern und eilte davon.

„Und du suchst dir eine Schürze und bindest sie um“, befahl Carrie Susannah. „Fang an, Kartoffeln zu schälen. Wir brauchen Unmengen davon.“

„Ich habe gar nicht gewußt“, plapperte Susannah, „wie charmant ein Unions-Offizier sein kann!“ Grinsend und mit vor Erregung gerötetem Gesicht eilte sie in die Küche.

Carrie wollte sie schon zurückrufen, aber Chloe berührte sie am Arm. „Laß sie laufen. Sie is' ja noch 'n Kind. Sie weiß es nich' besser.“

Carrie seufzte. „Du hast wahrscheinlich recht, Chloe.“

Die Augen der älteren Frau blickten düster. „Was machen wir jetzt?“

„Ich weiß nicht.“ Carries Verstand arbeitete fieberhaft. Es gab nicht einmal ein Gewehr im Haus, abgesehen von Papas Sammlung alter Duellpistolen. Und Carrie war sich nicht sicher, ob sie eine davon abfeuern konnte.

„Weißt du, Chloe . . . diese Männer da draußen scheinen genau das zu tun, was der Captain ihnen sagt.“

Die beiden Frauen blickten sich lange an.

„Was hast du vor, Kleines?“

„Chloe.“ Carrie ergriff ihre Hand. „Ich weiß nicht, ob es uns helfen kann . . . aber du gehst jetzt in die Küche und kochst dein bestes Essen. Ich helfe dir. Und wir nehmen unser bestes Porzellan. Und ich pflücke Blumen für den Tisch. Chloe –“ Carrie brach ab und holte tief Luft, ehe sie ein wenig ängstlich fortfuhr: „Wir müssen Captain Rance Stewart so gut bewirten, daß . . .“ Den Rest ließ sie ungesagt.

Das Essen war fertig. Im Eßzimmer war der Tisch mit dem besten Porzellan gedeckt, und Wachskerzen zierten silberne Leuchter.

Oben in ihrem Zimmer war Carrie gerade damit fertig geworden, sich mit Lavendelseife und kaltem Wasser abzuwaschen. Sie trocknete sich ab, griff nach der Flasche mit Lavendelwasser auf ihrem Tisch und tupfte mit dem Glasstöpsel an Handgelenke, Ohrläppchen und die Beuge ihrer Arme. Dann zog sie hastig Strümpfe an, weiße Unterhosen mit Spitzenbesatz und ein Mieder. Sie ließ sich nur selten schnüren, haßte es, weil es ihr das Gefühl gab, ersticken zu müssen. Und heute abend würde sie gewiß ihren ganzen Atem und Witz benötigen.

Eine Inspektion der Kleider in dem großen Schrank erwies sich als enttäuschend. Seit langem hatte sie sich kein neues Kleid mehr machen lassen. Sie wollte das Geld nicht ausgeben. Aber heute abend brauchte sie etwas Besonderes. Sie mußte Captain Rance Stewarts Aufmerksamkeit auf sich ziehen und fesseln, so daß er jeden Gedanken daran, Kingston's Landing Schaden zuzufügen, vergaß.

Ganz hinten im Schrank entdeckte sie ein Stückchen cremefarbene Seide. Natürlich! Dieses Kleid hatte sie ganz vergessen! J. D.s Mutter hatte im letzten Herbst darauf bestanden, daß Carrie es machen ließ. „Etwas Besonderes, für den Fall, daß J. D. Heimaturlaub erhält. Denn dann wollt ihr gewiß zum Weihnachtsball im St. Charles gehen." Aber J. D. war nicht gekommen, und das Kleid hatte sie noch nie getragen.

Jetzt zog Carrie es hervor und betrachtete es. Sie erinnerte sich, wie verlegen sie geworden war, als sie es das letzte Mal anprobierte... das Oberteil saß sehr eng, und es war wirklich ein bißchen tief ausgeschnitten.

Aber obwohl ihr Mund trocken war und ihre Hände vor Nervosität zitterten, musterte sie es. Es war genau das richtige für diesen Abend, entschied sie dann.

Sie legte Reifen und Unterröcke an und zog schließlich das Kleid über den Kopf. Mit zitternden Händen schloß sie die Haken im Rücken und stand dann vor dem großen Spiegel.

Die blasse Seide stand ihr zu ihrem dunklen Haar ausgesprochen gut ... aber das Kleid war noch aufreizender, als sie es in Erinnerung hatte. Die Ärmel waren zwar lang und endeten am Handgelenk in hübscher Spitze, und auch der Rock fiel in weichen Falten ganz schlicht zu Boden, aber das Oberteil saß wie eine zweite Haut und ließ nicht nur ihre Brüste erahnen, sondern drückte sie auch noch nach oben, so daß mehr als nur der Brustansatz zu sehen war.

Einen Augenblick lang war sie von Panik ergriffen. O Gott, ich kann nicht ... *ich kann nicht* ... dachte sie, ihre Finger flogen zu den Haken, versuchten fieberhaft, sie zu öffnen.

Doch dann hielt sie sich zurück, holte Luft. Welche Wahl blieb ihr denn? Sie mußte diesen Mann bei Laune halten, der trotz seines Südstaaten-Akzents höchstwahrscheinlich für die Zerstörung von Maisonfleur verantwortlich war. Sie schauderte bei der Erinnerung an die schwarzen Ruinen, an diese letzten, entsetzlichen Minuten, in denen sie Onkel Etienne in den Armen gehalten hatte.

Sie würde alles tun, um zu verhindern, daß es Kingston's Landing ebenso erging. Sie mußte auch an Suzy und die anderen denken. Und dieses Haus ... lieber Gott, sie war in diesem Haus geboren worden!

Hastig fuhr sie sich mit dem Kamm durch das lange dunkle Haar. Dann steckte sie es zu beiden Seiten hoch auf, so daß es in weichen Locken in den Nacken fiel, und schob schließlich einen kleinen elfenbeinfarbenen Kamm über ihrem linken Ohr ins Haar. Sie trat zurück und musterte zufrieden das Ergebnis.

Aus einem plötzlichen Impuls heraus tupfte sie noch etwas Lavendelwasser in die Vertiefung zwischen ihren Brüsten, wandte sich dann vom Schminktisch ab und ging zur Tür. Als sie nach dem Türknauf griff und sich anschickte, nach unten zu gehen, um ihre bislang wichtigste Rolle zu spielen, fragte eine leise innere Stimme: Wie weit wirst du gehen, um Kingston's Landing zu retten?

4

Carrie zögerte nur einen winzigen Augenblick, ehe sie unter dem Rascheln von Seide und in eine Wolke von Lavendelduft gehüllt charmant lächelnd durch die Tür rauschte.

„Captain Stewart“, sagte sie, „verzeihen Sie, daß ich so spät komme. Ich hoffe, ich habe Sie nicht zu lange warten lassen.“ Sie streckte die Hand aus, und Rance Stewart beugte sich darüber und streifte mit den Lippen ihre Finger.

„Aber überhaupt nicht, Miss Kingston. Ihre charmante Schwester hat mich ausgesprochen gut unterhalten.“

„Das freut mich zu hören, Captain.“ Carrie lächelte Suzy zu, die erstaunt auf das tief ausgeschnittene Seidenkleid starrte. Sie öffnete bereits den Mund, um etwas zu sagen, als Chloe, die das leere Weinglas des Captains vom Tisch nahm, ihr unauffällig in die Rippen stieß. Das Mädchen schloß den Mund und schwieg.

„Und wie groß die Verzögerung auch gewesen sein mag“, fuhr Captain Stewart fort, „sie war es gewiß wert. Sie sehen reizend aus, Miss Kingston.“

„Vielen Dank, Captain ... wie galant. Aber kommen Sie doch, Sie müssen ja am Verhungern sein. Ist alles fertig, Chloe?“

„Ja, Miss Carrie.“

„Wenn du dann bitte auftragen würdest. Captain ...“ Sie wandte sich ihm zu, und insgeheim mußte sie zugeben, daß er, nachdem er ein heißes Bad genommen hatte und seine Uniform ausgebürstet und aufgebügelt worden war, ein gutaussehender Mann war.

Sie bekam sofort ein schlechtes Gewissen bei diesen Gedanken. Sogar General Butler konnte ein gutaussehender Mann sein, sie wußte es nicht, aber er hatte sich selbst den Beinamen *Biest* Butler eingebracht, seit er die Kontrolle über New Orleans und die umliegenden Gebiete hatte.

Sie achtete sorgfältig darauf, daß ihre Miene ihre Gedanken nicht verriet, als Rance Stewart auf sie herablächelte, dann auf Susannah, und schließlich beide Arme anwinkelte. „Ich weiß nicht, wann ich das letzte Mal das Vergnügen hatte, zwei so reizende Damen zum Essen zu führen.“

„Ich habe Captain Stewart erzählt“, fing Susannah an, nachdem sie am Tisch Platz genommen hatten, „daß wir nun endlich nach New Orleans fahren. Und daß du es vorher wegen General Butlers dummer *Woman Order* nicht wolltest.“

Carrie fühlte ihre Wangen heiß werden. „Suzy, ich glaube, wir sollten das lieber nicht mit Captain Stewart diskutieren.“

Der Captain musterte sie mit demselben Ausdruck kühlen Amüsements, den sie schon zuvor in seinem Blick gesehen hatte. „Das war ein dummer Befehl“, meinte er.

„Oh? Heißt das, Sie billigen die Behandlung der Menschen in dem besetzten Gebiet nicht, Captain?“

Die dunklen Brauen wurden leicht in die Höhe gezogen. „Es heißt, daß der General das Kommando hat, Miss Kingston. Nicht ich.“

Carrie war erleichtert, als in diesem Augenblick Chloe und Lafitte eintraten, um das Essen zu servieren.

„Wir hatten nicht häufig Gelegenheit, Gäste zu empfangen, so wie früher, Captain. Es ist wirklich eine angenehme Überraschung für uns.“ Sie zwang ein Lächeln auf ihre Lippen, hob dann ihr Weinglas und warf ihrer Schwester einen warnenden Blick zu, damit diese nichts von ihrem letzten Gast verriet.

„Oh?“ Rance Stewart zog eine dunkle Braue scharf empor. „Ich freue mich, das zu hören. Ich muß gestehen, daß es heute schon Momente gab, da war ich mir gar nicht so sicher, willkommen zu sein.“

„Nun“, gab Carrie zurück, „Ihre Ankunft kam etwas überraschend, und das Verhalten Ihrer Männer entsprach nicht ganz dem, was wir normalerweise auf Kingston's Landing gewöhnt sind.“

Er lachte leise. „Das ist bestimmt wahr. Ich kann mich nur nochmals entschuldigen. Ich fürchte, Soldaten sind nicht immer so zivilisiert, wie sie es sein sollten, Miss Kingston.“

„Und ihre Offiziere?“

„Auch sie nicht.“ Er erwiderte ihren Blick mit einem Lächeln auf den Lippen und bediente sich von der Platte, die Chloe herumreichte.

„Nun, ich bin froh, daß Sie gekommen sind“, warf Susannah ein. „Hier passiert nichts Schönes mehr, seit George Pierre fort ist.“

Wieder warf Carrie Susannah einen Blick zu. Sie hatte nun wirklich keine Lust, mit einem Yankee-Captain über ihren Bruder zu sprechen.

„Miss Susannah hat mir erzählt, daß Ihr Bruder in der Konföderierten-Armee ist“, meinte er.

„Das ist richtig, Captain“, antwortete Carrie vorsichtig. Dabei hoffte sie die ganze Zeit, daß Susannah nicht so dumm gewesen war zu verraten, daß sie erst kürzlich von George Pierre gehört hatten.

„Sie hat mir auch erzählt, daß Sie nichts mehr von ihm gehört haben, seit New Orleans gefallen ist“, fuhr er fort. In Susannahs grüne Augen trat ein ironischer Ausdruck, als sie ihre Schwester von der anderen Seite des Tisches aus ansah.

„Das ist nur eine weitere Qual, die wir Ihrer Armee zu verdanken haben, Captain.“

Captain Stewart entschloß sich, diese Spitze zu ignorieren. „Nun, wenn Sie von ihm hören, dann hoffentlich, daß es ihm gutgeht. Beide Seiten haben bereits zu viele gute Männer verloren, Miss Kingston.“

Einen Augenblick lang fühlte sich Carrie von dem Ernst in seiner Stimme gerührt, aber schnell rief sie sich wieder in Erinnerung, wer er war. Nach einem Moment des Schweigens schob sie die Beilagenplatte näher zu ihm hinüber. „Versuchen Sie mal Chloes Gurken-Pickles“, forderte sie ihn auf. „Sie ist berühmt dafür.“

„Wenn ihr Hühnchen eine Beurteilung zuläßt, dann sollte sie für ihre Kochkünste ganz allgemein berühmt sein“, meinte er und aß mit offensichtlichem Genuß, während er sich vollkommen gelöst mit Susannah über die jüngsten Theateraufführungen in New Orleans unterhielt.

Das Gespräch der beiden ermöglichte Carrie eine kurze Pause, und sie sagte sich, daß ihr Plan es erforderte, daß sie nett zu Rance Stewart war. Sie konnte ihren Feind bestimmt nicht bezaubern, wenn sie weiterhin ihre wahren Gefühle zeigte. Sie schwor sich, netter zu ihm zu sein. Und wenn es sie umbrachte!

„Also, Captain, ich muß sagen, das klingt äußerst amüsant", sagte sie, nachdem er eine kurze Zusammenfassung einer Theateraufführung gegeben hatte, die er kürzlich in New Orleans besucht hatte. Und danach lächelte sie häufig und beugte sich von Zeit zu Zeit zu ihm, erfreut und erschrocken gleichermaßen, als sie sah, wie sein Blick zu ihrem Ausschnitt wanderte.

„Wußtest du eigentlich, Carrie", sagte Susannah, als Chloe den Kuchen auftrug, „daß Captain Stewart überhaupt nicht aus dem Norden ist? Er ist aus South Carolina."

„Tatsächlich?" Carrie lächelte zwar immer noch, war aber kaum in der Lage, den Zorn zu unterdrücken, der in ihr aufstieg. Da saß also tatsächlich ein Mann aus den Südstaaten in dieser Uniform vor ihr! „Ich muß zugeben, daß mir der Akzent aufgefallen ist."

„Aber Sie waren zu höflich, um etwas dazu zu sagen", meinte er.

„Vielleicht war ich auch einfach nur zu verwirrt, Captain." In diesem Augenblick stellte Chloe den Dessertteller vor sie hin und nickte dabei kaum merklich zur Tür hinüber. Carrie sah Benjamin in der Halle stehen, und selbst aus dieser Entfernung entging ihr die Sorge nicht, die seine ganze Haltung ausdrückte.

„Würden Sie mich bitte entschuldigen, Captain? Ich bin gleich wieder da. Bitte, behalten Sie Platz." Damit rauschte sie aus dem Zimmer, ehe er auch nur aufstehen konnte.

„Was gibt es, Benjamin?" flüsterte sie draußen.

Er neigte seinen großen Kopf und sprach dicht an ihrem Ohr. „Mir gefällt gar nich', was da hint'n vorgeht, Miss Carrie, bei den Soldaten."

„Was tun sie denn?"

„Hab' geseh'n, wie sie 'ne Flasche rumgeh'n lass'n ham. Und jetzt fang'n sie an, laut zu red'n. Das gefällt mir alles nich'."

Carrie holte tief Luft. „Es war richtig von dir, daß du es mir gesagt hast. Geh wieder und beobachte sie. Und gib mir sofort Bescheid, wenn noch etwas passiert. Aber, Benjamin" – sie legte eine Hand auf seinen Arm –, „paß auf, daß sie dich nicht sehen."

„Ja, Miss Carrie." Sie sah ihm nach, als er ging, den zerbeulten Strohhut in der Hand.

Carrie wandte sich wieder dem Eßzimmer zu und überlegte, ob

sie mit dem Captain über seine Männer sprechen sollte oder nicht. Sie entschloß sich, es zu tun, und trat ein.

„Captain Stewart –", fing sie an, aber im selben Augenblick knallte ein Gewehrschuß hinten bei den Scheunen, gefolgt von einem zweiten und dritten.

Rance Stewart war sofort auf den Beinen und marschierte zur Tür. „Sie bleiben im Haus, bis ich zurückkomme", bellte er, ohne sich auch nur umzusehen.

Carrie sank auf ihren Stuhl, wütend, daß er in ihrem Haus Befehle erteilte, aber noch wütender, weil sie sie befolgte.

„Carrie!" Susannah riß die Augen auf. „Das war ein Gewehr!"

„Ich weiß."

„Komm, laß uns nachsehen, was da draußen passiert!"

Carrie trank hastig einen Schluck von ihrem Wein, bemüht, Haltung zu bewahren. „Nein. Wir werden hier bleiben, wie es der Captain verlangt hat. Jedenfalls für den Augenblick", fügte sie dann hinzu. „Laß uns weiteressen."

„Ich verstehe nicht, warum du mich immer behandelst wie ein Kind!"

„Es tut mir leid, Suzy", erwiderte Carrie geistesabwesend, aber ihre Schwester ließ sich nicht so leicht beruhigen.

„Ich bin sicher, du hast gedacht, ich wäre so dumm, etwas über –" Sie brach ab und vergewisserte sich, daß der Captain nicht gerade zurückkam – „Paul Gayerre zu sagen. Ehrlich, Carrie, du traust mir kein bißchen Verstand zu." Der Zorn war aus ihrer Stimme gewichen, aber ihre Unterlippe zitterte merklich.

„Ach, Suzy, Liebes, natürlich tue ich das. Und es tut mir wirklich leid. Aber wir müssen einfach vorsichtig sein, jetzt, wo wir Unions-Soldaten im Haus haben."

Besänftigt fing Susannah an, ihre Torte zu essen. Die Minuten verstrichen, und Carries Besorgnis mußte wohl ansteckend gewesen sein, denn obwohl Susannah noch immer versuchte zu essen, betrachtete sie ihre Schwester doch mit ängstlichen Blicken.

„Miss Carrie . . ." Beim Ton von Benjamins Stimme fuhr Carrie zusammen.

„Was gibt es, Benjamin?"

Der große Mann atmete schwer, als wäre er den ganzen Weg von der Scheune zum Haus gerannt. „Diese Männer ... die war'n betrunk'n, und da ha'm se Flaschen auf den Zaun gestellt, Miss Carrie, und drauf geschoss'n. Ich glaub' aber, daß sie im Dunkeln nix getroff'n ha'm." Er rang nach Atem. „Als ich die Schüsse gehört hab', hab' ich mich im Gebüsch versteckt, und dann hab' ich den Captain geseh'n. Er hat seine Männer zusammengetrommelt und gesagt: ‚Ihr tut hier nichts, bis ich es euch sage.' Jawohl, genau das hat er gesagt. Und ich bin gleich hierher gerannt, damit Sie wiss'n, was passiert is, Miss Carrie."

„Danke, Benjamin. Ich glaube, im Augenblick können wir nichts weiter tun. Laß es mich wissen, wenn noch mehr geschieht." Und als er sich zum Gehen wandte: „Benjamin, hast du schon etwas gegessen?"

„Nein."

„Dann geh jetzt in die Küche und laß dir von Chloe oder Mattie etwas geben."

„Ja, Miss Carrie. Aber ich passe weiter auf."

„Gut." Sie wandte sich um und sah Susannah, die wieder lächelte.

„Siehst du", meinte ihre kleine Schwester und zuckte erleichtert mit den Schultern. „Captain Stewart hat sich darum gekümmert. Er ist wirklich nett, findest du nicht?"

„Suzy! Er ist ein Yankee!"

„Nicht direkt", meinte Susannah naiv. „Eigentlich kommt er aus South Carolina."

Carrie hätte ihre Schwester am liebsten geschüttelt. „Weißt du denn nicht, daß er es wahrscheinlich war, der –" Ihre Hand flog an die Lippen. Fast hätte sie gesagt, *der Onkel Etienne umgebracht und Maisonfleur niedergebrannt hat.*

Sie wandte sich ab, wütend auf sich selbst. Warum sollte sie die arme Suzy fast zu Tode erschrecken?

„Ja, für einen Yankee ist er wohl ganz nett", gab Carrie mürrisch zu. Sie konnte nur daran denken, daß der Captain seinen Männern nicht befohlen hatte, die Menschen und den Besitz zu respektieren, sondern nur seinen Befehlen zu folgen.

Weitere fünf Minuten vergingen, ehe Rance Stewart wieder das Eßzimmer betrat, ruhig und lächelnd. „Verzeihen Sie, daß ich so lange fortgeblieben bin. Ich hoffe, Chloe hat mein Dessert noch nicht abgeräumt. Ah, gut!“ sagte er, als er sich wieder zu Tisch setzte. „Wie ich sehe, ist es noch da.“ Und er schickte sich an, es mit Genuß zu verspeisen.

Der Mond hatte die Farbe dicker Sahne und stand hoch am Himmel, warf ein sanftes Licht auf die Veranda, auf der Carrie und Captain Stewart ihren Kaffee tranken. Die Gardenien erfüllten die Nachtluft mit ihrem süßen Duft.

Sie waren auf Carries Vorschlag hin auf die Veranda gegangen, nachdem sie Susannah zu Bett geschickt hatte, und Carrie hatte fast unverschämt mit Captain Stewart geflirtet, hatte gelächelt, sich von Zeit zu Zeit zu ihm gebeugt und einmal sogar leicht seinen Arm berührt. Doch die ganze Zeit über ergriff sie jede noch so kleine Gelegenheit, um ihn daran zu erinnern, daß sie die Herrin dieses Hauses war.

Jetzt sah Rance sie mit einem halb verwirrten, halb fragenden Blick an, beugte sich in seinem Stuhl vor und stellte die Tasse auf den Tisch. „Ich muß zugeben, daß Sie mich überrascht haben, Miss Kingston. Als ich heute nachmittag hierherkam, hatte ich keine Ahnung, daß der Abend so interessant werden würde. Obwohl wir uns auf verschiedenen Seiten des Krieges befinden, haben Sie sich als ausgesprochen charmante und faszinierende Gastgeberin erwiesen.“

„Vielen Dank, Captain. Es freut mich, daß es Ihnen gefallen hat.“

„Das hat es allerdings.“ Er senkte leicht den Kopf, und Carrie fühlte, wie sie unter seinem Blick errötete. Doch dann erhob er sich plötzlich. „Wie auch immer“, erklärte er, „es war ein langer Tag, und mit Ihrer Erlaubnis werde ich mich jetzt in mein Zimmer zurückziehen.“

„Aber Captain Stewart“, protestierte sie eilig, überzeugt, Kingston’s Landing wäre sicher, so lange sie sich mit ihm unterhalten konnte, „es ist doch noch so früh. Und außerdem haben Sie mir noch nicht erzählt, wie es kommt, daß ein Gentleman aus den Südstaaten eine Yankee-Uniform trägt." Sie schob einen Arm unter seinen und hoffte, daß er nicht spürte, wie ihre Hand zitterte. „Kommen Sie, lassen Sie uns in den Garten gehen. Es ist eine so schöne Nacht."

Er ließ sich von ihr die Steinstufen hinab- und durch den Garten führen, und sie erkannte plötzlich, daß sie sich seiner Gegenwart körperlich bewußt war, wie es noch nie bei einem anderen Mann der Fall gewesen war. Es ärgerte sie, aber dann tröstete sie sich damit, daß es gewiß verständlich war. Schließlich hatte man nicht jeden Tag Gelegenheit, einen Yankee-Captain aus der Nähe zu betrachten. „Erzählen Sie mir von Ihrer Familie", forderte sie ihn auf und spürte gleich darauf, wie er sich zurückzog.

„Da gibt es nicht viel zu erzählen. Meine Mutter ist schon früh gestorben. Ich kann mich kaum an sie erinnern. Mein Vater, mein Bruder und ich verbrachten einen Teil des Jahres immer in unserem Haus in Charleston. Aber die meiste Zeit lebten wir auf unserer Familienplantage ein paar Meilen weiter oben an der Küste. Sie sieht nicht viel anders aus als diese hier, nur, daß wir Reis anbauen statt Zucker."

„Und teilen Ihr Vater und Ihr Bruder Ihre Liebe zur Union, Captain Stewart?"

„Nein", lautete die knappe Antwort. Und nach einer Pause: „Mein Vater ist ein ebenso glühender Rebell wie Sie, Miss Kingston."

Sie hatten die Bänke erreicht und blieben stehen, setzten sich aber nicht. „Dann muß er sehr enttäuscht von Ihnen sein." Sie hatte die Worte ausgesprochen, ehe sie in sein Gesicht sah und die harten Linien dort entdeckte.

„Er konnte es nicht verstehen", sagte er, und Carrie wußte nicht, ob der neue Unterton in seiner Stimme von Zorn, Haß oder Schmerz herrührte.

„Ich kann es auch nicht", sagte sie, dachte an Maisonfleur und konnte die Kälte in ihrer Stimme nicht verhindern.

Er sah sie fest an. „Das habe ich auch nicht erwartet. Schließlich ..." Er brach ab, als suchte er nach Worten.

„Sind wir die Besiegten? Ist es das, was Sie sagen wollten,

Captain?“ Ihre Worte überschlugen sich fast. „Wir sind die Besiegten und Sie sind der Sieger! Und beide sind wir aus dem Süden! Da liegt das Rätsel!“

„Ich glaube immer noch, daß die Erhaltung der Union, Miss Kingston, wichtiger sein muß als die Tatsache, ob jemand aus dem Norden oder dem Süden kommt!“ Seine Augen funkelten gefährlich. „Meine Entscheidung war nicht einfach, aber ich bin Ihnen weiß Gott keine Erklärung schuldig!“

„Und das gibt Ihnen das Recht, sich mit einem Mann zu verbünden, der die Frauen aus dem Süden beleidigt, der den Menschen der Südstaaten das Land stiehlt, das ihnen rechtmäßig zusteht, und Schlimmeres, Captain, noch Schlimmeres!“

„General Butler bittet nicht um meinen Rat, wenn er eine Entscheidung trifft!“ fuhr er sie an. „Ich bin Soldat, und ich befolge meine Befehle ebenso, wie Ihr Bruder die Befehle seiner Offiziere befolgt.“

„Und was ist mit Ihrem Bruder, Captain Stewart? Was hält er von Ihrem Yankee-General?“

Schweigen senkte sich plötzlich auf sie herab, und Carrie sah, wie Rance sich zu seiner vollen Größe aufrichtete. Seine Augen waren plötzlich schwarz und kalt. Einen Moment lang stand er vollkommen reglos.

„Mein Bruder ist in der Schlacht von Bull Run gefallen“, berichtete er dann. „Auf den Tag genau sechs Monate, nachdem er sich freiwillig zur Konföderierten Armee gemeldet hatte.“ Er verbeugte sich leicht, die Hände an der Hosennaht. „Wenn Sie mich jetzt bitte entschuldigen, Miss Kingston. Gute Nacht!“

Betroffen blickte Carrie ihm nach, dieser großen, steif aufgerichteten Gestalt mit den überraschend breiten Schultern, die auf die Veranda zuging. Ihr instinktives Bedauern, ihm Schmerzen zugefügt zu haben, wich wachsender Panik. Was hatte sie getan? War er jetzt vielleicht schon auf dem Weg, seine Männer auf Kingston's Landing loszulassen? Zu plündern und niederzubrennen ... und vielleicht zu töten?

„Captain Stewart ...!“ rief sie, raffte ihre Röcke und lief ihm nach.

Als er sich umdrehte, waren zwei tiefe Falten zwischen den Brauen sichtbar, und sein Kinn war gespannt. Carries Angst nahm noch zu. Sie hatte keine Ahnung, welch hübsches Bild sie abgab, mit ihrem bebenden Busen, den rosigen Wangen, den dunklen Locken, die sich um ihr Gesicht kringelten. Sie wußte nur, daß sie es wiedergutmachen mußte, und zwar schnell.

„Captain Stewart", begann sie, und ihre Stimme klang ein wenig atemlos, „bitte verzeihen Sie. Ich hatte keine Ahnung. Ich ..."

„Machen Sie sich keine Gedanken", unterbrach er sie spröde.

„Aber das muß ich doch." Sie legte eine Hand auf seinen Arm. „Ich hatte nicht das Recht, mich in Ihr Leben zu mischen. Überhaupt kein Recht. Und wenn ich Ihnen Kummer bereitet habe, so hoffe ich, daß Sie mir verzeihen werden. Bitte", sagte sie leise, und sie konnte fühlen, wie sein Arm bebte.

Sein Gesicht wurde weicher. „Natürlich", sagte er schließlich. „Es gibt nichts zu verzeihen. Schließlich hätte ich es Ihnen ja nicht zu sagen brauchen. Manchmal sind wir selbst schuld an unseren Schmerzen, Miss Kingston."

Sie blickten sich lange an, und dann erkannte sie, daß ihre Hand immer noch auf seinem Arm lag, und zog sie eilig zurück.

„Ich wünsche Ihnen noch einmal eine gute Nacht", meinte er.

Carrie nickte. „Ich begleite Sie zu Ihrem Zimmer."

Im Hause gingen sie eine breite, geschwungene Treppe hinauf. Kristalleuchter warfen ihr angenehmes, flackerndes Licht auf die Stufen, und Carrie konnte Rance Stewarts Schatten an der gegenüberliegenden Wand sehen, hörte das Geräusch seiner Stiefel auf dem Teppich hinter sich.

„Da wären wir", erklärte sie und blieb vor der zweiten Tür auf der linken Seite stehen. „Ich hoffe, Sie haben es bequem. Wenn Sie noch irgend etwas benötigen, klingeln Sie einfach. Lafitte wird sich um Sie kümmern."

„Vielen Dank." Er lächelte auf sie herab, und sie konnte nichts mehr von der Ironie ausmachen, die sie früher am Abend in seinen Augen gesehen hatte. „Wir brechen früh auf", sagte er. „Falls ich Sie also nicht wiedersehe –"

„Oh, ich werde auf sein", sagte sie.

„Schön. Dann also gute Nacht.“ Sein Blick hielt sie einen letzten, langen Augenblick gefangen, ehe er sich umwandte und in sein Zimmer trat. Mit seltsam schwachen Beinen blieb sie im Gang stehen, erfüllt von unerklärlichen Gefühlen. Sie wußte nicht, ob sie lachen oder weinen sollte.

In ihrem eigenen Zimmer, direkt gegenüber von Rance Stewarts, blieb Carrie voll angekleidet in ihrem Schaukelstuhl sitzen und wartete auf ein Geräusch aus seinem Zimmer. Einen Moment lang war sie nicht wachsam gewesen, schalt sie sich. Es war unwichtig, wie charmant der Captain war oder wie wohlerzogen er wirkte, er war ein Yankee, freiwillig, wenn auch nicht von Geburt an. Und Yankees hatten Onkel Etienne getötet, hatten Maisonfleur niedergebrannt... Sie durfte nicht so dumm sein, diesen grauen Augen zu trauen.

Sie hatte über eine Stunde lang so gesessen, hatte die Ohren gespitzt und darauf gewartet, daß er sein Zimmer wieder verlassen und seine Männer wecken würde, aber bislang hatte sie nichts gehört. Nachdem sie nun so lange in derselben Haltung gesessen hatte, war ein Bein eingeschlafen, und sie bekam einen Krampf in den Fingern, die die Armlehne umklammert hielten.

Sie stand auf und streckte sich, wurde sich plötzlich bewußt, wie müde sie war, wie eng das Kleid saß. Ob sie es wagen konnte, etwas Bequemeres anzuziehen? Bestimmt schlief er inzwischen.

Nachdem sie noch einmal lange gelauscht hatte, zog sie ihre Kleider aus, huschte nackt zur Kommode und schlüpfte in ein Nachthemd aus weißem Flanell, mit zarten blauen Blüten bedruckt. Sie war erleichtert, als sie es überstreifte. Es war fast, als könnte er durch die Wände sehen.

Als sie die blauen Bänder zuband, hörte sie Chloe in ihren alten Filzpantoffeln den Gang entlangschlurfen und öffnete ihr schnell die Tür.

„Ist alles in Ordnung, Liebes?“ flüsterte Chloe und drückte leise die Tür ins Schloß.

„Bei mir ja. Bewacht Benjamin die Scheune?“

„Alles ist ruhig. Ist er da drüben?“

„Ja."

Chloe warf ihr einen besorgten Blick zu. „Soll ich hier bei dir bleiben, Kleines?"

„Nein. Ich bin wirklich ganz in Ordnung", beruhigte Carrie sie.

„Also gut. Aber wenn hier oben irgendwas passiert, was dir nich gefällt, Miss Carrie, dann schrei einfach laut, und ich komm' sofort."

„Das werde ich", versprach Carrie und ließ sie aus der Tür, sah ihr nach, wie sie den Flur entlang und die Treppe hinunterging. Hilflos blieb sie einen Moment lang stehen, nachdem sie ihre Zimmertür wieder geschlossen hatte, und überlegte, ob sie es wagen konnte, sich hinzulegen.

Sie war müde. Nachdem Captain Stewart jetzt so lange still gewesen war, würde er bestimmt bis zum Morgen durchschlafen.

Nach ein paar Minuten beschloß sie, es zu riskieren. Aber sie hatte kaum ihr Bett erreicht, als sie etwas hörte... ein leises metallisches Klicken, wie von einem Türknauf, der gedreht wurde. Sie hielt den Atem an, blieb wie erstarrt stehen, lauschte angespannt. Und dann hörte sie die Tür auf der anderen Seite des Ganges zufallen, hörte ein Bodenbrett knarren.

Mit klopfendem Herzen schnappte sich Carrie ihren Morgenmantel und hatte ihn erst halb an, als sie auf den Gang hinausstürzte. Rance Stewart, vollkommen bekleidet, schickte sich soeben an, die Treppe hinabzugehen.

„Captain Stewart!" rief sie und zwang ein Lächeln auf ihre Lippen, während ihr die schrecklichsten Gedanken durch den Kopf gingen.

Er drehte sich um, umfaßte mit einem Blick ihren halbbekleideten Zustand und lächelte leicht. „Miss Kingston, es tut mir leid. Ich dachte, ich wäre ganz leise gewesen."

„Ist etwas nicht in Ordnung, Captain? Kann ich etwas für Sie tun?" Ihr wurde plötzlich bewußt, wie dünn ihr Nachthemd war, und sie mühte sich, den zweiten Ärmel überzustreifen.

„Gestatten Sie", sagte er und hielt ihr den Ärmel, während sie hastig den Arm durchsteckte und dann mit brennenden Wangen den Stoff um sich zusammenzog.

„Danke", sagte sie und gab sich Mühe, so zu tun, als wäre nichts dabei, mit einem Mann und nur halbbekleidet im Flur zu stehen.

„Ich war auf dem Weg zur Scheune. Ich dachte, ich sollte noch ein letztes Mal nach meinen Männern sehen", erklärte er.

Furcht packte sie, wie schon den ganzen Abend, und verdrängte jedes Gefühl von Verlegenheit. „Oh, Captain." Sie warf ihm einen koketten Blick zu. „Ich weiß, daß Militärpersonen ihre Pflichten sehr ernst nehmen, aber kommt nicht auch einmal die Zeit, wo man die Pflicht beiseite läßt? Ich bin sicher, Ihren Männern geht es gut. Wahrscheinlich schlafen sie. Benjamin hat sich darum gekümmert, daß sie alles haben, was sie brauchen."

Er sah sie aus zusammengekniffenen Augen an, in denen wieder Belustigung blitzte, aber da war noch etwas, eine Art Glühen, das ihr den Atem verschlug.

„Und was würden Sie vorschlagen, daß wir tun sollen, Miss Kingston?"

Sie war wie hypnotisiert von seinem Blick und fühlte, wie das Zittern an ihren Beinen emporkroch. „Nun ja, ich ... ich ... denke, wir könnten nach unten gehen ... und ich könnte Ihnen einen Brandy einschenken. Wir haben sehr guten ..."

Ihre Stimme erstarb, als er näher trat, so nah, daß sie den Kopf in den Nacken legen mußte, um ihn ansehen zu können. Sie konnte ihn riechen, konnte ihn atmen hören. Später sollte sie sich fragen, warum sie nicht zurückgewichen war. Aber jetzt blieb sie reglos stehen, hilflos, aus einer Mischung aus Angst und Faszination heraus, die sie schwach und zitternd zurückließ.

„Oder wir könnten dies tun", sagte er. Seine Stimme war tief, fast heiser, als seine Hände ihre Arme umklammerten. Er preßte seinen Mund auf ihren, ignorierte das leise Wimmern, das über ihre Lippen kam.

Eine unglaubliche Hitzewelle breitete sich zwischen ihren Schenkeln aus, stieg in ihren Bauch auf und ließ sie nur noch mehr zittern, und als er seinen Mund von ihren Lippen nahm, stellte sie zu ihrem Kummer fest, daß sie sich an ihn klammerte, das Gesicht an seine Brust gepreßt.

„Carrie", sagte er. „Carrie ... so heißt du doch, oder?" Wieder preßte er seinen Mund auf ihren, diesmal geöffnet, und seine Zunge verschaffte sich Einlaß. Seine Arme schlossen sich um ihren Körper, zu stark, um zu entfliehen, selbst wenn sie es gewollt hätte. Er zog sie an sich, bis sie die harte Männlichkeit spürte, und einen Moment lang dachte sie, sie würde ohnmächtig werden, so intensiv waren die Gefühle, die auf sie einstürmten.

„Carrie...", murmelte er wieder, hob sie hoch und trug sie in sein Schlafzimmer, legte sie auf das hohe Himmelbett.

Eine einzelne Lampe brannte und warf lange Schatten an die Decke. Ungläubig sah Carrie zu, wie er zur Tür ging und sie verriegelte. Dann kehrte er zurück, sah sie ernst und aufmerksam an. Er schob den Morgenmantel beiseite und öffnete die Bänder ihres Nachthemds, und noch immer rührte sie sich nicht.

Aber als der Stoff beiseite glitt und ihre nackten Brüste enthüllte, deren Warzen sich dunkel geschwollen ihm entgegenreckten, begriff sie die Ungeheuerlichkeit dessen, was geschah. Sie durfte, sie *konnte* das nicht tun...

„Nein...", sagte sie. „Nein..." Aber ihre Stimme war leise und schwach und zitterte.

Er lachte. „Spiel nicht die Schüchterne", sagte er. „Ich habe das tun wollen, seit ich dich zum erstenmal gesehen habe... und du wolltest es auch."

Und während er redete, zog er sie aus, und sie überlegte fieberhaft. Wenn sie ihn zurückhielt, zurückhalten *konnte*, würde er seine Wut dann an Kingston's Landing auslassen?

Sie war jetzt vollkommen nackt und sich dessen schrecklich deutlich bewußt, als er zurücktrat und sie betrachtete. „Großer Gott, du bist wunderschön!" flüsterte er mit brennenden Augen.

Sie kniff fest ihre Augen zusammen, als er begann seine Kleider abzulegen, aber schließlich konnte sie es nicht mehr ertragen, nicht zu *wissen*, und sie öffnete sie im letzten Augenblick, als er neben ihr stand, groß, schlank und muskulös. Seine Brust und seine Beine waren von feinen, dunklen Haaren bedeckt, die Haut unterhalb der Taille blasser, als hätte er in der Sonne das Hemd ausgezogen. Und dieser Teil von ihm, dem sie nur einen flüchtigen Blick zu schenken wagte, befand sich in einem Zustand, der keinen Zweifel daran ließ, was geschehen würde. Es war noch nicht zu spät, erklang eine innere Stimme. Sie konnte aus dem Zimmer laufen. Sie konnte schreien, und Chloe würde sie hören ... Benjamin würde herbeilaufen ... und Suzy. Nein! Das wollte sie nicht. Er würde vielleicht seine Männer auf sie hetzen. Nein, dann lieber dies ...

Es war unmöglich, auf einer Plantage aufzuwachsen und nicht zu wissen, was Sex bedeutet. Sie hatte die Tiere kopulieren sehen und wußte, was sie zu erwarten hatte. Es würde schnell vorüber sein, sagte sie sich, bemüht, ihr klopfendes Herz zu beruhigen, und danach wäre er bestimmt zufrieden und würde schlafen.

Sie wappnete sich, als er neben ihr aufs Bett glitt, aber der nackte Körper an ihrem sorgte dafür, daß ihr Hitzewellen über die Schenkel liefen, daß ihre Brustwarzen hart wurden. Zu ihrer Überraschung kam er nicht sofort zur Sache, sondern legte die Arme um sie und küßte sie erneut. Sein Bart war hart in ihrem Gesicht, sein Mund geöffnet, seine Zunge berührte ihre ...

Sie wünschte, er würde das nicht tun. Es wäre ihr lieber gewesen, er würde das andere tun und es hinter sich bringen. Denn das hier machte es ihr schwer, einen klaren Gedanken zu fassen.

Sein Mund glitt über ihren Hals, und unwillkürlich stöhnte sie auf. „Captain ..."

„Mein Name ist Rance", flüsterte er, während seine Lippen weiter nach unten wanderten. „Sag es, Carrie ... sag es."

„Rance ..." Sie keuchte, als seine Hände ihre Brüste liebkosten, und dann war sein Mund dort, warm und feucht und saugend. Sie hörte sich selbst stöhnen, gegen ihren Willen mitgerissen von den Wellen, die sie umspülten.

„Ich konnte nicht schlafen, weil ich an dich denken mußte", murmelte Rance. „Ich habe mich die ganze Zeit über gefragt, wie es sein würde, dich zu berühren ... deine nackte Haut zu spüren." Bei diesen Worten tat er genau das, seine Hände erkundeten sie langsam, bis sie von Feuer erfüllt war. „Ich habe mich gefragt, wie es wäre, dich unter mir liegen zu haben ... und das zu tun." Seine Stimme war heiser, als er jetzt seine Hand zwischen ihre Beine gleiten ließ, sie spreizte und dann in sie eindrang. Sie schnappte nach Luft und schrie unwillkürlich auf bei dem unerwarteten Schmerz, der sie in die Wirklichkeit zurückrief.

Über ihr fuhr sein Kopf in die Höhe, riß er die Augen auf, plötzlich begreifend. „Verdammt!“ fluchte er leise, starrte auf sie hinab, Ungläubigkeit im Gesicht. Tiefe Falten standen auf seiner Stirn. „Verdammt!“ flüsterte er wieder, aber dann stöhnte er und stieß erneut zu, als könnte er nicht aufhören, und wieder und wieder, jedesmal tiefer, und der stechende, heiße Schmerz zwischen ihren Beinen wurde schärfer.

Sie biß die Zähne zusammen, entschlossen, nicht noch einmal zu schreien, und schließlich wußte sie, daß sie ihn ganz in sich aufgenommen hatte, und danach tat es nicht mehr so weh.

Er bewegte sich schnell in ihr, sein Gesicht sonderbar angespannt, als wäre jetzt er derjenige, der es schnell hinter sich bringen wollte, und einen Moment später fühlte sie ihn erschaudern, fühlte, wie er sich entspannte und schlaff auf ihr zu liegen kam, während die Luft in einem einzigen, langen Atemzug aus seinen Lungen entwich.

Sie lagen eine ganze Weile so, wie es ihr schien. Sie konnte sein Herz schlagen spüren. Und dann rollte er sich von ihr herunter auf die Seite und setzte sich auf.

„Warum?“ fragte er. „Warum . . .?“

Er griff nach seiner Hose und fing an, sie anzuziehen, als Carrie plötzlich die volle Tragweite dessen begriff, was geschehen war. Noch immer von dem dumpfen Schmerz zwischen ihren Beinen erfüllt, suchte sie ihr Nachthemd und ihren Morgenmantel und schlüpfte hinein.

Nachdem er jetzt seine Hose zugeknöpft hatte, wandte er ihr seine volle Aufmerksamkeit zu. Sein Gesicht war düster wie eine Gewitterwolke. „Welches Spiel hast du eigentlich gespielt?“ wollte er in leisem, bedrohlichem Ton wissen.

„Nun, Captain“, erwiderte sie, versuchte noch immer, an ihrer Täuschung festzuhalten, verzweifelt, weil sie glaubte, es wäre die einzige Chance, die sie oder Kingston's Landing hatten, „wenn die Liebe ein Spiel ist, dann ist es sicherlich interessant.“ Aber ihre zitternde Stimme verriet sie.

„Hör auf damit“, fuhr er sie an. „Sonst leg' ich dich übers Knie!“

Sie unterdrückte die Tränen und ging eilig auf die Tür zu, aber da spürte sie, wie sich seine kräftigen Finger um ihr Handgelenk schlossen.

Er drehte sie zu sich herum, und es gab keine Möglichkeit, diesen Augen auszuweichen, die sie gnadenlos festhielten. „Warum, verdammt? Den ganzen Abend über hast du mich praktisch dazu aufgefordert. Du hast mich glauben gemacht, du wärst –“ er brach ab, schüttelte müde den Kopf – „eine... eine Frau mit Erfahrung!“ Er musterte sie genau. „Wie alt bist du?“

„Achtzehn“, murmelte sie.

„Was hast du gesagt?“

„Achtzehn“, wiederholte sie, diesmal lauter und mit einem Anflug ihres normalen Trotzes. Sie erwiderte seinen Blick. „Wie alt bist du?“

Er schnaubte. „Alt genug, um besser gehandelt zu haben!“ Er schob die Arme in die Hemdsärmel. „Also schön, nun sag mir, warum du den ganzen Abend über so unverschämt mit mir geflirtet hast! Warum hast du mich glauben lassen, du wolltest, daß ich mit dir schlafe?“

„Weil ich nicht wollte, daß Kingston's Landing oder den Menschen hier etwas geschieht!“ antwortete sie trotzig.

„Kingston's Landing? Aber wie kommst du denn auf die Idee, daß ich –“ Er brach ab, und Carrie funkelte ihn wütend an.

„Waren es deine Männer, die meinen Onkel Etienne ermordet haben? Die Maisonfleur niederbrannten? Seid ihr das gewesen?“

„Umgebracht? Niedergebrannt? Wovon redest du eigentlich?“

Das Erstaunen auf seinem Gesicht war so eindeutig, daß Carrie einen Moment lang völlig verblüfft war. Aber sie fuhr fort, die Hände geballt, den Kopf hoch erhoben. „Vor vier Tagen“, erzählte sie, und beherrschte kaum ihre Stimme, „wurde mein Onkel Etienne von Yankees zusammengeschlagen und getötet! Ich weiß es! Ich habe sie gesehen! Sie haben Maisonfleur niedergebrannt... und sie ließen ihn sterbend auf der Auffahrt zurück!“ Sie versuchte immer noch, die Tränen zurückzuhalten. Sie wollte ihm nicht die Befriedigung lassen, sie weinen zu sehen.

„Unionstruppen?“ Seine Stimme war kaum mehr als ein Flüstern. „Du sagst, das hätten Unionstruppen getan?“ Er sah sie verwirrt an, machte einen, zwei Schritte in die andere Richtung, drehte sich wieder um. „Wo war das? Wo ist dieses Maisonfleur?“

„Es *war* ungefähr eine Meile flußabwärts. Und er war nur ein alter Mann, der versucht hat, sein Heim zu schützen.“

„Vor vier Tagen ...“ Er ging auf und ab, die Hand an die Stirn gelegt. „Das ist unmöglich! Ich kenne die Truppenbewegungen in diesem Gebiet, und zu dieser Zeit waren keine Unionstruppen dort.“

„Sie irren sich, Captain Stewart.“ Carries Stimme war kalt. „Sie sind nicht schnell genug davongekommen. Ich habe einen von ihnen gesehen, seine Kappe, seine blaue Jacke.“

Rance schüttelte den Kopf. „Ich weiß nicht, was du gesehen hast, aber vor vier Tagen waren außer uns keine Unionstruppen für diesen Bereich eingeteilt. Und ich versichere dir, daß meine Männer nichts damit zu tun haben.“ Er schüttelte erneut den Kopf. „Gesetzesbrecher, vielleicht ... Jayhawker. Es gibt auch eine Menge Deserteure.“ Er sah sie an, und etwas wie Mitgefühl stand in seinen Augen. „Deserteure von beiden Seiten, Carrie.“

Sie starrte ihn nur stumm an, versuchte, die Lippen am Zittern zu hindern, wandte sich dann ab, der Tür zu.

Er ergriff ihre Hand. „Carrie ... warte“, sagte er, aber sie weigerte sich, ihn anzusehen. „Carrie, es tut mir leid“, drang seine Stimme an ihre Ohren. „Es tut mir leid, was mit Maisonfleur passiert ist ... und heute nacht hier. Bitte, glaube mir, wenn ich sage, daß ich niemals die Absicht hatte, Hand an Kingston's Landing zu legen ... oder an dich.“

Carrie fühlte, wie seine starken Finger sie festhielten, dann riß sie sich los und lief aus dem Zimmer, blind vor Tränen.

5

Rance Stewart erwachte vom Zuschlagen einer Tür unten im Haus. Zuerst wußte er nicht, wo er war, aber dann trat Carrie Kingstons Gesicht vor sein geistiges Auge, sah er, wie sie alle ihre Kraft benötigte, damit ihre Lippen nicht zitterten, sah den vorwurfsvollen Blick ihrer goldenen Augen ...

„Jesus!“ Er öffnete die Augen, dachte gegen seinen Willen wieder an den Augenblick, als ihm klargeworden war, daß sie noch Jungfrau war. Er stöhnte laut auf, fühlte, wie sich die Muskeln seiner Oberschenkel spannten, fühlte heiße Begierde in sich aufsteigen.

Was hatte sie denn erwartet? dachte er wütend. Schließlich hatte sie sich ihm den ganzen Abend über an den Hals geworfen, und er war auch nur ein Mann! Er würde sich nicht dafür entschuldigen!

Er sprang aus dem Bett und ging zu dem Ständer mit der Waschschüssel auf der anderen Seite des Zimmers. Sein Rasierzeug war zurechtgelegt worden, frische weiße Handtücher hingen über der Stange, und in der Kanne dampfte heißes Wasser. Lafitte mußte schon dagewesen sein.

Rance verlor keine Zeit. Je früher er von hier fortkam, desto besser. Natürlich würde er Carrie Kingston sein Bedauern ausdrücken für die Unannehmlichkeiten, die er und seine Männer ihr bereitet hatten.

Das Mädchen hatte Mut, das mußte man ihr lassen. „Wie alt bist du?“ hatte sie ihn gefragt. Er lächelte freudlos. Er hätte ihr sagen können, daß er zehn Jahre älter war als sie, aber immer noch zu dumm, um zu erkennen, daß ein stolzes und hübsches Mädchen sich nicht nur halb zu Tode ängstigte, sondern auch bereit war, sich ihm hinzugeben, um andere ... und die Plantage zu retten.

Zum Teufel mit dem Krieg! Würde er jemals zu Ende gehen? Und wie viele Menschenleben würden bis dahin noch ruiniert?

Die Tür wurde geöffnet, und Lafitte trat ein. „Guten Morgen, Captain. Ich habe mir die Freiheit genommen, in Ihren Kleidersack zu schauen. Dieses Hemd hier war sauber, aber zerknittert. Mattie hat es für Sie gebügelt.“

„Das war sehr freundlich."

„Kann ich sonst noch etwas für Sie tun, Sir?" Abwartend und würdevoll stand Lafitte da.

„Nein, danke." Rance lächelte ihm zu.

„Das Frühstück wird im Eßzimmer serviert, wann immer Sie bereit sind."

Rance nickte. „Ich komme gleich."

Zehn Minuten später ging er die Treppe hinunter. Niemand war zu sehen. Er verließ das Haus und ging zur Scheune hinüber. Seine Männer saßen im kühlen Schatten der Bäume und erhoben sich halbherzig, als er näher kam.

„Rührt euch!" Sein Blick fiel auf Hagerty, den riesigen Kerl, der am Vortag den Ärger mit der kleinen Negerin angefangen hatte. Zum Teufel mit ihm, dachte Rance. Wenn er sich nicht so verhalten hätte, hätte Carrie vielleicht nicht geglaubt, daß sie in Gefahr waren.

„Hagerty", fuhr er ihn an, „Sie sehen nicht aus wie ein Hauptmann der Unions-Armee! Knöpfen Sie Ihr Hemd zu."

„Jawohl, Sir." Hagerty sah ihn verblüfft an. Er nahm es doch sonst nicht so genau!

„Sonst alles in Ordnung? Habt ihr gegessen?"

„Jawohl, Sir."

„Gut. Einer kümmert sich um die Pferde, ein anderer geht in die Küche und füllt die Feldflaschen mit Wasser."

„Das mache ich", meldete sich Hagerty.

„Nein, Sie nicht. Clater, erledigen Sie das." Rance warf dem Hauptmann einen strengen Blick zu. „Sie rühren mir das Mädchen nicht an, Hagerty. Ich will Sie nicht einmal in ihrer Nähe sehen, ist das klar? Das gilt für euch alle. Und solange wir hier auf der Plantage sind, werden wir uns wie anständige Gäste benehmen, so, wie es sich für Soldaten der Unions-Armee geziemt. Habt ihr mich verstanden?"

„Jawohl, Sir", antworteten sie und warfen einander fragende Blicke zu. Welche Laus war *dem* denn über die Leber gelaufen?

Rance entging nichts von all dem, und Wut packte ihn, die sich hauptsächlich gegen ihn selbst richtete. „Seht zu, daß Ihr fertig seid, wenn ich zurückkomme. Ich habe im Haus noch etwas zu erledigen."

Chloe hatte das Frühstück fertig, und Rance setzte sich allein an den großen Eßtisch.

„Wird Miss Kingston mir Gesellschaft leisten?" fragte er.

„Welche Miss Kingston? Miss Susannah hat gegessen und ist schon im Garten... und Miss Carrie ist in ihrem Zimmer. Sie kommt erst später nach unten." Die Frau warf ihm einen prüfenden Blick zu, und Rance fragte sich, was sie von der letzten Nacht wußte. Er fühlte sich nicht recht wohl unter ihrem Blick, aber dennoch frühstückte er mit gutem Appetit.

Susannah kam ins Zimmer gehüpft, die hellbraunen Locken zerzaust, Grübchen in den Wangen. Sie trug einen Korb frisch gepflückter Blumen. „Rance", rief sie atemlos, „guten Morgen!" Dann fing sie Chloes mißbilligenden Blick auf. „Oh... verzeihen Sie. Ich wollte natürlich sagen: Captain Stewart."

Rance lachte sie an. Es war unmöglich, Susannah nicht anzulachen. Sie war so jung und übersprudelnd. „Ich will dir was sagen, ich würde es als ausgesprochene Ehre ansehen, wenn du mich beim Vornamen nennen würdest. Das heißt, wenn ich Suzy sagen darf."

„Aber natürlich." Susannah warf Chloe einen triumphierenden Blick zu und ließ sich auf einen Stuhl Rance gegenüber fallen. „Chloe, bringst du bitte Wasser und eine Vase?"

Mit rauschenden Unterröcken verließ Chloe das Zimmer.

„Ich dachte, Soldaten würden früh aufstehen", meinte Suzy. „Ich wollte mit dem Frühstück auf dich warten, aber als es dann so spät wurde und Carrie auch nicht gekommen ist, hab' ich einfach angefangen."

„Das war auch gut so." Rance trank seinen Kaffee aus. „Es tut mir leid, Suzy, aber ich möchte mich nur noch von deiner Schwester verabschieden, und dann werden meine Männer und ich den Rückweg nach New Orleans antreten."

„Ach..." Susannah zog einen Schmollmund. „Könntet ihr nicht noch einen Tag bleiben, Rance? Es ist so schön, ein wenig Gesellschaft zu haben. Seit Krieg herrscht, passiert hier einfach überhaupt nichts mehr... abgesehen von schlimmen Dingen." Ihr

Gesicht wurde ernst. „Unser Onkel Etienne wurde getötet. Carrie war dabei."

„Ich habe davon gehört, Suzy. Es tut mir leid."

„Carrie sagt, es sind Yankees gewesen. Kann das wahr sein, Rance?" Susannah sah ihn aus vertrauensvollen Augen an.

„Ich glaube, daß Jayhawkers eueren Onkel getötet haben, Suzy. Es gibt Menschen, die bereit sind, aus dem Krieg ihren Vorteil zu ziehen und zu stehlen und zu töten. Ich werde General Butler Meldung machen, sobald wir wieder in New Orleans sind." Noch während er das sagte, mußte sich Rance eingestehen, daß er nicht daran glaubte, daß die Bande gefunden werden würde. Jayhawker schlugen zu und ritten weiter, sie blieben nie lange an einem Ort.

„Ich komme noch einmal herein, ehe wir abreiten", versprach Rance Suzy, ehe er in die Halle hinausging.

Dort begegnete ihm Chloe, die das Wasser für die Blumen brachte.

„Ich möchte mit deiner Herrin sprechen, ehe ich abreise."

Chloe warf ihm einen düsteren Blick zu. „Miss Carrie hat gesagt, sie kommt heute morgen nicht nach unten."

Rance kniff die Augen zusammen und schenkte ihr einen Blick, der nicht am Ernst seiner Worte zweifeln ließ. „Sag ihr, wenn sie nicht herunterkommt... gehe ich nach oben."

Chloe nickte zögernd, aber ehe sie sich rühren konnte, erklang Carrie Kingstons Stimme vom Kopf der Treppe.

„Das ist nicht nötig, Captain." Überrascht blickte Rance auf und sah sie oben stehen, groß und königlich in einem Kleid aus grünem, geblümtem Musselin. Das Haar hatte sie mit einem Band derselben Farbe zusammengefaßt.

Sie rauschte die Treppe herunter, und eine unerklärliche Erregung durchströmte Rance. Er neigte den Kopf. „Guten Morgen, Carrie." Sie erwiderte seinen Gruß nicht.

„Sie wollten mich sprechen, Captain?" meinte sie eisig.

„Ja." Rance wartete, aber sie sah ihn nur mit zornigen, bernsteinfarbenen Augen an, als erwartete sie, daß er vor Chloe sprechen würde, die mißtrauisch von einem zu anderen blickte. „Unter vier Augen, bitte", erklärte er.

„Du kannst mit deiner Arbeit weitermachen, Chloe." Dann wandte sich Carrie an Rance. „Hier hinein, bitte." Sie führte ihn ins Arbeitszimmer mit den schweren Ledersesseln und den hohen Bücherregalen. Er schloß die Tür hinter sich.

„Ich wüßte wirklich nicht, was wir einander noch zu sagen hätten, Captain." Sie vermied es, seinem Blick zu begegnen.

„Ich möchte mich, auch im Namen meiner Männer, für die Gastfreundschaft bedanken, die uns hier auf Kingston's Landing zuteil wurde..." Er brach ab. Herrgott, er stotterte wie ein kleiner Schuljunge! Und alles nur wegen diesem Mädchen!

Er räusperte sich, fing noch einmal an. „Es tut mir leid, Carrie, was letzte Nacht passiert ist. Es tut mir leid, daß... du es falsch verstanden hast. Aber", fuhr er fast wütend fort, „du bist eine begehrenswerte, sehr schöne Frau. Ich bezweifle, daß dir viele Männer hätten widerstehen können."

Sie hatte ihn bei dem Wort „schön" überrascht angesehen, aber jetzt musterte sie ihn vorwurfsvoll. „Du hast es ausgenutzt."

„Aber Carrie, du hast mich praktisch..." Er brach ab, als er die Tränen in ihren Augen sah.

„Kein Gentleman aus dem Süden hätte sich so primitiv verhalten!" Ihre Stimme war heiser vor Scham und Wut. „Kein Wunder, daß du diese Uniform trägst! Du verdienst es nicht, eine Konföderierten-Uniform zu tragen!" Sie wandte sich abrupt um und verließ den Raum.

Rance stand einen Moment lang nur da, ehe auch er ging. Er warf die große Haustür laut hinter sich ins Schloß, schnauzte seine Männer an, sie sollten aufsitzen, und gab eilends das Signal zum Aufbruch.

Und auf dem ganzen Weg zurück nach New Orleans sah er nichts als Carrie Kingstons Gesicht vor sich, diese riesigen, bernsteinfarbenen Augen, die ihn wütend und vorwurfsvoll anblickten.

Carrie stürzte sich auf die Vorbereitungen für ihre Abreise nach New Orleans. Das Wissen, daß ihr Opfer möglicherweise sinnlos gewesen war, bedeutete eine ständige Qual für sie. Und es war gewiß keine Hilfe, daß Susannah immer wieder von Rance schwärmte und erklärte, sie hoffte, ihn in New Orleans zu sehen.

„Es ziemt sich wohl kaum, daß sich die Schwestern eines Leutnants der Konföderierten mit einem Yankee treffen!“ gab Carrie zu bedenken.

„Aber, Carrie, er ist doch so nett“, bat Susannah.

„Yankees sind Yankees . . . und die sind nicht nett!“

Chloe machte Carrie nur noch nervöser, weil sie sich ständig in ihrer Nähe aufhielt und sie mehrmals fragte: „Ist alles in Ordnung mit dir, Liebes?“

„Natürlich, Chloe“, antwortete sie jedesmal, zwang sich zu einem Lächeln und überlegte, ob Chloe Bescheid wußte, ob sie sie in jener Nacht gesehen hatte, als sie aus Rances Zimmer gestürzt und blindlings die Treppe hinab und hinter das Haus gelaufen war.

Sie hatte sich in dem Raum eingeschlossen, den runde, hohe Zisternen mit Wasser für die Dusche versorgten. Dort hatte sie sich ausgezogen und sich gründlich eingeseift. Sie hatte gerieben, bis ihre Haut rot war und brannte, und dann war sie unter die Dusche getreten und hatte kaltes Wasser über sich herabfließen lassen. Sie hatte gewünscht, es wäre heiß, kochend heiß, damit sie ihre Scham fortbrennen könnte.

Aber sie wußte, die Zeit würde die Wunde heilen. Und sie hatte an genügend andere Dinge zu denken. Das Wichtigste war, Suzy sicher nach New Orleans zu bringen. Danach konnte sie sich um das Darlehen kümmern. Und was mit Rance Stewart passiert war, war ihr Geheimnis. Niemand brauchte es jemals zu erfahren. Weder J. D. noch sonst irgend jemand.

Donnerstag nachmittag, als schon alles zu ihrer Abreise bereit stand, erschien ein weiterer, unerwarteter, aber diesmal äußerst willkommener Gast auf Kingston’s Landing.

Obwohl er ein Farbiger war, war Prosper Durant der beste Freund ihres Vaters und ein häufiger Gast auf Kingston’s Landing gewesen, wenngleich dies von der Gesellschaft nicht gebilligt worden war. Verbindungen zwischen reichen Kreolen und farbigen Frauen waren zwar üblich, und ihre Nachkommen in New Orleans waren zahlreich, aber weder die Kreolen noch die Amerikaner verkehrten mit diesen „freien Farbigen“. Man konnte vielleicht einmal ein Glas mit ihnen trinken, aber sie *heimnehmen* ... nein, das tat man einfach nicht!

Doch Carrie konnte sich nicht erinnern, daß Molly Kingston den Freund ihres Mannes einmal nicht ebenso herzlich empfangen hätte wie er selbst. Immer hatte sie ihn mit einer Umarmung und einem Kuß begrüßt. Und Carrie, George Pierre und Susannah waren ihm entgegengerannt, wann immer er gekommen war.

Er ging jetzt auf die Sechzig zu, stieg aber mit einer Leichtigkeit und Grazie vom Pferd, die jedem jungen Mann Ehre gemacht hätte. Er stieß einen Freudenschrei aus, als Susannah, dicht gefolgt von Carrie, aus dem Haus stürmte, um ihn zu begrüßen.

„*Mes chères*!“ rief er und umarmte sie beide mit Armen, die kräftig waren von dem jahrelangen Gebrauch von Schwert und Degen.

„Prosper!“ Susannah tanzte glücklich umher und umarmte ihn dann erneut. Carrie blieb ruhig, aber lächelnd stehen, verspürte eine ungeheure Erleichterung, daß er gekommen war.

„Ich habe von Etienne gehört und bin gekommen, so schnell ich konnte.“ Sein Lächeln war vergangen.

„Aber wer hat es dir erzählt?“ wollte Carrie wissen.

„In New Orleans wissen die Diener immer alles.“

„Ich ... ich hätte dich benachrichtigen müssen, Prosper. Es tut mir leid“, entschuldigte sich Carrie. „Aber ich fürchte, ich habe keinen klaren Gedanken mehr fassen können, seit es passiert ist.“

„Unwichtig. Jetzt bin ich hier, und ich will alles wissen.“

„Komm!“ Carrie ergriff seine Hand. „Laß uns hineingehen. Du mußt müde sein.“

„Kein bißchen. Ich habe nicht einmal drei Stunden gebraucht.“

Chloe, die all den Wirbel gehört hatte, kam jetzt ebenfalls nach vorne, und ein breites Grinsen trat auf ihr Gesicht, als sie Prosper Durant sah. „Mist' Prosper, das ist aber schön, daß Sie uns mal besuch'n.“

„Es ist auch schön, wieder einmal hier zu sein, Chloe.“

„Bringst du Prosper bitte etwas zu essen?“ wandte sich Carrie an

Chloe und meinte dann zu Prosper: „Du mußt am Verhungern sein."

„Ich habe noch etwas kaltes Huhn und Kuchen in der Küche."

„Genau das richtige, Chloe." Prospers Augen funkelten. „Vor allem, wenn du auch ein bißchen Sherry dazu hast."

„Den hole ich", erbot sich Susannah.

Später, als Carrie mit Prosper allein war, erzählte sie ihm alles – beinahe. Sie erzählte von den Männern, die Etienne Moreau getötet und Maisonfleur niedergebrannt hatten. Von ihrer Gewißheit, daß es Yankees waren. Und von der kleinen Truppe von Unions-Soldaten, die eine Nacht auf Kingston's Landing verbracht hatten. „Sie haben nichts getan", meinte sie vorsichtig. „Und als ich dem Captain erzählte, was auf Maisonfleur passiert ist, bestand er darauf, es müßten Jayhawker gewesen sein."

„Nun", Prospers Gesicht war ungewöhnlich ernst, „ich bin froh, daß ihr schon gepackt habt. Ihr kommt nämlich mit mir. Ich bringe euch in mein Haus in der Dumaine Street."

„Oh, aber Prosper... wir können doch nicht..."

„Unsinn. Das Haus hat einmal deinem eigenen Vater gehört, weißt du. Ich habe es ihm vor Jahren abgekauft."

„Ja, ich weiß. Aber ich bin sicher, wir können bei J. D.s Eltern bleiben. Abby Morrison wird wohl darauf bestehen."

Prospers dunkle Augen schienen sie plötzlich durchbohren zu wollen. Ihm war ihr leises Zögern nicht entgangen. Er beugte sich vor. „Aber du möchtest eigentlich nicht dorthin?"

„Nun ja, ich... es sind wundervolle Menschen, verstehst du...", stammelte Carrie. Tatsächlich versuchte Abby Morrison ständig ihr zu sagen, was sie tun sollte, und sie haßte das. „Ich bin sicher, sie würden uns willkommen heißen."

„Aber du möchtest nicht dort wohnen", drängte Prosper.

„Nein", gab Carrie zu.

„Dann ist das also abgemacht. Du und Susannah, ihr wohnt in dem Haus in der Dumaine Street so lange ihr wollt, und ich ziehe in die Wohnung über der Fechtschule. Keine Widerrede!" kam er ihr zuvor. „Delphine schimpft ohnehin schon die ganze Zeit, daß sie so viel Arbeit mit dem Haus hat, wo doch nur ich dort wohne... jetzt, wo meine liebe Jeanette nicht mehr ist." Schmerz durchzuckte seine dunklen Augen, war aber gleich wieder verschwunden. „Mit der Wohnung wird Delphine in der halben Zeit fertig und kann losziehen, um ihren geliebten Emile zu sehen, der auf dem French Market Krabben verkauft."

„Aber, Prosper –", setzte sie an.

„Kein Aber. Wir fahren morgen früh."

Und zum erstenmal seit Adam Kingstons Tod war Carrie zufrieden, daß jemand anderes die Entscheidungen für sie traf.

Sie brachen früh auf, um der Hitze des Tages zu entgehen. Fast vier Stunden später näherten sie sich New Orleans. Sie folgten der Windung des Flusses, als Carrie plötzlich eine blaue Uniform vor sich aufblitzen sah. „Yankees!" sagte sie.

„Keine Angst." Prospers Stimme blieb ruhig. „Das ist nur ein Routineposten." Er wies Lafitte an, den Wagen an den Straßenrand zu lenken und zu halten.

Ein Sergeant mit pickligem Gesicht und fettigem, gelbem Haar steckte den Kopf in den Wagen, und Carrie fuhr vor seinem nach Zwiebeln stinkenden Atem zurück.

„Ich bin Prosper Durant", erklärte der kleine Fechtmeister großspurig und zog seinen Ausweis hervor, „und dies hier sind die Töchter des verstorbenen Adam Kingston. Sie haben ihre Plantage flußaufwärts verlassen, um unserer schönen Stadt einen Besuch abzustatten."

Susannah riß die Augen auf, und Carrie ergriff ihre Hand.

„Stimmt das, Miss?" wollte der Sergeant von ihr wissen.

Sie nickte.

„Tut mir leid, aber wir müssen Ihr Gepäck überprüfen", erklärte er sachlich.

„Sergeant", protestierte Prosper, „ist das unbedingt nötig? Wir haben einen langen Weg hinter uns. Die Damen sind müde."

Der Yankee zuckte mit den Schultern. „Sie könnten ja Schießpulver in den Truhen haben, um General Butlers Hauptquartier in die Luft zu jagen." Er schob einen Batzen Kautabak von einer

Backe in die andere und drehte den Kopf, um auf die staubige Straße zu spucken.

Prosper stieg aus dem Wagen, aber Carrie und Susannah blieben sitzen und hörten zu, wie die Truhen abgeladen und geöffnet wurden. Sie hörten ein ersticktes Staunen.

„Wirklich, Sergeant", ließ sich Prosper vernehmen, „Sie sehen doch, daß wir kein Schießpulver bei uns führen. Oder irgend etwas anderes, das für die Unionsarmee interessant wäre."

„Sie wühlen in unseren Sachen!" zischte Susannah wütend.

Carrie beherrschte sich mühsam. „Schon gut", versuchte sie ihre kleine Schwester zu besänftigen, wäre aber am liebsten selbst aus dem Wagen gestürmt. Aber da hörte sie bereits die Stimme des Sergeanten.

„Also schön, Jungs. Macht sie zu. Und hievt die Truhen wieder aufs Dach. Bindet sie gut fest."

Einige Augenblicke später waren sie wieder unterwegs und erreichten bald darauf das Haus im French Quarter.

„Ach, Carrie, ich finde es hier wunderschön!" jubelte Susannah, nachdem sie mit Matties Hilfe ihre Sachen ausgepackt und säuberlich in Kommoden und Schränken verstaut hatte.

„Ja, es ist sehr schön", stimmte Carrie ihr halbherzig zu. Sie war noch immer deprimiert von dem Anblick der Kriegsschiffe der Yankees, die in der Mitte des Flusses geankert hatten und in ihrer Häßlichkeit bedrohlich wirkten.

Die Straßen im Zentrum der Stadt waren so geschäftig gewesen wie immer, Wagen rollten durch die Straßen, die Menschen kauften auf dem Markt ein, aber überall sah man blaugekleidete Soldaten, hörte den harten Akzent der Nordstaaten, und Carrie hatte im Gesicht der Stadtbewohner eine gewisse Härte entdeckt, einen wachsamen Ausdruck in ihren Augen.

„Warum gehen wir nicht zu den Morrisons und sagen ihnen, daß wir hier sind? Vielleicht möchten sie, daß wir mit ihnen ins Theater gehen oder so etwas?" schlug Susannah unternehmungslustig vor.

„Nun ..." Carrie dachte nur kurz darüber nach. „Wir wollen ihre Pläne nicht durcheinanderbringen. Wir werden Lafitte mit einer Nachricht zu ihnen schicken, und dann können wir sie aufsuchen, wann immer es ihnen paßt."

Aber J. D.s Mutter wartete nicht, bis sie zu ihr kamen. Sie traf kaum eine Stunde später in der Dumaine Street ein.

„Carrie... Susannah!" Sie legte ihren Sonnenschirm beiseite und umarmte sie nacheinander. „Es ist schön, euch zu sehen. Aber was macht ihr hier?" Sie war noch immer eine gutaussehende Frau mit dunklem Haar, das sie im Nacken zu einem großen Knoten geschlungen hatte. Ihre Haut war hell und klar, die blauen Augen wirkten sehr rund und kindlich. Jetzt wandte sie ihren fragenden Blick erst Carrie, dann Susannah zu.

„Nun, nachdem Onkel Etienne tot ist", platzte Susannah heraus, „dachte Carrie –"

Abby Morrison rang nach Atem. „Etienne Moreau ist *tot*? Gütiger Himmel... aber... Wann? Wie?"

Sie gingen ins Wohnzimmer, und wieder einmal erzählte Carrie die ganze Geschichte, ersparte den beiden Frauen aber die schlimmsten Einzelheiten. Abby schüttelte traurig den Kopf.

„Ach, ihr Armen... und der arme Etienne." Sie schwieg einen Moment, ehe sie mit verzweifelter, schriller Stimme ausrief: „Wird dieser schreckliche Krieg denn niemals ein Ende nehmen? Soldaten in den Straßen von New Orleans! Sie haben überhaupt keine Manieren! Es gibt kein Geld... keine Lebensmittel! Seth muß vielleicht sogar die Brennerei schließen, wenn er keinen Zucker und keinen Mais mehr bekommt!"

Carrie beugte sich in ihrem Sessel vor. „Ich habe nicht gewußt, daß es so schlimm ist."

„Es ist schrecklich... und General Butler verdient wahrscheinlich ein Vermögen daran!"

„Das verstehe ich nicht."

„Nun", Abby verschränkte die Hände im Schoß. „Butler hat seinem Bruder erlaubt, hierherzukommen und uns praktisch zu bestehlen. Der Mann läuft ganz offen herum, kauft Dinge, die wir brauchen, für einen Apfel und ein Ei! Und dann verschifft er sie nach Norden und verkauft sie dort zum zwanzigfachen Preis. Er prahlt damit, daß er bereits ein Vermögen gemacht hat. Warum sollen wir glauben, daß der General nichts damit zu tun hat? Das ist allgemein bekannt."

„Ich frage mich, ob Rance davon weiß", bemerkte Susannah unschuldig.

„Rance?" wiederholte Abby, und Carrie hatte plötzlich einen Kloß im Hals.

„Ein Yankee-Captain, der darauf bestanden hat, sich über Nacht auf Kingston's Landing einzuquartieren", erklärte sie.

„Yankees auf Kingston's Landing! Gütiger Himmel! Ich habe ja immer gesagt, ihr beiden solltet nicht dort bleiben, nachdem George Pierre fort war." Abbys Gesicht wurde plötzlich traurig. „Ich nehme nicht an, daß du irgend etwas von ... J. D. gehört hast." Ihre Lippen bebten, und sie fuhr sich mit einer blau geäderten Hand über die Augen.

„Oh, mein Gott!" Carrie sprang auf. „Wie konnte ich das nur vergessen!" Sie hastete zu dem kleinen Kästchen, das sie auf dem Schreibtisch im Wohnzimmer abgestellt hatte, und zog hastig J. D.s Brief heraus. „Verzeihen Sie mir. Es war einfach so viel los", sagte sie, als sie Abby Morrison den Umschlag reichte. „Paul Gayerre hat ihn durch die feindlichen Linien geschmuggelt."

Eifrig erbrach Abby das Siegel, und volle dreißig Minuten vergingen, bis sie den Brief gelesen und laut vorgelesen hatte. Doch schließlich schob sie ihn in ihre Handtasche und strich ihr Kleid glatt. „Nun, ich wünschte, ich hätte das von dem armen Etienne gewußt. Seth hätte euch sofort geholt."

Carrie nickte.

„Egal. Nun, da ihr hier seid, müßt ihr sofort zu uns ziehen. Als ich euch vorhin fragte, was ihr hier macht, meinte ich, in dem Haus von diesem Durant."

„Prosper hat uns gebeten zu bleiben", erklärte Susannah.

„Er hat uns freundlicherweise sein Heim zur Verfügung gestellt, solange wir in New Orleans sind", fügte Carrie hinzu.

„Aber, Carrie, meine Liebe." Abby senkte die Stimme zu einem vertraulichen Flüstern, „Er ist ... ein Farbiger."

„Er war Papas Freund."

„Oh, das weiß ich. Aber über Adam Kingston müßt ihr mir

nichts erzählen. Wir haben ihn alle gern gehabt, aber er war ein sturer Mann, der von niemandem einen Rat annehmen wollte. Wir haben es weiß Gott versucht, Seth und ich."

„Prosper ist auch Susannahs und mein Freund", erklärte Carrie steif. „Er hat die Unannehmlichkeit auf sich genommen, in seine Wohnung über der Fechtschule umzuziehen, damit wir hier wohnen können."

„Nun, das ist gewiß sehr freundlich, aber ich halte es dennoch für besser, wenn ihr zu Seth und mir zieht. Schließlich sind wir praktisch ... Verwandte."

„Danke, aber ich denke, wir bleiben vorläufig hier", lehnte Carrie ihr Angebot ab. Ihr Ton hatte etwas Entschuldigendes, und das ärgerte sie. Schließlich war sie noch nicht mit J. D. verheiratet.

Abbys Lippen wurden noch ein wenig schmaler. „Ich bin sicher, wenn du erst einmal darüber nachgedacht hast, wirst du deine Meinung ändern."

Carrie ignorierte ihre Worte. „Möchten Sie etwas Tee ... oder Kaffee vielleicht? Mattie kann uns welchen bringen."

„Nein, vielen Dank. Es ist schon zu spät für Tee. Ich würde mir nur den Appetit verderben." Abby ergriff ihren Sonnenschirm und streifte die Handschuhe über. Carrie bemerkte eine kleine gestopfte Stelle an einem der Finger. „Ihr müßt nach der Reise heute auch völlig erschöpft sein. Aber kommt doch morgen abend zum Essen zu uns. Es wird auch ein Herr dort sein, den ihr unbedingt kennenlernen müßt ... ein Mr. Beau Canfield. Er hat Seth und mir ja so geholfen. Oh!" Ihre Hand flatterte zu ihrem üppigen Busen. „Dabei fällt mir ein – ihr wißt es ja noch nicht! Melissa erwartet ein Baby!"

„Wie schön", sagte Carrie automatisch. Melissa war J. D.s ältere Schwester. Sie hatte geheiratet und war aus New Orleans fortgezogen, als Carrie noch ganz klein gewesen war.

„Ich wünschte, ich könnte jetzt bei ihr sein. Ein Mädchen in diesen Umständen braucht die Mutter ... vor allem, wenn es schon ein wenig älter ist. Nicht, daß sechsundzwanzig alt wäre, aber für das erste Kind ..."

Carrie hörte nur „in diesen Umständen" und „das erste Kind", und ihr wurde plötzlich übel.

„Wir hätten nichts davon erfahren", plapperte Abby weiter, „wenn Beau nicht einen Brief von ihr gebracht hätte. Er ist ein *so* lieber Mann! Aber ihr werdet es ja selbst sehen."

„Ja", murmelte Carrie. „wir kommen morgen abend."

Abby musterte sie. „Carrie, meine Liebe, du siehst aber gar nicht gut aus. So blaß."

„Es ist schon in Ordnung. Es war nur ... ein langer Tag."

„Natürlich. Ein leichtes Abendessen und dann früh zu Bett, das ist genau das, was dir fehlt. Und wenn du deine Meinung änderst, was den Umzug in unser Haus angeht ..."

Carrie hätte am liebsten laut geschrien.

„Ja, danke ... wir lassen es Sie wissen."

Endlich war J. D.s Mutter gegangen, und Susannah blickte besorgt in das Gesicht ihrer Schwester. „Geht es dir auch wirklich gut, Carrie? Du siehst merkwürdig aus."

„Nur müde. Ich glaube, ich lege mich vor dem Abendessen ein paar Minuten hin." Oben in ihrem Zimmer lag Carrie dann auf dem Bett und starrte an die Decke. Lieber Gott, konnte es möglich sein?

6

„Ach, ich wünschte wirklich, Captain Canfield hätte nicht in letzter Minute absagen müssen. Ich wollte so gerne, daß ihr Mädchen ihn kennenlernt", jammerte Abby Morrison, als sie nach dem Essen den Kaffee einschenkte. „Aber wenigstens hat er gesagt, er käme vielleicht später noch vorbei."

„*Captain* Canfield?" fragte Carrie verwundert.

„Beau hat ein eigenes Schiff", erzählte Abby fröhlich. „Und er durchbricht die Blockade nach Charleston, wann immer er Lust dazu hat."

„Abby!" Seth Morrison beugte sich vor und warf hastig einen Blick zur Tür, als wollte er sich vergewissern, daß keiner der Diener ihre Worte gehört hatte.

„Nun, Carrie und Susannah kann ich es doch erzählen. Sie

gehören doch praktisch zur Familie und erzählen es bestimmt nicht den falschen Leuten."

„Trotzdem." Seth warf seiner Frau einen müden Blick zu. „Beau spielt ein gefährliches Spiel, und wir können gar nicht vorsichtig genug sein."

„Dieser Beau Canfield ist ein Blockadebrecher, und dennoch lassen ihn die Yankees in New Orleans anlegen?" staunte Carrie.

„Er ist ein schlauer Kerl", meinte Seth mit Verschwörermiene. „Nachdem Abby jetzt die Katze aus dem Sack gelassen hat, könnt ihr ja ebensogut auch den Rest hören." Er zwinkerte ihnen zu. „Aber es ist streng vertraulich. Also, dieser Beau hat die Yankees davon überzeugt, daß er ein Sympathisant der Union ist. Dabei wissen sie nicht, daß er in Wirklichkeit der Konföderation hilft. Er läuft in den Häfen der Nordstaaten ein und aus, wie es ihm gefällt."

„Ja. Und so haben wir auch Nachricht von Melissa erhalten", fügte Abby stolz hinzu. „Er ist uns eine große Hilfe gewesen. Und er ist ein so charmanter Mann!"

Susannahs Augen leuchteten. „Wie aufregend! Und wie mutig von ihm! Ich finde es wundervoll, zur See zu fahren."

Das Gespräch verstummte, als Penelope mit einer großen Tasse Kaffee mit Brandy für Seth ins Zimmer kam. Nachdem sie ihm diese gereicht hatte und wieder gegangen war, meinte Abby: „Ich hasse den Gedanken, Penelope oder der alte Thomas könnten irgend etwas von dem wiederholen, was wir hier im Haus gesagt haben."

Achselzuckend erklärte ihr Mann: „Die Zeiten ändern sich, Abby. Ich weiß mit Sicherheit, daß einige der Leute auf Ship Island nur deshalb Schwerarbeit leisten, weil ihre Hausneger sie verraten haben. Und wir wollen doch nicht riskieren, daß Beau erwischt wird. Wenn er nicht den Zucker von den Westindischen Inseln gebracht hätte, hätte ich die Brennerei nicht so lange offenhalten können." Kopfschüttelnd fügte er dann hinzu: „Ich weiß natürlich auch nicht, wie lange wir noch so weitermachen können . . ."

Abby saß hoch aufgerichtet in ihrem Stuhl. „Die Yankees glauben, sie können uns brechen, weil wir jetzt nur noch so wenig haben . . . aber das schaffen sie nicht."

Carrie betrachtete die verkrampften Finger der Frau. Es war

offensichtlich, daß sich die Lage sehr verändert hatte, seit New Orleans gefallen war. Das Essen, das sie soeben zu sich genommen hatten, war zwar gut gewesen, aber kein Vergleich zu dem, was die Morrisons sonst aufzutischen pflegten. Ihr fiel auch die gestopfte Stelle an Abbys Handschuh wieder ein. Früher hätte sie sich einfach neue gekauft.

„War es sehr schwer in den ersten Tagen, nachdem die Stadt gefallen war?" erkundigte sich Carrie.

„Es war entsetzlich!" stöhnte Abby. „Wir hatten gedacht, wir wären ganz sicher, mit zwei Forts unten am Fluß. Aber dann kam die Nachricht, daß Farragut sowohl an Fort Jackson als auch an Fort St. Philip vorbeimarschiert war, und nichts hinderte ihn mehr daran, New Orleans einzunehmen."

„Aber wenn es den Yankees auch gelungen ist, New Orleans zu besetzen, so haben sie doch nicht so viel bekommen, wie sie dachten", erzählte Seth den Schwestern. „Als wir erkannten, daß es unvermeidlich war, haben wir alles verbrannt, von dem wir annahmen, daß es ihnen eine Hilfe sein könnte. Die ganze Baumwolle in den Lagerhäusern, den Zucker, die Melasse, das Pökelfleisch, alles, was uns in die Hände fiel. Ich habe sogar eines meiner eigenen Lagerhäuser angesteckt. Es war bis an den Rand voll."

„Die Feuer haben die ganze Nacht lang gebrannt", erzählte Abby. „Es war taghell. Und überall der Rauch."

Einen Augenblick schwiegen sie alle.

„Haben die Soldaten Schaden angerichtet, als sie in die Stadt kamen?" fragte Susannah schließlich.

„Anfangs nicht. Aber dann beschloß Butler, ein Exempel zu statuieren. Er ließ einen armen Kerl, der an einem Fahnenmast hochgeklettert war und eine Unions-Flagge heruntergeholt hatte, öffentlich hinrichten. Es sind auch Leute nach Ship Island ins Gefangenenlager geschickt worden, aber das hat Seth ja schon erzählt. Und die meisten für nichts!" Abbys Stimme war spröde vor Abscheu. „O ja, er ist hochmütig, dieser General, mit seinen Sondersteuern und seinen Befehlen und Treueschwüren!"

„Treueschwüren?" wiederholte Carrie.

„Einer seiner Befehle lautete, daß wir alle der Regierung der Vereinigten Staaten die Treue schwören müssen“, erklärte Seth.

„Wir tun das natürlich nicht“, warf Abby hastig ein. „Ich hoffe nur, wenn unsere Soldaten New Orleans endlich befreien, wird General Butler kriegen, was er verdient! Ich hoffe –“

„Nun, Abby“, unterbrach ihr Mann sie, „es könnte schlimmer sein. Und es hat keinen Sinn, sich so aufzuregen. Außerdem haben die Mädchen hier selbst genug Probleme. Das mit Etienne Moreau tut mir leid. Ich habe ihn immer gemocht.“

Carrie nickte. „Es war ein schrecklicher Verlust für Suzy und mich. Onkel Etienne war ... immer so gut zu uns.“

„Ich weiß. Friede seiner Seele“, murmelte Abby. Sie seufzte tief, aber dann raffte sie sich auf. „Genug von diesen traurigen Dingen. Komm, ich will dir die Handschuhe und den Schal zeigen, die ich für J. D gestrickt habe.“

Carrie folgte ihr ins Wohnzimmer und bewunderte die hübschen Sachen.

„Ich weiß nicht, wie kalt es im Winter in Vicksburg wird“, meinte Abby. „Vielleicht finde ich einen Weg, sie ihm vorher zu schicken. Ich will auch noch welche für seine Freunde stricken ... für George Pierre.“ Ihre Stimme klang gezwungen fröhlich.

Carrie verspürte plötzlich Mitleid mit der Frau. „Das ist sehr nett von Ihnen, Mrs. Morrison.“

Abby wandte ihr die runden, blauen Augen zu. „Ach, bitte ... willst du mich nicht Mutter nennen? Du wirst doch selbst eine Morrison sein, sobald J. D. heimkommt. Es wäre mir ein großer Trost, Carrie. Ich bin so froh, dich hier in New Orleans zu haben.“

Die beiden sahen sich lange an, und schließlich streckte Carrie impulsiv die Hand aus. „Aber natürlich. Danke, Mutter Morrison.“

Abby lächelte plötzlich verschmitzt. „Ich kann dich wohl nicht überreden, hierher zu uns zu ziehen.“

Carrie schüttelte den Kopf. „Im Augenblick nicht.“

Abby grinste. „Ich glaube, du bist genauso stur wie dein Vater. Aber wenn du deine Meinung ändern solltest, ihr seid hier immer herzlich willkommen, du und Susannah.“

„Ich weiß. Und dafür bin ich wirklich dankbar."

Sie hörten die Klingel, und als sie in die Halle traten, ließ Penelope gerade einen gutaussehenden Mann Anfang Dreißig ein. Er zog schwungvoll den hohen Hut und enthüllte prachtvolle blonde Locken.

„Beau", strahlte Abby, und der junge Mann reichte dem Mädchen schnell Hut und Handschuhe und kam dann auf Abby zu, zog die ihm dargebotene Hand an die Lippen.

„Meine Liebe", erklärte er mit samtiger Stimme und entblößte makellos weiße, ebenmäßige Zähne, „ich hoffe, Sie haben mir vergeben, daß ich Ihr köstliches Abendessen versäumen mußte. Dringende Geschäfte." Sein Blick wanderte zu Carrie. „Ich wette, diese reizende junge Dame ist Miss Carrie Kingston."

Carries Mund blieb vor Staunen offen stehen, aber schon erfüllte Abbys Lachen die Halle. „Diese reizende junge Dame ist tatsächlich Carrie Kingston, die Verlobte meines Sohnes. Vergiß das nie, Beau Canfield", fügte sie neckend hinzu. Und an Carrie gewandt erklärte sie: „Als Beau seine Absage schickte, ließ ich ihm durch seinen Diener ausrichten, daß du und Susannah heute abend unsere Gäste sein würdet."

„Es ist mir ein großes Vergnügen, Miss Kingston." Als sich Beau Canfield über ihre Hand beugte, bemerkte Carrie seine tiefliegenden, dunklen Augen, aus denen Bewunderung sprach.

„Captain Canfield..." Sie nickte, ihre Wangen wurden warm. Er war der bestaussehende Mann, dem sie jemals begegnet war, mit breiter Stirn, perfekt geformter Nase und sinnlichem Mund. Sein Benehmen war ausgezeichnet, herzlich und höflich; ja, dieser Freund der Morrisons war jeder Zoll ein Gentleman.

Abby strahlte. „Kommen Sie, Sie müssen Susannah kennenlernen." Sie nahm seinen Arm und zog ihn mit sich. „Seth wird so froh sein, daß Sie noch kommen konnten."

Im Wohnzimmer konnte Carrie beobachten, wie ihre kleine Schwester dem Charme Beau Canfields vollkommen erlag. „Ich muß sagen, es ist eine Schande, daß zwei so reizende junge Damen sich auf einer Plantage flußaufwärts versteckt gehalten haben. Aber nun, da Sie uns die Ehre Ihrer Gesellschaft erweisen, müssen wir alles tun, um Sie hierzubehalten“, erklärte er und lächelte Susannah zu, sah ihr tief in die Augen, und ihre bereits rosigen Wangen röteten sich noch mehr.

„Ich glaube, da gehört nicht viel Überredungskunst dazu, Captain Canfield.“ Sie lächelte und warf Carrie einen erfreuten Blick zu.

Seth war aufgestanden, um seinen Gast herzlich zu begrüßen, und jetzt standen die beiden Männer ein wenig abseits. Es war ungewöhnlich, in diesen Tagen einen jungen Mann zu sehen, der keine Uniform trug, und Carrie bewunderte Canfields elegante Aufmachung. Er sah überhaupt nicht so aus, wie man sich den Kapitän eines Handelsschiffes vorstellte, fand sie.

„Ich sagte vorhin schon zu den anderen, wie aufregend ich es mir vorstelle, zur See zu fahren“, sagte Susannah gerade.

„Nun, das ist nicht immer so glorreich, wie es klingt, Miss Kingston.“ Canfield setzte sich. „Ehrlich gesagt, die meiste Zeit ist es recht ereignislos.“

„Sie sind zu bescheiden, Captain.“

Carrie sah, wie ernst Susannahs Gesicht geworden war, und versuchte, ihr einen warnenden Blick zuzuwerfen, aber zu spät.

„Wissen Sie“, Susannah blickte Canfield voll Bewunderung an, „wir wissen Bescheid, Captain Canfield. Über Ihre Arbeit für die Konföderation . . . und wie Sie die Yankees zum Narren halten.“

Plötzliches, peinliches Schweigen trat ein. Canfield zog eine perfekt geformte Braue leicht in die Höhe.

„Ich . . . ich fürchte, es ist meine Schuld, Beau.“ Abby fand als erste die Sprache wieder. „Ich habe es ihnen erzählt. Aus einem Impuls heraus. Aber sie gehören zur Familie. Sie sind die Töchter der Kingstons, unserer besten Freunde. Carrie wird unseren Sohn heiraten. Sie würden dich ebensowenig verraten wie wir. Ich hoffe, du bist mir nicht böse.“

Der hübsche Captain schenkte ihr ein Lächeln. „Meine Liebe, ich könnte dir nicht böse sein, was immer du auch angestellt haben magst.“

Seth grinste. „Dein Geheimnis ist bei ihnen gut aufgehoben, Beau. Sie sind Rebellen!“

„Oh, aber natürlich ist Ihr Geheimnis bei uns gut aufgehoben!“ betonte Suzy. „Ich möchte, daß Sie wissen, daß ich es für das Mutigste halte, das ich je gehört habe!“

„Suzy, vielleicht möchte Captain Canfield lieber nicht darüber reden“, mischte sich Carrie ein.

„Aber nein. Ich fürchte nur, Sie sehen zu viel in mir, Miss Kingston. Unseren tapferen Soldaten an der Front sollte unser Lob gelten. Im Vergleich dazu habe ich nur bescheidene Dinge vollbracht.“

„Ich glaube, meine Schwester hat recht. Sie sind zu bescheiden, Captain.“ Seine Ernsthaftigkeit beeindruckte Carrie. „Sie haben die Blockade gebrochen?“

„Mehrmals. Letzten Monat war ich in Charleston.“

„Und was gibt es dort Neues vom Krieg?“

„Nun fang' nicht schon wieder an, Abby“, ermahnte Seth. „Der Krieg soll uns doch nicht den Abend verderben.“

„Das ist allerdings richtig.“ Abby läutete nach Penelope um mehr Kaffee, aber es dauerte nicht lange, bis allen klar war, daß Seth es kaum erwarten konnte, allein mit Canfield über dessen Geschäfte zu sprechen, und so zogen sich die Männer zurück.

„Nun“, resignierte Abby, „nachdem uns die Herren verlassen haben, könnt ihr mir helfen, das Silber zu verstecken.“

„Das Silber verstecken?“

„Ja. Alles Silber, das im Haushalt von Konföderierten gefunden wird, wird konfisziert. Befehl des Generals. Ich habe es heute abend nur hervorgeholt, weil ich wollte, daß euer Besuch etwas Besonderes ist.“

Sie gingen ins Eßzimmer hinüber. Das Besteck war gewaschen und abgetrocknet worden und lag ordentlich auf dem Tisch.

„Was ist nur aus der Welt geworden“, murmelte Abby. „Ich habe Penelope jetzt seit zwölf Jahren, und ich kann nicht glauben, daß sie einem Yankee irgend etwas verraten würde. Und trotzdem besteht Seth darauf, daß sie nicht erfahren darf, wo ich das Silber verstecke.“

Suzy und Carrie halfen Abby, es in eine flache Kiste zu tun, die sie dann in Abbys und Seths Schlafzimmer hinauftrugen. Dort verstauten sie diese in einer Truhe mit doppeltem Boden am Fußende des Bettes. Sie paßte genau in die Vertiefung, und nachdem das Bettzeug wieder in die Truhe gelegt worden war, war nichts mehr zu entdecken.

Nachdem sie fertig waren, gingen sie wieder ins Wohnzimmer, und Susannah erklärte, sie wollte Abby beim Stricken helfen. Nachdem sie fast eine Stunde damit verbracht hatten, entschuldigte sich Carrie und ging hinaus auf die Veranda, um ein wenig frische Luft zu schnappen.

Sie atmete tief ein. Sie vermißte Kingston's Landing schon jetzt. Es war zwar aufregend in der Stadt. Aber trotz der Süße der Gardenien schien die Luft hier anders zu sein ... als würde sie den Hauch gammligen Gemüses vom French Market, von Krabben, die zu lange in der Sonne gelegen hatten, niemals los.

Sie seufzte. Sie würde Leroy Tate schon bald in der Bank aufsuchen müssen. Sie durfte nicht vergessen, weshalb sie hergekommen war. Und sie mußte Rance Stewart vergessen und alles, was geschehen war, mußte diese Nacht vollkommen aus ihrem Gedächtnis streichen. Es war vorbei. Außer – o, Gott, was sollte sie tun, wenn ... Als wollte sie ihre Frage selbst beantworten, hob sie den Kopf. „Ich werde *irgend etwas* tun!" sagte sie laut und entschieden.

Hinter sich hörte sie plötzlich ein tiefes Lachen und wirbelte erschrocken herum. „Ich wette, das werden Sie." Canfield saß bequem in einem der schweren Stühle, eine Zigarre in der Hand.

„Verzeihen Sie, Miss Kingston. Ich hätte mich sofort bemerkbar machen sollen. Aber ich muß gestehen, ich fand Sie so reizend da im Mondschein, daß ich den Anblick einfach ein paar Augenblicke lang genießen wollte."

„Also, Captain ... Captain Canfield", stammelte Carrie, „ich hatte keine Ahnung ... daß Sie hier sind."

„Ich weiß." Er grinste sie an. „Stört Sie die Zigarre?"

„Nein, überhaupt nicht. Mein Vater hat auch gern geraucht."

„Ich weiß nicht, ob ich das als Kompliment auffassen soll. Ein Mann meines Alters, der mit Ihrem Vater verglichen wird, noch dazu von einer so hübschen jungen Frau."

„O Captain Canfield ... ich wollte doch nicht ...“

Wieder lachte er, und Carrie begriff, daß er sich nur lustig gemacht hatte. „Sollten wir das ‚Captain Canfield‘ und ‚Miss Kingston‘ nicht vergessen, Carrie? Schließlich bin ich ein enger Freund der Morrisons.“

„Wenn Sie es wünschen, natürlich.“

Sie trat einen Schritt von ihm zurück, immer noch nervös.

„Warten Sie, Sie haben gerade mit sich selbst gesprochen. Was war es doch noch, was Sie sagten?“

„Ach, nichts, ich habe nur laut gedacht.“

„Ich werde *irgend etwas* tun! Das sagten Sie doch, nicht wahr? Ich wette, hinter dieser Bemerkung steckt ein Mann.“

„Bestimmt nicht, Captain Can –“ Sie brach angesichts seiner hochgezogenen Brauen ab. „Ich meine ... Beau. Ich dachte an ... an Kingston's Landing.“

„Ihre Plantage?“

„Ja.“

„Ich habe gehört, es wäre die schönste am Fluß.“

„Das war sie auch. Und das wird sie wieder werden, wenn es in meiner Macht liegt.“

„Aha! Das ist also Ihre große Leidenschaft. Es muß schwer für Sie gewesen sein, nachdem Ihr Bruder zur Armee gegangen ist.“

„Ja. Vor allem, nachdem die meisten unserer Sklaven fortgelaufen sind. Aber wenn hier alles so läuft, wie ich es hoffe, dann kann ich im nächsten Frühjahr wieder anbauen.“

„Dafür brauchen Sie Geld“, bemerkte er.

„Ja“, gab sie zögernd zu und fragte sich, wie es gekommen war, daß sie mit einem völlig Fremden eine so persönliche Unterhaltung führte.

Er zog an seiner Zigarre, schnippte dann die Asche fort. „Abby hat mir erzählt, daß Sie im Haus eines Freundes in der Dumaine Street untergekommen sind.“

„Das ist richtig.“

„Ich hätte gern Ihre Erlaubnis, vorbeizukommen.“

Carrie starrte ihn überrascht an. „Tut mir leid, Sir.“ Sie richtete sich steif auf. „Ich glaube nicht, daß es unter den gegebenen

Umständen richtig wäre. Ich... dachte Sie wüßten, daß ich mit J. D. Morrison verlobt bin."

„Oh, ich bitte um Verzeihung, Carrie. Ich fürchte, ich habe mich nicht klar genug ausgedrückt." Er schien zu zögern, ehe er fortfuhr: „Es ist... Ihre Schwester Susannah, die ich besuchen möchte."

„Oh..." Carries Wangen brannten vor Verlegenheit. Wie hatte sie sich nur so zum Narren machen können? Sie wandte sich halb ab, um ihre Haltung wiederzugewinnen.

Dann holte sie tief Luft. „Ich muß mich für meinen dummen Fehler entschuldigen", sagte sie. „Es ist nur... Susannah ist noch so jung. Ich dachte einfach nicht –"

„Ja? Soviel ich weiß, ist sie doch nur ein paar Jahre jünger als Sie selbst."

„Das stimmt, aber –"

„Und sie ist eine reizende junge Dame."

„Ja, das ist sie."

„In Abwesenheit Ihres Bruders hatte ich das Gefühl, ich müßte mich an Sie wenden und um Erlaubnis zu einem Besuch bitten. Darf ich Ihnen versichern, daß ich die Absicht habe, mich Ihrer Schwester gegenüber vollkommen anständig zu verhalten."

Carrie schwieg, war vollkommen verwirrt. „Nun", meinte sie schließlich, „ich sehe nicht, warum es Suzy schaden sollte, wenn Sie sie besuchen. Solange sie keine Einwände hat."

Aber noch als sie das sagte, war Carrie überzeugt, daß ihre kleine Schwester ganz bestimmt keine Einwände haben würde, im Gegenteil, sie würde außer sich sein vor Freude.

„Oh, Beau Canfield", staunte Susannah, als Mattie ihren Besucher ins Wohnzimmer führte. „Welch angenehme Überraschung!"

Carrie mußte ein Lachen unterdrücken. Seit sie den Mann vor drei Tagen kennengelernt und er seine Absicht erklärt hatte, sie besuchen zu wollen, hatte ihre Schwester von nichts anderem mehr geredet, und jetzt tat sie so, als wäre er der letzte, den sie erwartet hatte.

Er hielt eine große Schachtel mit Pralinen und einen Riesenstrauß gelber Rosen in den Armen. Jeder andere Mann hätte damit verlegen gewirkt, nicht aber Beau.

„Für Sie ..." Er reichte Susannah die rosafarbene Schachtel.

„Oh, wie reizend, Beau! Darf ich sie sofort öffnen?"

„Natürlich." Er lächelte und wandte sich dann Carrie zu, hielt ihr den Strauß hin. „Für meine charmante Gastgeberin."

„Das wäre aber wirklich nicht nötig gewesen", protestierte Carrie. „Aber vielen Dank. Sie sind wunderschön!" Sie gab den Strauß an Mattie weiter, damit sie ihn in eine Vase stellen konnte. „Kommen Sie, nehmen Sie Platz, Beau."

Nachdem sie sich in den Sessel Beau gegenüber gesetzt hatte, schenkte Susannah ihm ein kokettes Lächeln und wollte wissen: „Sind Sie in eine schrecklich aufregende und gefährliche Sache verwickelt worden, seit wir Sie das letzte Mal gesehen haben?"

Er lachte. „Kaum. Ich muß gestehen, ich habe das Leben genossen, denn – wenn gewisse Dinge so ausgehen, wie ich es denke, dann bin ich bald wieder auf See."

Susannahs Gesicht verdüsterte sich. „Sie reisen ab?"

Er nickte. „Aber nur für kurze Zeit. Ich komme oft nach New Orleans."

Sie schien zufrieden damit. „Diese gewissen Dinge – betreffen die Ihre Arbeit, von der wir bei den Morrisons gesprochen haben?"

„Nun ja, schon, aber es sind auch andere Menschen betroffen, und ich habe nicht das Recht, von ihnen zu sprechen. Außerdem gibt es im Moment ohnehin nichts zu erzählen. Ich weiß nur, daß unsere verletzten Soldaten Medikamente benötigen, und wenn ich bei den Verhandlungen hier erfolgreich bin ..." Er ließ den Rest ungesagt, aber Susannahs Augen funkelten vor Bewunderung.

„Sie ... Sie werden doch vorsichtig sein, nicht wahr?"

„Meine liebe Susannah, ich bin immer vorsichtig."

Das Gesicht ihrer Schwester war schrecklich ernst. Deshalb hielt Carrie es für das beste, das Thema zu wechseln. „Ich denke, ein Tee wäre jetzt gerade recht. Ich werde Mattie welchen zubereiten lassen."

„Oh, wir möchten keinen Tee... nicht wahr, Beau? Vielleicht..." Sie errötete, als sie ihren männlichen Besucher ansah, „vielleicht möchten Sie ein wenig im Garten spazierengehen?"

„Ich wüßte nicht, was ich lieber täte", erwiderte er. „Das heißt" – damit wandte er sich Carrie zu –, „wenn wir die Erlaubnis Ihrer Schwester erhalten."

Carrie zögerte nur eine Sekunde. „Natürlich."

Doch gleich darauf, als sie beobachtete, wie die beiden über den gepflasterten Weg schlenderten, auf eine schmiedeeiserne Bank zu, fühlte sie sich doch nicht ganz wohl. Beau sah zu gut aus, seine Züge waren zu perfekt, dazu sein Charme. Es war unmöglich, nicht auf ihn anzusprechen. Wie konnte man von Suzy, die noch ein Kind war, erwarten, angesichts der Aufmerksamkeiten eines solchen Mannes nicht den Kopf zu verlieren? Er war älter. Offensichtlich erfahren. Ein Blockadebrecher.

Sie setzte sich in den Sessel gleich neben der Tür, so daß sie die beiden im Auge behalten konnte. Zu dumm, daß er nicht wenigstens eine leichte Hakennase hatte, oder ein eckiges Kinn. Dann wäre er nicht so überwältigend gewesen.

7

Carrie stand vor der Tate Bank of New Orleans und holte tief Luft. Es gab keinen Grund, nervös zu sein, vor allem jetzt nicht, wo sie sicher sein konnte, daß die Nacht mit Rance Stewart keine Folgen haben würde. Sie mußte vergessen, was geschehen war, mußte mit dem weitermachen, was das Wichtigste war – Kingston's Landing!

Mit mehr Zuversicht, als sie tatsächlich verspürte, rauschte sie in die Bank. Hinter einer Eichenschranke arbeitete ein Angestellter, und Carrie ging auf den Mann zu.

„Verzeihen Sie, Sir. Ich hätte gern Mr. Tate gesprochen. Sagen Sie ihm, Miss Kingston wäre da."

„Sicher, Miss. Nehmen Sie doch bitte Platz." Er nickte mit dem Kopf und verschwand durch eine Tür im Hintergrund.

Gleich darauf erschien Leroy Tate. „Miss Carrie Kingston, nicht wahr?“ Und als Carrie nickte: „Kommen Sie doch herein.“

Er führte sie in sein Büro, wo sie in einem schweren Ledersessel seinem Schreibtisch gegenüber Platz nahm.

„Das ist ein unerwartetes Vergnügen. Was kann ich für Sie tun, Miss Kingston?“

Carrie informierte ihn von Etienne Moreaus Tod, und er sprach ihr ernst sein Mitgefühl aus.

„Dann sind Sie also gekommen, um den Nachlaß zu regeln?“

„Das ist richtig.“

„Ihr Bruder ist... fort?“

„George Pierre gehört der Konföderierten Armee an.“

„Natürlich. Ich hatte davon gehört. Kein Problem. Ich kann das alles für Sie erledigen.“

Er stand auf, trat an einen Schrank, und während Carrie nervös wartete, durchsuchte er den Inhalt. Endlich hatte er gefunden, was er suchte, und kehrte mit einem dicken Umschlag zurück.

„Wie ich es mir schon dachte, hat Mister Moreau alles Ihnen, Ihrem Bruder und Ihrer Schwester hinterlassen, Miss Kingston. Das Haus mit dem Namen Maisonfleur und alles, was darin ist, sowie die dazugehörigen Ländereien.“

Carrie informierte den Bankier hastig, daß Maisonfleur zerstört worden war.

„Oh, das ist ein Jammer. So ein hübsches, altes Haus. Ich war einmal mit meinem Onkel dort. Nun“ – Er fuhr sich mit der Hand über das schüttere Haar –, „es gibt da noch etwas Geld...“

Er überflog die Eintragungen, rechnete schnell und schrieb dann die Summe auf ein Stück Papier, das er Carrie zuschob.

Enttäuscht betrachtete sie die Zahl. Sie hatte schon vermutet, daß Onkel Etienne nicht mehr viel übrig hatte. Es würde ihnen helfen, ein wenig länger durchzuhalten, aber es würde bei weitem nicht ausreichen, um eine Saat zu finanzieren.

„Es müssen einige Formalitäten erledigt werden“, erklärte Tate. „Lassen Sie mir nur ein, zwei Wochen Zeit.“

„Mr. Tate, da wäre noch etwas.“ Ruhig und in allen Einzelheiten erklärte sie ihm ihre Pläne für Kingston's Landing. Er hörte zu, zuerst mit einem Ausdruck des Erstaunens, dann mit einem bewundernden Leuchten in den Augen.

„Ich habe Erkundigungen eingezogen“, meinte sie abschließend, „und man hat mir erzählt, daß es hier in New Orleans Schwarze gibt, die bereit sind, für vier, fünf Dollar im Monat auf einer Plantage zu arbeiten. Ich weiß nicht, wie ich es mit weniger als zwanzig oder dreißig Mann schaffen soll. Das heißt also, daß ich zusammen mit den anderen Ausgaben einige tausend Dollar Kredit benötige.“

Leroy Tate lehnte sich in seinem Stuhl zurück und erwiderte ihren offenen Blick. Dann holte er tief Luft.

„Ich muß sagen, Sie sind wirklich die Tochter Ihres Vaters, Miss Kingston.“

Sie lächelte.

„Offen gesagt, wenn eine andere Frau mit einem derartigen Vorschlag zu mir gekommen wäre, wäre es mir schwergefallen, nicht zu lachen, aber ... verdammt will ich sein, aber Sie haben mich überzeugt, daß Sie es schaffen könnten!“

„Ich kann es. Ich weiß, daß ich es kann“, sagte Carrie eifrig. „Mein Vater hat mir alles beigebracht, was es über eine Zuckerplantage zu wissen gibt.“

„Lord, Lord ...“ Tate stand auf und ging hin und her. „Ich wünschte, ich könnte Ihnen helfen.“

„Mr. Tate ... ich verstehe nicht.“ Kalte Nervosität preßte Carrie die Kehle zu.

„Tatsache ist“, der Bankier setzte sich wieder, „es gibt kein Geld für Darlehen. Weder in dieser Bank noch in einer anderen. Sehen Sie“ – er senkte leicht die Stimme, als hätte er Angst, gehört zu werden –, „als es offensichtlich wurde, daß New Orleans in die Hände der Nordstaatler fallen würde, da haben wir alles Gold und Silber aus der Stadt geschickt, damit es nicht dem Feind in die Hände fallen konnte. Als dann General Butler eintraf, wurde das Geld der Konföderation für wertlos erklärt. Ich fürchte, den Banken von New Orleans geht es nicht besser als den anderen Geschäften hier.“

„Oh ...“ Carrie mußte gegen die Tränen ankämpfen, aber schließlich hob sie den Kopf. „Ich verstehe, Mr. Tate. Das bedeutet, ich muß es anderswo auftreiben.“ Sie erhob sich und brachte ein halbes Lächeln zustande. „Ich danke Ihnen aber für Ihre Hilfe bei der Regelung des Nachlasses. Guten Tag."

Sie war schon fast an der Tür, als er sie zurückhielt.

„Miss Kingston ... warten Sie einen Moment."

Sie wandte sich um. „Es gibt vielleicht eine Möglichkeit. Private Quellen. Ich ... ich könnte mich zumindest erkundigen."

„Würden Sie das tun, Mr. Tate?"

Er lächelte. „Aber natürlich. Aber es kann eine Weile dauern. Und ich kann nichts versprechen ..."

„Ich verstehe", beruhigte sie ihn.

„Können Sie eine Weile in New Orleans bleiben?"

„Sicher, so lange wie nötig. Nochmals vielen Dank, Mr. Tate." Ihre Lippen bebten und zeigten, welche Hoffnung sein Angebot in ihr geweckt hatte. Zutiefst gerührt kam er um den Schreibtisch herum und bot ihr den Arm, um sie nach draußen zu begleiten und ihr in den Wagen zu helfen, den Prosper Durant ihr und Susannah zur Verfügung gestellt hatte.

Geschickt lenkte Lafitte den Wagen durch die engen Gassen bis zu dem Geschäft der Schneiderin, in dem sie Susannah zurückgelassen hatten. „Warum wartest du nicht da drüben im Schatten, Lafitte?" schlug Carrie vor, nachdem er ihr aus dem Wagen geholfen hatte. „Wie ich meine Schwester kenne, wird es eine Weile dauern." Der Schwarze gehorchte grinsend, und Carrie betrat das Geschäft, das einst Jeanette, Prospers Frau, gehört hatte.

Carrie erinnerte sich an eine große, schöne Frau mit caramelfarbener Haut und weißen Zähnen. Sie war an einer schrecklichen Krankheit in der Brust dahingesiecht, und als schließlich die Nachricht von ihrem Tod kam, hatte Mama geweint. Sie und Papa waren sofort in die Stadt gefahren, um Prosper beizustehen.

Jetzt gehörte der Laden Madame Louisa Costeau, einem früheren Lehrling von Jeanette Durant.

„Mademoiselle Kingston", begrüßte sie Carrie an der Tür, „wie gut, daß Sie kommen! Ihre Schwester kann sich nicht entscheiden, was sie nehmen soll."

Nachdem sie aus einem Modejournal den Schnitt ausgesucht hatten, entschieden sie sich für einen gelbgemusterten Seidentaft und einen weichen, blauen Stoff.

Susannahs hübsches Gesicht war vor Entzücken gerötet. „Bist du ganz *sicher*, daß ich nicht drei statt zwei neue Kleider haben kann? Ich brauche sie wirklich."

Carrie dachte daran, wie wenig Geld ihnen noch blieb, und schüttelte den Kopf. „Es tut mir leid, Suzy."

„Warum suchst du dir nicht auch etwas aus, Carrie? Ich weiß nicht, wann du zum letztenmal etwas Neues bekommen hast."

„Nein, das ist nicht nötig", erklärte Carrie, warf aber doch einen verstohlenen Blick in den großen Spiegel, der sie in voller Länge zeigte.

Das grüne Seidenkleid, das sie trug, hatte sie jetzt schon über zwei Jahre, aber es war noch immer recht modisch. Es schmiegte sich eng an die Taille, und obwohl das Mieder schlicht geschnitten war, betonte es doch ihre Brust. Die Manschetten wurden ein bißchen dünn. Aber wirklich nur ein bißchen.

„Wissen Sie" – Madame Louisa trat einen Schritt zurück und musterte sie –, „das Kleid ist wirklich hübsch. Es unterstreicht die Vorzüge ihrer Figur vortrefflich. Aber ..." Sie trat an einen der Arbeitstische und kehrte mit einem Ballen Spitze zurück. „Sehen Sie." Sie legte ein wenig um Carries Handgelenk, und beide betrachteten die Wirkung im Spiegel. „Verstehen Sie, was ich meine?" Die Manschetten waren wie neu. „Ein Hauch hier ... und da ..." Sie raffte den Stoff des Rockes zu beiden Seiten ein wenig und ließ die Spitze hervorblitzen. „Und voilà!"

Carrie lächelte gegen ihren Willen. „Das ist sehr hübsch. Aber wirklich –"

„Es würde nur ganz wenig kosten, Mademoiselle. Offen gesagt, viele Damen hier in New Orleans lassen derzeit ihre alte Garderobe auffrischen, anstatt neue Kleider zu kaufen. Ein Spitzenkragen hier, ein Hauch von Rüschen dort. Bringen Sie doch einfach ein paar Ihrer Kleider, und wir schauen uns an, was wir damit machen können. Alles zusammen wird wahrscheinlich nicht einmal die Hälfte von dem kosten, was ein neues Kleid ausmachen würde."

Carrie holte tief Luft. „Also schön. Das mache ich."

Nachdem Susannah noch Knöpfe ausgesucht hatte, verabschiedeten sie sich und riefen Lafitte, der geduldig wartete.

„Ach, ich wünschte, ich könnte schon morgen eines meiner neuen Kleider anziehen", jammerte Suzy. „Beau will mit mir in LeGallienne's Sweet Shop, und ich möchte absolut wunderbar aussehen."

Beau Canfield hatte sie inzwischen zweimal aufgesucht, und Susannah war außer sich vor Glück, wenn auch nur sein Name fiel. Carries Unbehagen wuchs.

„Suzy", fing sie vorsichtig an, „ich weiß, du freust dich über Captain Canfields Aufmerksamkeit, aber... du bist noch sehr jung. Ein Mann wie Beau könnte –"

„Das ausnutzen?" Susannah zog die Brauen zusammen. „Er würde nicht einmal daran denken! Er ist viel zu sehr ein Gentleman! Du bist nur eifersüchtig, Carrie Kingston!"

Die boshaften Worte ließen Carrie nach Atem ringen.

„Das ist nicht wahr, Suzy", widersprach sie leise, aber ihre Schwester starrte vor sich hin, und rote Flecken überzogen ihre Wangenknochen.

Eine Weile sagten sie nichts mehr. Dann fühlte Carrie plötzlich, wie jemand an ihrem Ellbogen zupfte, und als sie sich umwandte, sah sie in Susannahs tränenerfüllte Augen.

„Ach, Carrie, verzeih. Ich habe es nicht so gemeint."

Schnell umarmte Carrie ihre Schwester. „Ich weiß."

„Es ist nur, weil du immer versuchst, mich wie ein Baby zu behandeln... aber ich bin erwachsener, als du denkst. Ich weiß genau, wie ich mich bei Beau Canfield oder einem anderen Mann zu verhalten habe."

Carrie mußte zugeben, daß Susannah erwachsener wirkte, seit Beau sie besuchen kam, aber dennoch mußte sie aufpassen.

Am nächsten Morgen nahm sie Mattie beiseite. „Captain Canfield wird Miss Suzy heute nachmittag zum Sweet Shop ausführen. Ich möchte, daß du sie begleitest. Du kannst einen ausreichenden Abstand wahren, aber darfst sie nicht aus den Augen lassen, verstanden?"

Matti nickte. „Sie können sich auf mich verlassen."

„Wir müssen auf sie achtgeben, ob es ihr nun gefällt oder nicht", murmelte Carrie.

8

Prosper Durant, wie immer prächtig anzusehen mit einer tiefblauen Samtweste unter dem hervorragend geschnittenen weißen Jakkett, beugte sich in seinem Sessel vor und nahm die Tasse mit dampfendem Kaffee entgegen, die Carrie ihm reichte.

Nachdem sie die Silberkanne wieder aufs Tablett gestellt hatte, fing sie zögernd an: „Prosper, ich wollte schon eine ganze Weile mit dir über das Silber hier im Haus reden. Abby Morrison hat uns erzählt, daß General Butler befohlen hat, alles Silber der Konföderierten zu konfiszieren. Solltest du es nicht lieber verstecken?"

Prosper zog die Brauen hoch. „Das mit dem Befehl stimmt zwar, aber du vergißt etwas, ma chère."

„Und das wäre?" fragte Carrie verwirrt.

„Die Nordstaaten behaupten, sie würden diesen Krieg für die Neger führen. Die Yankees würden nichts in diesem Haus hier anrühren."

„Oh!" Sie war peinlich berührt. „Daran hätte ich denken sollen."

„Schon gut." Er grinste. „Ausnahmsweise einmal erweisen sich meine Vorfahren als Vorteil. Und man muß jeden nutzen, wenn man es mit Leuten wie General Butler zu tun hat."

Seine Sachlichkeit machte es Carrie leicht. „Da hast du wohl recht", meinte sie.

Er trat an die Tür zum Garten, wo er Susannah sah.

„Nun, gefällt es Susannah in der Stadt?" fragte er fröhlich.

„Und wie", lautete Carries Antwort, und sie seufzte, als sie neben ihn trat.

„Captain Canfield?" Prosper entging so leicht nichts.

„Er ist sehr aufmerksam. Das beunruhigt mich."

„Hast du Grund dazu?" Sofort trat Sorge in seinen Blick.

„Sie ist so jung... und er ist ein sehr attraktiver Mann."

„Bist du sicher, daß du nicht übervorsichtig bist, was deine Schwester angeht? Sie ist in einem Alter, in dem sie die Aufmerksamkeit der Männer auf sich ziehen muß. Und bist du selbst denn schon eine so alte und so lange verlobte Frau, daß du das vergessen hast?" fügte er spöttisch hinzu.

Carrie lachte. „Wahrscheinlich hast du recht. Aber wenn es Leroy Tate gelingt, ein Darlehen für mich aufzutreiben, dann kehre ich so schnell wie möglich nach Kingston's Landing zurück. Eigentlich wollte ich Suzy hier bei den Morrisons lassen... aber vielleicht sollte ich sie doch lieber mitnehmen."

Prosper schüttelte den Kopf. „Ich halte es für äußerst unklug, jetzt zurückzukehren. Ich habe gehört, daß erst kürzlich eine weitere Plantage flußaufwärts geplündert und niedergebrannt worden ist. Wie es heißt, von Jayhawkern."

Nervös lief Carrie auf und ab. „Trotzdem muß ich zurück. Ich muß mit dem Pflanzen beginnen."

„Das geht nicht vor dem Frühjahr. Bleib wenigstens so lange hier", drängte Prosper.

„Also schön. Ich werde darüber nachdenken", gab sie schließlich nach. „Und in der Zwischenzeit werde ich überlegen, wie ich jemals wiedergutmachen kann, mein lieber Prosper, was du für Suzy und mich tust."

„Laß mich mal nachdenken." Er legte einen schmalen Finger an den Mund und kniff die Augen zusammen, als würde er gründlich überlegen. „Ich hab's!" rief er dann grinsend aus. „Du könntest zum Tee kommen! Am nächsten Donnerstag."

„Ach, Prosper..."

Er wurde ernst. „Weißt du, das ist wirklich eine gute Idee. Meine liebe Jeanette und ich haben donnerstags immer Gäste zum Tee gehabt. Das war reizend."

Als er von den alten Zeiten sprach, bemerkte Carrie zum erstenmal, daß die Falten in seinem Gesicht ein wenig tiefer geworden waren, entdeckte sie das erste graue Haar.

„Du hast sie sehr geliebt, nicht wahr?" Die Worte schienen wie von selbst zu kommen, und einen Moment lang fürchtete sie, zu weit gegangen zu sein. Aber dann wandte er sich ihr zu, und in seinen für gewöhnlich fröhlich funkelnden Augen stand tiefer Schmerz.

„Ich habe sie angebetet.“ Er lächelte traurig. „Das ist auch ein Grund dafür, warum es so schön wäre, diese Donnerstags-Tee-Nachmittage wieder einzuführen. Es würde mich an sie erinnern, und ich werde gern an meine Jeanette erinnert.“

Er marschierte auf und ab, wieder ganz der alte. „Du kannst Susannah mitbringen... und auch ihren Captain Canfield, wenn er Lust hat.“ Er zuckte die Achseln. „Die Farbgrenze ist ziemlich scharf, wenn es um gesellschaftliche Einladungen geht, aber Jeanette und ich hatten auch die Spitze der kreolischen Aristokratie bei uns zum Tee. Schüler von mir. Natürlich wären wir in ihren Häusern nicht willkommen gewesen. Ich kann mich noch gut erinnern, wie schockiert die Gäste waren, als Jeanette und ich auf dem Ball auftauchten, den dein Vater anläßlich der Geburt deines Bruders gab. Adam ließ sich nicht im geringsten einschüchtern, aber wir verabschiedeten uns schnell wieder.“

Prosper hatte das alles ohne ein Fünkchen Selbstmitleid erzählt, aber Carrie begriff plötzlich, was es heißen mußte, farbig zu sein, wegen der Hautfarbe diskriminiert zu werden.

„Es tut mir leid“, sagte sie leise.

„Aber nicht doch.“ Überraschung stand in seinem Gesicht. „Ich hatte ein außergewöhnlich reiches, erfülltes Leben.“

Er strahlte eine ruhige Würde aus, und sie begriff, daß er die Wahrheit gesagt hatte.

„Also, wie gesagt, wenn Canfild kommen will, bring’ ihn mit. Mal sehen, was ich von ihm als Verehrer für Suzy halte. Ach ja – ich habe letzthin ein, zwei neue Schüler angenommen. Vielleicht lade ich einen zu uns ein. Wärest du bereit, die Rolle der Gastgeberin zu übernehmen?“

Carrie lachte. „Gern.“

„Prächtig!“ Er stellte seine leere Tasse auf das Tablett. „Nachdem das also nun geregelt ist, werde ich mich auf den Heimweg machen. Bis Donnerstag, ma petite.“

Abby Morrison empfing Carrie an der Haustür, die Augen vom Weinen gerötet.

„Mutter Morrison! Ich bin gekommen, so schnell es nur ging!" Carrie ergriff die Hände der Frau, als ihr ein schrecklicher Gedanke durch den Kopf schoß. „Es ist doch nichts mit J. D.? Hast du von ihm gehört?"

„Nein, nein", beruhigte Abby sie hastig. „Verzeih mir, daß ich dich so erschreckt habe. Ich mußte nur einfach mit jemandem reden... und du bist immer so vernünftig."

„Ich bin froh, daß du mich hast holen lassen. Aber was ist denn nun geschehen?"

Abby Morrison sah sie aus blaßblauen Augen an. „Seth ist aufgefordert worden, am Montag im Hauptquartier von General Butler zu erscheinen."

„Wozu?"

„Wir sind uns nicht sicher. Er glaubt, es wäre wegen des Treueschwurs." Abby spielte nervös mit der Elfenbeinnadel an ihrem Kragen. „Er ist nicht der einzige, der eine solche Aufforderung erhalten hat. Auch viele seiner Freunde. Die ganze Sache mit diesem Eid hat schon im Juli angefangen. Aber wir dachten alle, es wäre wie mit der *Woman Order*. Niemand hat geglaubt, daß Butler das wirklich durchsetzen wollte."

„Und woher wißt ihr, daß er das jetzt vorhat?"

„Hast du die heutige *Times* gesehen? Darin steht, daß General Butler befohlen hat, daß jeder, der seinem Befehl nicht bis Ende September Folge geleistet und der Regierung der Vereinigten Staaten Treue geschworen hat, sich von der Militärregierung registrieren lassen muß –"

„Aber das sind ja nur noch drei Wochen!" unterbrach Carrie.

Abby nickte. „Und sie müssen eine Liste all dessen vorlegen, was sie besitzen." Ihre Unterlippe zitterte. „Was glaubst du, was das bedeutet, Carrie?"

„Ich weiß nicht", meinte Carrie zögernd und wünschte, sie könnte sie trösten. „Warte bis Montag, warte ab, was sie sagen. Danach wissen wir mehr."

Carrie gab sich Mühe, zuversichtlich zu klingen, aber insgeheim fragte sie sich, wie weit der Yankee-General wohl gehen würde. Würde er es wagen, Menschen ins Gefängnis zu werfen oder ihr Eigentum zu konfiszieren, weil sie keinen falschen Eid leisten wollten? Bestimmt würde nicht einmal ein Yankee so etwas tun.

Sie wandte sich ab, um den Zorn zu verbergen, der sie erfüllte. Unbehagen erfaßte sie. Wie konnte sie daran zweifeln, daß sie so weit gehen würden? Sie war so gut wie sicher, daß Yankees ihren Onkel Etienne getötet hatten, ganz gleich, was Rance Stewart gesagt hatte.

„Ich habe Angst", drang Abbys Stimme wie von weither zu ihr.

Carrie ballte die Hände zu Fäusten. „Ich weiß, ich auch. Aber das dürfen sie niemals merken. Wir dürfen nicht nachgeben, was immer sie auch tun. Wir müssen ihnen zeigen, aus welchem Stoff wir Frauen aus dem Süden gemacht sind."

„Du hast natürlich recht." Abby brachte ein Lächeln zustande. „Aber trotzdem – ich bin froh, wenn dieser Krieg endlich zu Ende ist."

Mit hochgestecktem Haar glitt Carrie in die Zinkwanne, die Mattie für sie gefüllt hatte. „O Mattie, das ist wunderbar." Sie seufzte zufrieden, als das kühle Wasser sie umspielte.

„Ja, Miss Carrie. An einem heißen Tag gibt es nichts Besseres."

Mattie sammelte Carries Kleider ein und ging davon, während Carrie mit geschlossenen Augen über den Treueschwur nachdachte. Wie ernst war diese Angelegenheit? fragte sie sich. Welche Strafe hielten die Yankees für die Südstaatler bereit, die sich weigerten, diesen Eid zu leisten?

Mattie kehrte mit einem Riegel Lavendelseife zurück, und Carrie schäumte sich ein, während das Mädchen ihre Wäsche und Strümpfe zurechtlegte.

„Nun hetzen Sie sich man nich'", meinte Mattie. „Hat keinen Sinn, ein kühles Bad zu nehm'n, wenn Se sich danach gleich wieder so beeilen."

„Das stimmt, aber ich möchte nicht zu spät kommen."

Carrie spülte sich gründlich ab und stieg dann aus der Wanne in das große weiße Handtuch, das Mattie ihr hinhielt.

Vormittag mit Abby, „ich weiß wirklich nicht, was dieser dumme Krieg soll.“

„Ich auch nicht, Miss Carrie. Aber Solomon sagt, daß nichts wieder so werden wird, wie es einmal war.“

Solomon war ein großer, kräftiger junger Neger, der den Marchands nebenan gehörte und offensichtlich eine Schwäche für Mattie hatte. Und es schien so, als würde Mattie seine Annäherungsversuche gern sehen.

„Also, bei allem Respekt vor Solomon, Mattie, ich hoffe doch, daß er sich irrt.“

„Ja, Miss“, meinte Mattie pflichtbewußt. „Welches Kleid möchten Sie tragen?“

„Das lavendelfarbene. Ich denke, es ist kühler.“

Mattie holte es aus dem Schrank und half Carrie hinein, zog es über die weite Krinoline und schloß dann die Haken im Rücken.

Carrie betrachtete sich im Spiegel. Das Kleid war eines von denen, die Madame Louisa für sie geändert hatte. Der Rock war weit und mit Rüschen versehen, und hier und da hatte Madame Louisa ihn mit kleinen purpurfarbenen Samtschleifen gerafft. Das eng anliegende, tief ausgeschnittene Mieder war jetzt mit feiner, cremefarbener Spitze besetzt, die bis zum Hals reichte und von einem purpurfarbenen Band gehalten wurde.

Die Wirkung war reizend, und Mattie schnalzte bewundernd mit der Zunge, als sie Carries Haar bürstete und danach zu beiden Seiten mit Kämmen aufsteckte. Winzige Seidenveilchen über den Ohren vervollständigten die Frisur.

Carrie betrachtete ihr Spiegelbild und seufzte. „Ich hätte nicht so viel Geld für die Schneiderin ausgeben dürfen – aber es ist hübsch, nicht wahr?“

Mattie grinste. „Und ob. Außerdem, Miss Carrie, Sie wissen doch, was Mama immer sagt: Gescheh'n ist gescheh'n, hat keinen Sinn, sich anschließend deshalb Sorgen zu mach'n.“

Carrie holte tief Luft und tupfte einen Tropfen Lavendel hinter jedes Ohr.

„Du hast recht, Mattie.“ „Lafitte soll den Wagen vorfahren.“

Als das Mädchen davoneilte, beschloß Carrie, für den Rest des Nachmittags alle üblen Gedanken zu verdrängen.

Prospers Salon befand sich in der Conti Street. Dort angekommen, sagte Carrie zu Lafitte: „Monsieur Durant wird mich heimbringen." Er tippte an den Hut und fuhr davon.

Carrie streckte schon die Hand nach dem Treppengeländer aus, um in die Wohnung zu gehen, die sich über der Schule befand, als sie metallisches Klirren aus dem Salon hörte. Sie lächelte. Prosper mußte noch einen Schüler haben.

Es zeigte sich, daß die große, grüne Tür zur Fechtschule einen Spalt weit offen stand. Sie stieß sie weiter auf und ging den schmalen Gang bis zu der ersten Tür rechts.

„Gut! Gut! Ausgezeichnet! Mehr Spiel mit dem Arm", hörte sie Prosper über dem Säbelklirren rufen.

Es dauerte eine Weile, bis sich Carrie nach dem Dämmerlicht des Ganges an die Helligkeit hier gewöhnt hatte, doch dann erkannte sie Prosper und seinen Schüler, beide mit Schutzmasken vor dem Gesicht. Der Schüler war ein großer Mann, mehr als einen Kopf größer als Prosper, und doch bewegte er sich überraschend graziös.

Jetzt bedrängte er Prosper, zwang ihn Schritt für Schritt zurück. Doch gleich darauf wirbelte Prosper geschickt seine Waffe, durchbrach die Deckung seines Schülers und setzte ihm die Degenspitze auf die wattierte Brust.

Der große Mann schrie überrascht auf, und dann lachten beide laut, ihre tiefen, maskulinen Stimmen erfüllten den Raum, hallten von den Wänden wider.

„Du bist gut, mein Freund! Und mit jeder Stunde wirst du besser!" erklärte Prosper, aber Carrie starrte seinen Schüler an, gebannt vom Klang seines Lachens ...

Sie versuchte, hinter die Maske zu sehen. Von dieser schmalen Taille, der breiten Brust ging etwas aus ... die Art, wie er sich bewegte, kam ihr bekannt vor ... diese Sicherheit ...

Sie verspürte den wilden Wunsch, davonzulaufen, aber es war zu spät. Sie hatten sie bereits gesehen.

„Oh, ma petite ... da bist du ja! Mon Dieu, wir haben völlig die

Zeit vergessen!“ Prosper schob die Maske hoch. „Kannst du uns noch einmal verzeihen? Komm, ich möchte, daß du meinen Freund kennenlernst. Er wird heute mit uns Tee trinken.“

Carrie sah den Mann kaum merklich zögern, doch dann folgte er Prosper. Sie stand wie angewurzelt, als die Männer näher kamen, und als sie dann vor ihr standen, schob der große Mann seine Waffe unter einen Arm und zog mit der anderen Hand die Maske über das dicke, dunkle Haar und dann vom Kopf. Zu ihrem absoluten Entsetzen blickte sie in die klaren grauen Augen von Rance Stewart.

9

Carrie ging nervös im Wintergarten auf und ab. Ihre Hände waren feucht, die Gedanken rasten hinter ihrer Stirn. Rance Stewart hatte sie hier bei Prosper am wenigsten erwartet. Sie war versucht gewesen, sich zu entschuldigen und zu gehen, aber das konnte sie Prosper nicht antun. Sie würde es einfach irgendwie durchstehen müssen. Wenigstens blieb ihr Zeit sich zu fangen, während sich die beiden wuschen und umzogen.

Jetzt hörte sie sie kommen. Eilig trat sie neben eine der Pflanzen, als hätte sie diese die ganze Zeit über bewundert.

„Ma chère, ich hoffe, wir haben dich nicht zu lange warten lassen.“ Prosper war wieder ganz der alte Dandy in seiner Brokatweste und einem Rüschenhemd, dessen Manschetten gerade in der richtigen Länge aus den Jackenärmeln ragten.

„Aber nein, gar nicht. Es ist schön hier.“

Gegen ihren Willen wanderte ihr Blick zu Rance, der seine Ausgehuniform trug. Die goldenen Epauletten auf der Schulter kennzeichneten ihn als Captain. Das dichte, dunkle Haar ringelte sich an den Schläfen, als wäre es noch feucht vom Waschen. Und als er ihren Blick erwiderte, lag eine gewisse Wärme in seinen Augen, unverhohlene Freude darüber, sie wiederzusehen.

Als Prosper sie unten im Salon einander hatte vorstellen wollen, hatte er bemerkt, daß sie sich bereits kannten. Jetzt meinte er: „Ich kann es einfach nicht glauben, daß ihr euch kennt. Das Leben steckt doch tatsächlich voller Überraschungen."

„Allerdings", pflichtete Rance ihm bei.

„Ich hoffe nur, du hast bei deinem Besuch auf Kingston's Landing einen guten Eindruck gemacht", neckte Prosper.

Carrie zögerte nur für den Bruchteil einer Sekunde. „Captain Stewart hat sich genauso verhalten, wie man es von einem Offizier und Gentleman der Unionsarmee erwarten würde."

Prosper schien der trockene Ton ihrer Stimme zu entgehen, aber Rance senkte den Blick. Als er sie wieder anschaute, konnte sie den Ausdruck seiner Augen nicht deuten. War es Belustigung oder Bedauern, was sie darin sah? Es war ohnehin nicht wichtig für sie. Sie wollte diese Sache nur hinter sich bringen und diesen Rance Stewart dann nie wiedersehen.

„Setzt euch, setzt euch", forderte Prosper die beiden auf, und Carrie sank hastig auf den nächstbesten Stuhl, denn aus unerklärlichem Grund hatten ihre Knie zu zittern angefangen.

Rance und Prosper nahmen auf den Stühlen ihr gegenüber Platz, und schon kam auch Delphine mit einem großen Tablett und stellte es auf dem niedrigen Tisch zwischen ihnen ab.

„Danke, Delphine. Im Augenblick ist das alles", sagte Prosper lächelnd.

Er verzehrte genüßlich eine Dattel und meinte: „Zu schade, daß Susannah nicht kommen konnte."

„Wie geht es Suzy?" erkundigte sich Rance.

„Gut", gab Carrie zurück und rührte heftig ihren Tee um, wütend, weil er den Kosenamen ihrer Schwester gebrauchte.

„Grüßen Sie sie von mir", bat er.

Carrie nickte kühl.

„Vielleicht kann sie nächste Woche kommen, und du kannst sie sehen, Rance", sagte Prosper zu Carries Kummer. „Möglich, daß ihr Freund bis dahin nach New Orleans zurückgekehrt ist."

„Freund?" Rance grinste. „Dann ist also einer der hiesigen Jungs ihrem Charme erlegen. Das überrascht mich nicht. Sie ist eine bezaubernde junge Frau."

„Man könnte ihn kaum einen hiesigen Jungen nennen. Der betreffende Herr ist Beau Canfield, der –“

„Canfield?“ fiel Rance ihm ins Wort, und sein Verhalten ließ Carrie aufmerksam werden.

„Kennen Sie ihn?“ fragte sie.

„Nicht direkt“, erwiderte er zögernd. „Ich habe ihn einmal kurz gesehen. Es ist nur ... der Herr scheint ein bißchen zu ... raffiniert für ein Mädchen, das noch so jung ist wie Suzy. Aber ich habe wohl kaum das Recht, etwas zu sagen, oder?“

„Nein, das haben Sie allerdings nicht! Ich bin zufällig entzückt, daß Captain Canfield Suzy den Hof macht. Er ist ... ein außergewöhnlicher Mann!“ Sie hätte vielleicht noch mehr gesagt, aber Prosper betrachtete sie verwirrt. Dann wechselte er taktvoll das Thema.

„Ich muß dir noch erzählen, Carrie, wie ich zu Rance als Schüler gekommen bin.“ Er erzählte es lang und breit und endete schließlich mit den Worten: „Ich konnte es einfach nicht ablehnen. Er ist der beste große Mann, den ich je unterrichtet habe. Normalerweise ist ein kleiner Mann flinker, aber Rance ...“ Seine Augen strahlten. „Es ist ein Vergnügen, mit ihm zu arbeiten.“

Sie fingen an, über das zurückgehende Interesse an dieser alten Kunst zu diskutieren, und die ganze Zeit über war sich Carrie bewußt, daß Rance immer wieder zu ihr herübersah.

Sie konnte fast körperlich spüren, wie sein Blick auf den kleinen Locken ruhte, die sich an ihren Schläfen ringelten, oder auf dem eng anliegenden Mieder.

Sie wünschte plötzlich, sie hätte doch ein anderes Kleid gewählt, das weniger verführerisch war, und hatte vollkommen den Faden der Diskussion verloren, als ihr bewußt wurde, daß Prosper mit ihr sprach.

„Rance kann hervorragend mit dem Säbel umgehen. Seine Größe und Kraft, ganz zu schweigen von seiner Geschicklichkeit, bedeuten einen großen Vorteil für ihn“, führte er aus.

Rance lachte leise. „Leider ist diese Fertigkeit heutzutage kaum noch gefragt. Aber mir gefällt die Herausforderung, der Kampf als solcher ... vielleicht, weil ich Amerikaner bin? Hält man uns nicht auf der ganzen Welt für aggressiv, ungehobelt und grausam?“

Er hielt Carrie seine leere Tasse hin. „Verzeihen Sie uns, Miss Kingston. Ich fürchte, manchmal vergessen wir einfach, daß ein solches Gespräch für eine Dame langweilig ist.“

„Aber im Gegenteil. Ich fand besonders den Teil über die Amerikaner ausgesprochen interessant. Ich habe die Gentlemen aus den Südstaaten nie als ... ungehobelt empfunden. Oder vielleicht sollte ich sagen ... nur einige wenige.“ Sie sah, wie seine Augen plötzlich dunkler wurden, aber ihre Worte überstürzten sich förmlich. „Andererseits ... würden Sie nicht zustimmen, daß Ihr General Butler dieser Beschreibung entspricht? Er ist doch wirklich ungehobelt und aggressiv ...“

„Diese Ansicht teilen sicher viele Bewohner dieser Stadt.“ Rance beherrschte sich eisern.

„Und Sie, Captain Stewart? Wie sehen Sie den General?“

„Wie ich Ihnen schon einmal sagte, Miss Kingston: Ich bin Soldat. Ich führe Befehle aus. General Butler ist mir keine Rechenschaft schuldig.“

„Das mag wohl sein. Aber da Sie sein Adjutant sind, können Sie mir vielleicht sagen, warum eine Gruppe führender Geschäftsleute aufgefordert worden ist, am Montag vor ihm zu erscheinen? Seth Morrison, der Vater meines Verlobten, ist einer von ihnen.“

Rances Kopf schoß nach oben. „Verlobter?“

„Ja.“ Sie sah ihn direkt an und empfand ein unerklärliches Gefühl der Befriedigung.

Sie merkte, daß ihre Hand zitterte, und stellte hastig ihre Tasse ab. Dabei fiel ihr Blick auf Prospers Gesicht, und sie sah diesen fragenden, aber dennoch erfreuten Ausdruck, als hätte er gerade eine erstaunliche Entdeckung gemacht. Wütend auf sich und die beiden Männer war sie froh, als Rance nach einem längeren Gespräch über allgemeine Themen erklärte: „Ich muß jetzt leider gehen. Ich habe heute abend Dienst.“

„Schade. Wir müssen das einmal wiederholen“, meinte Prosper.

„Nur zu gern. Es war mir ein Vergnügen.“ Rances Blick ruhte einen Moment lang auf Carrie. „Ich habe hier irgendwo einen Hut“, meinte er schließlich.

Prosper zog an der Klingelschnur. „Delphine kann ihn bringen." Doch nachdem sie eine Weile vergebens gewartet hatten, kam Prosper zu der Ansicht, daß sie wohl aus dem Haus gegangen sein mußte.

„Ich werde ihn selbst holen. Es dauert nicht lange." Und schon waren Carrie und Rance allein.

Seinen Blick meidend, stand sie nervös auf und spielte mit einer Blüte, den Rücken ihm zugewandt.

„Wußtest du, daß ich hier sein würde?" fragte sie endlich.

„Nein. Prosper hat nur gesagt, ein paar Freunde würden kommen. Ich war genauso überrascht wie du. Aber..." Er zögerte. „Ich würde lügen, würde ich behaupten, ich hätte mich nicht gefreut, dich wiederzusehen."

Carrie biß sich auf die Lippen, sagte nichts. Dann hörte sie plötzlich, wie er auf sie zukam, fühlte, wie er sie umfaßte und zu sich herumdrehte.

Sie stöhnte, wandte das Gesicht ab und konnte sich doch nicht rühren, solange seine Hände auf ihren bloßen Armen lagen. Sie spürte jeden Finger, spürte die Kraft darin, die er im Augenblick zügelte.

Ein Beben durchlief sie bis hinab zu ihren Zehen, als er einen Arm losließ und eine Hand sanft unter ihr Kinn legte, ihr Gesicht anhob. Sein Blick hielt sie gefangen, obwohl sie sich abwenden wollte.

„Ich möchte, daß du weißt, Carrie, daß ich dir in jener Nacht nicht weh tun wollte", sagte er leise und ernst. „Erlaube mir, es dir zu beweisen."

Einen Moment lang war sie wie hypnotisiert vom Klang seiner Stimme und diesen unglaublich klaren, grauen Augen. Aber dann, mit der Kraft der Verzweiflung, riß sie sich los.

„Ich wäre Ihnen dankbar, wenn Sie diese Nacht nie wieder erwähnen würden!" Ihre Stimme klang spröde und kalt.

Er sah sie lange an, und sie versuchte, das Beben in ihrem Innern zu beruhigen.

„Also gut", erklärte er schließlich. „Wenn du es so willst."

Prosper hatte Rance hinausgeleitet und kehrte jetzt zu Carrie zurück. „Also", meinte er, und seine schwarzen Augen funkelten vergnügt, „ich weiß nicht, wann ich das letzte Mal etwas so genossen habe."

„Ja, es war sehr nett." Carrie versuchte, denselben Enthusiasmus zu zeigen wie er, versagte aber kläglich. Ihre Hände hatte sie im Schoß verkrampft.

Prosper warf ihr einen Blick zu, und das Lächeln auf seinem Gesicht wandelte sich. „Ich hätte dir vorher sagen sollen, wer mein Schüler war. Aber ich hatte keine Ahnung, daß ihr beiden euch schon kennt. Verzeih mir."

„Schon gut."

Er musterte sie genau. „Möchtest du noch Tee? Delphine kann frischen machen."

„Nein, danke. Aber er war sehr gut."

Prosper nickte und trat zu dem großen Fenster, von dem aus er den winzigen Garten überblicken konnte. „Heute nachmittag mußte ich viel an deinen Vater denken. Er ist oft hier gewesen, weißt du. Und später dann auch deine Mama."

Carrie nickte.

„Ich hätte wahrscheinlich vorher erwähnen sollen, daß einer meiner Gäste ein Offizier der Unions-Armee sein würde. Aber in den alten Tagen versammelten sich immer alle möglichen Leute bei uns zum Tee, Menschen, die rein gesellschaftlich nicht unbedingt zusammenpaßten. Und doch schien es hier nie eine Rolle zu spielen!"

„Aber Prosper . . . Er ist ein Yankee!" protestierte sie.

Prosper zog eine Braue hoch. „Ach ja? Ich dachte immer, Charleston würde zum Süden gehören."

Carrie holte tief Luft, sagte aber nichts. Sie bekam langsam Angst, schon zuviel gesagt zu haben.

Prosper nahm wieder ihr gegenüber Platz. Seine Stimme war sanft und väterlich, aber doch fest. „Rance Stewart ist ein Südstaatler, der sich entschlossen hat, für den Norden zu kämpfen. Er hat diese Entscheidung nach langem, schmerzlichem Kampf getroffen. Und es hat ihn viel gekostet, ma petite. Ich habe ihn in den letzten

Monaten gut kennengelernt, und ich würde um mein Leben wetten, daß er ein Mann von Ehre und Anstand ist. Solche Männer gibt es auf beiden Seiten, mußt du wissen."

„Das ... ist eine hohe Empfehlung", murmelte Carrie und fragte sich, was er wohl von Rance halten würde, wenn er wüßte, was in jener Nacht auf Kingston's Landing geschehen war. Aber das würde niemals irgend jemand erfahren.

„Das hier ist auch mein Land", fuhr Prosper leise fort. „Meine Stadt. Und ich habe die Besatzungsarmee bestimmt nicht willkommen geheißen. Obwohl ich es sicher besser ertragen kann als so mancher andere, aufgrund meiner Geschichte. Meine Negervorfahren wurden verkauft und verschleppt, und meine kreolischen Ahnen haben viele Flaggen kennengelernt. Ich bin sicher, daß es hier noch alte Kreolen gibt, die die amerikanische Regierung noch immer nicht anerkennen und bis auf den heutigen Tag darauf warten, daß Frankreich seinen Besitz wieder beansprucht." Prosper lachte, und gegen ihren Willen mußte auch Carrie lächeln.

„Aber wenn Rances Gegenwart wirklich eine Beleidigung für dich ist, dann werde ich ihn nicht wieder zum Tee einladen."

Das war ein verführerisches Angebot, aber sie hatte den Eindruck, es wäre ohnehin schon viel zuviel gesagt worden. Sollte Prosper bereits etwas vermuten, was sie und Rance anging, so wollte sie dieses Mißtrauen ein für allemal ausräumen.

„Aber nein. Ich war einfach nur überrascht, Captain Stewart hier zu treffen. Ich hatte keinen Yankee-Offizier erwartet. Doch ich muß zugeben, daß ... er ein interessanter Mann ist. Wie auch immer, lade ihn nur wieder ein, wenn du möchtest."

10

Rance Stewart klopfte an die hohe eichengetäfelte Tür von General Butlers Büro. „Hier sind die Papiere, um die Sie gebeten hatten, Sir."

„Gut, gut. Legen Sie sie auf den Schreibtisch dort."

Rance gehorchte und fragte dann: „Kann ich sonst noch etwas für Sie tun, Sir?“

„Ja. Geben Sie mir eine der Zigarren aus der Kiste dort. Und nehmen Sie sich selbst auch eine, wenn Sie mögen.“ Der General wandte sich vom Fenster ab und setzte sich aufseufzend in den großen Lehnsessel in einer Ecke des Zimmers. „War ein verdammt zufriedenstellender Morgen heute“, meinte er. „Hatte ein Dutzend der hohen Herren der Stadt bei mir.“ Butler schwelgte in der Erinnerung, und Rance nahm zögernd auf dem hochlehnigen Stuhl in seiner Nähe Platz. „Der alte Skaggs ... Tabakfabrik, wissen Sie, Captain. Und Cunningham, Seth Morrison und Leroy Tate. Sie kennen sie ja, oder?“

„Ja, Sir. Ich weiß, wer sie sind“, erwiderte Rance vorsichtig und dachte daran, was Carrie ihm bei Prosper erzählt hatte. Ihm fiel wieder ein, daß sie einen Verlobten erwähnt hatte. Verdammt! Davon hatte sie vorher nie etwas gesagt! Es war nicht seine Gewohnheit, anderen Männern die Frauen zu nehmen! Etwas explodierte in ihm. Warum konnte er nicht aufhören, an sie zu denken?

Butlers dröhnendes, schnaubendes Lachen riß ihn aus seinen Gedanken. „Ich sag' Ihnen was, Stewart, ich habe dem alten Skaggs gehörig angst gemacht!“ erklärte er. „Und die waren alle nicht mehr hochmütig, als sie schließlich gegangen sind.“

Rance fühlte, wie sich die Muskeln in seinen Kiefern zusammenzogen, aber er zwang sich, nichts zu sagen. Er war der Unions-Armee beigetreten, weil er fest davon überzeugt war, daß die Union erhalten bleiben mußte, zu welchem Preis auch immer. Aber er konnte General Butlers Freude über die Erniedrigung der Südstaatler kaum ertragen. Zum Glück wußte er, daß es in der Unions-Armee auch bessere Offiziere gab. Er hatte unter einigen von ihnen gedient.

„General Butler ...“

„Ja?“

„Sir ...“ Rance schalt sich selbst einen Narren, wußte, daß er drauf und dran war, seine eigenen Regeln zu brechen. „Sir, bei allem Respekt, die Menschen hier sind sehr stolz. Es war nicht leicht für sie, die Besetzung hinzunehmen. Wäre es da nicht besser, ihnen mehr Zeit zu lassen, ehe man den Loyalitätseid durchsetzt? Einige wenige Monate könnten schon den Unterschied ausmachen."

General Butler richtete sich in seinem Sessel auf und starrte Rance überrascht an. „Captain Stewart, Sie vergessen wohl, warum wir hier sind! Wir sollen dieses Gebiet des Südens sichern und den Vereinigten Staaten von Amerika erhalten!"

„Ja, Sir."

„Nein, nein, glauben Sie nur nicht, wir könnten weich werden, Stewart. Sie müssen ihre Lektion erhalten." Er drückte seine Zigarre aus. „Aber zurück an die Arbeit. Wir müssen diese verdammte Rebellion niederschlagen! Stimmt es nicht, Stewart?" Er kicherte.

„Jawohl, Sir." Rance erhob sich augenblicklich.

„Ach, Stewart" – Der dicke General erhob sich mühsam –, „ehe Sie gehen... Wußten Sie, daß Major Barlows Frau und Tochter letzte Woche in New Orleans eingetroffen sind?"

„Ich glaube, ich habe so etwas gehört, Sir."

„Ja, sie sind mit dem Schiff gekommen. Wie auch immer, mein Bruder Jackson gibt heute abend in seinem Haus eine große Gesellschaft, und Major Barlow und seine Frau wollen ebenfalls kommen. Ich habe ihm vorgeschlagen, daß Sie seine Tochter begleiten könnten."

„Nun ja, Sir, ich –"

„Sie ist ein verdammt hübsches Mädchen, Stewart", bemerkte Butler mit einem Funkeln in seinen kleinen, tiefliegenden Augen.

Es war offensichtlich, daß der General ein Nein als Antwort nicht respektieren würde. Außerdem, sagte sich Rance, wäre ein wenig Abwechslung vielleicht gerade recht. Und ausnahmsweise einmal hatte General Butler recht.

Rance hatte Nora Barlow in einer Kutsche in der Royal Street vorbeifahren sehen – sie war ein verdammt hübsches Mädchen!

„O wie schön!" jubelte Abby Morrison und blickte von ihrem Logenplatz im Theater nach unten, wo elegant gekleidete Menschen ihren Sitzen zustrebten. „Es scheint eine Ewigkeit her zu sein, daß ich in der Oper war."

Trotz ihres Versuches, Begeisterung zu zeigen, meinte Carrie doch, den bekümmerten Unterton in Abbys Stimme zu hören, der in letzter Zeit fast immer angeklungen war. Und obwohl Seth lächelte und seiner Frau die Hand tätschelte, strahlte er doch seit einer Woche, seit er vor General Butler erschienen war, Sorge aus.

Aber nun saßen sie in einer Loge in dem prachtvollen *French Opera House* mit seinen strahlenden Kristallüstern und dunkelroten Teppichen. Die Musiker im Orchestergraben stimmten ihre Instrumente.

Susannah saß in einem ihrer hübschesten, neuen Kleider ein wenig vor Carrie, Beau Canfield neben sich. Er war gerade in die Stadt zurückgekehrt und hatte sie alle an diesem Abend eingeladen. „Ach, das ist so aufregend! Beau, du bist einfach ein Schatz, das für uns zu tun!“ Susannahs Stimme zitterte vor Freude.

„Aber nein“, widersprach Beau, „welcher Mann könnte schon widerstehen, wenn er eine Loge mit drei so hübschen Damen teilen darf? Findest du nicht auch, Seth?“

Seth nickte, während Abby sich vorbeugte, um das Publikum zu betrachten und auf das eine oder andere bekannte Gesicht hinzuweisen.

„Hier, liebe Dame.“ Mit diesen Worten griff Beau in seine Jackentasche und zog ein Opernglas hervor. „Damit kannst du sehen, wie hübsch die Kleider der Damen wirklich sind.“

Abby lächelte dankbar. „Ich hätte nie gedacht, daß ich einmal so viele Blauröcke hier im *French Opera House* erleben würde.“

Carrie stimmte innerlich zu. Gerade betrat ein Yankee-Offizier die Loge ihnen gegenüber und führte seine Begleiterin zu ihrem Platz. Er war groß und breitschultrig, und als er den Kopf wandte, erkannte Carrie Rance. Ihr Magen krampfte sich zusammen.

Mit fest ineinander verschränkten Fingern bemühte sie sich, nicht hinüberzustarren. Ein kurzer Blick auf Susannah zeigte ihr, daß ihre Schwester noch so in Beau Canfield vertieft war, daß sie nicht erkannt hatte, wer in der Loge ihnen gegenüber saß. Und dafür sollte sie wohl dankbar sein, sagte sie sich, denn Suzy schien überhaupt kein Gefühl zu haben, was Rance Stewart anging. Das war in der letzten Woche bei Prosper ganz offensichtlich gewesen.

Susannah hatte sie am Donnerstag zum Tee begleitet, und als sie Rance vorfand, war sie vor Freude fast außer sich gewesen, sehr zu Carries Mißfallen. Die beiden hatten sich wie alte Freunde begrüßt, und Rance hatte sich aufgeführt wie ein liebender älterer Bruder. Das einzig Gute an der Sache war gewesen, daß sie selbst sich nicht um Rance kümmern mußte, nachdem die beiden sich die ganze Zeit unterhielten, und es war ihr tatsächlich gelungen, ihn zu meiden. Alles in allem war es nicht so schlimm gewesen wie beim erstenmal, und sie war zu der Erkenntnis gekommen, daß sie sich einfach mit einer Menge Menschen umgeben mußte. Dann hätte sie nur oberflächlich mit ihm zu tun.

Aber jetzt ertappte sie sich dabei, daß ihr Blick wieder und wieder zu ihm hinüberwanderte. Sie konnte die Frau neben ihm nicht erkennen, sah nur, daß sie sehr blond war und ein leuchtendfasanenblaues Kleid trug. Rance beugte sich zu ihr, als wollte er etwas sagen, und plötzlich und ungewollt kehrte die Erinnerung zurück. Wütend wandte Carrie sich ab.

Wie konnte er es wagen? Er und die anderen Yankees...

„Carrie..." Beim Klang von Abbys Stimme fuhr sie zusammen. „Carrie, möchtest du das Glas nicht auch einmal benutzen? Hier."

Aber Carrie widerstand dem Impuls. „Nein, danke."

In diesem Augenblick gingen auch schon die Lichter aus, und Schweigen senkte sich über das Publikum.

Die Zeit verging wie im Flug, und bald kam die Pause. Susannah lächelte mit rosigen Wangen.

„Oh, es ist einfach wundervoll!" schwärmte sie. „Findest du nicht auch, Carrie?"

„Ja. Es ist sehr schön."

„Kommt, gehen wir ein wenig ins Foyer", schlug Beau vor. „Vielleicht können wir einen Punsch bekommen."

„Das wäre fein", meinte Abby.

Carrie folgte den anderen, nachdem ein Blick ihr gezeigt hatte, daß Rance in eine angeregte Unterhaltung mit der Dame an seiner Seite vertieft war. So mußte sie jedenfalls nicht befürchten, ihm im Foyer zu begegnen.

Seth und Beau brachten den Damen ihren Punsch, und kurz

darauf trat ein Geschäftsfreund von Seth zu ihnen, und Seth zog sich zu einem Gespräch mit ihm zurück. Auch Beau und Susannah schienen in ein Gespräch vertieft. Ein Kellner in weißer Jacke kam vorbei, und Abby und Carrie stellten ihre leeren Gläser auf sein Tablett zurück. Die Pause näherte sich dem Ende, und die Leute stiegen langsam wieder die Treppe hinauf.

„Carrie ..."

Als sie die tiefe, vertraute Stimme hinter sich hörte, erstarrte Carrie einen Moment, stöhnte innerlich leicht auf, sah den Ausdruck blanken Erstaunens auf Abby Morrisons Gesicht. Sie holte tief Luft und wandte sich langsam zu Rance Stewart um. Die junge Frau stand neben ihm.

„Captain Stewart", bemerkte sie kühl, „welche Überraschung."

„Nicht wahr?" Er grinste, und seine grauen Augen verrieten eine gewisse Belustigung über ihren Ton. „Miss Kingston, darf ich Sie mit Miss Nora Barlow bekannt machen."

„How do you do?" sagte die Frau höflich mit ihrem flachen Nordstaatenakzent.

Carrie erwiderte den Gruß, bemerkte die kleine Nase und die schmalen Brauen, das hellblonde Haar, das wie Seide schimmerte, in der Mitte gescheitelt und im Nacken zu einem Lockentuff zusammengenommen war. Das blaue Kleid war nach der neuesten Mode gearbeitet, mit den weitesten Reifen, die Carrie je gesehen hatte, und das Mieder war tief ausgeschnitten und enthüllte alabasterfarbene Schultern und den Ansatz schwellender, kleiner Brüste.

Carrie war sich wütend ihres eigenen Kleides bewußt. Es war dasselbe, das sie an jenem Abend in Kingstons's Landing getragen hatte. Damals hatte sie es für verführerisch gehalten, aber jetzt, neben Miss Barlow, erschien es ihr hinterwäldlerisch und altmodisch. Nicht, daß es wichtig gewesen wäre, beruhigte sie sich hastig. Sollte sich dieses Yankee-Mädchen doch herausputzen, soviel es wollte.

Sie bemerkte plötzlich, daß Abby, der es gelungen war, den Mund zu schließen, sie erwartungsvoll ansah. „Oh, Verzeihung", entschuldigte sie sich hastig. „Captain Stewart und ... Miss Barlow, Mrs. Morrison."

„Es freut mich, Sie kennenzulernen, Mrs. Morrison." Rance lächelte Abby zu. „Ich habe von Ihrem Mann gehört."

„Tatsächlich?"

„Gefällt Ihnen das Programm?" erkundigte sich Nora Barlow mit süßer Stimme, aber Carrie entging nicht, daß sie sie mit eisigen Blicken musterte, ehe ihr Blick wieder zu dem gutaussehenden, steif aufrecht stehenden Offizier neben ihr wanderte.

„Sehr", antwortete Carrie und erwiderte Nora Barlows fragenden Blick mit hoch erhobenem Kopf und ohne mit der Wimper zu zucken. Die andere Frau war die erste, die den Blick abwandte.

„Schön, uns auch", meinte sie.

Die vier standen verlegen nebeneinander, nur Rance schien sich ganz wohl zu fühlen.

„Rance, mein Lieber", Nora Barlow berührte mit ihren bleichen Fingern leicht den dunkelblauen Ärmel, „damit wir auch keine Minute versäumen, glaube ich, sollten wir jetzt wirklich lieber wieder hineingehen. Sie fangen bald an."

„Natürlich." Er verbeugte sich vor Abby. „Mrs. Morrison, es war mir ein Vergnügen. Carrie..."

Nora Barlow schob ihre Hand unter seinen Arm, bedachte ihn mit einem strahlenden Lächeln und zog ihn mit sich.

„Um Himmels willen", meinte Abby, „wer ist denn das? Und wie kommt es, daß ein Yankee-Offizier so spricht?"

„Er ist der Offizier, der seine Männer auf Kingston's Landing einquartiert hat", berichtete Carrie kurz angebunden. „Du erinnerst dich – ich hatte davon erzählt."

„Aber du hast mir nicht erzählt, daß er spricht wie ein Südstaatler. Und ich muß gestehen, ich war noch nie im Leben so überrascht. Kommt da ein Yankee her und spricht einfach mit dir!"

In diesem Augenblick trat Susannah zu ihnen. „Yankee? Welcher Yankee?"

„Dieser Yankee, der eben zu uns gekommen ist", erklärte Abby. „Ich glaube, sein Name war Stewart."

„Rance?" Susannahs Gesicht strahlte. „Rance ist hier?"

Eifrig suchte sie das Foyer nach ihm ab, ehe sie sich wieder Abby zuwandte. „Ach, Rance ist eigentlich nicht direkt ein Yankee. Er ist ein guter Freund von uns“, meinte sie lächelnd. „Um Gottes willen, Suzy“, zischte Carrie, „er ist nicht nur ein Yankee, er ist viel schlimmer! Er ist ein Verräter des Südens in dieser Uniform!“ Mit diesen Worten machte sie auf dem Absatz kehrt und marschierte zur Treppe.

11

„Also ehrlich, ich hab' noch nie so unverschämte, nutzlose Nigger gesehen!“ Mattie blieb reglos mitten auf dem Bürgersteig stehen und starrte ein halbes Dutzend Schwarze in Yankee-Uniformen an, die auf ihren Pferden vorbeiritten. Carrie stand neben dem Mädchen, aber sie überraschte dieser Anblick in New Orleans nicht mehr so sehr.

„Kommt mir so vor, als wär' nix mehr so wie früher“, murmelte Mattie.

„Da hast du recht“, stimmte Carrie ihr zu. Sie dachte an die beiden letzten Tage, die sie bei den Morrisons damit verbracht hatte, Abby zu helfen, eine Liste ihrer Besitztümer anzufertigen. Der Stichtag für den Loyalitätseid rückte schnell näher, und in den Zeitungen hatte nochmals ausdrücklich gestanden, daß diejenigen, die sich weigerten, den Eid zu leisten, sich als Feinde der Regierung registrieren lassen mußten. Gleichzeitig mußten sie ein vollständiges Inventar all ihrer Besitztümer vorlegen. Abby war sogar gezwungen worden, ihren Ehering mit auf die Liste zu setzen.

„Seth sagt, das hätte überhaupt nichts zu bedeuten“, hatte Abby wiederholt erklärt. „Er sagt, es wäre nur wieder ein Versuch von Butler, uns zu quälen.“ Aber Carrie war da nicht so sicher.

Sie war so beunruhigt, daß sie an diesem Morgen das Bedürfnis nach einem langen Spaziergang gehabt hatte, um einen klaren Kopf zu bekommen. Deshalb hatte sie beschlossen, Mattie auf ihrem täglichen Gang zu begleiten.

„Solomon sagt“, plapperte Mattie munter weiter, „daß Mr. Lincoln herkommen und alle Sklaven freilassen wird. Glaub'n Sie, daß das stimmt, Miss Carrie?"

„Ich glaube nicht, Mattie. Und Solomon sollte lieber aufpassen mit dem, was er sagt. Sein Besitzer, Monsieur Marchand, hört das vielleicht gar nicht gern."

„Das hab' ich ihm auch schon gesagt, Miss Carrie. Manchmal hab' ich richtig Angst um ihn, weil ich nich' will, daß sein Herr ihn auspeitscht oder so."

Carrie lächelte dem Mädchen zu. „Du hast ihn wirklich gern, was?"

Mattie zog die volle Unterlippe zwischen die kräftigen weißen Zähne. Ihre Augen sprühten. „O ja, Miss Carrie."

„Nun, mach dir nur nicht zu viele Sorgen. Wahrscheinlich redet Solomon nur nach, was er irgendwo gehört hat. Im Augenblick weiß keiner so recht, wie es weitergehen wird, Mattie."

„Ja, Miss Carrie."

Weiter vorne konnten sie jetzt den alten French Market mit seinen bunten Ständen sehen, und als sie näher kamen, hing der Duft reifer Pfirsiche in der Luft, vermischt mit dem Geruch von Bananen und Mangos und den weniger angenehmen Gerüchen von Krabben, Fleisch und Kartoffeln, die irgendwo vor sich hinfaulten.

Sie blieben an einem Stand stehen, an dem Mattie etwas Okra kaufte.

„Haben Sie Auberginen?" erkundigte sie sich dann.

„Keine Auberginen", antwortete die dicke Negerin mit starkem Akzent. „Morgen... Vielleicht..."

Sie gingen weiter zu einem anderen Stand, und kurz darauf war Mattie in eine hitzige Diskussion über den Preis von Bohnen vertieft.

„Ich glaube, ich gehe einfach weiter", erklärte Carrie ihr. „Ich treffe dich dann am anderen Ende."

Sie sah die Blumenstände ein Stück weiter vorn und ging darauf zu. Sie erinnerte sich, daß ihre Mutter ihr oft erzählt hatte, wie ihr Vater sie zum erstenmal ausgeführt hatte, hierher zum French Market. Sie waren länger geblieben als beabsichtigt, und als sie schließlich heimkamen, waren ihre Eltern sehr böse mit ihr. Vielleicht, dachte Carrie, waren sie damals genau hier entlanggegangen, wo jetzt sie ging. Mama hatte damals bestimmt sehr hübsch ausgesehen ... Und Papa auch.

Sie war so in ihre Gedanken vertieft, daß sie den Fuß nicht sah, der mitten auf den Weg gestreckt war, und fast darüber gefallen wäre. Im letzten Moment fing sie sich.

Wütend wirbelte sie herum und musterte den Mann, einen blaugekleideten Soldaten, der auf einer umgedrehten Kiste hockte, das Hemd nur halb geschlossen, den Hut schief auf dem Kopf. Einen Moment lang schaute er zu ihr auf, mit einem verblüfften Ausdruck im Gesicht. Dann kam er unsicher auf die Beine. Sie roch den Whisky in seinem Atem.

„So, so ... Was haben wir denn hier!" Er grinste. Seine Nase war zu lang, der Mund zu breit, das ganze Gesicht von Sommersprossen übersät. Sein rotes Haar ragte in Büscheln unter seiner Kappe hervor. „Sie sind genau die Dame, die ich gesucht habe." Leicht schwankend pflanzte er sich vor ihr auf.

„Harley ...!"

Carrie begriff, daß die flache, nasale Stimme von einem zweiten Yankee-Soldaten kam, der in der Nähe auf einem Stapel Kartoffelsäcken ausgestreckt gelegen hatte. Jetzt kam er entschlossen auf sie zu, aber seine Haltung war nicht besser als die des ersten.

„Sieh mal, Billy ... Sieh mal, was ich für uns gefunden hab'!" Carrie stellte fest, daß sie in der Falle saß, hinter sich eine Säule und leere Körbe, vor sich den grinsenden Soldaten.

„Würden Sie bitte Platz machen!" fuhr sie ihn an.

„Hör auf, Harley" – der zweite Soldat hatte ihn erreicht und zupfte am Arm seines Freundes –, „belästige die Dame nich'. Er hat's nich' bös gemeint, Miss. Er und ich, wir ha'm bloß gestern 'n bißchen was getrunk'n, das is' alles." Er war groß und dünn und gehörte dringend rasiert.

„Laß mich los." Harley schüttelte ihn ab. „Ich will bloß 'nen Kuß von diesem hübschen, kleinen Ding."

Carrie sah sich verzweifelt um. Die einzige, die sehen konnte, was hier geschah, war die Frau hinter dem Blumenstand. Sie wandte sich jetzt nervös ab, als wüßte sie nicht, was sie gegen die Yankees ausrichten könnte, und wollte lieber nicht in die Sache hineingezogen werden. Carrie entschied, daß sie sich selbst helfen mußte.

„Gehen Sie mir aus dem Weg!“ Sie richtete sich zu ihrer vollen Größe auf, spürte aber den nervösen Schweiß in ihren Achselhöhlen.

Harley grinste und ließ seinen Blick über ihren Körper wandern. Auf sein Gesicht trat ein hungriger Ausdruck.

„Einen Kuß“, wiederholte er. „Nur einen kleinen, winzigen Kuß. Der General hat selbst gesagt, daß Sie nett zu uns sein müssen.“

„Komm schon, Harley.“ Der andere Soldat versuchte immer noch, seinen Freund zu überzeugen. „Du bringst uns noch beide in Schwierigkeiten.“

„Einen Kuß . . .“ Der rothaarige Soldat beugte sich vor, berührte ihre Schulter. Carrie erstickte fast an dem fauligen, nach Whisky stinkenden Atem. Eine Mischung aus Panik und Wut stieg in ihr auf.

„Lassen Sie mich in Ruhe, Sie dummer, blaubäuchiger Yankee!“ schrie sie und versetzte ihm in ihrer Verzweiflung mit beiden Händen einen Stoß gegen die Brust.

Er taumelte ein, zwei Schritte rückwärts, fing sich aber wieder und streckte die Hand nach ihr aus, als sein Freund ihn von hinten packte und zog.

„Laß sie endlich in Ruhe Harley . . . Verdammt noch mal!“

Carrie wartete nicht länger. Sie sah ihre Chance und schlüpfte mit zitternden Beinen an ihnen vorbei, stolperte, als sie einen Blick über die Schulter warf, um zu sehen, ob sie ihr folgten . . . Direkt in zwei kräftige Arme.

Unwillkürlich stieß sie einen leisen Schrei aus, blickte in Rance Stewarts Gesicht und klammerte sich instinktiv an ihn.

„Carrie . . . Großer Gott, was ist denn passiert? Was –“ Er brach ab, als er die beiden Soldaten erblickte. „Stillgestanden!“ brüllte er, und die beiden Männer schossen auseinander und nahmen Haltung an.

Die Kappe des Rothaarigen lag im Staub; seine Nase lief. Der andere hatte zwei Knöpfe an seinem Hemd verloren.

„Was ist hier passiert, Carrie?“ erkundigte sich Rance freundlich. „Hat dich einer dieser Männer belästigt?“

Sie biß sich auf die Lippen. „Sie... Er... wollte mich nicht vorbeilassen. Er hat verlangt, daß ich... ihm einen Kuß gebe.“

Sie wurde tiefrot. Dann wurde ihr bewußt, daß sie sich immer noch an ihn klammerte, daß sein Arm um ihre Taille lag, und hastig trat sie zurück. Aber nicht so weit, daß seine Hand nicht noch immer auf ihrem Rücken liegen konnte.

„Was glaubt ihr eigentlich, was das soll?“ Rances Gesicht war düster.

Die beiden Männer standen immer noch stramm. „Wir haben gestern wohl ein bißchen zuviel getrunken, Captain“, erklärte der namens Billy. „Wir haben es nicht böse gemeint, Sir.“

„Den Mann trifft keine Schuld, Rance“, meldete Carrie sich hastig. „Er hat sogar versucht... zu helfen.“

„Capt'n“, jammerte der Rothaarige, „ich wollt' ihr nix tun. Der General hat selbst gesagt, sie müssen nett zu uns sein. Stimmt das nich', Sir? Ich hab' sie nur gebet'n, nett zu sein.“

Carrie sah, wie sich die Muskeln in Rances Kiefer verhärteten. „General Butlers Befehl war niemals dahingehend zu verstehen, daß Damen auf der Straße beleidigt oder erzürnt werden sollen. Haben Sie das verstanden, Soldat?“

„Jawohl, Sir.“

„Wie heißen Sie?“

„Private Harley H. Kincaid, Sir. Zum Dienst im Hospital abgestellt, Sir.“

„Private Billy T. Woolcott. Dienst im Hospital, Sir.“

„Gut. Melden Sie sich umgehend bei Ihrem Sergeant und sagen Sie ihm, daß Sie weitere Anweisungen direkt von mir erhalten. Ein Monat Arbeit in den Docks wird dir vielleicht beibringen, wie man eine Dame zu behandeln hat, Kincaid. Und Sie, Woolcott, sollten wissen, daß sich ein Soldat nicht halbbetrunken und unrasiert in der Öffentlichkeit zeigt. Ich werde mich später um euch kümmern. Ihr seid entlassen.“

„Ja, Sir.“ Die beiden salutierten, so gut sie konnten, und eilten davon. Die Dame hinter dem Blumenstand grinste.

Jetzt, da die ganze Sache vorüber war, kam Carrie sich ausgesprochen dumm vor. Schlimmer noch, sie erinnerte sich daran, wie sie sich an Rance Stewart geklammert hatte. Ausgerechnet er mußte vorbeikommen, als sie so große Angst hatte.

„Fühlst du dich besser?“ Mit einem warmen Lächeln schaute er auf sie herab. Gegen ihren Willen blieb ihr Blick an seinen vollen Lippen hängen, und sie konnte sie plötzlich wieder auf ihrem Mund fühlen, wie es damals gewesen war, konnte sich an die heiße, süße Welle erinnern, die ihren Körper durchströmt hatte, als er sie küßte ... und mehr noch, sie erinnerte sich an den Aufruhr ihres Blutes, als seine Hände über ihren nackten Körper geglitten waren, an seine langen Beine, an seine Männlichkeit, die sich an sie preßte.

Sie wurde fast ohnmächtig, so stark war die Erinnerung. Sie reckte ihr Kinn.

„Es geht mir wieder sehr gut ... Captain Stewart. Und ich bin Ihnen sehr dankbar für Ihre Hilfe. Das war sehr freundlich von Ihnen.“

„Aber überhaupt nicht. Mein Wagen ist ganz in der Nähe. Ich bringe dich heim.“

„Das ist nicht nötig. Es geht mir wirklich gut.“

„Carrie ... so warte doch! Ich bestehe darauf, dich heimzufahren. Du solltest nicht allein in den Straßen herumlaufen.“

„Nein, nein, nochmals vielen Dank.“

Blindlings stolperte sie von ihm fort, achtete nicht darauf, wohin sie ging, und fand sich plötzlich außerhalb des Marktes wieder, wo sie einen Bürgersteig entlangeilte.

Die Sonne stach herab, und ihre Röcke fühlten sich schwer und heiß an. Irgendwo auf dem Markt hatte sie ihren Hut verloren, aber sie kümmerte sich nicht darum.

Nach einer Weile war sie sich vage des Geräusches von Pferdehufen auf dem Pflaster neben sich bewußt, hörte das Knirschen von Rädern.

„Carrie ...“

Sie hörte Rances Stimme und wandte sich um, entsetzt, ihn in einem kleinen Wagen neben sich herfahren zu sehen. Sie ließ keinen Schritt aus, blickte nur wieder nach vorn und ging stur weiter.

„Carrie, willst du nicht einsteigen und dich heimfahren lassen?"

„Danke, nein." Sie versuchte, schneller zu gehen, aber in der heißen Sonne fiel ihr das schwer.

„Dann werde ich neben dir herfahren, bis du in den Wagen steigst, ganz gleich, wie lange es dauert."

Sie sah, daß er jetzt lachte, während er das Pferd zügelte, damit es nicht zu schnell wurde. Er wirkte kühl und ausgeruht da oben auf dem Kutschbock, während sie unmöglich aussehen mußte! Ihr Haarband hatte sich gelöst, und sie konnte fühlen, wie sich das Haar feucht um ihr Gesicht ringelte. Schweiß trat auf ihre Stirn.

Sie machte einen letzten Versuch, ihn zu besiegen, aber ihre Schritte wurden langsam in der sengenden Sonne, und kurz zuvor war ihr auch noch Mattie eingefallen. Sie hatte sie auf dem French Market zurückgelassen; das arme Mädchen würde sie verzweifelt suchen.

Sie blieb abrupt stehen, und es verschaffte ihr eine gewisse Befriedigung, daß er ihren Schritt nicht vorausgesehen hatte. Der Wagen rollte noch ein Stückchen weiter, ehe er vor dem Ursuliner-Konvent zum Stehen kam.

Leichtfüßig sprang Rance herab und kam zu ihr. In der Hand hielt er den großen Strohhut, den sie verloren zu haben glaubte. „Ihr Hut, Miss Kingston." Ein spöttisches Lächeln stand in seinem Gesicht.

Sie funkelte ihn wütend an, drückte den Hut auf den Kopf und ließ sich von ihm in den Wagen helfen. Eine Minute später war er neben ihr und trieb das Pferd an.

„Wenn Sie mich bitte zum Markt zurückfahren würden." Ein wenig verlegen fügte sie hinzu: „Mattie wartet dort auf mich."

Er bemühte sich, ein unbewegtes Gesicht zu machen. „Also zum Markt."

Carrie band den Hut unterm Kinn fest, blickte stur geradeaus, die Lippen zusammengepreßt. „Das war völlig unnötig", erklärte sie schließlich. „Und wenn ich Ihnen für Ihre Hilfe auf dem Markt auch dankbar bin, ich wäre auch allein zurechtgekommen!"

Rance konnte sich nicht länger beherrschen. Er warf den Kopf in den Nacken und brüllte vor Lachen. Endlich gelang es ihm, seine Fröhlichkeit unter Kontrolle zu bringen. Er wischte sich die Tränen aus den Augen und erklärte: „Weißt du was? Ich glaube, du hast recht. Noch fünf Minuten, und *die beiden* hätten um Hilfe gerufen!“

Er lachte wieder, aber diesmal war es nur ein tiefes kehliges Geräusch, und obwohl Carrie die Lippen zusammenkniff und dagegen ankämpfte, platzte sie dann doch selbst los. Schließlich wandte sie sich ihm zu, vergaß für einen Moment ihre Wachsamkeit.

„Ich bin Ihnen wirklich dankbar“, sagte sie.

Die grauen Augen hielten ihren Blick fest. „Es war mir ein Vergnügen. Und es tut mir zutiefst leid, daß du von einem Unions-Soldaten belästigt worden bist. Ich kann dir versichern, daß sie ihre gerechte Strafe erhalten werden.“

„Ich war ein bißchen nervös“, gestand sie, bedauerte es aber sofort. Sie mußte vorsichtig sein. Rance verwirrte sie. Sie durfte nicht vergessen, daß sie ihn verachtete! „Haben Sie und Miss Barlow das Theater neulich abend genossen?“ wechselte sie abrupt das Thema.

„O ja, sehr.“

„Ist Miss Barlow ... neu in New Orleans?“

„Ja. Nora ist die Tochter von Major Kenneth Barlow. Sie und ihre Mutter sind gekommen, um bei ihm zu sein.“

„Wie nett.“ Sie dachte an das glatte blonde Haar, das aufsehenerregende Kleid. Nicht genug, daß New Orleans von Yankee-Soldaten bevölkert wurde, jetzt brachten sie auch noch ihre Frauen und Töchter hierher. Aber so würde es nicht immer sein.

Der Tag würde kommen, an dem konföderierte Truppen New Orleans zurückerobern würden. Und dann wäre es General Butler, der nach Norden fliehen würde, tröstete sie sich. Und Miss Nora Barlow und ihr Vater, der Major, würden mit ihm fliehen.

Sie hatten den French Market erreicht, und Carrie entdeckte jetzt auch Mattie, die aufgeregt mit einem alten Blumenhändler sprach.

„Da ist sie ja.“ Rance fuhr mit dem Wagen näher und rief den Namen des Mädchens, und ein erleichtertes Lächeln trat auf deren Gesicht, als es sie sah.

„O Miss Carrie . . .“ Mattie kam angerannt. „Ich hab’ Sie nirgends mehr geseh’n! Ich wußte nich’, wohin Sie verschwund’n sind.“

„Steig ein, Mattie“, befahl Rance und griff nach ihrem vollen Korb.

„Guten Tag, Cap’n Stewart.“ Sie zögerte. Dann kletterte sie in den Wagen und hockte sich auf einen kleinen Klappsitz im hinteren Teil des Wagens, schaute immer wieder fragend von Rance zu Carrie, die so weit wie möglich von ihm abgerückt war.

Rance ließ die Zügel knallen.

„Ich wohne nur wenige Straßen von hier entfernt“, sagte Carrie.

„Ich weiß.“

Überrascht sah sie ihn an.

„Prosper hat es mir erzählt.“

Kurz darauf hielten sie vor dem Haus, und nach einem letzten, fragenden Blick auf die beiden trug Mattie den Korb ins Haus.

Carrie ließ sich von Rance aus dem Wagen helfen, wußte nicht, was sie sagen sollte. Sie hatte nie hübscher ausgesehen als jetzt. Ihre Wangen waren gerötet, ihre Augen schimmerten golden im Sonnenlicht. Der breitkrempige Hut bildete einen perfekten Rahmen für ihr Gesicht.

„Ich möchte Ihnen nochmals danken“, sagte sie schließlich.

Er neigte den Kopf. „Ich bin froh, daß ich zufällig im richtigen Augenblick vorübergekommen bin.“ Er wartete, als dächte er, sie könnte ihn hereinbitten. Dann nahm er ihren Arm und führte sie die wenigen Schritte bis zum Tor.

„Sehe ich dich am Donnerstag bei Prosper?“

„Ich . . . ich weiß nicht“, antwortete sie. „Ich habe Abby Morrison mit der Liste für den Provost Marshal geholfen.“

„Der Loyalitätseid.“ Seine Augen verdüsterten sich.

„Ja“, erklärte sie trotzig. „General Butlers Loyalitätseid. Was geschieht mit den Leuten, die sich weigern, ihn abzulegen?“

„Ich weiß es nicht, Carrie.“ Einen Moment lang spürte sie seine innere Zerrissenheit, seine Qual, mitansehen zu müssen, wie seine Leute besiegt wurden, sein Land erobert... auch wenn er zutiefst davon überzeugt war, auf der anderen Seite kämpfen zu müssen.

„Und was ist mit mir?“ Sie brachte sogar ein halbes Lächeln zustanden. „Werde ich den Eid auch ablegen müssen?“

„Ich glaube nicht. Du bist eine Frau. Und du hast keinen Besitz in New Orleans.“

„Aber wie lange wird es dauern, bis der gute General seine Aufmerksamkeit auf die Plantagen am Fluß richtet?“

Rance sah sie lange an. „Das weiß ich auch nicht, Carrie.“ Aus seiner Stimme klang schmerzliche Ehrlichkeit. Sie schuf eine Intimität zwischen ihnen, die ihr den Atem verschlug.

„Ich... ich muß hineingehen.“

„Sehe ich dich bei Prosper?“ fragte er noch einmal.

„Vielleicht. Ich... ich weiß es wirklich nicht. Nochmals vielen Dank.“ Mit diesen Worten schlüpfte sie durchs Tor und schloß es hinter sich. Doch anstatt ins Haus zu gehen, setzte sie sich auf eine Bank im Garten, schwach und zitternd.

Wie konnte sie auch nur für einen kurzen Moment vergessen, wer Rance Stewart war, was er getan hatte? Das kam nur wegen ihres Erlebnisses auf dem French Market. Das hätte jeden durcheinandergebracht.

Der Yankee-Captain konnte schrecklich charmant sein, wenn er wollte. Hatte er nicht Prosper für sich eingenommen? Und Suzy würde ihm nachlaufen wie ein junger Hund, wenn sie Gelegenheit dazu hätte.

Selbst wenn sie jene Nacht vergessen könnte – und das konnte sie nicht –, durfte sie niemals vergessen, daß Paul Gayerre erzählt hatte, er hätte einen Yankee-Offizier gehört, der mit Südstaatenakzent sprach, als er sich damals auf seiner Plantage versteckt hielt. Das konnte niemand anderer als Rance gewesen sein. Und drei Tage später war Onkel Etienne ermordet, war Maisonfleur niedergebrannt worden. Und weitere vier Tage später war Rance in Kingston's Landing aufgetaucht.

Ganz gleich, was er gesagt hatte, sie konnte sich nicht ganz sicher sein, daß er wirklich nicht verantwortlich gewesen war... nicht hundertprozentig sicher. Und doch – allein dieser Gedanke verursachte ihr einen stechenden Schmerz in der Brust, den sie nicht erklären konnte, nicht erklären wollte.

12

Carrie saß an der Tür zum Garten, schaute hinaus und wartete darauf, daß Mattie ihr den Tee brachte. Dabei dachte sie an Abby Morrisons Hände. Sie hatte den Vormittag mit ihrer künftigen Schwiegermutter verbracht und konnte deren blasse, dünne Finger einfach nicht vergessen. Sie waren ständig in Bewegung gewesen, hatten nervös nicht vorhandene Fäden fortgezupft, Haar glattgestrichen, das ohnehin schon perfekt frisiert war, sich hilflos in ihrem Schoß verkrampft. Der Stichtag für den Treueschwur war nicht mehr weit, und es war klar, daß es keinen Rücktritt in letzter Minute geben würde.

Es war bekanntgegeben worden, daß diejenigen, die ihrer rechtmäßigen Regierung nicht die Treue geschworen hatten, nicht berechtigt waren, ein Büro in der Stadt zu unterhalten, als Anwalt, Notar oder Sheriff zu arbeiten. Sie durften weder Schulden eintreiben, noch etwas von ihrem Besitz verkaufen oder die Stadt verlassen. Und dann war da immer noch die Sache mit der Liste aller Besitztümer, die unausgesprochene Drohung, die sich dahinter verbarg.

Männer mit hartem Gesicht und zusammengekniffenen Lippen schlossen sich in ihren Arbeitszimmern ein und betranken sich, oder sie spazierten gedankenverloren durch die Straßen oder versammelten sich in Hinterräumen, wo teils hitzige Diskussionen geführt wurden.

Es war nur noch eine Frage der Zeit, bis der Süden den Krieg gewinnen würde, argumentierten einige. Warum sollten sie da riskieren, alles zu verlieren? Und bedeutete es wirklich einen Verlust der Ehre, wenn sie einen falschen Eid schworen, zu dem man sie gezwungen hatte? Es gab andere, die auf diese Frage mit Wut reagierten und schworen, hart zu bleiben. Seth Morrison gehörte zu ihnen.

Abby hatte Carrie erzählt, daß Seth jetzt kaum noch daheim war, und wenn, dann erklärte er lautstark, daß alles gut werden würde. Die Militärregierung würde es nicht wagen, die Strafen aufzuerlegen, die sie angedroht hatte.

Carrie stand auf und fuhr sich mit den Fingern über die Schläfen. Es gab so vieles, an das man denken mußte, daß es ihr manchmal Kopfschmerzen bereitete.

Beau war wieder auf See, und Suzy machte sich entsetzliche Sorgen um ihn. Gewiß nicht ohne Grund. Es war schrecklich gefährlich, immer wieder die Blockade zu brechen, aber die Medikamente und chirurgischen Instrumente wurden dringend benötigt. Man konnte nichts weiter tun als beten, daß alles gutgehen und er gesund heimkehren möge.

Carrie hatte darauf bestanden, daß Suzy am Donnerstag zu Prospers Teegesellschaft ging, in der Hoffnung, daß sie das auf andere Gedanken bringen würde. Sie selbst hatte leichtes Unwohlsein vorgeschützt. Nach der Heimfahrt vom French Market hatte sie beschlossen, Rance Stewart zu meiden... selbst auf die Gefahr hin, Prosper zu verletzen.

Ihr Kopf schmerzte entsetzlich. Sie würde ihren Tee trinken und alles andere aus ihren Gedanken verbannen.

Sie warf einen Blick auf die kleine vergoldete Uhr auf dem Kaminsims. Wo blieb ihr Tee? Es mußte gute zwanzig Minuten her sein, daß sie Mattie in die Küche geschickt hatte, um ihn zuzubereiten. Sie wollte sie gerade rufen, als ihr einfiel, daß die Küche viel zu weit abseits lag, als daß Mattie sie hätte hören können.

Seufzend stand sie auf, ging den Gang entlang, vorbei an Zimmern mit alten französischen Möbeln, an der Bibliothek und dem Eßzimmer. Jetzt konnte sie Matties kehliges Lachen aus der Küche hören.

Als Carrie die Küche betrat, sah sie das Mädchen in verführerischer Pose dort stehen, eine Hand auf die Hüfte gestützt, die Lippen gespitzt. Ihre Augen, die vor Lachen funkelten, waren auf

Solomon gerichtet, den Diener der Marchands von nebenan. Eine leichte Veränderung im Ausdruck des Schwarzen ließ Mattie herumwirbeln. Als sie Carrie erblickte, reckte sie sich.

„Miss Carrie ..."

„Ich habe auf meinen Tee gewartet, Mattie."

„O ... ja, Miss Carrie, das Wasser kocht schon." Verlegen nahm sich Mattie einen dicken Topflappen, griff nach dem dampfenden Kessel und goß das Wasser in die Teekanne.

„Ich habe vor einer Minute geläutet."

Mattie warf ihrer Herrin einen schrägen Blick zu. „Es tut mir leid, Miss Carrie. Ich habe die Glocke nicht gehört."

Solomon, groß und breitschultrig, beobachtete die beiden, sein Gesicht bemüht gleichgültig.

„Solomon." Carrie nickte ihm zu.

„Guten Tag, Miss Kingston." Er war sehr dunkel, aber seinen Zügen war deutlich anzusehen, daß auch weißes Blut in seinen Adern fließen mußte. Seine Nase war schmal und gerade, mit Flügeln, die über einem gutgeschnittenen Mund mit vollen, aber nicht dicken Lippen bebten.

Die meisten Sklaven vermieden es, einem Weißen direkt in die Augen zu schauen, blickten nur kurz auf und wandten den Blick dann wieder ab, bis sie erneut angesprochen wurden. Nicht so Solomon. Er sah Carrie kühn, fast herausfordernd direkt in die Augen, und das verursachte ihr Unbehagen.

Währenddessen hatte Mattie versucht, die Zuckerdose und das Milchkännchen neben der Teekanne auf ein Tablett zu stellen. „Ich bringe Ihnen das hier sofort, Miss Carrie", sagte sie, als sie hastig ein paar Tropfen Milch abwischte, die sie in der Eile verschüttet hatte.

„Ich nehme es selbst, Mattie." Carrie lächelte gegen ihren Willen. Ganz offensichtlich hatte es Mattie erwischt.

„Ja, Miss Carrie. Danke." Mattie reichte ihr das Tablett. „Miss Carrie ..." Sie zögerte, atmete ein wenig schneller, und ihr voller Busen bebte. „Miss Carrie, ich bin mit meiner Arbeit hier im Haus fertig. Und das Abendessen hat noch Zeit. Darf ich ein wenig am Fluß spazierengehen? Mit Solomon?"

In Matties braunen Augen lag ein solches Flehen, daß Carrie all ihre Bedenken für einen Moment vergaß. „Natürlich, geh nur, Mattie. Ich werde jetzt meinen Tee trinken, und dann lege ich mich vielleicht ein Weilchen hin."

„Oh, danke, Miss Carrie!" Ein breites Lächeln trat auf das Gesicht des Mädchens. „Ich komme rechtzeitig zurück, um das Abendessen zu machen, das verspreche ich!"

Carrie hatte gerade ihren Tee im Wohnzimmer getrunken, als Suzy heimkam. Aufgeregt stürzte sie zu ihrer großen Schwester.

„Carrie . . . ich kann es einfach nicht glauben! Sieh nur!"

Hastig sprang Carrie auf und griff nach der Zeitung, die Suzy ihr entgegenstreckte. Sie starrte auf die Schlagzeile, die in kühnen, schwarzen Lettern verkündete *PROKLAMATION DER GLEICHBERECHTIGUNG*. Und direkt darunter: *Lincoln befreit Sklaven.*

Sie holte Luft und sank wieder auf ihren Platz, versuchte zu begreifen, was das bedeutete.

„Carrie, das kann er doch nicht tun, oder?" fragte Susannah wütend. „Alle sind schrecklich aufgeregt! Die Menschen auf den Straßen brüllen alle durcheinander und schwenken die Zeitungen!"

„Warte! Laß es mich lesen." Es war unvorstellbar, und doch – so vieles war inzwischen geschehen, was einmal unvorstellbar gewesen war. Abby Morrison traf ein, und Susannah führte sie ins Wohnzimmer.

„Mein Gott, habt ihr die Neuigkeiten schon gehört?" Abbys Gesicht war bleich. „Ich wollte sofort mit Seth darüber reden, als ich es erfahren habe, aber ich weiß nicht, wo er ist. Ich glaube, er wollte heute die Inventur in seinen Lagerhäusern abschließen. Großer Gott, was wird als nächstes passieren?"

„Ich weiß es nicht." Carrie nahm Abbys Arm und führte sie zu einem der Stühle. „Setz dich, Mutter Morrison."

Abby gehorchte. „Das kann er doch nicht machen! Ich glaube einfach nicht, daß er das Recht hat, anderen Leuten zu erklären, ihr Besitz würde nicht mehr ihnen gehören!"

„Hör zu, Mutter Morrison", versuchte Carrie sie zu beruhigen. „Hier in der Zeitung ist die gesamte Proklamation abgedruckt, und wie es scheint, gilt sie nur für die Konföderierten Staaten."

„Nur für die Konföderierten Staaten? Aber Lincoln hat keine Macht hier."

„Genau! Es muß sich um einen politischen Schachzug handeln." Die drei Frauen tauschten Blicke aus. Aber ganz vage hatte Carrie das Gefühl, daß das erst der Anfang von einer viel größeren Sache war.

„Dann hat es ja überhaupt nichts zu bedeuten." Erleichterung zeigte sich auf Susannahs Gesicht.

Abby blickte sie besorgt, mit zusammengezogenen Brauen, an. „Ich weiß nicht. Was ist mit den Negern? Wir hatten so schon so viel Ärger mit ihnen wegen des Kriegs. Was wird das jetzt erst bewirken?"

Achselzuckend meinte Carrie: „Diejenigen, die weglaufen wollten, haben das bereits getan."

Abby schien nur zum Teil überzeugt, aber Susannah, die immer versuchte, alles von der besten Seite zu sehen, versicherte der älteren Frau, daß in ein, zwei Tagen alles vergessen sein würde.

„Wahrscheinlich hat Suzy recht", meinte auch Carrie. „So, ich werde uns jetzt frischen Tee machen, und da Vater Morrison dir gesagt hat, er würde zum Abendessen nicht heimkommen, mußt du mit uns essen.

„O danke, das mache ich gern."

Als es später dämmerte, ging Carrie wieder in die Küche, um Mattie zu bitten, ein zusätzliches Gedeck für Abby aufzulegen. Sie war überrascht zu sehen, daß die Lampen in der Küche nicht brannten. Man hörte auch nichts, weder das Klappern von Geschirr noch Matties Summen. Und als sie die Küche betrat, war das Feuer in dem großen Eisenherd fast ausgebrannt.

Carrie stand reglos, als ihr der unglaubliche Gedanke kam, daß Mattie fortgelaufen sein könnte. Bis heute hätte sie das niemals in Erwägung gezogen, aber jetzt dauerte es eine volle Minute, bis sie sich sagte, daß Mattie so etwas nicht tun würde. Sie hatte einfach die Zeit vergessen, das war alles.

Hastig zündete Carrie die Lampen an, nahm etwas Holz aus der Kiste und legte es in den Ofen, ehe sie mit dem Schürhaken in den glühenden Kohlen stocherte. Sie beugte sich noch darüber, als Mattie durch die Tür stürzte.

„Mattie, du kommst spät."

Das Mädchen hatte sein Kopftuch verloren, und das kurze Haar schmiegte sich wie eine Kappe um den schön geformten Kopf. Spuren von Tränen waren auf ihren Wangen zu sehen, und jetzt verzog sie den Mund zu einem unsicheren Lächeln.

„Mattie . . . ist alles in Ordnung?" Besorgt trat Carrie zu ihr.

„Miss Carrie . . ." Matties Stimme bebte. „Miss Carrie . . . Solomon sagt, wir sind frei!" Sie holte tief Atem. „Wir haben die Leute reden gehört. Solomon sagt, Mist' Lincoln hat das gemacht!"

Carrie starrte in Matties vertrautes Gesicht, auf diese Mischung aus Unglauben und Sehnsucht und sogar Furcht, und plötzlich mußte sie sich setzen.

Sie erinnerte sich, wie Mattie, die ein paar Jahre älter war als sie, sie als Kind herumgetragen hatte, ihr die Nase geputzt und sie ausgeschimpft hatte wie eine ältere Schwester. Sie dachte daran, wie oft sie auf ihren Schoß geklettert war, um Mattie Fragen zu stellen, wie sie dann begierig ihren Antworten gelauscht hatte. Später, als sie älter geworden waren, begriffen irgendwann beide, daß sie, Carrie, obwohl jünger, die Herrin war und Mattie eine Skalvin, und ihr Verhalten hatte sich dementsprechend verändert. Das war der Lauf der Dinge, und keine von beiden hatte es jemals in Frage gestellt.

Bis jetzt.

Erschüttert blickte Carrie zum Herd hinüber. Der Rauch stach ihr in die Nase. „Ich habe versucht, das Feuer anzumachen", erklärte sie mit hohler Stimme.

„Ja, Miss Carrie", sagte Mattie und schlüpfte wieder in ihre übliche Rolle. „Ich werde mich darum kümmern."

Sie ging zum Herd, und kurz darauf brannte das Feuer richtig. Da wandte sie sich wieder Carrie zu.

„Stimmt es, Miss Carrie?" fragte sie nur.

Carrie brauchte lange, um zu antworten. „Ich bin mir nicht sicher... aber ich glaube es nicht“, sagte sie. Sie hätte am liebsten geweint, wußte aber nicht warum.

Vorsichtig lenkte Rance Stewart den Wagen durch die überfüllten Straßen von New Orleans. Sein Ziel war die Dumaine Street. Die Luft wurde an diesem späten Vormittag immer feuchter, graue Wolken drängten sich am Himmel.

Ihm blieb nicht viel Zeit. Er mußte noch ein paar Sachen einpakken und der kräftigen Kreolin, bei der er ein Zimmer gemietet hatte, mitteilen, daß er einige Wochen fort sein würde. Seine Abreise stand in wenigen Stunden bevor.

General Butler hatte ihn nicht im voraus informiert; er legte Wert darauf, daß seine Politik in Washington so bald wie möglich verteidigt würde. Offensichtlich hatten der britische und der französische Botschafter Protest gegen Butlers Vorgehen in New Orleans eingelegt, besonders scharf wohl gegen seine *Woman Order*. Und jetzt verlangte Präsident Lincoln angesichts des Zorns der Botschafter eine Erklärung.

Rance verzog das Gesicht. Daß ausgerechnet er das Vorgehen des Generals verteidigen sollte, war Ironie, da er es insgeheim selbst so oft mißbilligte. Gewiß hätte Butler auch einen Offizier höheren Ranges schicken können. Major Barlow wäre zum Beispiel geeignet gewesen. Aber Rance vermutete, daß er absichtlich ausgewählt worden war, da er selbst aus dem Süden stammte.

Er zog eine Braue hoch, als ihm ein neuer Gedanke kam. Konnte der General irgendwie herausgefunden haben, daß sein Vater und Mr. Lincoln vor dem Krieg Freunde gewesen waren? Der General würde jeden Vorteil nutzen, um seine Position beim Präsidenten zu stärken. Trotzdem bezweifelte er, daß Butler etwas wußte.

Er war schrecklich wütend gewesen, als Rance früh an diesem Morgen in sein Büro gerufen worden war. Zornig war er auf und ab marschiert und hatte gebrüllt:

„Bei Gott, es wird Zeit, daß diese Kerle auf der anderen Seite des Ozeans begreifen, daß das Ende dieses Krieges nicht von ihnen abhängt, genausowenig wie die Art, wie er geführt wird. Das müssen Sie dem Präsidenten endgültig klarmachen, verstanden Stewart?"

„Jawohl, Sir."

„Taktvoll und mit allem nötigen Respekt natürlich."

„Verstehe, Sir."

„Ich wußte, daß ich mich auf Sie verlassen kann." Leise pfeifend wandte er sich seinem Schreibtisch zu und nahm das dicke Bündel Papiere auf, das in einer Lederhülle steckte. „Ich habe die ganze Nacht daran gearbeitet. Hab' kein Auge zugetan. Darin steht in klaren Worten, wie die Sache hier unten aussieht. Und Sie müssen es dem Präsidenten auch noch mal sagen, Stewart. Erzählen Sie ihm von den unerträglichen Beleidigungen, denen unsere tapferen Soldaten hier unten ausgesetzt sind."

Es gab immer zwei Seiten der Medaille, dachte Rance jetzt. Und er würde die Sache des Generals vorbringen, so gut er konnte. Das war seine Pflicht. Dennoch wünschte er, der General hätte jemand anderen ausgesucht.

Er hatte jetzt das Haus erreicht, in dem Carrie und Susannah wohnten, und sprang aus dem Wagen, um an dem Eisenring zu ziehen, der sich draußen am Tor befand. Er konnte das schwache Klingeln der Glocke weit hinten im Haus hören.

Dann wurde eine Tür geöffnet, er hörte Schritte, und gleich darauf tauchte Matties dunkles Gesicht auf. Sie lächelte, als sie ihn erkannte, und öffnete das Tor.

„Cap'n Stewart. Schön' gut'n Tag auch."

„Mattie, ich möchte gern Miss Susannah sprechen. Sagen Sie ihr, daß es mir leid tut, daß ich so unangemeldet komme, aber ich muß sie heute noch sehen."

„Miss Susannah is nich' hier, Cap'n."

„Oh, verstehe. Und Miss Carrie?"

„Ja, Sir, sie ist da. Kommen Sie bitte, Cap'n."

Rance trat ein und folgte Mattie durch die schwere Holztür ins Haus. In der Eingangshalle nahm Mattie seinen Hut.

„Sie könn'n gleich hier wart'n, Cap'n." Sie wies auf den freundlichen Wohnraum mit den mintgrünen Sofas.

Die Türen zum Garten standen weit offen, um jeden Luftzug einzulassen. Jetzt konnte Rance weibliche Stimmen hören, erst Matties, dann Carries. Er konnte nicht verstehen, was sie sagte, meinte dann von Carrie ein „Nein!“ zu hören.

Er trat in die Halle hinaus.

„Sag Captain Stewart einfach, daß ich mich nicht wohl fühle und ihn heute morgen unmöglich empfangen kann.“ Er hörte Carries geflüsterte Anordnung, und im nächsten Augenblick sah er sie aus einer Tür in seiner Nähe kommen.

„Carrie ...“

Sie hatte die Treppe schon fast erreicht, streckte die Hand nach dem Geländer aus. So verharrte sie einen Moment, ehe sie sich schließlich zu ihm umwandte. Sie trug ein hellrosa Kleid, das ihre Arme und den Hals freigab und ihre schmale Taille betonte. Das dunkle Haar hatte sie locker mit einem Band gleicher Farbe zusammengefaßt.

Wie immer reichte ihr Anblick aus, sein Blut schneller fließen zu lassen. Sein Blick wanderte zu diesen prächtigen Brüsten, an die er sich noch so gut erinnerte, und er ertappte sich bei dem Gedanken, daß nur ein, zwei Lagen Stoff sie jetzt von ihm trennten.

Er räusperte sich und rief sich in Erinnerung, warum er gekommen war. „Carrie, ich bitte um Verzeihung, daß ich unaufgefordert gekommen bin. Ich werde deine Zeit auch nur ganz kurz beanspruchen.“

Sie errötete ein wenig. Es war für beide klar, daß er sie gehört hatte. „Wirklich ...“, stammelte sie. „Ich ... ich bin heute morgen sehr beschäftigt. Ich hatte niemanden erwartet.“

„Nur eine Minute. Bitte!“ Er deutete auf das Wohnzimmer, und nach kurzem Zögern nickte sie und ging ihm voraus.

„Ich bin eigentlich nicht gekommen, um dich zu besuchen, Carrie. Ich wollte Suzy sprechen, aber Mattie erzählte, daß sie nicht da ist. Weißt du, ich hatte ihr versprochen, morgen nachmittag mit ihr zu LeGallien's Sweet Shop zu fahren und –“

„Sie und Suzy? Es wäre mir lieber, meine Schwester, die einen Bruder in der Konföderierten Armee hat, würde nicht mit einem Yankee in der Stadt gesehen.“

„Ist es nicht möglich, daß ein Yankee ein Freund sein kann, Carrie?“ fragte er.

Sie weigerte sich, darauf zu antworten, wandte den Kopf ab. „Wenn ich meine Geschäfte hier in New Orleans abgeschlossen habe, beabsichtige ich, Suzy mit zurück nach Kingston's Landing zu nehmen. Das wird diesem Problem ein Ende machen.“

Er beobachtete sie, bemerkte die dünne Haut an ihrer Kehle, wo sichtbar ein Puls schlug, sah auch den rosigen Schimmer ihrer Wangen, die vollen, feuchten Lippen. „Ich würde es hassen, wenn du gehen würdest“, meinte er leise.

Sie erstarrte und wandte sich umgehend um. Ihr Gesicht war eisig. „Sie haben wohl Ihr Versprechen vergessen, nur eine Minute zu bleiben, Captain Stewart. Und ich weiß immer noch nicht, warum Sie eigentlich gekommen sind.“

Verletzt nahm er jetzt eine ebenso kalte, offizielle Haltung an. „Verzeihen Sie mir. Ich bin nur gekommen, um Suzy zu sagen, daß ich in wenigen Stunden nach Washington abreise. Ich überbringe dem Präsidenten Nachrichten von General Butler.“

„Dem Präsidenten?“

„Präsident Lincoln“, erklärte er absichtlich. „Sagen Sie Suzy bitte, daß ich es bedaure, unsere Verabredung nicht einhalten zu können, aber ich hoffe, sie bei meiner Rückkehr zu sehen.“

„Gut. Und vielleicht, Captain, können Sie Mr. Lincoln etwas von mir fragen, wenn Sie ihn sehen. Fragen Sie ihn, wie er es sich denkt, alle Sklaven der Konföderierten Staaten freizulassen? Man sollte doch meinen, wenn er jemanden freisetzen will, dann wären es die Sklaven in den Staaten, die noch zur Union gehören.“

Wütend funkelten sie sich an. Dann verbeugte Rance sich steif. „Auf Wiedersehen, Carrie ...“

Mattie wartete mit seinem Hut in der Halle. Ihr Blick bat um Entschuldigung, als sie ihn schweigend zur Tür und durch das Tor hinaus begleitete.

Noch immer kochend saß Carrie draußen im Hof auf der Bank unter dem Pflaumenbaum. Wie konnte Rance Stewart es wagen, in ihr Leben einzudringen? Nur weil Prosper ihn zum Tee eingeladen hatte, bildete er sich ein, er hätte das Recht, Suzy auszuführen. Sie wünschte, der Krieg wäre vorüber. J. D. würde heimkommen, sie würden heiraten, und sie müßte nie wieder über Rance Stewart nachdenken ...

Sie fuhr zusammen, als die Glocke ertönte. Wenn das er war ... wenn das wieder Rance war ... Sie biß die Zähne zusammen und schaute wütend zur Ecke des Hauses hinüber, und als die Glocke neuerlich schellte, stampfte sie mit dem Fuß auf und überlegte sich im stillen, was sie ihm alles sagen würde, sollte er es gewagt haben, noch einmal zurückzukehren.

Mattie hatte das Haus vor wenigen Minuten verlassen, um zum Markt zu gehen. Und Lafitte hatte Susannah und Abby zu ihrem Nähzirkel gefahren. Also mußte Carrie selbst öffnen.

Sie erhob sich, entschlossen, ihn höflich, aber bestimmt wieder fortzuschicken.

Sie öffnete das Tor und blieb wie angewurzelt stehen. Ein erfreuter Ausruf kam über ihre Lippen. „Beau!"

Er stand auf dem Bürgersteig, offensichtlich gesund und munter, wie immer prachtvoll gekleidet und mit einem Spazierstock in der Hand. Grinsend zog er den hohen Hut. „Guten Tag, Carrie." Der Sonnenschein ließ seine goldenen Locken leuchten.

„Wann bist du zurückgekommen?" wollte sie wissen.

„Erst heute morgen. Ich bin gekommen, so schnell ich konnte. Ich störe doch hoffentlich nicht?"

„Aber nein. Komm doch herein. Aber leider muß ich dich enttäuschen. Suzy ist mit Abby zum Nähzirkel gegangen."

„Sie ist nicht da? Das ist aber schade."

Carrie schloß das Tor hinter ihm, und er folgte ihr ins Wohnzimmer. Nach der Hitze der Sonne war es hier angenehm kühl.

„Ich muß gestehen", meinte Beau, „ich hatte nicht erwartet, daß du die Tür persönlich öffnen würdest. Wem habe ich diese Ehre zu verdanken?"

Carrie lachte. „Es ist niemand sonst hier, und außerdem war ich gerade im Garten, als du geläutet hast." Es kam Carrie in den Sinn, daß es sich nicht schickte, einen Mann ins Haus zu lassen, wenn sonst niemand anwesend war. Aber andererseits kam es nicht jeden Tag vor, daß jemand von einer gefährlichen Mission zurückkehrte. „Möchtest du etwas Tee, Beau? Oder ein Glas Limonade? Ich glaube, Mattie hat welche in der Küche bereitgestellt."

„Nein, danke." Er grinste sie an. „Ich möchte nur einfach hier sitzen und dein hübsches Gesicht ansehen."

„Beau...", schalt sie. Seine Schmeicheleien verwirrten sie.

Jetzt nahm sie ihm gegenüber in einem Sessel Platz. „Also schön, wenn du keine Limonade willst, dann mußt du mir wenigstens von Charleston erzählen", forderte sie ihn auf.

Er zog eine seiner dünnen, schwarzen Zigarren hervor.

„Darf ich?"

„Aber natürlich."

„Ich glaube, den Leuten in Charleston ist jetzt langsam klar, daß der Norden nicht so leicht nachgeben wird. Aber sie sind immer noch entschlossen, daß wir gewinnen sollen. Und werden. Wie lange das auch dauern mag."

„Hast du ihnen gesagt, wie die Dinge hier in New Orleans stehen?"

„Ja. Die Sache mit dem Treueschwur belastet sie, aber noch mehr die Tatsache, daß ich ihnen erzählt habe, die Frauen hier wären viel schöner als ihre Gegenstücke in Charleston. Ich glaube, das hat den Männern gar nicht gefallen."

„Beau." Gegen ihren Willen mußte Carrie lachen. „Du bist doch nie ernst."

„Oh, aber das bin ich doch." Sein Ausdruck veränderte sich kaum merklich, es war, als würde er insgeheim über einen Witz lachen, den nur er selbst verstand.

Carrie erhob sich und brachte ihm einen Aschenbecher. „Es tut mir wirklich leid, daß Suzy nicht hier ist, um dich zu begrüßen."

„Ja, das ist schade. Aber vielleicht ist es es auch ein Vorteil."

„So?"

„Ich wollte schon seit geraumer Zeit mit dir reden."

„Worüber denn?" fragte Carrie, und ein ungutes Gefühl überkam sie. Sie wandte ihm den Rücken zu und ordnete die Blumen in der Vase neu.

„Würdest du aufhören, mit den Blumen herumzuspielen, Carrie?“ Sie hörte, wie er aufstand und hinter sie trat. Sofort drehte sie sich um und sah ihn direkt an. „Worüber wolltest du mit mir reden?“

„Ehe ich die Stadt verlassen habe, hat Susannah mir erzählt, daß du – ohne Erfolg – versuchst, dir genug Geld zu leihen, um die Produktion auf Kingston's Landing wieder aufzunehmen.“ Er erwiderte ihren Blick fast unverschämt.

Überrascht konnte Carrie ihn nur anstarren. Sie lachte nervös. „Vielleicht sollte ich Suzy sagen, daß ich es gar nicht gern sehe, wenn sie meine privaten Angelegenheiten mit Fremden bespricht.“

„Aber in diesem Fall war es doch genau das richtige.“ Er grinste. „Ich glaube nämlich, daß ich dir helfen kann.“

„Wirklich? Du kennst also jemanden, der bereit sein könnte, mir ein solches Darlehen zu gewähren?“

„Allerdings.“ Er senkte leicht den Kopf und blickte sie aus seinen tiefliegenden Augen an. „Unter den richtigen Umständen.“

„Ich ... ich wäre bereit, angemessene Zinsen zu zahlen, wenn mein Zucker erst einmal verkauft ist. Wenn ich diese Person nur treffen könnte ... Kannst du mir sagen, wer es ist?“

Er stand da. Ein sonderbares Lächeln spielte um seine Lippen. „Ich.“

„Du?“

„Ich wäre bereit ... ein Abkommen mit dir zu treffen.“ Er trat einen Schritt näher, und Carrie fühlte sich gegen den Tisch gedrängt.

„Verzeihung, bitte.“ Sie versuchte, an ihm vorbeizuschlüpfen.

Er versperrte ihr den Weg. Der starke Duft seines teuren Eau de Cologne stieg ihr in die Nase.

„Du vergißt dich selbst, Beau!“

Er trat einen Schritt beiseite, lachte die ganze Zeit. „Also schön ... also schön.“

Er trat in die Halle hinaus und kehrte gleich darauf mit Hut und Stock zurück. „Denk darüber nach“, forderte er sie kühl auf. „Wir können die Bedingungen jederzeit besprechen, aber du brauchst das Geld im Frühjahr, wenn du rechtzeitig anpflanzen willst. Und es ist eine Schande, eine so prachtvolle Plantage brachliegen zu lassen.

Außerdem" – Er kniff die Augen zusammen – „können noch andere Dinge passieren. Schlimmere Sachen. Wußtest du, daß eine der angrenzenden Plantagen von der Regierung konfisziert worden ist?"

Carrie verschränkte die Finger ineinander. „Welche?"

„Ich glaube, sie sagten, sie hieße die Gayerre-Plantage."

„Ich glaube dir nicht!" fuhr sie ihn an.

Er zuckte mit den Schultern. „Es ist öffentlich bekannt. Die Plantage war verlassen, und die Regierung hat vollkommen legal gehandelt, als sie sie konfisziert hat."

Er ging zur Tür, drehte sich dort noch einmal um. „Denk darüber nach, Carrie! Es bleibt völlig dir überlassen. Und laß dir Zeit, so lange du willst. Vergiß nur nicht, daß ich Freunde ganz oben in der Regierung habe. Ich kann dir eine große Hilfe sein, wenn es um Kingston's Landing geht."

Sie starrte ihn an, so erstaunt über das, was er ihr gerade erzählt hatte, daß sie nichts sagen konnte. Während sie ihn noch ansah, setzte er den Hut auf, tippte leicht mit der Spitze seines Spazierstocks an die Krempe und marschierte mit einem ironischen Grinsen auf dem Gesicht aus dem Haus.

13

Rance Stewart setzte sich auf dem harten, hochlehnigen Stuhl zurecht und betrachtete erneut die Menschen, die in dem überfüllten Vorzimmer darauf warteten, den Präsidenten sprechen zu dürfen. Er war am Vorabend in Washington eingetroffen und hatte sich im Willard's Hotel an der Vierzehnten Straße ein Zimmer genommen. Nachdem er gut geschlafen und herzhaft gefrühstückt hatte, war er unverzüglich hierher zum *Executive Mansion* gekommen, das mit seinen Nebengebäuden und Küchengärten an ein geschäftiges Plantagenhaupthaus im Süden erinnerte.

Im Haus selbst hatte Rance Besucher bemerkt, die überall nach Belieben herumliefen und mit ihren schmutzigen Stiefeln die geblümten Teppiche verdreckten, während sie die blinkenden Kristallüster bestaunten oder sich in den zahlreichen Spiegeln bewunderten. Rances Gedanken jedoch waren auf das Gespräch gerichtet, das vor ihm lag, und er bemerkte nicht einmal die bewundernden Blicke zahlreicher Damen.

Der Türwächter hatte seine Empfehlungsschreiben entgegengenommen und war im angrenzenden Büro verschwunden, um gleich darauf mit einer Nachricht vom Präsidenten zurückzukehren. Dieser wollte Captain Stewart so bald wie möglich empfangen. Derzeit befand er sich in einer Unterredung mit Mr. Seward, dem Staatssekretär.

Das lag nun schon über eine Stunde zurück, und der harte Stuhl wurde Rance unbequem. Nicht so unbequem allerdings wie die Aussicht auf sein Gespräch mit dem Präsidenten.

Seit er von seiner Mission erfahren hatte, hatte er mit sich gerungen. Doch jedesmal war er zum selben Entschluß gekommen. Seine Pflicht war klar. Er war ein Soldat der Armee der Vereinigten Staaten. Er war als Vertreter seines Kommandierenden Offiziers hier, und er mußte ihn gut repräsentieren.

Er dachte an seinen letzten Tag in New Orleans, und plötzlich tauchte Carrie vor seinem geistigen Auge auf. In diesem rosa Kleid hatte sie reizend ausgesehen, so verführerisch, daß es ihm körperliche Schmerzen bereitet hatte, sie nicht anzurühren.

Himmel, würde er diese Nacht denn niemals vergessen können? Er sollte jetzt an Nora Barlow denken, die gewiß nicht verbarg, wie sie sich über seine Aufmerksamkeit freute. Und doch – er schien nur an Carrie Kingston denken zu können, die jedesmal Feuer zu speien schien, wenn er auch nur in ihre Nähe kam.

Aber, mein Gott, sie war wundervoll! Er kannte keine andere Frau wie sie! Jeder Zoll einer Frau ... und doch voller Stolz und Mut. Es war unmöglich, sie zu vergessen. Und doch deutete nichts darauf hin, daß sie ihm jemals verzeihen würde, was in jener Nacht zwischen ihnen geschehen war, wie sehr er auch versuchen mochte, es wiedergutzumachen. Außerdem war sie mit diesem Morrison verlobt. Das durfte er nicht vergessen.

Dennoch ... die Erinnerung an ihren Körper hatte sich in ihn eingebrannt, unwiderruflich, hatte ihn allzu oft des Nachts in ein gewisses Haus in der Bourbon Street getrieben, in dem erfahrene Damen sein fieberhaftes Verlangen zumindest für den Augenblick stillen konnten. Aber da war immer jene andere Nacht, immer die Erinnerung an Kingston's Landing und Carrie ... immer nur Carrie.

„Captain Stewart?"

Überrascht stellte Rance fest, daß der Posten mit etwas verärgertem Gesicht vor ihm stand. „Ich sagte, der Präsident ist jetzt bereit, Sie zu empfangen, Captain Stewart."

„Danke." Hastig nahm Rance seine Papiere und ließ sich ins Büro des Präsidenten führen.

Der Präsident stand vor einem der beiden Fenster des großen Raumes. Er hatte sich vorgebeugt, um hinaussehen zu können, richtete sich jetzt aber auf und wandte sich um, um seinen Besucher zu begrüßen.

„Rance ...", sagte er herzlich und kam mit ausgestreckter Hand auf ihn zu.

„Mr. President ..." Rance salutierte, ehe er die dargebotene Hand ergriff.

Das schmale Gesicht verzog sich zu einem Lächeln, das die tiefliegenden Augen leuchten ließ. „Ich habe gerade aus dem Fenster geschaut und den Tag bewundert. Wäre genau richtig, um zum Fischen zu gehen. Ich kann mich noch gut an die Zeit erinnern, als dein Vater und ich genau das gemacht haben. Weißt du noch? Du hast mir damals knapp bis zum Knie gereicht."

„O ja, Sir. Ich erinnere mich noch gut."

„Setz dich, setz dich." Präsident Lincoln deutete auf den Stuhl vor dem großen Schreibtisch und nahm dann selbst dahinter Platz. „Wie geht es deinem Vater?"

„Ich ... ich weiß nicht, Sir. Ich hoffe, gut."

Mr. Lincoln seufzte. „Hat er dir immer noch nicht verziehen, daß du für die Union kämpfst?"

„Nein, Sir."

Der Präsident schloß für einen Moment die Augen und meinte dann traurig: „Dieser Krieg ... er hat uns viel gekostet, Rance. Und wird uns zweifellos noch mehr kosten."

„Ja, Sir." Rance dachte an den Tag, an dem er seinen Entschluß bekanntgegeben hatte, erinnerte sich, wie sein Vater das versteinerte Gesicht abgewandt hatte. Es war ihm unbegreiflich, daß ein Südstaatler gegen die Konföderation kämpfen konnte. Rance war es später gelungen, mehrmals zu schreiben, aber er hatte niemals eine Antwort erhalten.

„Nun, es wird nicht immer so sein", meinte der Präsident. „Laß uns beten, daß alle Bitterkeit vergessen ist, sobald dieser Krieg beendet ist."

Er schob die Papier auf seinem Schreibtisch beiseite. „Jetzt laß mal sehen, was du da hast ..." Er nahm das Päckchen von Rance entgegen und überflog die erste Seite.

„Ah ja, General Butlers Bericht. Den lese ich später. Jetzt möchte ich, daß du mir erzählst, was du von der Situation hältst."

Rance versuchte, sich an seine sorgfältig zurechtgelegte Rede zu erinnern. „Mr. President, General Butler ist ein Mann mit großen militärischen Fähigkeiten, der der Union sicherlich treu ergeben ist."

„Das weiß ich. Aber er hat mit seiner *Woman Order* in ein Wespennest gestochen. Die Franzosen sind vollkommen verrückt deswegen. Wie ist es dazu gekommen?"

„Nun ja, Sir, nicht ohne Grund. Die Frauen in New Orleans waren nicht gerade glücklich über die Yankee-Soldaten in der Stadt." Er grinste gegen seinen Willen. „Und die Frauen des Südens haben nicht gerade Hemmungen, wenn es darum geht, ihre Mißbilligung zu zeigen. Vor allem wenn sie glauben, daß sie im Recht sind."

Lincoln lachte leise. „Mir brauchst du nichts zu erzählen. Die gute Mrs. Lincoln ist auch aus dem Süden." Er wurde wieder ernst. „Aber haben die Damen irgendwelchen Schaden angerichtet?"

„Sir, General Butler war der tiefen Überzeugung, daß es nicht toleriert werden könnte, wenn ein Soldat der Vereinigten Staaten beleidigt oder erniedrigt würde."

„Du beantwortest meine Frage nicht, Rance." Die Stimme hatte einen tadelnden Klang, und Mr. Lincolns Augen bohrten sich fragend in seine. „Ich will wissen, was du denkst."

Rance zögerte einen Augenblick.

„Ich kenn' dich, seit du ein kleiner Junge warst, Rance. Ich brauche jemanden, dem ich vertrauen kann, jemanden, der mir erzählt, was da unten vorgeht. Die Wunden, die dieser Krieg unserer Nation zufügt, sind entsetzlich", fuhr er traurig fort. „Vielleicht so entsetzlich, daß du und ich es nicht mehr erleben werden, daß sie heilen. Aber es ist meine Aufgabe und mein Wunsch, diese Wunden so gering wie möglich zu halten, ohne jedoch meine wichtigste Pflicht zu gefährden... die Erhaltung der Union. Ich kann das nicht tun, wenn ich nicht alle Tatsachen kenne, ehe ich meine Entscheidungen treffe."

„Das verstehe ich, Sir." Rance musterte das Gesicht, das so viele Menschen häßlich fanden. Er nicht. Er hatte in diesen Zügen immer nicht nur Klugheit, sondern auch Sanftheit gesehen, die in Kraft, nicht in Schwäche verwurzelt war.

„Es ist gut und schön, daß du es für deine Pflicht hältst, deinen Offizier zu verteidigen – und vielleicht hat er es auch verdient. Aber vergiß bitte nicht, daß deine erste Pflicht in diesem Fall deinem Land gilt... und mir."

Die beiden Männer sahen sich an. Endlich nickte Rance.

„Jawohl, Sir, Mr. President."

In der nächsten Stunde beantwortete er die Fragen des Präsidenten so ehrlich er konnte, die ganze Zeit bemüht, fair zu sein, was General Butler anging. Sie besprachen nicht nur die *Woman Order*, sondern auch noch eine ganze Reihe anderer Punkte, die mit der militärischen Besatzung von New Orleans zusammenhingen. Schließlich kamen sie auch auf die Kriegsgewinnler zu sprechen, und Rance erzählte alles, was er wußte, fügte aber eilends hinzu, daß es zwar allgemein bekannt war, daß Jackson Butler bereits ein Vermögen am Krieg verdient hatte, daß es aber keinen Beweis dafür gab, daß der General ebenfalls Anteil daran hatte.

„Aber wäre es deiner Meinung nach möglich, Rance, daß General Butler nichts von den Aktivitäten seines Bruders weiß?"

Rance dachte lange über seine Antwort nach. Dann schüttelte er den Kopf. „Meiner Meinung nach nicht, Sir."

Mr. Lincoln schien in Gedanken verloren. „Erzähl mir von den Leuten da unten. Was ist deiner Meinung nach derzeit ihr größtes Problem? Worunter leiden sie am meisten?"

„Unter dem Treueschwur", antwortete Rance ohne zu zögern.

„Aha, der Loyalitätseid... Die Herren im Kongreß waren entschlossen, ihn zu verabschieden, aber ich hatte meine Bedenken."

„Ich habe das Gefühl, Mr. President –" Rance fürchtete, zu weit gegangen zu sein, aber Lincoln wandte sich ihm lächelnd zu. „Ja, nur zu ... weiter."

„Ich ... ich wollte nur sagen, Sir, daß es meiner Meinung nach besser gewesen wäre, ihnen noch ein wenig mehr Zeit zu lassen, ehe man ihnen diesen Eid aufzwingt. Aber Sie dürfen nicht vergessen, Sir, daß ich selbst aus dem Süden bin – es fällt mir nicht leicht, mein Volk so geschlagen zu sehen – ganz gleich, wie sehr ich der Sache der Union verbunden bin."

„Es würde mich überraschen, wenn es anders wäre, Rance. General Butler hat den Eid verlangt? Es ist abgemachte Sache?"

„Ja, Sir. Der General hat eine Frist gesetzt, die inzwischen verstrichen ist."

Der Präsident brummte. „Dann kann man nichts mehr machen. Die Regierung der Vereinigten Staaten darf in den Augen der abtrünnigen Landsleute nicht unsicher erscheinen. Das könnte zu noch schlimmeren Dingen führen."

Er nahm das Papierbündel. „Ich werde General Butlers Bericht sorgfältig lesen, danach habe ich vielleicht noch mehr Fragen."

Rance erhob sich.

„Bleib wenigstens noch ein paar Tage in Washington."

„Ja, Sir."

Der Präsident streckte ihm die Hand entgegen. „Ich habe mich gefreut, dich wiederzusehen, Rance."

„Danke, Mr. President. Darf ich sagen, Sir, wie sehr es mich bekümmert hat, vom Tod Ihres Sohnes Willie zu hören."

Der Präsident nickte. „Es war hart für seine Mutter und mich."

„Bitte, überbringen Sie Mrs. Lincoln mein Beileid und meine besten Wünsche."

Der Präsident packte Rances Schulter. „Warum kommst du heute abend nicht zu uns zum Essen? Ich bin sicher, Mrs. Lincoln erinnert sich an dich und wird sich freuen, dich zu sehen. Und außerdem kannst du mir vielleicht noch Informationen zu einem Thema geben, das mich in letzter Zeit sehr beschäftigt.

Man hat mir erzählt, daß es in New Orleans eine ganze Gruppe von Menschen gibt, freie Menschen mit Negerblut, die intelligent und gebildet sind ... Männer der Kunst."

„Das ist richtig, Sir. Einer dieser Männer ist ein guter Freund von mir. Sein Name ist Prosper Durant, und er ist ein weltbekannter Fechtmeister. Er wurde in Paris ausgebildet und ist nicht nur intelligent, sondern auch ehrenhaft und anständig." Rance grinste. „Ich muß gestehen, er schlägt mich nicht nur mit dem Schwert, sondern auch bei unseren philosophischen Diskussionen. Und ein Schachspiel mit ihm habe ich noch nicht gewagt."

Der Präsident lächelte nachdenklich. „Wenn dieser Krieg erst einmal beendet ist, sollen unsere Neger nicht nur frei sein, sondern sie müssen alle Bürgerrechte erhalten ... Gäbe es einen besseren Ort, um damit anzufangen, als jenen mit diesen bemerkenswerten Farbigen – New Orleans?"

Er wandte wieder seine volle Aufmerksamkeit Rance zu. „Du kommst doch zum Essen?"

„Es wird mir ein Vergnügen sein, Sir."

„Schön, dann ist das abgemacht. Und es wäre wohl besser, vor Mrs. Lincoln Willie überhaupt nicht zu erwähnen. Auch wenn es schon ein paar Monate zurückliegt ... es ist noch immer sehr schwer für sie."

„Ich verstehe, Mr. President."

Das große Gesicht verzog sich zu einem sanften, traurigen Lächeln, aber seine Augen waren wieder weit fort, spiegelten schon jetzt das Gewicht der Tage und Monate wider, die noch folgen sollten. „Bis dann", sagte er geistesabwesend.

14

Carrie spannte ihren Sonnenschirm auf und betrachtete die saftigen grünen Rasenflächen und geschnittenen Hecken, als Lafitte sie im Wagen zum Haus der Morrisons fuhr.

Sie war bei Leroy Tate in der Bank gewesen, und wenngleich er noch immer keine guten Nachrichten für sie hatte, war er ihr doch viel entspannter vorgekommen als beim letztenmal. Sie fragte sich, ob er nachgegeben und seinen Eid geleistet hatte. Es wurde vermutet, daß viele Leute es getan hatten.

Sie war schrecklich stolz auf die Morrisons, weil sie Widerstand geleistet hatten. J. D. würde auch stolz auf sie sein, dachte Carrie, wenn er es wüßte. Es war jedoch offensichtlich, daß die ganze Angelegenheit einen hohen Preis von Abby verlangt hatte. Sie war deutlich dünner geworden, das einst runde Kinn spitz und eckig.

Zwei Wochen waren vergangen, seit die Frist abgelaufen war und Seth seine Liste abgegeben und sich als Staatsfeind hatte registrieren lassen, aber nichts war geschehen.

„Seht ihr", hatte Seth neulich Abend beim Essen gekräht, „ich habe euch doch gesagt, es wäre ein Sturm im Wasserglas! Ich wußte, Butler würde es nicht wagen, gegen diejenigen von uns vorzugehen, die seinen Forderungen nicht nachgekommen sind."

Beau Canfield, der ebenfalls dort gewesen war, hatte darauf sein Glas erhoben.

Seit seinem Besuch neulich fühlte sie sich in seiner Gegenwart nicht mehr so recht wohl. Sie hätte sein Angebot gern mit den Morrisons besprochen, aber die waren mit ihrem Eid zu sehr beschäftigt, und es hätte auch nicht viel Sinn gehabt, sie nach einem Mann zu befragen, auf den sie offensichtlich große Stücke hielten.

Einmal, als sein Name fiel, war sie kurz davor gewesen, mit Abby zu sprechen. Aber in diesem Augenblick hatte die arme Frau erklärt, daß sie nicht wußte, wie sie das alles ohne Beau hätte durchstehen sollen, daß er fast wie ein Sohn für sie geworden wäre.

Sie hatte sich fast augenblicklich dagegen entschieden, es mit Suzy zu besprechen, bedauerte es aber inzwischen. Kleinigkeiten fingen an, an ihr zu nagen. Beaus teure Kleider. Seine juwelenbesetzten Krawattennadeln und Manschettenknöpfe, die Spazierstöcke mit dem Elfenbeinknauf. Selbst Prosper, der immer so etwas wie ein Dandy gewesen war, trug jetzt Hemden und Jacken mit abgenutzten Kragen und Manschetten. Kein respektabler Südstaatler, den sie kannte, hatte heute noch Geld – abgesehen von Beau Canfield.

Aber vielleicht machte sie auch aus einer Mücke einen Elefanten, schalt sie sich selbst. Er mußte sich schließlich gut kleiden, wenn er die Yankees weiterhin glauben machen wollte, daß er mit der Union sympathisierte. Es war eine Rolle, die er spielen mußte, wollte er der Konföderation auch weiterhin helfen. Sie kam sich treulos vor, wann immer ihr diese Gedanken kamen. Und ihre Schwester würde toben, wenn sie sie in Worte fassen würde.

Sie war so in Gedanken verloren gewesen, daß es sie überraschte, als sie jetzt in die Auffahrt der Morrisons einbogen und vor dem zweistöckigen roten Ziegelhaus hielten.

Penelope, ein strahlendweißes, gestärktes Tuch um den Kopf, begrüßte Carrie lächelnd und wies mit der schmalen Hand den Flur entlang. „Die Mistress ist hinten im Wohnzimmer, Miss Carrie."

Aber Carrie hatte kaum Zeit gehabt, sie zu begrüßen und sich zu setzen, nachdem sie den hübschen Schal bewundert hatte, den Abby gerade strickte, als erneut heftig geläutet wurde.

„Gütiger Himmel", meinte Abby. „Ich frage mich, wer das sein kann. Ich habe außer dir niemanden erwartet."

Sie hörten Penelopes Schritte im Flur, als sie zur Tür ging, und dann vernahm Carrie mit wachsender Sorge fremde Männerstimmen, gefolgt von dem Stampfen von Stiefeln auf den breiten Dielenbrettern.

Abby hatte ihr Strickzeug fallen lassen, und die Wolle rollte unbeachtet über den Boden, als die beiden Frauen aufstanden, gerade rechtzeitig, um einen blaugekleideten Yankee-Soldaten in der Tür stehen zu sehen.

Den Hut in der Hand verbeugte sich der junge Leutnant verlegen. „Ich bitte um Entschuldigung für die Störung, meine Damen. Ist dies das Heim von Mr. Seth Morrison?"

„Warum ... äh, ja", antwortete Abby. Ihre Stimme klang unsicher, ihr Gesicht war bleich geworden.

„Sie sind Mrs. Morrison?"

Abby nickte.

„Und Sie, Miss?"

„Das ist Miss Kingston", erklärte Abby hastig, ehe Carrie etwas sagen konnte. „Die Verlobte meines Sohnes."

Die hellblauen Augen des Soldaten musterten Carrie mit unverhohlener Bewunderung, ehe er sich wieder Abby zuwandte. „Es tut mir leid, Ma'am, aber ich habe meine Befehle."

Deutlich verlegen spielte der Leutnant mit seinem Hut. „Wenn Sie bitte hier bleiben würden ... ich versichere Ihnen, daß niemandem hier im Haus ein Leid zugefügt wird."

Er wandte sich ab, und Carrie sah ihn den anderen sechs Soldaten zunicken, die in der Halle gestanden hatten und jetzt in verschiedene Richtungen davongingen.

„O Carrie ...", hauchte Abby. Sie hatte die Hände ineinander verkrampft, daß die Knöchel weiß hervorstanden.

Carrie warf ihr einen Blick zu, der beruhigend sein sollte, und folgte dann dem Offizier.

„Lieutenant", rief sie, „ich verlange eine Erklärung!"

Angesichts des herrischen Tones und der goldenen Augen, die Feuer zu sprühen schienen, wich der Mann einen Schritt zurück. „Ich ... ich befolge nur meine Anweisungen, Miss Kingston", stammelte er.

„Welche Anweisungen?"

Seine Wangen brannten jetzt, er wich ihrem Blick aus und wünschte, er wäre niemals hierhergeschickt worden. „Ich habe eine Liste ... gewisser Gegenstände, die konfisziert werden ... müssen", schloß er schließlich.

Sie starrte ihn an, aufrecht, die dunklen Brauen hochgezogen. „Konfisziert, Lieutenant? Meinen Sie nicht vielmehr *gestohlen*?"

Ihm brach der Schweiß aus, glänzte auf seiner Oberlippe. Er konnte ihrem Blick nicht standhalten. „Ich ... es tut mir leid, Miss", murmelte er und wandte sich abrupt ab, ließ Carrie in der Halle stehen.

Als sie sich umwandte, um ins Wohnzimmer zurückzukehren, entdeckte sie Penelope, die sich hinter einer großen Uhr versteckt hatte. Sie winkte, und das Mädchen kam sofort.

„Du kommst mit!"

Sie fanden Abby im Wohnzimmer lautlos weinend vor. Tränen liefen langsam über ihre Wangen.

„Sie ... sie werden ein paar Sachen mitnehmen", erklärte Carrie. Nie war sie sich so hilflos vorgekommen.

Abby biß sich auf die Lippen, nickte. „Ich weiß", brachte sie hervor. „Ich habe es gehört."

Das schreckliche stumme Weinen hielt an, und Carrie fühlte, wie Zorn in ihr aufstieg. „Du bleibst hier bei deiner Herrin", befahl sie Penelope und rauschte erneut in die Halle hinaus. Sie fand den Leutnant im Eßzimmer. Er warf einen Blick auf sie, zog den Kopf ein und überprüfte das Porzellan im Schrank.

Sie musterte sein jungenhaftes Profil. Mit Honig komme ich hier vielleicht weiter als mit Essig, dachte sie. Es war zumindest einen Versuch wert. „Lieutenant ...", fing sie an, so freundlich sie konnte. „Lieutenant, es muß sich einfach um ein Versehen handeln."

„Ich wünschte, das wäre der Fall, Miss Kingston." Er hatte offensichtlich Mühe, angesichts ihres bezaubernden Lächelns hart zu bleiben.

„Aber Sie können das doch sicher aufschieben, bis die Angelegenheit von einem höheren Offizier erneut überprüft worden ist. Mr. Seth Morrison ist ein wichtiger Mann in New Orleans."

Der junge Leutnant wand sich. „Meine Befehle sind eindeutig. Miss Kingston."

Sie hätte am liebsten mit dem Fuß aufgestampft und ihn und seine Männer aus dem Haus gejagt, aber sie riß sich zusammen.

Es gab doch bestimmt irgend etwas, das sie tun konnte, irgend jemanden, an den sie sich wenden konnte, überlegte sie verzweifelt. Wenn Rance aus Washington zurück war ...

Niemals! Sie würde ihn niemals um irgend etwas bitten. Es war seine Armee, die diese schrecklichen Dinge tat. Und er war genauso schlimm wie die anderen. Schlimmer. Er war ein Südstaatler.

Der Leutnant schloß den Schrank. „Ich kann Ihnen nicht sagen, wie sehr ich das alles bedaure, Miss Kingston", murmelte er und floh dann aus dem Zimmer, aber Carrie folgte ihm auf den Fersen.

Oben konnte sie sich ihren Protest nicht verkneifen, als sie sah, wie ein rauher Soldat in einer Kommode wühlte und Abbys zarte Wäsche anstarrte. „Lieutenant", schrie sie, „das ist doch gewiß nicht nötig! Ich kann nicht glauben, daß ein Yankee-Soldat so wenig Respekt aufbringt." Sie fühlte, wie ihre Wangen brannten, aber das Gesicht des jungen Leutnants war noch röter.

Nervös trat er von einem Fuß auf den anderen. „Glauben Sie nicht, Miss Kingston, daß es besser wäre, wenn Sie unten bei Mrs. Morrison blieben? Wir erledigen das alles hier so schnell wie möglich und verabschieden uns dann wieder."

Carrie ignorierte seine Worte und wandte sich ab, sah, wie ein knochiger Soldat sich bemühte, eine Truhe am Fußende des Bettes zu heben. Sie erkannte die Truhe, in der sie Abbys Silber versteckt hatten. „Lieutenant", erklärte sie hastig, „muß die Unions-Armee jetzt sogar schon Decken stehlen?"

„Decken?"

„Diese Truhe da." Sie deutete auf den Soldaten. „Wenn es kalt wird, haben die Morrisons nicht einmal mehr Decken."

„Simpson ..."

Der junge Soldat drehte sich um. „Ja, Sir?"

„Haben Sie den Inhalt dieser Truhe durchgesehen?"

„Jawohl, Sir. Nur Bettzeug."

„Stellen Sie sie hin!"

Carrie unterdrückte einen Seufzer der Erleichterung. Sie war dankbar, daß der Junge nicht schlau genug war zu erkennen, daß die Truhe zu schwer war, um nur Bettzeug zu enthalten. „Danke, Lieutenant", brachte sie freundlich hervor. Innerlich kochte sie bei dem Gedanken, daß sie sich bei ihm dafür bedanken mußte, daß er das Eigentum der Morrisons nicht gestohlen hatte!

Wieder unten war sie in der Lage, ihn zu überreden, die Stühle, die meisten Tische und die Lampen im Wohnzimmer zu lassen. Sie nahmen jedoch die Sofas mit, die feinen Prozellanvasen auf dem Kaminsims und den Mahagonisekretär.

Draußen hinter dem Haus schaute der alte Thomas hilflos zu,

wie zwei junge Pferde aus dem Stall geführt wurden. Nur eine alte Stute blieb zurück. Aber als die Soldaten versuchten, Hand an die Stute und den Wagen zu legen, in dem Carrie gekommen war, blieb Lafitte würdevoll, aber stur sitzen und weigerte sich, auszusteigen. Als die Nachricht das Haus erreichte, stürmte Carrie hinaus, den Leutnant direkt hinter sich.

„Wie können Sie es wagen?“ brach es aus ihr hervor. Sie konnte ihren Zorn nicht länger beherrschen. Sie bahnte sich ihren Weg durch die drei Soldaten, die Lafitte umringten. „Treten Sie zurück!“ befahl sie ihnen. Ihr blau-karierter Rock bauschte sich um sie, das spitzenbesetzte Mieder gab einen großzügigen Einblick auf den cremefarbenen Hals und die Schultern frei. „Sie haben nicht das Recht, diesen Mann zu belästigen! Er ist zufällig mein Diener! Und dieser Wagen hier“, tobte sie weiter, „und dieses Pferd gehören nicht den Morrisons, sie –“

„Miss Kingston“, versuchte der Leutnant sie zu beruhigen, „ich versichere Ihnen, das war ein Mißverständnis. Niemand will –“

„Lassen Sie sich versichern, Lieutenant“, unterbrach sie ihn, die Soldaten stießen einander grinsend an, „wenn irgend jemand den Versuch machen sollte, dieses Pferd oder diesen Wagen zu beschlagnahmen, dann werden Sie eine Menge Ärger bekommen!“ Ihre Stimme bebte vor Wut, die Hände hatte sie fest in die Hüften gestützt. Ihr Haar hatte sich gelöst und ringelte sich um ihr Gesicht.

„Carmichael ... Jones“, bellte der Leutnant, „ihr Männer geht jetzt alle nach vorne und vergewissert euch, daß die Sachen gut festgebunden sind. Wir fahren jetzt.“ Er schwitzte, seine Uniform wies dunkle Flecken auf Ärmeln und Rücken auf, aber er wandte sich Carrie zu und verbeugte sich formell.

„Darf ich Sie ins Haus zurückgeleiten, Miss Kingston?“

„Danke, nein.“ Mit hoch erhobenem Kopf stand sie da. Die Verachtung, die sie für ihn und seinen General empfand, war deutlich in ihrem Gesicht zu lesen.

„Ich ... es tut mir leid, Miss“, sagte er, wandte sich ab und ging steifbeinig davon.

Ehe sie ins Haus zurückkehrte, warf sie Lafitte einen Blick zu.

Kühl und unbeeindruckt in seinem schwarzen Anzug saß er noch immer auf dem Kutschbock. Sie nickte ihm wohlwollend zu, und er erwiderte das mit einem kaum merklichen Grinsen.

„Ich glaube, du solltest es dir noch einmal überlegen und den Eid leisten.“ Beau Canfields Worte ließen Carrie aufstöhnen, aber sie preßte hastig die Lippen zusammen und wartete schweigend darauf, daß Seth Morrison diesen Vorschlag eindeutig ablehnte.

Er schaute auf, ohne dabei den Kopf zu heben. Er schien in diesen Tagen zu schwer zu sein, um noch hochgehalten werden zu können. „Das kann ich nicht“, erklärte er müde. Aber es lag doch ein kaum merkbarer, fragender Unterton in seinen Worten, der Abby veranlaßte, ihm ihr blasses Gesicht zuzuwenden und ihn anzustarren. Susannah und Carrie sahen sich nur an.

Drei Tage war es her, daß die Soldaten das Haus ausgeräumt hatten, zwei Tage, daß ein Posten der Armee vor Seths Fabrik Wache bezogen hatte. Sie war im Namen der Union konfisziert worden, und niemand, so wurde höflich erklärt, durfte ohne General Butlers ausdrückliche Genehmigung ein oder aus gehen. Als Seth versucht hatte, Butler zu sprechen, hatte man ihn mit der Begründung abgewiesen, der General wäre zu beschäftigt.

„Ich könnte das nicht“, wiederholte Seth. „Ich könnte den Eid nicht ablegen.“

„Warum nicht?“ fragte Beau.

„Weil ich damit meinen eigenen Sohn verraten würde, der gerade jetzt, in diesem Augenblick, in Vicksburg die Stellung hält.“

„Ich kann einfach nicht glauben“, meinte Beau und lehnte dabei lässig an dem nun leeren Kaminsims, „daß J. D. möchte, daß seine Mutter sich von allen Dingen trennen muß, die ihr lieb und teuer sind. Du mußt es lernen, den Feind zu benutzen, Seth. So wie ich. Im Interesse der Konföderation natürlich.“

„Hast du denn den Eid geleistet, Beau?“ wollte Carrie wissen.

„Nein. Aber ich würde es ohne zu zögern tun, wenn es erforderlich werden würde“, lautete die kühle Antwort.

„Du verstehst das einfach nicht, Carrie“, verteidigte Susannah ihn. „Beau würde alles tun, was nötig ist, um der Konföderation zu helfen. Ganz gleich, was das ist." Sie strahlte ihn an, und Beau reagierte auf ihre Bewunderung mit einem bescheidenen Lächeln.

Seth stand auf und ging im Zimmer auf und ab. „Selbst wenn ich . . . es über mich bringen würde, so etwas auch nur in Erwägung zu ziehen . . . es ist zu spät. Die Frist ist abgelaufen. Mein Geschäft wurde konfisziert . . ."

„Vielleicht ist es noch nicht zu spät", widersprach Beau. „Ein Wort von mir an der richtigen Stelle . . ."

Hin und her gerissen, unsicher, sah Seth ihn an. „Das könntest du tun? Du könntest mir mein Geschäft zurückholen?"

Beau nickte. „Du weißt ja, daß ich mich bei gewissen Yankee-Offizieren einschmeicheln mußte, um in der Lage zu sein, der Sache der Konföderation zu dienen. Ich glaube, ich könnte es schaffen. Du müßtest nur den Eid ablegen. Das muß ja nichts bedeuten."

Seth schüttelte langsam den Kopf, kämpfte offensichtlich gegen die Versuchung an. „Nein . . . nein, das kommt überhaupt nicht in Frage. Ich könnte das niemals tun."

Achselzuckend meinte Beau: „Es ist natürlich deine Sache. Aber mir erscheint es ein Jammer, wenn eines Tages die Armee der Konföderierten siegreich in New Orleans einmarschiert . . . nur zu spät, um dich davor zu bewahren, alles zu verlieren. Wenn dein Besitz erst einmal an jemand anderen verkauft ist, ist es zu spät."

Seth starrte nur seine Frau an, die einem Gespenst ähnelte, so bleich und stumm war sie.

Carrie wollte sie anflehen, nicht auf Beaus Vorschlag zu hören, aber sie hielt ihre Worte zurück. Sie mußte sich fragen, wie sehr sie an ihren Prinzipien festhalten würde, wenn es um Kingston's Landing ginge. Immerhin war sie bereit gewesen, sich Rance Stewart hinzugeben, um es zu retten.

Sie spürte Beau Canfields Blicke auf sich, fast, als wüßte er, woran sie dachte. Du lieber Gott, was hatte er vor?

„Ich . . . ich werde Penelope bitten, uns Kaffee zu machen", erklärte sie und verließ hastig das Zimmer, froh, der dumpfen Atmosphäre zu entkommen.

Penelope war nirgends zu sehen. Also machte Carrie den Kaffee selbst, und während er durchlief, ging sie ins Eßzimmer, um Tassen und Untertassen auf ein Tablett zu stellen.

Es war zwar schon spät, aber noch immer außergewöhnlich heiß. Reglos und schwer war die Luft. Carrie hatte ihr Haar hoch auf dem Kopf zu einem schlichten Knoten geschlungen, damit es kühler war, aber sie konnte jetzt die feuchten, heißen Locken spüren, die sich in ihrem Nacken kringelten. Mit langen Fingern strich sie das Haar glatt.

„Mir gefällt es so."

Als sie Beaus Stimme hörte, hätte Carrie fast die Kaffeekanne fallen gelassen, die sie gerade aufs Tablett stellen wollte. Sie drehte sich um.

„Was hast du vor, Beau?" wollte sie wissen. „Welches Spiel treibst du mit den Morrisons?"

„Spiel? Ich?" Plötzlich verschwand das Grinsen aus seinem Gesicht, und er fixierte sie mit seinen heißen, dunklen Augen. „Vielleicht möchte ich nur, daß du siehst, daß ich wirklich tun kann, was ich sage. Vielleicht will ich dir zeigen, daß ein Wort von mir ..." Sie wandte sich ab, aber rücksichtslos fuhr er fort: „Ich kann es dir ermöglichen, auf Kingston's Landing wieder produktiv zu werden. Und ich kann dich vor den Yankees schützen." Seine Stimme war glatt wie Seide. Sie kämpfte gegen eine unvernünftige Panik an.

„Dein Angebot war gewiß ... großzügig, Beau. Aber wenn ich Geld ... ein ... ein Darlehen von einem jungen Mann annehmen würde, der nicht einmal ein Verwandter ist ... das wäre völlig unschicklich", stammelte sie.

„Unschicklich?" Er lachte. „Zum Glück ist dieser Unsinn vom Krieg abgeschafft worden."

„Nein." Sie schüttelte den Kopf. „Ich ... ich könnte das einfach nicht tun."

Sie nahm das Tablett und ging auf die Tür zu, aber als sie in seine Nähe kam, packte er ihren Arm und sah sie an.

„Du wirst noch zu mir kommen, Carrie", erklärte er leise. „Früher oder später wirst du kommen."

Einen Moment blieb sie stehen, die goldenen Augen von dunklen Wimpern verdeckt, mit bebenden Lippen. Dann sagte sie: „Ich ... ich muß gehen, Beau. Der Kaffee ist fertig."

Acht Tage vergingen, ehe Seth Morrison beschloß, den Eid zu leisten. In diesen acht Tagen schien er um zwanzig Jahre gealtert zu sein. Tiefe Falten zeigten sich um seine Augen, schlaffe Hautfalten an seinem Kinn.

Er war immer ein vielbeschäftigter, hart arbeitender Mann gewesen, und Abby hatte sich schon vor vielen Jahren daran gewöhnt, viel allein zu sein. Aber in diesen acht Tagen waren sie ständig zusammen. Wenngleich sie stundenlang schwiegen und nur hin und wieder zum anderen hinüberschauten, um sogleich den Blick wieder abzuwenden, als könnten sie in ihm zuviel Schmerz erkennen, sprachen sie dann doch wieder über Nichtigkeiten. Und schließlich, an einem schönen Nachmittag, wandte sich Abby plötzlich Seth zu und nahm seine Hand, hielt sie mit ihren dünnen, blaugeäderten Fingern so fest sie konnte.

Zu ihrem Entsetzen sah sie Tränen in seine Augen steigen, die er mit der freien Hand fortwischte. Sie rückte näher an ihn heran auf dem Sofa, das die Soldaten nicht gewollt hatten, und lehnte ihren Kopf an seine Schulter.

„Was hätte ich denn tun sollen, Abby?" fragte er mit dünner Stimme. Er war sich so sicher gewesen, daß die Militärregierung es nicht wagen würde, etwas zu unternehmen, höchstens eine Geldstrafe auferlegen würde. Gewiß, die hätte er nur unter Schwierigkeiten bezahlen können, aber irgendwie hätte er es geschafft. Aber dies jetzt ... niemals hatte er auch nur in Erwägung gezogen, er könnte alles verlieren, für das er ein Leben lang gearbeitet hatte.

„Was soll ich nur tun, Abby?" fragte er wieder. „Wie kann ich J. D. jemals wieder in die Augen sehen, wenn ich diesen Eid ablege?"

Abby klammerte sich an ihn. „Aber Seth, Beau sagt doch, daß J. D. das von uns wünschen würde."

An diesem Nachmittag ließ Seth Beau rufen, und zwei Tage später schwor er der Regierung der Vereinigten Staaten die Treue.

Nichts war genauso wie früher. Die Posten wurden zwar abgezogen, aber Seth mußte feststellen, daß zahllose Fässer mit seinem besten Whisky verschwunden waren. Einige der Dinge aus dem Haus wurden zurückgebracht. Die Sofas, der Sekretär, die Uhr. Die fehlenden Stücke, so erklärte Beau, waren auf einer der zahlreichen Auktionen unter den Hammer gekommen und für alle Zeiten verloren.

„Also, ich glaube, sie haben genau das richtige getan", meinte Susannah. „Schließlich haben Sie das Geschäft wieder, nicht wahr? Warum sollen es die Yankees bekommen, nur wegen einem alten Eid."

Carrie sagte nichts. Sie war hin und her gerissen zwischen ihrem Verständnis dafür, warum sie es getan hatten, und ihrer Unfähigkeit zu akzeptieren, daß man sich den Yankees ergab.

Rance Stewart war wieder in New Orleans. Carrie sah ihn in seinem Wagen, Nora Barlow neben sich. Ihr hellblondes Haar schimmerte im Sonnenschein, und sie hatte das Gesicht zu ihm gewandt und lächelte besitzergreifend. Neue goldgestickte Eichenblätter zierten seine Schulterstreifen.

Eine Woche später erschien im *Picayune* die Nachricht, daß General Benjamin F. Butler, der seine Pflichten als Kommandierender General der Besatzungsmächte getreu erfüllt hatte, eine neue Aufgabe zugeteilt bekommen hatte. General Nathaniel Banks würde Anfang Dezember seinen Posten übernehmen.

15

„Justice!" Carrie blickte in das vertraute, dunkle Gesicht des Mannes, der einst der Aufseher ihres Vaters gewesen war. Sie empfand tiefe Zuneigung für ihn und bekam plötzlich wieder Sehnsucht nach Kingston's Landing. „Justice, wie schön, dich zu sehen. Komm, du mußt dich hinsetzen. Hast du Hunger? Mattie wird dir etwas zubereiten."

„Danke, nein, Miss Carrie. Meine Frau, Tana, hat mir genug zu essen mitgegeben." Er stand breitbeinig vor ihr, trotz der Schmerzen, die ihm das Rheuma verursachte. Seine Arme und Beine waren noch immer muskulös. „Wie steht es mit Kingston's Landing?" fragte Carrie.

„Alles wie immer. Benjamin und Chloe kümmern sich um alles. Ich soll dir von Chloe sagen, du sollst hier unten bleiben, so lange du willst. Sie kommen schon zurecht."

„Keine Yankees oder Jayhawker?"

Achselzuckend erwiderte Justice: „Ich hab' ein paar Soldaten geseh'n, patrouillieren meistens am Fluß lang. Aber belästigt haben die niemanden."

Sie standen noch immer in der Halle. Jetzt wies Carrie zur Bibliothek hinüber. „Laß uns dorthinein gehen. Dort können wir in Ruhe reden." Sie wandte sich an das Negermädchen, das ihn eingelassen hatte. „Mattie, du kannst uns Kaffee bringen."

„Ja, Miss Carrie."

Sie setzten sich, und Justice streckte sein steifes Bein.

„Es tut gut, jemanden von daheim zu sehen, Justice."

Justice lachte leise. „Ich dachte mir schon, Miss Carrie, daß du Heimweh haben würdest."

Carrie grinste. Es war unmöglich, an ihre Kindheit zu denken und dabei nicht Justice vor sich zu sehen. Der Schwarze, der jetzt vor ihr saß, war eine lebende Legende unter den Pflanzern... ebenso wie Adam Kingston selbst. Jahr für Jahr hatten sie zusammen die höchsten Erträge hervorgebracht, hatten den besten Zukker des ganzen Deltas erzeugt. Carrie sah die beiden noch Seite an Seite im heißen Zuckerhaus stehen, sah sie nebeneinander über die ausgedehnten Felder von Kingston's Landing reiten.

„Ich habe traurige Nachrichten, Miss Carrie", sagte er schließlich. „Mist' Paul Gayerre ist tot."

Carrie fühlte, wie sich ihre Kehle zusammenzog. „O nein... wann? Woher weißt du es?" fragte sie.

„Erinnerst du dich noch an ihren Sklaven Pompey?" Auf Carries Nicken hin fuhr Justice fort: „Miss Aurore hat ihn von Natchez geschickt, mit diesem Brief für dich." Justice zog einen Umschlag aus der Jackentasche und reichte ihn ihr. „Soll ich draußen warten?"

„Nein, nein, Justice. Laß mir nur eine Minute Zeit." Sie zog das einzelne Blatt heraus und las:

Liebe Carrie,
es ist schwer, diesen Brief zu schreiben. Mein lieber Paul wurde vor einigen Wochen getötet, als er in der Nähe von Vicksburg auf Patrouille war. Sein Kommandant war so freundlich, mir seine Sachen hierher nach Natchez zu senden, und die Männer, die zum Zeitpunkt seines Todes bei ihm waren, schickten mir Briefe, in denen sie mir versicherten, daß er nicht leiden mußte, sondern sofort tot war. Ich versuche, es tapfer zu akzeptieren, wie er es sich wünschen würde, und etwas Trost aus der Tatsache zu ziehen, daß er seinen Sohn gesehen hat, ehe er starb. Wenigstens konnten wir diese wenigen Stunden miteinander teilen.

Ich hatte das Bedürfnis, Dir das zu schreiben, weil er mir erzählt hat, wie freundlich Du und Deine Schwester Susannah und auch Euer Onkel, Monsieur Moreau, zu ihm gewesen seid. Er hat mir erzählt, wie Ihr Euch in Gefahr begeben habt, um ihm Unterkunft zu gewähren. Ich werde Euch dafür immer dankbar sein.

Meine Kraft liegt in dem Wissen, daß er zutiefst von der Sache des Südens überzeugt und bereit war, wenn nötig dafür zu sterben. Meine Hoffnung ist die Gewißheit, daß ich Pauls Sohn, wenn dieser schreckliche Krieg einmal vorüber ist, heimbringen werde, dorthin, wohin er gehört.

Möge Gott mit Dir und den Deinen sein, Carrie.

Aurore

Tief gerührt starrte Carrie auf den Brief. Sie schloß für einen Moment die Augen, sah Paul Gayerre vor sich, so, wie er an jenem Abend ausgesehen hatte, als er nach Natchez aufbrechen wollte, sah diese feinen, dunklen kreolischen Züge. Sie konnte ihn noch immer lächeln sehen. „Mach dir keine Sorgen", hatte er gesagt. „Ich kenne dieses Land besser als sie."

Sie seufzte und ließ den Brief in ihren Schoß sinken. „Er wurde getötet, als er auf Patrouille war", wandte sie sich an Justice. „Anscheinend war er sofort tot."

Justice schüttelte den Kopf. „Ich bin ehrlich traurig."

Ein neuer Gedanke kam Carrie. „Justice", sagte sie, „ich habe gehört, die Gayerre-Plantage wäre von den Yankees konfisziert worden. Ich weiß nicht, ob es stimmt oder nicht."

Justice wandte sich ab, dann wieder ihr zu. „Es ist wahr, Miss Carrie. Ich habe die Zeichen selbst gesehen."

Carries Finger verkrampften sich hilflos. „Aber die Plantage gehört Aurore ... und seinem Sohn. Es ist nicht recht!"

Justice nickte, und sie schwiegen lange, während ihre Gedanken in dieselbe Richtung wanderten.

„Ich kann es nicht riskieren, daß dic Yankees Kingston's Landing an sich reißen." Zum erstenmal konnte Carrie es laut aussprechen. Die Worte schüttelten sie. „Ich *muß* die Plantage wieder bearbeiten lassen! Ich muß im Frühjahr anpflanzen!"

Justice betrachtete sie nachdenklich. „Wie willst du das tun? Es sind nich' mehr genug Arbeiter auf der Plantage."

„Hier in New Orleans gibt es genug Neger, die bereit sind, gegen Lohn zu arbeiten. Die meisten sind ihrem Besitzer fortgelaufen, aber die Militärregierung kümmert das nicht. Warum auch, wenn doch ihr eigener Präsident, Mr. Lincoln –" Sie brach ab. Seit jenem Tag in der Küche, als Matties Gesicht ihr gezeigt hatte, daß nichts mehr so einfach war, wie sie es einmal geglaubt hatte, stand sie der Sklavenfrage mit gemischten Gefühlen gegenüber.

Schließlich machte Justice es ihr leicht, indem er sagte: „Du willst also eine Mannschaft einstellen, Miss Carrie?"

„Ja. Wenn ich das Geld auftreiben kann", erwiderte sie.

„Geld?" Justice klang überrascht. Keiner wußte besser als er, daß Adam Kingston einer der reichsten Männer des Staates gewesen war. „Mist' Adams Geld ..."

Carrie schüttelte den Kopf. „Davon ist nicht mehr viel da."

Justice brummte. „Nun ... die Bank sollte bereit sein –"

„Ich habe schon mit Leroy Tate gesprochen, und er tut, was er kann. Aber ich muß zugeben, das scheint nicht sehr viel zu sein. Trotzdem, ich werde das Geld bekommen, Justice." Carries Stimme klang entschlossen. „Irgendwie treibe ich es auf. Und ich bringe die Ernte ein. Ich werde einen guten Zuckermacher einstellen müssen, wenn die Erntezeit kommt . . . jemanden, der das Mahlen und das Kochen des Sirups überwachen kann. Mit dem Rest werde ich schon fertig, aber ich brauche jemanden, der die Verantwortung für die Arbeit im Zuckerhaus übernehmen kann."

„Da brauchst du niemanden einzustellen. Ich bin ja auch noch da, Miss Carrie."

Carrie schaute überrascht auf. „Du?"

Justice grinste. „Gibt keinen besseren Zuckermacher als mich, von hier bis Barbados."

„Ich weiß . . . aber, Justice, dein Rheuma und –", stammelte sie. Dann brach sie ab, den Tränen nahe.

„Ich glaube, so'n bißchen Rheuma wird mich kaum hindern."

Carrie dachte an die unzähligen Male, als sie gesehen hatte, wie er vor Schmerz zusammenzuckte. „Das würdest du für mich . . . für uns tun?"

Er sah sie entschlossen an. „Ich und dein Daddy, wir waren eine Menge Jahre zusammen. Wenn ich irgendwas tun kann, um seinen Kindern zu helfen, dann mach' ich das einfach."

* * *

Die Wochen vergingen, und Carries Problem plagte sie weiter. Leroy Tate hatte ihr mehr oder weniger deutlich erklärt, daß es hoffnungslos sei, aber er war viel zu freundlich, um mit einem schonungslosen ‚Nein' zu kommen. Er war es nicht gewöhnt, solche Angelegenheiten mit Frauen zu besprechen und zögerte, so offen zu sein, wie er es Männern gegenüber gewesen wäre. Großer Gott, dachte er häufig, der Krieg hatte wirklich alles auf den Kopf gestellt. Nichts war mehr so, wie es zu sein pflegte . . . oder sein sollte.

Es wurde kühl und regnerisch, und es gab Nächte, in denen Carrie wach lag und an die Decke starrte. Was sollte sie tun? Wie sollte sie jemals das Geld auftreiben? Aber sie mußte es schaffen . . . mußte!

In diesen schlaflosen Stunden tauchte immer wieder Beau Canfields hübsches Gesicht vor ihr auf, lächelnd, die tiefliegenden, dunklen Augen so zuversichtlich, so sicher... und sie hörte erneut seine Worte: *Du wirst noch zu mir kommen, Carrie. Früher oder später wirst du kommen. Ich kann es dir ermöglichen, auf Kingston's Landing wieder produktiv zu werden.* Sie drückte ihr Gesicht ins Kissen. Es mußte noch einen anderen Weg geben! Sie würde ihn finden. Irgendwie.

Das Weihnachtsfest war eine traurige Angelegenheit. Die Gemeinde war vom Loyalitätseid gespalten worden, Männer waren gezwungen worden, sich für eine Seite in einem Spiel zu entscheiden, das sie nicht hatten spielen wollen. Die offensichtliche Not, die jenen auferlegt worden war, die ihre Überzeugungen nicht verraten hatten, war eine beständige Erinnerung für die anderen, die weniger stark gewesen waren, oder aber vernünftiger – je nachdem, wer über die Situation sprach. Aber eines war klar – Eigentum war konfisziert worden, Geschäfte beansprucht, Karrieren zerstört. Bradley Cunningham hatte seine Maklerfirma verloren. Carter seinen Laden, und einige der Freunde der Morrisons hatten sich zu glücklicheren Verwandten geflüchtet.

Aber Abby schien fast wieder die alte, werkelte im Haus herum und erzählte allen anderen, was sie tun sollten. Wenn sie die Möbelstücke vermißte, die sie nicht zurückbekommen hatten, dann erwähnte sie es nicht. Sie war entschlossen, das Fest so zu feiern wie immer. Sie hamsterte Eier für den Weihnachtskuchen, und als Carrie auf dem Markt ein paar glasierte Früchte und getrocknete Korinthen fand und sie zu ihr brachte, kletterte Abby von dem Hocker, mit dessen Hilfe sie den Weihnachtsschmuck aufgehängt hatte, und klatschte in die Hände wie ein Kind.

Mit Seth war es ganz anders. Ihn quälte das Bewußtsein, daß er seine Prinzipien in der Stunde der Prüfung verraten hatte. Ganz gleich, worüber er sprach oder mit wem er sich unterhielt, dieses Wissen stand immer in seinen Augen.

„Er kommt wieder ganz in Ordnung", beharrte Abby, „sobald er das Geschäft wieder auf die Beine gebracht hat."

In der ersten Januarwoche erschien in der *Times* eine Nachricht, daß am Fünfzehnten des Monats eine öffentliche Versteigerung stattfinden würde. Von der Regierung der Vereinigten

Staaten konfisziertes Eigentum sollte verkauft werden. Darunter auch die Gayerre-Plantage.

„Es ist so ungerecht“, beschwerte sich Carrie bei Abby. „Die arme Aurore glaubt, sie hat ein Heim, in das sie nach dem Krieg zurückkehren kann, und die Yankees stehlen es ihr!“

„Ich weiß. Es ist entsetzlich“, stimmte Abby zu.

Carrie dachte daran, zu der Auktion zu gehen, aber Abby redete es ihr aus. „Das ist kein Ort für eine Dame“, erklärte sie, und Carrie befolgte ihren Rat. Sie hätte ja doch nichts tun können, tröstete sie sich.

Doch am Morgen des Sechzehnten erschien Abby im Haus in der Dumaine Street, als Carrie gerade zum Frühstück nach unten kam. Ein Blick auf die ältere Frau reichte aus, um ihr zu zeigen, daß etwas Ungewöhnliches geschehen war. Ihre Augen blickten fragend, um ihren Mund lag eine gewisse Unsicherheit.

Mattie servierte Kaffee und Muffins im Wohnzimmer, und sobald sie das Zimmer verlassen hatte, sah Carrie Abby fest an. „Was ist los, Mutter Morrison?“

„Ich ... ich habe gerade herausgefunden, wer die Gayerre-Plantage gekauft hat.“

„Wer?“

„Beau.“

Es dauerte einen Moment, bis Carrie bemerkte, daß sie Kaffee vergossen hatte, und schnell stellte sie ihre Tasse wieder zurück. „Bau ...“, wiederholte sie, und ihre Stimme war kaum mehr als ein Wispern. „Beau Canfield?“

Abby nickte. Ihre blauen Augen blickten ein wenig defensiv und mehr als ein wenig verwirrt.

Carrie stand auf und ging mit raschelnden Röcken auf und ab. Ihr Gesicht war blaß vor Wut. „Wie kann er das wagen?“

„Ich muß zugeben, daß ich zuerst selbst überrascht war.“ Abbys Ton war besänftigend. „Aber wenn du erst darüber nachdenkst, Carrie, wirst du zum selben Schluß kommen wie Seth und ich.“

„Und der wäre?“

„Daß es keinen Grund gibt, warum er sie nicht hätte kaufen sollen.“

„Keinen Grund?“ Carrie wirbelte herum, starrte ihre künftige Schwiegermutter an. „Mutter Morrison, wie kannst du das sagen? Denk doch nur mal an Aurore!“

„Ich weiß, Carrie.“ Abby versuchte, sie zu beruhigen. „Ich *habe* an sie gedacht. Aber es hätte Aurore Gayerre nichts genützt, wenn Beau den Vorteil eines guten Geschäftes hätte verfallen lassen. Wenn er die Plantage nicht gekauft hätte, hätte es einer dieser Yankee-Emporkömmlinge getan, und wäre das nicht noch schlimmer gewesen? Jetzt hat sie wenigstens ein Südstaatler.“

„So?“ Carrie warf empört die Hände hoch. „Ich wüßte nicht, daß das besser ist! Wie konnte er die Ungerechtigkeit ausnützen, die Aurore und ihrem Sohn widerfahren ist? Und wie kommt es, Mutter Morrison, daß er so viel Geld hat, wo niemand sonst irgend etwas besitzt?“

Abby sah sie schockiert an. „Carrie, was willst du damit sagen? Ich weiß wirklich nicht, wie du nach allem, was Beau getan hat, seine Motive in Frage stellen kannst. Ich kenne Beau! Ich kenne ihn ebensogut wie J. D.!“

Abby rührte heftig ihren Kaffee um, mit zusammengekniffenen Lippen. „Ich kann es dir ebensogut gleich jetzt sagen, Carrie“ – ihr Ton war halb trotzig, halb verteidigend –, „Seth hat die Hälfte der Brennerei Beau überschrieben. Er hat ihn zu seinem gleichwertigen Partner gemacht.“

Carrie starrte sie an, wollte einfach nicht glauben, was sie da gehört hatte. „O mein Gott ... aber warum?“

„Weil wir einfach nicht genug Geld hatten, um sie noch weiter zu betreiben. Wir hätten sie verloren. Und es ist doch bestimmt besser, die Hälfte einer Brennerei zu besitzen als gar nichts, oder?“

Carrie setzte sich, war plötzlich müde. Sie seufzte. Warum hatte sie nicht schon früher mit Abby über Beau gesprochen.

„Ist es nicht so?“ beharrte Abby, und Carrie fuhr bei dem Klang ihrer Stimme zusammen.

„Was?“

„Ist die Hälfte nicht besser als gar nichts?“ Abby Morrisons Lippen zitterten sichtbar, und Carrie streckte eine Hand nach ihr aus; aber sie konnte nicht antworten.

Mit der Spitze ihrer Reitgerte berührte Carrie leicht Junos Flanke und lachte hell auf, weil sie wieder reiten konnte.

Sie hatte Majestic und ihre täglichen Ausritte schrecklich vermißt, und Prosper hatte ihr angeboten, jeden Morgen seine Lieblingsstute zu reiten, da er ohnehin mit seinem Unterricht beschäftigt war.

Sie lenkte ihr Pferd jetzt dem Jackson Square zu. Es war ein schöner Morgen, die Regenzeit war vorüber, und die Sonne strahlte von einem wolkenlosen Himmel. Es war fast Februar.

Dieser Gedanke vertrieb das Lächeln aus ihrem Gesicht. Sie sollte jetzt beim Pflanzen sein. Die Erde erwärmte sich, war bereit für die Saat. Aber noch immer hatte sie kein Geld.

Leroy Tate hatte ihr endlich offen gesagt, daß er keine Bank oder Privatperson kannte, die ihr das Geld leihen konnte.

Aber sie mußte eine Möglichkeit finden ... *mußte!* Die Yankees durften keinen Vorwand finden, ihr Kingston's Landing zu nehmen, so wie es mit der Gayerre-Plantage und einigen anderen geschehen war. Vor dem Gesetz mochte die Plantage zwar George Pierre gehören, aber in ihrem Herzen war sie ihre. Sie konnte das Land in ihren Knochen fühlen, in ihrem Blut, und sie würde nicht zulassen, daß man es ihr nahm.

Außerdem, wovon sollten sie und Susannah leben, wenn sie die Produktion nicht wieder aufnahm? Sie konnten nicht gut den Morrisons zur Last fallen, selbst wenn ihre Verlobung mit J. D. ihr das Recht dazu geben mochte. Die Morrisons machten selbst eine zu schwere Zeit durch, um noch eine zusätzliche Belastung ertragen zu können. Eine gute Zuckerernte, und sie und Susannah wären für lange Zeit abgesichert, wenn sie sparsam mit dem Geld umgehen würde ... und das würde sie.

Sie schloß vorübergehend die Augen. Dann warf sie trotzig den Kopf in den Nacken. Es war ein wunderbarer Tag, und sie würde ihn sich nicht durch ihre Probleme verderben lassen.

Als sie den Platz erreichte, stieg sie vom Pferd und führte Juno in den Schatten der Bäume. Ein köstlicher Duft stieg ihr in die Nase, und ihr Blick fiel auf einen verhutzelten schwarzen Mann, der vor dem schmiedeeisernen Zaun saß, der den Platz eingrenzte.

„Süße Yams! Süüüße ... Kar-tof-feln!“ pries er seine Ware an. Carrie knurrte der Magen. Sie hatte das Haus noch vor dem Frühstück verlassen. Impulsiv fragte sie den Neger: „Wieviel?“

„Zwei Pennies, Miss.“ Er hielt zwei knorrige Finger hoch. „Frisch ... heiß. Süß und heiß, Miss.“

Er grinste, als Carrie in der kleinen Tasche an ihrem Handgelenk suchte. Insgeheim schalt sie sich dafür, sie zu kaufen, aber dann gab sie ihm doch das Geld und nahm gierig die heiße Kartoffel entgegen.

Sie fand eine Bank im Schatten, von der sie hoffte, daß sie dort nicht bemerkt werden würde, schlang Junos Zügel um einen niedrigen Ast und verschlang die Kartoffel bis zum letzten Bissen. Sie war köstlich, und Carrie kicherte, als sie sich die Finger leckte. Ihre Mutter und Chloe hatten darauf bestanden, daß eine anständige Dame nicht in der Öffentlichkeit aß, außer in einem Restaurant und auch dann nur geringe Mengen und mit den besten Manieren.

Sie zog ein zartes, spitzenbesetztes Taschentuch hervor und war damit beschäftigt, sich die Finger zu wischen, als sie Schritte hinter sich hörte. Schnell wandte sie sich um – und blickte zu ihrem Entsetzen in Beau Canfields Gesicht.

„Carrie, meine Liebe ...“ Er zog den hohen Hut, nutzte ihre Verlegenheit schamlos aus, als er grinsend die Überreste der Süßkartoffel beäugte. „Wenn ich gewußt hätte, daß du hier und so hungrig bist, hätte ich dich liebend gern in ein reizendes kleines Café in der Toulouse Street geführt, um dir ein enormes Frühstück zu kaufen. Oder noch besser – wir hätte es in meinen Zimmern zu uns nehmen können.“

Carrie sah ihn kalt an. „Ein Gentleman würde niemals einen solchen Vorschlag machen.“

Ohne auf ihre Worte zu achten deutete er auf die Pontalba-Gebäude jenseits des Platzes und erklärte: „Ich wohne dort, wenn ich in der Stadt bin.“

„Was jetzt sicherlich nicht allzu oft der Fall ist, was?“ meinte sie sarkastisch. „Ich vermute, du bist mit deiner neuen Plantage beschäftigt.“ Sie hatte ihn seit der Auktion noch nicht gesehen und machte keinen Versuch, ihre Mißbilligung zu verbergen.

Er zeigte seine weißen Zähne. „Es ist tatsächlich schon fast Pflanzzeit, nicht wahr?“ Er machte eine Kunstpause, um seine Worte wirken zu lassen. „Aber ich habe jemanden hingeschickt, der die Plantage für mich leiten soll. Ich glaube, das Plantagenleben würde mir nicht gefallen. Und außerdem möchte ich nicht so lange von deiner schönen Schwester getrennt sein.“

Wenn er damit Carrie ködern wollte, so war es ihm gelungen. Mit blitzenden Augen sprang sie auf. „Sei bloß vorsichtig, daß du dich Suzy gegenüber anständig benimmst, Beau! Meine Schwester und ich sind nicht ganz allein auf dieser Welt! Während der Abwesenheit meines Bruders haben wir Freunde! Und wenn du sie in irgendeiner Art... verletzen solltest –“

„Verletzen?“ Er lachte leise. „Ich? Meine liebe Carrie, wie kannst du nur so etwas denken?“

Bebend schob Carrie ihr Taschentuch in die Tasche zurück und wandte sich zum Gehen, doch er legte eine Hand auf ihren Arm.

„Geh doch noch nicht. Wir haben eine Menge zu besprechen.“

„Nein... haben wir nicht!“ schrie sie und riß sich los. Ihre Wangen waren gerötet, als sie nach den Zügeln ihres Pferdes griff. Sie spürte seinen Blick über sich wandern, spürte, wie er an dem tiefen V-Ausschnitt hängenblieb.

„Du siehst in dieser Farbe reizend aus.“ Seine Stimme war samtweich.

Sie riß die Zügel los, sprang in den Damensattel, aber Beau hielt die Zügel fest.

„Laß los!“ verlangte sie.

Er lachte. Sie konnte das Weiß seiner Zähne und das dunkle Rosa seiner Zunge sehen. „Deine Zeit läuft ab, meine Liebe.“

Die Stute wieherte nervös, als Carrie den Absatz in ihre Flanke stieß, und sie machte einen Satz vorwärts, als Carrie mit der Reitgerte über Beaus Schulter hieb, um seinen Griff zu lösen.

Sie ließ das Pferd herumwirbeln und galoppierte davon, hörte aber schaudernd, wie er hinter ihr herlachte.

16

Hochrädrige Kutschen und staubige, schwarze Buggies versperrten die engen Straßen von New Orleans. Fahrer fluchten leise, schwitzten, während sie Zentimeter um Zentimeter vorrückten. Zarte, vielfarbige Sonnenschirme übersäten die Straßen, die zum Hafen führten, und aufgeregte Damen in glockenähnlichen Krinolinen drängten sich, zusammen mit würdevollen Geschäftsleuten und halbwüchsigen Jungen, auf die Werften zu. New Orleans, vor allem die Damen von New Orleans, befand sich in einem Fieber der Erwartung, seit vor kaum einer Woche die Nachricht durchgedrungen war, daß fast dreihundert konföderierte Gefangene in die Stadt gebracht worden waren und an diesem Morgen die wartenden Kanonenschiffe der Union im Hafen besteigen sollten. Sie würden dann zu einem vorher festgelegten Ort gebracht und dort gegen die gleiche Anzahl von Yankee-Gefangenen ausgetauscht werden.

Carrie, Susannah und Abby waren schon früh gekommen und hatten einen guten Blick auf die vor Anker liegenden Schiffe.

„Kannst du sie schon sehen?“ fragte Susannah. „Kommen sie schon?“ Eifrig spähte sie ein Stück am Kai entlang, dorthin, wo plötzlich Bewegung entstanden war.

„Nein“, antwortete Carrie. Sie war größer und konnte deshalb sehen, daß sich nur ein paar Frauen zu weit vorgedrängt hatten und jetzt von den Soldaten zurückgetrieben wurden.

„Seth hat versprochen, uns hier zu treffen“, bemerkte Abby und stellte sich auf die Zehenspitzen, um den Weg zu beobachten, auf dem sie gekommen waren. „Er wußte natürlich nicht, daß wir den Wagen verlassen und den Rest des Weges zu Fuß kommen mußten. Ich hätte nie gedacht...“ Ihre Stimme erstarb.

„Ich weiß wirklich nicht, wie er uns in dieser Menschenmenge finden soll“, bemerkte Carrie.

„Ach, ich wünschte, sie würden sich beeilen“, meinte Susannah atemlos.

Carrie blieb stumm. Sie dachte an George Pierre und J. D. Für diese jungen Männer, die sie bald sehen würden, war der Krieg zu

Ende. Sie würden ihr Wort geben, daß sie keine Waffen gegen die Vereinigten Staaten erheben würden – so, wie die Yankee-Gefangenen schwören mußten, daß sie nicht mehr gegen die Konföderierten Staaten kämpfen würden –, und dann würden sie alle heimgeschickt. Sie wünschte, George Pierre würde heimkehren. Vielleicht fiel ihm ein Weg ein, das Geld aufzutreiben, das sie für Kingston's Landing benötigten.

Weiter unten fing eine Sopranstimme an, „Dixie" zu singen, und bald waren alle eingefallen. Die Sonne kam hinter einer dicken, weißen Wolke hervor, leuchtete in die geröteten Gesichter ernster, junger Ehefrauen und besorgter Mütter, in die grimmigen Gesichter von Vätern, die offenen Münder von jüngeren Brüdern, Schwestern und Cousinen, kaum jemand war vom Krieg verschont geblieben. Einem älteren Mann, der im Krieg einen Sohn und einen Enkel verloren hatte, liefen Tränen über das Gesicht, als er seine unsichere Stimme erhob.

In Carrie stieg ein ungutes Gefühl auf. Sie hatte Angst vor der Wendung, die diese ganze Sache anzunehmen drohte. Aber genau in diesem Augenblick war lautes Jubeln zu vernehmen, und als sich alle auf die Zehenspitzen reckten und die Hälse verrenkten, war es offensichtlich, daß die ersten der konföderierten Gefangenen unter strenger Bewachung zu den wartenden Schiffen gebracht wurden.

Als die Rebellen in Sichtweite kamen, zog sich Carries Kehle zusammen. Sie sah, daß sie die Überbleibsel ihrer Konföderierten-Uniformen trugen, so schmutzig und mitgenommen, daß die vertraute graue Farbe kaum noch zu erkennen war. Sie gingen hintereinander her, und als sie in ihre Nähe kamen, schaute sie in Gesichter, die allesamt müde und erschöpft schienen. Und doch: Als die Menge aufmunternde Schreie ausstieß, leuchteten die dumpfen Augen auf, winkte so manche Hand.

Körper drängten, und Carrie fühlte sich nach vorne gestoßen, während die Unions-Soldaten sich bemühten, die Menge im Zaum zu halten. Carrie wurde gegen einen jungenhaften Yankee gedrängt, den sie schon früher bemerkt hatte, und sein Gesicht rötete sich.

„Verzeihung, Miss", murmelte er verlegen, wich aber nicht von seinem Platz.

Ein junger Gefangener, der über eine Gangway nicht weit von Carrie geführt wurde, drehte sich plötzlich um und stieß einen durchdringenden Rebellenschrei aus. Die Menge wurde wild. Die Frauen winkten und schwenkten ihre Taschentücher, die Männer ihre Hüte. Das Gebrüll war ohrenbetäubend. Man hatte sie erobert, sie waren verarmt, und viele von ihnen hatten einen Eid leisten müssen, den sie nicht wollten. Aber jetzt legten sie ihr ganzes Herz in diese Ermutigungsschreie für ihre eigenen tapferen Soldaten in Grau.

Carrie schrie ebensolaut wie alle anderen, während sie sich drehte und wandte, um nicht noch einmal gegen den jungen Soldaten gedrängt zu werden. Aber die Menge hinter ihr war stärker. Von Panik erfüllt bemerkte sie plötzlich, daß Abby und ihre Schwester nicht mehr neben ihr waren. Sie versuchte, sie irgendwo zu entdecken, aber sie war eingeklemmt zwischen den Soldaten vor sich und den Leuten um sich, die vorwärts drängten.

Die Gefangenen hatten inzwischen die Boote bestiegen und wurden in Unterkünfte außerhalb der Sichtweite gebracht, und jetzt schwärmten immer mehr Yankees über den Kai aus, einige von ihnen zu Pferd.

Nur wenige Schritte entfernt landete eine Flasche auf dem Holzdeck und zersprang klirrend in tausend Stücke. Verblüfft begriff Carrie, daß die feindselige Menge angefangen hatte, die Unions-Truppen zu bewerfen. Sie sah einen Stein und ein Holzstück durch die Luft fliegen. Ein dünner, kaninchengesichtiger Junge hatte sich auf einen Holzstoß gehievt, und Carrie sah, wie er zielte und dann etwas schleuderte.

Sie spürte plötzlich einen leichten Luftzug an ihrem Ohr, und fast im selben Moment hörte sie den jungen Soldaten leise aufstöhnen. Mit einem Ausdruck der Überraschung sank er langsam zu Boden.

Carrie stieß einen leisen Schrei aus, als sie auf ihn hinabsah und den Riß über seinem Auge erblickte, das hellrote Blut bemerkte, das daraus hervorquoll. Niemand schien sich um ihn zu kümmern.

Die Gesichter in der Menge waren häßlich verzerrt, und die Unions-Soldaten hatten alle Hände voll zu tun.

Instinktiv fiel sie neben ihm auf die Knie und drehte mit zitternden Händen seinen Kopf zu sich. Erleichtert sah sie, daß seine Augen offenstanden, wenn er auch ein wenig benommen wirkte. Er versuchte etwas zu sagen, was sie aber nicht verstand.

Jegliche Farbe war aus seinem Gesicht gewichen, als sie jetzt in ihrer Tasche nach einem Taschentuch suchte. Sie preßte es gegen die Wunde und hielt es so, während sie mit der freien Hand das feine, blonde Haar aus seinen Augen strich.

Er blinzelte, versuchte mühsam, sich aufzurichten. „Verzeihung... Verzeihung, Miss“, murmelte er und warf Carrie einen verlegenen Blick zu, als diese ihn niederdrückte.

„Bleiben Sie so. Es ist schon gut“, sagte sie. Die Tatsache, daß er sich bei ihr dafür entschuldigte, daß er verletzt worden war, rührte sie, und jetzt bemerkte sie auch die breite Stirn, das feste, eckige Kinn, die vornehmen Züge.

Sie konnte Hufgeklapper in der Nähe hören und versuchte, den jungen Yankee vor fremden Blicken zu schützen, als sie plötzlich Rance Stewarts tiefe Stimme hörte, seine kräftige Hand auf ihrem Arm spürte.

„Verdammt, ich habe gewußt, daß du heute hier sein würdest, Carrie!“ sagte er, und dann zu dem Jungen: „Was ist passiert, Soldat?“

„Er ist verletzt, Rance“, platzte Carrie los. „Jemand hat etwas geworfen... einen Stein, glaube ich.“

Der Junge versuchte wieder, sich aufzurichten. „Major...“, fing er an, aber Rance drückte ihn zurück.

„Lassen Sie mal sehen.“

Carrie nahm gehorsam ihre Hand fort, und Rance entfernte vorsichtig das blutgetränkte Tuch, warf Carrie einen kurzen Blick zu, als er erkannte, was es war. Sein Gesicht war dem ihren so nahe, daß ihr Herz noch schneller klopfte als zuvor. Sie bemerkte einen Hauch von Schweiß auf seiner Stirn, sah den kräftigen Mund unter dem dunklen Schnurrbart.

Vorsichtig untersuchte er die Wunde, und obwohl der Junge stöhnte, war es doch klar, daß das Blut nur noch langsam sickerte.

„So... das ist nicht so schlimm." Rance legte das Taschentuch wieder auf die Wunde und band es mit seinem Halstuch fest. „Glauben Sie, Sie können aufstehen, Soldat?"

„Jawohl, Sir, Major", sagte der Junge, und Farbe kehrte in seine Wangen zurück.

Carrie stand auf, als Rance dem Jungen auf die Füße half.

„Melden Sie sich bei den Sanitätern", forderte Rance ihn auf. „Glauben Sie, Sie können reiten?"

„Jawohl, Sir."

„Hier, nehmen Sie mein Pferd." Rance griff nach dem Zügel seines Wallachs, der ruhig inmitten all des Gebrülls stand. „Ich hole ihn später im Lazarett ab."

Carrie begriff erst jetzt, daß sie sich tatsächlich mitten in einer Schlacht befanden. Noch immer flogen Gegenstände durch die Luft, und die Stelle, an der sie und Rance standen, war nur deshalb relativ frei, weil sie von einer Reihe blaugekleideter Soldaten abgeschirmt wurde.

Rance ergriff ihren Arm und stellte sich zwischen sie und die Menge. „Ich muß dich von hier fortbringen", erklärte er und winkte einen rotgesichtigen Leutnant herbei. „Riordan..."

„Rance, ich gehe nirgendwohin!" protestierte Carrie. Aber dann sah sie die harte Linie seiner zusammengepreßten Lippen, als er sie kräftig zurückzog.

„Würdest du ausnahmsweise einmal nicht so stur sein!" grollte er. „Artillerie ist angefordert worden. General Banks wird das nicht so einfach zulassen! Du kehrst heim!"

„Aber verstehst du denn nicht – Suzy ist hier!" schrie sie. „Ich muß sie finden!"

„Suzy? Ach du lieber Gott...!" Er blickte über die Menschenmasse vor ihnen.

Der Leutnant hatte sie erreicht und stand jetzt abwartend vor ihnen.

„Lieutenant Riordan", bellte Rance seinen Befehl. „Ich möchte, daß Sie diese Dame hier sicher heimbringen."

„Nein...“, protestierte Carrie, aber er kümmerte sich nicht darum.

„Hinten am Ende des Kais steht ein Wagen. Nehmen Sie den. Ich übernehme die volle Verantwortung.“

„Nein, Rance...“

Er wirbelte sie herum, eine Hand auf jeder Schulter, und beugte sich vor, sah ihr in die Augen. „Carrie, ich werde sie finden. Ich finde Suzy und bringe sie heim. Ich verspreche es.“

Sie starrte ihn an. Der Ausdruck auf seinem Gesicht ließ sie fürchten, wenn sie sich weigerte, zu tun, was er sagte, würde er sie packen und fortschleppen. „Abby Morrison ist bei ihr“, sagte sie, als wäre es ein letzter Protest.

Er grinste. „Die finde ich auch.“ Und an den Leutnant gewandt: „Erweisen Sie Miss Kingston allen Respekt. Sie haben sich mir gegenüber zu verantworten, wenn ihr irgend etwas zustößt.“

„Jawohl, Herr Major.“ Der Leutnant salutierte und bot Carrie seinen Arm, schützte sie mit seinem Körper vor der Menge.

„Bleiben Sie bei ihr, bis ich komme“, forderte Rance ihn noch auf.

Carrie warf einen ängstlichen Blick über ihre Schulter. „Werden Sie sie auch bestimmt finden?“ Ihre Bernsteinaugen waren riesig, ihr blasses Gesicht war eingerahmt von dem Strohhut mit der leuchtendgelben Schleife.

„Ich finde sie“, sagte er und duckte sich, als einc Flasche an seiner Schulter vorüberflog. „Geht jetzt!“

Carrie ging im Wohnzimmer hin und her, warf jedesmal, wenn sie an den Fenstertüren vorüberkam, einen ängstlichen Blick nach draußen in den Hof, wo Lieutenant Riordan geduldig im Schatten wartete. Er hatte ihre Einladung, ins Haus zu kommen, abgelehnt.

Mattie stand hilflos den Kopf schüttelnd dabei. „Nun mach'n Se sich man nich so'ne Sorg'n, Miss Carrie. Wenn Cap'n Stewart sagt, er bringt Miss Suzy heim, dann macht er das auch.“

„Er ist jetzt Major, Mattie. Major Stewart“, verbesserte Carrie geistesabwesend. Sie wußte, daß Mattie recht hatte. Wenn irgend jemand Suzy und Abby heil aus diesem Mob herausholen konnte, dann war das Rance. Sie erinnerte sich daran, wie er die ganze Sache in die Hand genommen hatte. Kaum daß er neben ihr aufgetaucht war.

Sie warf einen Blick auf die kleine Uhr auf dem Kaminsims. Fast eine Dreiviertelstunde war vergangen, und sie hatte noch nichts gehört. Sie setzte sich, zwang sich ruhig zu bleiben, die Hände im Schoß, versuchte, nicht daran zu denken, was passiert sein könnte. Aber es war unmöglich.

Noch immer dröhnte ihr der Lärm der Menschenmenge in den Ohren; konnte sie die verzerrten Gesichter sehen, all die Wut und Frustration. Der Yankee-Junge konnte von Glück sagen, daß seine Verletzung nicht schlimmer war. Ein paar Stiche, und er wäre wieder in Ordnung. Das hatte Rance gesagt. Aber Suzy... Suzy konnte jetzt verletzt sein. Oder Abby. Oder sogar Rance...

Carrie sah wieder vor sich, wie er sich duckte, als die Weinflasche durch die Luft segelte, dicht an seinem Kopf vorbei. Er grinste noch immer und befahl ihr, von dort zu verschwinden... groß und breitschultrig in dieser Yankee-Uniform, mit dem schwarzen Filzhut, der ihm schief auf dem Kopf saß.

Sie riß sich zusammen. Warum machte sie sich Sorgen um Rance Stewart, fragte sie sich wütend. Trotzdem war da dieser kalte Knoten in ihrem Magen, und sie senkte den Kopf, damit Mattie ihr Gesicht nicht sehen konnte.

Sie sprang wieder auf, war aber erst ein paar Schritte auf und ab gegangen, als die Glocke ertönte. Sie wirbelte herum und sah Lieutenant Riordan auf das Tor zueilen. Sie lief auf die Vorderseite des Hauses, gefolgt von Mattie, und seufzte erleichtert auf, als sie Susannah mit Rance und Abby Morrison durch die Haustür kommen sah.

„Suzy! Ist dir auch nichts passiert?"

„Mir geht es prima!" Susannah grinste leicht. Ihr rosa Hut war verschwunden, ihr Haar zerzaust, ihr Gesicht schmutzig; aber ihre grünen Augen sprühten vor Aufregung.

Abby Morrison, die mit blassem Gesicht und leicht hinkend hinter ihr kam, stützte sich schwer auf Rances Arm.

„Mutter Morrison... bist du verletzt?" rief Carrie.

„Ich habe mir nur den Knöchel verknackst. Aber ich hätte zu Tode getrampelt werden können."

„Brauchst du einen Arzt?"

„Nein. Ich möchte mich nur für eine Weile hinlegen, bitte." Ihre Stimme bebte.

Mattie trat vor. „Lassen Sie mich Ihnen helfen, Miz Morrison." Sie legte einen kräftigen Arm um Abbys Taille, und Susannah eilte ihr auf der anderen Seite zu Hilfe. „Wir bringen Sie nur nach oben, und dann mache ich Ihnen einen guten Tee", tröstete Mattie.

Carrie sah ihnen kurz nach, ehe sie sich wieder Rance zuwandte, der mit dem Hut in der Hand vor ihr stand und sie mit seinen klaren Augen ansah, so ruhig, als hätte er gerade eine völlig ereignislose Spazierfahrt hinter sich.

„Nun ...", meinte sie, „ich ... ich denke, ich sollte Ihnen wohl auch danken."

„Das ist nicht nötig."

Carries Blick wanderte zu dem dunklen Haar, das sich an den Ohren wellte. „Aber ... Sie haben Suzy sicher heimgebracht. Und Abby." Sie war plötzlich sehr unsicher.

„Ich habe es versprochen."

„Nun, ich danke Ihnen jedenfalls." Sie wollte auf keinen Fall, daß er merkte, daß es einen Moment gegeben hatte, in dem sie froh war zu sehen, daß auch er selbst unverletzt geblieben war. „Kann ich Ihnen etwas anbieten?" Sie deutete aufs Wohnzimmer. „Ich glaube, Prosper hat in seinem Weinschrank auch Brandy."

Er lachte. „Ich glaube, ein Brandy wäre jetzt genau das richtige. Ich will nur zuerst Lieutenant Riordan heimschicken."

„Sie können gleich durch die französischen Türen gehen." Carrie nahm seinen Hut und legte ihn auf den Tisch in der Halle, ehe sie ihm voraus ins Wohnzimmer ging. „Während Sie sich um ihn kümmern, mache ich Ihren Brandy fertig. Und ... wenn Sie möchten, Major", rief sie ihm nach und vermied es bewußt, ihn beim Namen zu nennen, „dann sagen Sie ihm noch einmal von mir, daß ich für seine Höflichkeit und Fürsorge dankbar bin." Die Worte kamen ihr nur schwer über die Lippen. Sie hätte nicht gedacht, daß sie sich jemals bei Yankee-Soldaten für irgend etwas bedanken würde, aber der Mann hatte sich in jeder Beziehung tadellos benommen, und das mußte sie zumindest anerkennen.

Als er zurückkehrte, hatte sie bereits einen Brandy für ihn und einen trockenen Sherry für sich eingeschenkt. Er zog erfreut die Brauen hoch, als er mit ihr anstieß. „Auf einen Waffenstillstand...“, sagte er, und beide dachten an ihr letztes, stürmisches Zusammentreffen am Tag seiner Abreise nach Washington, hier, in eben diesem Zimmer.

Carrie hob den Kopf und lächelte leicht. „Auf einen Waffenstillstand. Zumindest einen vorübergehenden.“ Sie erwiderte seinen Blick und konnte fühlen, wie ihr Herz schneller klopfte, als er nickte.

„Damit gebe ich mich zufrieden“, sagte er.

Sie trank zu schnell, war verwirrt und fürchtete einen Moment lang, sie würde einen Schluckauf bekommen, aber zum Glück passierte das nicht.

„Hmm, der ist aber sehr gut“, lobte Rance und trank erneut. „Einen solchen Brandy habe ich zum letztenmal vor dem Krieg genossen.“

„Es freut mich, daß er Ihnen schmeckt.“ Sie trank noch etwas Sherry, fühlte sich von Minute zu Minute weniger wohl in seiner Gegenwart. Sie begriff plötzlich, daß die Erinnerung an jene Nacht, in der sie zusammengewesen waren, immer da sein würde, immer an die Oberfläche durchbrechen würde, sobald sie mit ihm zusammen war. Ging es ihm genauso? fragte sie sich. Der Gedanke ließ sie nur noch verlegener werden.

„Möchten Sie gern etwas im Garten spazierengehen?“ fragte sie und spürte die Hitze in ihren Wangen. „Da sollte es jetzt sehr angenehm sein.“

Sie schlenderten über den Weg, der an der alten Hofmauer entlang verlief, bis sie schließlich im Schatten zweier alter Magnolienbäume stehenblieben. „Erzählen Sie mir, was geschehen ist, nachdem ich fort war“, bat sie.

„Es ging so weiter. Aber dann kam Verstärkung, und danach war die Ordnung ziemlich schnell wieder hergestellt.“ Er lachte. „Ein paar der Damen waren immer noch entschlossen, ihre Taschentücher mit der Flagge der Konföderation nicht aus der Hand zu geben." Er sah sie ernst an. „Dein Taschentuch trug diese Flagge nicht."

Sie wandte sich ab, schaute zu den Rosenbeeten und den Ställen auf der anderen Seite hinüber. „Nein."

„Ich weiß es, weil du dein Taschentuch an die Wunde des Jungen gehalten hast. Du hast das getan, Carrie –"

Sie drehte sich um, als müßte sie sich verteidigen. „Nehmen Sie das nur nicht zu wichtig, Rance Stewart! Ich würde es für meine Pflicht halten, jedem zu helfen, der direkt vor meinen Augen verletzt wird ... selbst einem Yankee-Soldaten!"

„Also gut ..." Er lachte. „Ich gebe auf."

Er leerte sein Glas und beobachtete sie mit wachsender Glut in den Augen. Sie spielte mit den Magnolien, die ihr am nächsten waren, war sich der maskulinen, sinnlichen Kraft schmerzlich bewußt, die von ihm ausging und eine Reaktion hervorrief, die sie bis ins Innerste erschütterte. Niemals hätte sie gedacht, solche Gefühle für einen Mann aufbringen zu können ... noch viel weniger für Rance Stewart, der seine eigenen Leute verriet. Himmel, was immer hier geschah, durfte ihr nicht geschehen! Er war ein Yankee-Soldat, und er hatte sie aufs gemeinste, primitivste ausgenutzt. Er war der Feind. Das durfte sie niemals vergessen.

Sie zupfte eines der glänzenden Blätter ab und drehte es nervös in den Fingern. „Ich habe Ihnen noch gar nicht zu Ihrer Beförderung gratuliert."

Er beobachtete sie stumm mit diesem direkten Blick, und sie redete fast verzweifelt weiter.

„Ich habe Sie neulich in der Royal Street gesehen. In Ihrem Buggy. Nora Barlow war bei Ihnen ..." Ihre Stimme erstarb, als sie begriff, daß er ihr nicht zuhörte.

Er stellte sein leeres Glas ab. „Du wirst mir niemals vergeben, daß ich mich entschlossen habe, für die Union zu kämpfen, Carrie, nicht wahr?" Seine Stimme war tief und leise.

Sie wandte ihr Gesicht von ihm ab. „Ist das wichtig?" Es war kaum ein Flüstern.

„Für mich schon", brummte er, und ehe sie seine Absicht erkannte, hatte er sie herumgezogen, so daß sie ihn ansehen mußte, und seine Arme schlossen sich um sie. Sein Mund senkte sich auf ihren. In diesem Augenblick dachte sie nicht mehr an Norden oder Süden oder daran, welche Uniform er trug, sie wußte nur, daß ihre Beine weich wurden und zitterten, als seine Berührung sie sengend durchfuhr.

Sein Mund, hart und fest und warm an ihren Lippen, bewegte sich hungrig, sein Bart zerkratzte ihr Gesicht, der Geruch und Geschmack des Brandys, den er gerade getrunken hatte, ließen sie schwindlig werden. Seine Zunge drängte, verlangte Einlaß. Plötzlich ertappte sie sich dabei, wie sie ihren Mund öffnete, und die süße Flamme, die sie durchzuckte, als sich ihre Brustwarzen an seine muskulöse Brust preßten, loderte auf zu einer heißen, schmerzenden Sehnsucht zwischen ihren Beinen.

Er gab ihr keine Chance zum Widerstand ... selbst wenn sie das gewollt hätte. Seine Arme lagen ganz fest um sie, ohne ihr jedoch weh zu tun.

„Carrie ... Carrie", murmelte er, und sie konnte nur aufstöhnen, als sein Mund sich erneut herabsenkte. Sie war verloren, war sich nur ihrer beider Körper bewußt, die in der Hitze der Begierde miteinander verschmolzen, der Erinnerung an jene Nacht, die sich ihnen eingebrannt hatte für alle Zeiten.

Ihre Arme legten sich um seinen Hals, ihre Finger gruben sich in sein dichtes, dunkles Haar, ihre Hand fuhr über seine Schultern, um die harten Muskeln dort zu spüren. Sie erwiderte seinen Kuß von ganzem Herzen, ohne sich um die Konsequenzen zu kümmern.

Und dann berührte ihre Hand die Schulterklappen, spürte die Eichenblätter, sein Rangabzeichen, und kalte Vernunft packte sie. *Großer Gott, was tat sie!*

Sie stieß ihn so plötzlich zurück, daß er gegen den Magnolienbaum taumelte, raffte ihre Röcke und floh zum Haus zurück. Ihre Beine zitterten, ihre Wangen brannten vor Scham.

„Carrie, warte doch ... bitte!" rief Rance. Aber da warf sie bereits die Tür hinter sich zu, so kräftig, daß die Scheibe fast gesprungen wäre.

Und draußen im Garten biß er die Zähne zusammen und fluchte leise. „Verdammt noch mal!“ Er verstand einfach nicht, daß Carrie ebensosehr vor sich selbst wie vor ihm davongelaufen war.

General Nathaniel Banks hatte die Titelseiten von drei Zeitungen aus New Orleans vor sich auf dem Schreibtisch ausgebreitet und starrte auf die Schlagzeilen, als Rance sein Büro betrat.

„Guten Morgen, Major“, sagte der General, und die Falte auf seiner Stirn glättete sich ein wenig, als er aufsah. „Wie ich sehe, haben sie den Bericht fertig.“

„Jawohl, Sir. Eine Aufstellung aller Vorkommnisse im Hafen gestern.“

General Banks räumte ein Stück Schreibtisch frei. „Legen Sie ihn dahin. Ich kümmere mich darum.“ Er sammelte die Zeitungen zusammen. „Und nehmen Sie die mit, Major. Ich habe genug gesehen.“

„Jawohl, Sir.“ Rance blieb an der Tür stehen. „Wenn Sie mich nicht mehr brauchen, Sir, würde ich heute nachmittag gern ein, zwei Stunden freinehmen und mich um ein paar persönliche Angelegenheiten kümmern.“

„Nur zu, Stewart. Sie können den ganzen Nachmittag freinehmen, wenn Sie wollen. Nach dem gestrigen Tag haben Sie sich das verdient.“

Eine Stunde später stand Rance vor dem Haus in der Dumaine Street und wartete, daß jemand auf sein Klingeln reagierte. Er wollte Carrie sehen, hatte kaum an etwas anderes denken können. Er war sich nicht sicher, was er sagen sollte, aber er wollte sie sehen.

Mattie ließ ihn ein. Mit graziösen, geschmeidigen Bewegungen ging sie vor ihm her, ihr weiter, scharlachroter Rock rauschte hörbar, als sie ihn ins Wohnzimmer führte. „Sieht so aus, als wäre heute wieder alles normal“, bemerkte sie lächelnd. Ihre Zähne stachen weiß von ihrer dunklen, schokoladenbraunen Haut ab. „Der alte Thomas hat uns die Nachricht überbracht, daß es Miz Morrison heute wieder ganz gutgeht, und Miss Suzy und eine der jungen Damen vom Nähzirkel sind zum Sweet Shop gefahren, als wäre gestern einfach überhaupt nichts passiert.“

„Das freut mich zu hören“, bemerkte Rance.

„Warten Sie hier. Ich hole Miss Carrie.“

„Danke, Mattie.“

Er wartete, nervöser, als er sich eingestehen wollte, aber er lächelte, als er auf den sonnigen Hof hinausblickte. Wie würde sie sich heute verhalten? Würde sie ins Zimmer gestürmt kommen, mit bernsteinfarbenen Augen, die goldenes Feuer sprühten? Und würde ihre scharfe Zunge ihn schelten, weil er es wagte, sich solche Freiheiten herauszunehmen? Oder würde sie zugeben, daß es da einen Augenblick gegeben hatte, in dem sie sich an ihn gepreßt hatte? In dem sie seinen Kuß erwidert hatte, mit einer Glut, die noch jetzt Hitze in seinen Lenden hervorrief, wenn er nur daran dachte?

Er würde nicht zulassen, daß sie es leugnete. Er würde sie zwingen einzugestehen, was gestern im Hof geschehen war.

Er ging auf und ab, fragte sich, warum es so lange dauerte. Als er dann endlich Schritte im Gang hörte, wirbelte er herum.

Zu seiner Enttäuschung war es Mattie, die das Zimmer betrat. Ihr Blick wich ihm aus, aber dann sah sie ihn mit einem gequälten Ausdruck an. In der Hand hielt sie den breitkrempigen Filzhut, den er gestern zurückgelassen hatte.

„Major Stewart“, sagte sie mit leiser, um Entschuldigung bittender Stimme, „ich denke, Miss Carrie fühlt sich heute nicht ganz wohl. Sie hat mir aufgetragen, Ihnen das hier zu geben.“ Sie hielt ihm den Hut hin, und er nahm ihn entgegen.

„Also schön“, meinte er zögernd. Es war klar, daß Carrie ihn nicht sehen wollte. Sollte er darauf bestehen? Nein, entschied er. Es war besser, heute nichts zu erzwingen.

Er drehte den Hut in der Hand. „Sag deiner Herrin, ich hoffe, daß es ihr bald bessergeht. Und ich komme morgen wieder.“

Mattie wandte den Blick ab, und ihre Wangen wurden ein wenig dunkler.

„Was ist los, Mattie?“

Sie biß sich auf die Unterlippe, schüttelte den Kopf. Es war klar, daß sie nicht mehr sagen wollte.

„Sag es mir“, befahl er knapp.

Sie seufzte. „Es tut mir leid, Major Stewart.“ Die schlanken, dunklen Finger verschränkten sich ineinander. „Miss Carrie sagt ... sie sagt, sie ist niemals daheim, wenn Sie kommen.“

Mit Bedauern in den Augen sah das Mädchen ihn jetzt an, als er sich aufrichtete und fühlte, wie eisige Wut von ihm Besitz ergriff. Einen Moment lang war er versucht, nach oben zu gehen und die verdammte Tür einzutreten. Doch dann fing sein verletzter Stolz an zu brennen, seine Wut wurde zu stillem Zorn, und der Wunsch, zu gehen, erfüllte ihn.

Er legte eine Hand auf die Schulter des unglücklichen Mädchens. „Schon gut, Mattie“, sagte er. „Mach dir nicht die Mühe, mich hinauszubegleiten. Ich kenne den Weg.“

Die Muskeln in seinem Nacken traten hervor, die Zähne hatte er so fest zusammengebissen, daß es schmerzte, als er jetzt direkt zu dem Haus in der St. Anne Street fuhr, in dem Major Barlow mit Frau und Tochter wohnte. Er übergab die Zügel einem Stallburschen, betrat das Haus und wartete in der kühlen Marmorhalle.

Nur eine Minute schien vergangen zu sein, als Nora auch schon die Treppe herabschwebte. Ihr entzücktes Lachen hallte durchs Haus.

„Rance, mein Lieber!“ Sie trug ein Gewand aus blauer Seide. Diese Farbe stand ihr am besten, und sie wußte es. Ein Band derselben Farbe wand sich durch die Masse hellblonder Locken an ihrem Hinterkopf. Die zarte, apricotfarbene Röte auf ihren Wangen lenkte von dem spitzen, kleinen Kinn ab. Sie streckte ihm eine weiße Hand entgegen. „Was für eine reizende Überraschung!“

Er blickte tief in diese blauen Augen, entdeckte darin die Aufforderung, die er schon seit geraumer Zeit bemerkt hatte, und verfluchte sich, weil er sich ihrer nicht schon längst bedient hatte. Nach jener Nacht mit Carrie war er der dummen Ansicht gewesen, er sollte sich an Frauen halten, deren Geschäft es war, einen Mann zu befriedigen. Sie nahmen ihr Geld, und es gab keine Tränen, keine Vorwürfe, keine anklagenden, bernsteinfarbenen Augen ...

Er warf einen kühnen Blick auf die alabasterfarbenen Ansätze von Noras Brust, die sich aus der blauen Spitze drängten, ehe er den Blick weiterwandern ließ, über das eng anliegende Mieder bis zu der schmalen Taille und dann zurück in ihr Gesicht, wo ihm der triumphierende Ausdruck ihrer Augen nicht entging. Die Aprikosenröte vertiefte sich.

„Mama wird enttäuscht sein, dich nicht gesehen zu haben", sagte sie und fuhr sich mit der Zungenspitze über die bereits feuchten Lippen. „Es ist zu schade" – sie schlug die langen Wimpern nieder –, „daß sie den ganzen Nachmittag fort sein wird."

17

Carrie warf einen Blick auf eine tränenüberströmte Mattie und stöhnte innerlich. Nicht heute. Was immer es war, nicht heute, flehte sie stumm. Sie konnte keine weiteren Probleme mehr lösen, würde eher in tausend Stücke zerspringen.

Sie tat ihr möglichstes, um sich auf das weinende Mädchen zu konzentrieren. „Was ist los, Mattie?"

Das Negermädchen, mit vom Weinen geröteten Augen, trat in die Bibliothek und näherte sich zögernd dem Schreibtisch, an dem Carrie saß. Sie drehte ein Taschentuch zwischen ihren langen, dunklen Fingern.

„Hier . . . setz dich und erzähl es mir." Carrie zog einen kleinen Stuhl heran, und Mattie sank darauf nieder.

„Es ist . . . wegen Solomon, Miss Carrie", brachte das Mädchen hervor.

„Solomon? Was ist es jetzt schon wieder?" Mit Solomon war immer irgend etwas los, dachte Carrie wütend, aber als Mattie erneut schluchzte, streckte sie besänftigend die Hand nach ihr aus. „Erzähl es mir, Mattie. Es nützt nichts, zu weinen."

Mattie atmete stoßweise. Sie hatte die Augen aufgerissen, hatte offensichtlich Angst davor, was Carrie denken könnte. „Er hat seinen Herrn bei den Yankees angezeigt, Miss Carrie", sagte sie schließlich so leise, daß Carrie die Worte kaum verstehen konnte.

Carrie starrte sie an. „Er hat *was*? Er hat den alten Monsieur Marchand angezeigt? Aber weswegen?"

„Weil sein Herr Waffen im Haus hatte. Es waren einfach alte Waffen, die er hatte, seit er jung war... wie ein paar von denen, die Ihr Papa hatte, Miss Carrie."

„Du meinst, Duellpistolen?"

Mattie nickte.

„Aber, Mattie, warum in Herrgotts Namen hat er das getan?"

„Weil er frei sein will, Miss Carrie."

Carries Verstand arbeitete fieberhaft. Sie erinnerte sich, von einem solchen Befehl der Yankees gehört zu haben: Wenn ein Sklave in einem konföderierten Haushalt verriet, daß dort Feuerwaffen vorhanden waren, sollte er freigelassen werden. Aber das galt doch bestimmt nicht für alte Duellpistolen!

„Ich hab' ihm gesagt, er soll's nich machen, Miss Carrie. Ich hab' ihm gesagt, er –"

„Du hast davon gewußt?" unterbrach Carrie sie. „Du hast es vorher gewußt und hast mir nichts gesagt!" Sie stand auf und starrte das unglückliche Mädchen vorwurfsvoll an.

Mattie preßte die Lippen zusammen, Tränen liefen über ihr Gesicht. „Solomon hat gesagt, seinem Herrn würde nichts passieren, weil er so alt ist! Er hat gesagt, die Yankees würden ihm nichts tun! Er sagt, er muß einfach frei sein, Miss Carrie... um welchen Preis auch immer!"

Lange blickte Carrie in die braunen, traurigen Augen. Dann ging sie kopfschüttelnd zum Fenster hinüber. Sie konnte die Ziegelmauer und einen Zweig des Magnolienbaumes sehen, neben dem sie und Rance vor ein paar Wochen erst gestanden hatten. Sie preßte die Lippen zusammen und drehte sich um.

„Nun, ich werde sehen, was ich über Monsieur Marchand herausfinden kann", versprach sie. „Und ich wünsche, daß du zu weinen aufhörst... obwohl es für dich spricht, daß du begreifst, daß du dich falsch verhalten hast. Du hättest mir von Solomons Plänen erzählen müssen. Vielleicht hätten wir es irgendwie verhindern können."

Mattie hielt den Blick gesenkt. „Deshalb weine ich ja gar nicht, Miss Carrie", erklärte sie mit fester Stimme. „Obwohl es mir leid tut, daß Sie von mir enttäuscht sind. Aber ich hätte Solomon nie verraten können."

Carrie sah sie überrascht an. Mattie war immer gehorsam gewesen. „Warum dann?" wollte sie wissen. „Warum weinst du?"

„Weil Solomon fort is', und ich weiß nich' mal, wohin." Sie brach in hilfloses Schluchzen aus. „Ich ... ich seh' ihn vielleicht nie mehr wieder. Aber ... aber ich liebe ihn!"

Carrie packte das schluchzende Mädchen an den Schultern und schüttelte es. „Hör auf damit! Solomon macht nichts als Ärger, und du bist besser dran, wenn er fort ist."

Mattie war so überrascht, daß ihre Herrin Hand an sie legte, daß sie zu weinen aufhörte und sie dumpf anstarrte, die Unterlippe vorgeschoben. „Ich liebe ihn", erklärte sie dickköpfig.

„Mattie ... man darf seinen Gefühlen nicht immer trauen", sagte Carrie, und die Worte überstürzten sich. „Gefühle verraten dich. Ich weiß das ... ich ..." Sie brach plötzlich ab, ehe sie etwas verraten konnte, das sie niemals irgend jemandem eingestehen durfte ... daß ihre Gefühle für Rance Stewart zwar Wahnsinn, aber dennoch unleugbar waren. Zum Glück war sie so vernünftig, ihn nie wiederzusehen, wenn es sich vermeiden ließ.

Sie ließ das Mädchen los, zitternd von Kopf bis Fuß. Mattie sah sie an, ihre Blicke verhakten sich ineinander, und es war Carrie, die sich zuerst abwandte.

„Es tut mir leid, Mattie. Ich fürchte, heute ist nicht gerade mein bester Tag. Komm, laß uns Tee machen."

Als sie später in ihrem Zimmer auf dem Bett lag, mußte sie sich eingestehen, daß sie mit der Situation nicht sehr gut fertig geworden war. Anstatt stark zu sein und all die richtigen Dinge zu sagen, war sie fast selbst zusammengebrochen, hätte fast selbst zu weinen angefangen.

Lieber Gott, würde denn niemals wieder irgend etwas richtig sein? Würde ihr Leben jemals wieder ordentlich und vorhersehbar werden wie vor dem Krieg?

Die ganze Nacht über hatte sie wach in diesem Bett gelegen. Ihre Gedanken waren im Kreis gewandert und immer wieder am selben Punkt angelangt: Ihre Zeit war abgelaufen. Wenn sie jetzt nichts unternahm, war es zu spät, um in diesem Jahr noch etwas zu pflanzen.

Und Gott allein wußte, was die Yankees entscheiden würden, wenn sie ihr Land nicht wieder bestellte. Sie mußte nur an die Gayerre-Plantage denken, und kalte Panik ergriff sie.

Schließlich, als sie alles einhundertmal durchdacht hatte, war ihr klar, daß ihr nur noch eine Möglichkeit blieb ... nur noch ein Mensch ... der einzige in New Orleans, der Geld zu haben schien. Beau Canfield.

Ihr Magen zog sich zusammen, ihr wurde übel. Sie traute ihm nicht mehr. Sie hatte Angst vor dem, was er von ihr verlangen konnte, wenn sie ihm erst einmal verpflichtet war. Aber es mußte sein. Es gab keine andere Möglichkeit. Und sie konnte mit ihm fertig werden, sagte sie sich hartnäckig.

Sie hatte Lafitte mit einem versiegelten Umschlag zu Canfield geschickt. Auf dem inliegenden Papier stand nur eine einzige Zeile: *Ich möchte mit Ihnen über das Darlehen sprechen.*

Als sie jetzt daran dachte, rollte sie sich zusammen, zog die Knie ans Kinn wie ein verängstigtes Kind. Doch es dauerte nicht lange, da war sie eingeschlafen.

Als Suzys Lachen sie am späten Nachmittag weckte, war sie in Schweiß gebadet. Sie erfrischte sich gerade an dem Waschstand in der Ecke ihres Zimmers, als sie Schritte hörte. Gleich darauf wurde leise an ihre Tür geklopft.

„Wer ist da?“ rief sie, während sie nach dem Handtuch griff, das neben der Waschschüssel hing.

„Ich bin's“, antwortete ihre Schwester, und ehe Carrie noch etwas sagen konnte, kam sie schon ins Zimmer und hockte sich auf die Bettkante.

„Diese Nachricht ist für dich gebracht worden, als du schliefst.“ Sie hielt ihr einen weißen Umschlag hin. „Ich habe ja keine Ahnung, von wem sie sein könnte“, fuhr sie dann neckend fort. „Ein kleiner Junge hat sie gebracht. Vielleicht ein heimlicher Verehrer?“ Sie kicherte.

Carries Mund war trocken, aber sie bemühte sich um ein gleichgültiges Gesicht.

„Ich habe doch keine heimlichen Verehrer." Sie griff nach dem Umschlag, starrte auf ihren Namen.

„Nun mach ihn schon auf!" drängte ihre Schwester. „Schließlich bekommst du nicht jeden Tag eine geheimnisvolle Nachricht."

Carrie erbrach das Siegel, zog den Bogen Papier hervor und wandte sich ein wenig ab, damit ihre Schwester nicht sehen konnte, was dort geschrieben stand.

Carrie, meine Liebe,
ich wußte, daß Du früher oder später begreifen würdest, daß nur ich Dir helfen kann. Mein Wagen erwartet Dich pünktlich um 8 Uhr heute abend, außerhalb des Hauses und ein paar Türen weiter, um keine unerwünschte Aufmerksamkeit auf sich zu ziehen.

B.

Irgendwie gelang es Carrie, ein Lächeln auf ihre Lippen zu zwingen.

„Nichts Geheimnisvolles, Suzy. Leroy Tate und seine Frau möchten, daß ich heute abend mit ihnen esse."

„Oh, aber wir sollten doch zu den Morrisons gehen", schmollte Suzy.

„Das stimmt. Jetzt gehst du eben allein und entschuldigst mich. Das hier ist ... geschäftlich. Vielleicht hat Mr. Tate ein Darlehen für uns auftreiben können. Sie schicken später einen Wagen, der mich abholt."

„Also gut. Zu schade, daß du einen so langweiligen Abend verbringen mußt." Sie lächelte froh. „Ich rechne damit, daß Beau bei den Morrisons sein wird. Außer natürlich, er hat die Stadt wieder verlassen."

Carries Herz schmerzte. Sie konnte kaum die Tränen unterdrükken, als sie in das junge, hübsche und vertrauensvolle Gesicht ihrer Schwester blickte. Beau Canfield würde an diesem Abend nicht bei den Morrisons sein, soviel stand fest.

Carrie saß auf den weichen Plüschpolstern des Wagens und schauderte, als sie an den Mann dachte, der auf dem Kutschbock thronte. Dünn, fast mager, hatte er ihr stumm die Tür aufgehalten. Seine

Augen in dem langen, gelblichen Gesicht funkelten. Er erinnerte sie an einen Geier. Jawohl, das war es. Ein neuerlicher Schauer durchlief sie, und sie spähte auf die Straße hinaus, um zu erkennen, wohin er sie brachte.

Sie hatte erwartet, ins Pontalba gefahren zu werden, wo Beau wohnte, aber der Wagen war nicht einmal in seine Nähe gekommen. Statt dessen hatte er sich vom Fluß fortgewandt, und als sie eben in eine Straße eingebogen waren, meinte sie, auf einem Schild Rampart Street gelesen zu haben. Aber warum dort?

Es gab nur wenige Menschen, die die Geschichten über die Häuser in der Rampart Street und die schönen farbigen Frauen dort nicht kannten. *Placage*, so nannte man das alte System, nach dem kreolische Pflanzer die dunklen Schönheiten als Geliebte gehalten hatten ... meistens in den Häusern dieser berüchtigten Straße, die die meisten weißen Frauen nicht zu kennen vorgaben. Sie überlegte kurz, ob ihr Vater jemals ein solches Arrangement gehabt hatte. Nein, beantwortete sie ihre eigene Frage. Papa hatte Mama angebetet. Carrie war sicher, daß er niemals eine andere Frau gehabt hatte.

Neugier überwältigte sie, und sie rückte näher ans Fenster, um besser sehen zu können. Überrascht stellte sie fest, daß die Häuser sauber und gepflegt aussahen. Licht fiel durch Vorhänge und Jalousien auf die Straße.

Es dauerte nicht mehr lange, und der Wagen hielt. Sie wagte kaum zu atmen, als der Fahrer vom Kutschbock stieg. Gleich darauf wurde die Tür geöffnet, und mit einem verschlagenen Grinsen bedeutete der Mann ihr auszusteigen.

Sie würde ihm nicht die Freude gönnen zu sehen, wie verängstigt sie war, nahm sie sich vor. Mit hocherhobenem Kinn und festem Schritt stieg sie aus, ignorierte die schmuddelige Klaue, die er ihr entgegenstreckte.

Er lachte, ein gurgelndes Geräusch. „Cap'n Canfield wartet schon auf Sie", erklärte er. Mit dem Kopf deutete er auf das Haus, vor dem er gehalten hatte, und Carrie wandte sich um.

Es sah genauso aus wie die anderen Häuser in der Straße, mit langen, schmalen grünen Schlagläden vor den Fenstern und einer winzigen Veranda. Im Mondlicht konnte sie saubere, gepflegte Blumenbeete zu beiden Seiten des Weges erkennen.

Der Kutscher betrachtete sie noch immer mit schiefgelegtem Kopf. Sie reckte sich zu ihrer vollen Größe und ging den Weg entlang zur Veranda. Dann klingelte sie zögernd.

Da sie erwartete, Beau Canfield zu sehen, war sie völlig überrascht, als die Tür von einer kleinen, exquisiten jungen Frau geöffnet wurde. Sie trug eine reich bestickte, tiefrote Samtjacke. Der passende Rock war mit winzigen goldenen Quasten am Saum verziert. Sie hielt den hübsch frisierten Kopf mit dem mit Perlen durchwirkten dunklen Haar aufrecht über einem schlanken Hals. Die makellose Haut wies nur einen kaum merklichen dunklen Schimmer auf, der ihr Blut verriet. Sie spannte sich über hohe Wangenknochen, die eine alte ägyptische Göttin hätten zieren können.

Carrie schluckte, wußte nicht, was sie sagen sollte. Die nachtschwarzen Augen der Frau glitzerten haßerfüllt, ehe sie die dichten Wimpern niederschlug.

„Mademoiselle Kingston ... kommen Sie herein." Die ruhige Stimme verbarg den Vulkan in ihrem Innern.

Carrie blieb wie angewurzelt stehen. „Ich ... ich ...", stammelte sie, aber in diesem Augenblick rauschte Beau Canfield grinsend in die kleine Eingangshalle.

„Carrie, meine Liebe ... ich habe die Minuten gezählt!"

Er schob sie eilig durch die Halle ins Wohnzimmer. Am Ende des Raums war ein Tisch für zwei Personen gedeckt, und hohe, weiße Kerzen standen darauf.

Beau stand in einem dunkelgrünen Hausmantel arrogant mitten im Zimmer. Seine Augen überflogen sie von Kopf bis Fuß, und ein Lächeln trat auf seine Lippen. „Du siehst reizend aus", bemerkte er.

Carrie konnte sich in dem mannshohen Spiegel an der Wand hinter ihm sehen, erkannte, wie blaß sie war, spürte auch das Schlagen ihres Herzens, spürte, wie ihre Handflächen feucht wurden, wie sich ihr Magen zusammenzog. Herrgott ... in was war sie da hineingeraten? Aber sie konnte nicht gehen. Welche Wahl blieb ihr denn sonst noch?

„Zuerst mußt du es dir bequemer machen“, erklärte Beau grinsend. „Monique ...“ Er hob die Hand, und die Frau, die im Durchgang gestanden hatte, glitt davon.

Beau umkreiste Carrie langsam, mit einem amüsierten und triumphierenden Blick. „Willst du mir nicht einmal einen guten Abend wünschen, Carrie?“

„Ich ... es ... tut mir leid“, sagte sie. Ihre Lippen waren so starr, daß es ihr Schwierigkeiten bereitete, die Worte herauszubringen. „Ich hatte einfach nicht erwartet ... ich meine, ich dachte, wir würden uns in Ihren Zimmern treffen.“

Seine Lippen zogen sich über den Zähnen zurück. „Oh, aber das hier ist doch viel besser. Gefällt dir mein kleines Versteck etwa nicht? Ich kann dir gar nicht sagen, wie – angenehm – ich diesen Ort schon gefunden habe. Aber nun komm ... hier haben wir, was du brauchst.“ Er wandte sich zu dem kleinen Schrank mit seiner Karaffe und dem Tablett um, füllte zwei kleine Kristallgläser fast bis zum Rand mit einer dunklen Flüssigkeit und hielt eines dann Carrie hin.

„Ich halte es wirklich für das beste, wenn wir sofort auf die Sache mit dem Darlehen zu sprechen kommen“, erklärte sie und ignorierte das Glas. „Wir sollten alles schriftlich festhalten. Auf diese Weise ... verstehen wir uns. Die Arrangements für die Rückzahlung ... die Höhe der Zinsen –“

Sein Lachen unterbrach sie. „Dafür bleibt noch genügend Zeit, Carrie. Ich versichere dir, wir kommen zu den ... Arrangements.“ Wieder bot er ihr das Kristallglas an.

Sie wollte gerade ablehnen, besann sich dann aber. Sie nahm es und trank zu schnell, riß die Augen auf, als der Brandy in ihrer Kehle brannte. Sie rang nach Luft und hustete, während Beau arrogant und belustigt zusah.

Monique kehrte mit einem langen Seidengewand über dem Arm ins Zimmer zurück.

„Aha, darin wirst du dich viel wohler fühlen, Carrie“, meinte Beau. „Du kannst dich im Schlafzimmer umziehen. Monique wird dir helfen.“

„Ganz gewiß nicht!“ erklärte Carrie entschieden.

Beau beäugte sie mit zusammengekniffenen Augen. Dann wandte er sich an die Frau. „Ist das Essen fertig?"

Sie nickte.

„Gut. Carrie, du mußt mit mir essen. Monique hat sich solche Mühe gegeben."

Er nahm der Frau das seidene Gewand ab.

„Ich glaube, es ist schon viel zu lange her, daß du deine Mutter besucht hast." Seine Stimme war samtweich, aber dennoch kalt. „Ich bin sicher, sie freut sich über deinen Besuch. Jenkins wartet."

Carrie bemerkte, wie sich die schlanke Gestalt der Frau straffte, wie Tränen in ihren Augen blitzten, ehe sie sich hastig abwandte. Kurz darauf hörte sie die Haustür zufallen.

Sie wollte hinter ihr herlaufen, sie zurückrufen. Die Frau hatte so etwas wie Schutz bedeutet, solange sie anwesend war.

Beau hatte sein Glas ausgetrunken und erklärte jetzt: „Laß uns mit den Spielchen aufhören, Carrie."

Mit einer schnellen Bewegung warf er ihr das Gewand zu, und instinktiv fing sie es auf. „Ich wünsche, daß du das anziehst, ehe wir essen. Wirst du jetzt ins Schlafzimmer gehen und das tun? Oder", er senkte die Stimme, „soll ich es für dich tun? Hier und jetzt?"

Erschrocken wich sie einen Schritt zurück und meinte dann achselzuckend: „Gut, ich ziehe es an." Welchen Unterschied machte es schon, was sie trug, während sie aßen?

Sie ging ins Schlafzimmer, das von einem übergroßen Bett beherrscht wurde. Eine einzelne Lampe warf ihr Licht auf die dunkelrote Satindecke. Carrie wandte sich ab. Jetzt kannte sie den Preis, den Beau für seine Hilfe verlangen würde.

Ihre Finger zitterten, als sie die Knöpfe und Schleifen öffnete und ihr Kleid zu Boden fallen ließ. Hastig trat sie aus ihrer Krinoline und streifte das Seidengewand über ihre Unterwäsche.

Über der Frisierkommode hing ein ovaler Spiegel. Sie konnte sehen, daß das Kleid wunderschön war, tief ausgeschnitten und dunkelblau wie ein Saphir, eine Farbe, die ihren Augen in dem blassen Gesicht golden leuchten ließ. Wenn sie es doch nur für jemand anderen tragen könnte . . . für Rance.

Sie fuhr herum, wütend, weil sie an ihn gedacht hatte. Mit hocherhobenem Kopf marschierte sie ins Wohnzimmer zurück.

„Wunderbar!" erklärte Beau und musterte sie von oben bis unten.

Sie erwiderte nichts, sondern schaute an ihm vorbei auf den Tisch. Während sie sich umgezogen hatte, hatte er alles vorbereitet. Da standen Platten mit zartem, weißem Fisch in Sahnesoße, daneben Gebäck und Erbsen. Beau verbeugte sich ironisch und rückte Carrie ihren Stuhl zurecht. Es gab kein Entrinnen.

Ein Teil von ihr wollte schreien, daß er mit diesem Spiel aufhören und endlich zur Sache kommen sollte, aber sie setzte sich nur müde zu Tisch.

Sie brachte kaum einen Bissen herunter, stocherte in ihrem Essen, während Beau es von ganzem Herzen zu genießen schien. Das Kerzenlicht schimmerte auf seinem blonden Haar, das er entgegen der Mode kurz geschnitten trug, unterstrich die Perfektion seiner Züge.

Zu perfekt, dachte Carrie. Wie eine griechische Maske, sinnlich und grausam. Und plötzlich, ungewollt, trat Rance vor ihr geistiges Auge ... das kantige Kinn, das Grübchen darin, die grobe Männlichkeit der einzelnen Partien seines Gesichts, das insgesamt so angenehm war.

Hastig trank sie einen Schluck Wein.

„Mehr?" Beau deutete auf die Karaffe.

„Nein, danke."

„Dann vielleicht Kaffee?" Er griff nach der schweren Silberkanne auf dem nahen Serviertisch und goß einen dünnen Strahl der dampfenden Flüssigkeit in die kleine Porzellantasse neben ihrem Teller.

Sie rührte mit einem zarten Löffel darin, konnte die Tasse nicht an die Lippen heben, weil ihre Hände so sehr zu zittern begonnen hatten.

Beau musterte sie unter perfekt gebogenen Brauen. „Ich glaube, das Abendessen interessiert dich gar nicht, Carrie."

Hastig sprang sie auf, als er sich erhob und um den Tisch auf sie zu kam. „Warte ...!" bat sie und wich instinktiv zurück.

„Warten? Worauf?“ Er grinste kalt. Dann packte er sie am Unterarm und zog sie näher zu sich heran.

„Ich sagte, warte!“ wiederholte sie herrisch.

Er ließ sie nicht los, meinte aber, noch immer belustigt: „Also schön, was gibt es?“

Carrie reckte das Kinn, obwohl ihr Herz schneller schlug. „Welchen Beweis habe ich denn, daß du deinen Teil des Abkommens einhältst, wenn ich meinen Teil erfüllt habe?“ wollte sie wissen.

Er starrte sie einen Augenblick lang an. Dann warf er den Kopf in den Nacken und lachte laut. „Mein Gott, du bist wirklich die Teufelskatze, für die ich dich gehalten habe! Das gefällt mir, Carrie! Eine Frau, die mich herausfordert!“ Er ließ sie los und ging zu einem kleinen Schreibtisch hinüber, der im Schatten an der entgegengesetzten Wand stand. Gleich darauf kehrte er mit einem Geldbündel in der Hand zurück. Er warf die Scheine auf den Tisch.

„Hier“, sagte er. „Das sind tausend Dollar. Du kannst es nachzählen, wenn du willst. Und“, fügte er dann hinzu, „solange du meine Geliebte bist, wirst du alles haben, was du brauchst, wann immer du es brauchst. Wenn du nett zu mir bist ...“

Carrie starrte auf das Geld. Tiefe Abscheu erfüllte sie.

Sie nahm das Päckchen auf, hörte Beaus leises, triumphierendes Lachen, dachte daran, wie sie zum erstenmal das Wort „Hure“ gehört hatte... geflüstert, so, wie junge Frauen immer dieses geheime Wissen einander mitteilten.

All die Gründe, die sie dafür gehabt hatte, hierherzukommen, schienen plötzlich weit fort. Sie begriff, daß es hier um etwas anderes ging, etwas, das noch wichtiger war als selbst ihre Liebe zu Kingston's Landing... um den Kern ihrer selbst, ihr innerstes Wesen.

Sie durfte sich nicht von diesem Mann – von keinem Mann – für Geld benutzen lassen. Sie war sich nicht sicher, warum es anders gewesen war, als sie sich Rance hingegeben hatte... aber es war anders gewesen.

Sie legte das Geld zurück auf den Tisch. „Es tut mir leid, Beau“, sagte sie ruhig. „Ich kann das nicht tun. Ich möchte jetzt bitte nach Hause.“

Er starrte sie an, als hätte er nicht richtig gehört. Dann verengten sich seine Augen, sein Mund wurde zu einer harten, häßlichen Linie. „Ich habe dich überschätzt, Carrie. Ich hätte nicht geglaubt, daß du dumm genug sein würdest zu glauben, es gäbe jetzt noch ein Zurück." Ehe sie seine Absicht auch nur ahnen konnte, schoß seine Hand vor, umklammerte ihr Handgelenk mit stählernem Griff.

„Paß auf, Beau! Ich glaube, nicht einmal vor einem Gericht der Yankees würde man eine Vergewaltigung nachsichtig behandeln! Ich werde zu General Banks persönlich gehen, wenn du mich nicht auf der Stelle losläßt!" Obwohl ihre Beine so heftig zitterten, daß sie fürchtete, gleich umzufallen, starrte Carrie trotzig in Beau Canfields dunkle Augen, die für gewöhnlich so kühl waren, aber in denen jetzt ein schwarzes Feuer brannte. Sein Lachen ließ sie bis auf die Knochen erstarren.

„Vergewaltigung?" meinte er sanft. „Vergewaltigung in einem Haus in der Rampart Street? In das du noch dazu freiwillig gekommen bist? Das kann mein Fahrer bestätigen. Wer würde dir da glauben, Carrie?"

Sie versuchte sich loszureißen, aber es hatte keinen Sinn. Er zog sie an sich, preßte seine Lippen auf ihren Mund, obwohl sie sich wehrte und nach ihm trat. Sein Mund, weich und feucht und widerlich, bewegte sich an ihrem, bis seine Zähne ihre Lippen auseinandergezwungen hatten. Seine Zunge stieß vor, erfüllte ihren Mund, bis sie stöhnte vor Übelkeit.

Beau hielt diesen Laut fälschlicherweise für ein Stöhnen der Erregung und zog sich kurz zurück, um auf sie herabzugrinsen. „Ich werde dich zuerst hier nehmen ... hier auf dem Boden", erklärte er. „Und später dann ... im Schlafzimmer."

Er paßte einen Moment lang nicht auf, und sie riß eine Hand los und zerkratzte ihm mit den Nägeln die ganze Wange. „Laß mich los!" fauchte sie. „Ich verachte dich ... verabscheue dich!"

Die Worte machten ihn rasend, die Kratzer auf seiner Wange färbten sich tiefrot. „Ich werde dich benutzen, bis ich bereit bin aufzuhören ... und bis dahin, Carrie, wirst du um mehr flehen ... so, wie alle Frauen!"

Sie heulte auf, ehe sein Mund sich erneut auf ihre Lippen preßte. Diesmal führte er sich auf wie ein Wilder. Seine freie Hand zerrte das Seidengewand von ihrem Körper, riß an ihrem Mieder, bis ihre Brüste nackt seinen Händen ausgeliefert waren. Sie versuchte zu schreien, aber seine Zunge bohrte sich in ihren Mund.

Ein kräftiger Stoß von ihm ließ sie rücklings zu Boden taumeln, und zu ihrem Entsetzen fiel er auf sie, sein hartes Glied in seiner Hose preßte sich an sie. Ihr Mund war jetzt frei, und sie hätte geschrien, hätte sie nicht jedes Fünkchen Kraft gebraucht, um sich gegen ihn zu wehren, als er an ihrer Hose zog. Doch dann riß der Stoff, entblößte ihren flachen Bauch bis hin zu dem Dreieck aus weichen, dunklen Haaren zwischen ihren Beinen.

„O Gott...", stöhnte sie, „nein... bitte, nein!" Aber seine Hand befand sich schon an seinem Schritt, um sich selbst zu entblößen, während sein Mund an ihrer Brust saugte.

Durch einen Nebel aus Schmerz und Entsetzen sah sie, daß sie am Boden neben dem Serviertischchen lagen. Als sie aufschaute, fiel ihr Blick auf die schwere silberne Kaffeekanne, die gleich am Rand stand. Hoffnung keimte in ihr auf.

Sie hörte plötzlich auf, sich zu wehren. Beau brüllte triumphierend und erneuerte seinen Angriff auf sie. Endlich gelang es ihm, sein Glied aus der Hose zu befreien. In diesem Augenblick fühlte sie, wie sich sein Griff lockerte. Sie griff nach der Kanne, verrenkte den Körper bei dem Versuch, sie zu bekommen.

Mit einem Aufschrei schloß sie ihre Finger um den Holzgriff. Sie drehte sich um, ihr Unterkörper noch immer in Beaus Umarmung, schlug die schwere Kanne mit aller Kraft auf seinen Schädel. Er stöhnte auf und rollte von ihr herunter.

Nach Atem ringend brach sie auf dem Boden zusammen. Großer Gott, hatte sie ihn umgebracht?

Als sie es über sich brachte, sich die Sache anzusehen, sprang sie auf die Füße. Die Kanne war über den Boden gerollt, hatte Kaffee verströmt, und Beau lag auf der Seite, die Arme von sich gestreckt. Sie beugte sich über ihn. Er schien normal zu atmen. Das mußte bedeuten, daß er nur ohnmächtig war. Und wenn das stimmte, konnte er jeden Augenblick wieder zu sich kommen.

Panik erfüllte sie von neuem. Sie mußte dieses Haus verlassen! Jetzt sofort!

Sie blickte auf ihren fast nackten Körper hinab und befestigte die zerrissene Hose, so gut sie konnte – das Mieder konnte sie vergessen. Dann zog sie das Seidengewand wieder um sich zusammen und schloß die Knöpfe. Obwohl sie heftig zitterte, rannte sie anschließend ins Schlafzimmer, packte ihr Kleid und ihre Handtasche und eilte durch die Halle zurück und aus der Tür. Sie hatte schon die Straße erreicht, als ihr auffiel, daß sie nur einen Schuh anhatte, aber sie würde deshalb nicht wieder zurückkehren.

Sie lief die dunkle Straße entlang, in der Hoffnung, die richtige Richtung eingeschlagen zu haben. Wenn nun Jenkins kam? Wenn Beau . . .? Sie unterdrückte jeden Gedanken, preßte nur ihr Kleid an sich und rannte, so schnell sie konnte. Ihr Atem ging stoßweise, ihre Strümpfe rissen auf dem Pflaster.

Die Häuser, an denen sie vorüberkam, waren alle geschlossen und still wie die Gräber auf einem Friedhof. Sie wagte es nicht, irgendwo um Hilfe zu bitten. Sie wußte ja nicht, wie man sie empfangen würde.

Sie hastete weiter, erreichte nach einer Weile eine Kreuzung und näherte sich ihr vorsichtig, war sich des Bildes bewußt, das sie bieten mußte: in ihrem zerrissenen Gewand, mit nur einem Schuh, grimmig ihr Kleid umklammernd. Da war ein Straßenschild. *Toulouse Street.* Ja, beschloß sie, diese Straße würde sie nehmen.

Sie lief den Bürgersteig entlang, erreichte einen beleuchteten Hauseingang. Doch als sie rauhe Männerstimmen im Haus ein Trinklied anstimmen hörte, rannte sie weiter. Blieb dann wie angewurzelt stehen, als sie ein Pferd in der kleinen Gasse neben dem Haus hörte. Der Reiter war offensichtlich schon sehr angetrunken. Sie preßte sich an das Gebäude und war froh, daß der Mond kurz zuvor hinter einer Wolke verschwunden war.

Nachdem der Reiter an ihr vorüber war, setzte sie ihren Weg fort, jetzt aber vorsichtiger. Sie fürchtete schon, niemals mehr heimzukommen, als sie plötzlich das Knarren einer Kutsche hörte, die langsam die Straße entlangrollte.

Sie duckte sich in einen Eingang und wartete, daß der Wagen

näher kam, und dann machte ihr Herz plötzlich einen Satz, als sie erkannte, daß es sich um einen Mietwagen handelte. Sie hätte vor Freude weinen können.

Sie hinkte mitten auf die Straße und schwenkte verzweifelt die Arme. Der dicke Neger auf dem Kutschbock zügelte das Pferd und starrte sie mit großen, ungläubigen Augen an.

„Bringen Sie mich bitte in die Dumaine Street", sagte sie und ging um das wenig vertrauenerweckende Gefährt zur Tür.

Der Neger hielt eine Hand hoch, um sie aufzuhalten, und schüttelte dann langsam den Kopf, beäugte sie so ängstlich, als wäre sie ein Gespenst. „Sorry, Missy... sorry... Keine Arbeit mehr heute. Meine Frau wartet mit dem Essen. Nichts mehr... nichts mehr..."

„O bitte...", flehte Carrie, „ich... ich..." Sie suchte nach den richtigen Worten, gab dann aber den Versuch auf, ihren Zustand zu erklären. „Ich muß heim. Ich werde Sie gut bezahlen..."

Die runden Augen in dem dunklen Gesicht zuckten kaum merklich, als sie das Geld erwähnte, und Carrie nutzte ihren Vorteil. „Es soll sich für Sie lohnen, das verspreche ich..."

Schließlich legte er den Kopf schräg und musterte sie, ehe er brummte: „Dumaine Street, Missy?"

„O ja... danke!" Carrie seufzte vor Erleichterung, nannte die Hausnummer und sank dankbar auf den abgewetzten, schmuddeligen Sitz. Noch nie war ihr ein Wagen so luxuriös erschienen.

Carrie erwachte plötzlich, setzte sich kerzengerade in ihrem Bett auf, ehe sie begriff, daß die Morgensonne durch ihr Fenster fiel und sie sicher im Bett in ihrem Haus in der Dumaine Street lag. Langsam legte sie sich wieder hin, war sich ihres zerschundenen, schmerzenden Körpers bewußt.

Sie stöhnte, fragte sich, wie sie so dumm hatte sein können, sich der Gnade eines Mannes vom Schlage eines Beau Canfield auszuliefern. Selbst wenn es um die Rettung von Kingston's Landing ging. Und das hatte sich noch nicht geändert. Aber jetzt wollte sie nicht daran denken. Sie war froh, daß sie am Vorabend wieder heil nach Hause gekommen war...

Der Kutscher war sicher selig über seine letzte Fahrt, denn Carrie hatte ihm alles Geld gegeben, das sie in ihrem Täschchen hatte, und das war wahrscheinlich mehr, als ihm alle anderen Fahrten des Tages zusammen eingebracht hatten. Und seine Frau war zweifellos entzückt über das blaue Seidengewand, das Carrie in der Kutsche zurückgelassen hatte – sie hatte die Vorhänge vor die Fenster gezogen, sobald sich der Wagen in Bewegung setzte, war aus dem Hauskleid geschlüpft, hatte, so schnell es ging, ihr eigenes Kleid übergezogen. Und Beau hatte an diesem Morgen nicht nur irrsinnige Kopfschmerzen und eine dicke Beule, sondern auch noch einen Unterrock und einen Ring Reifen in seinem Schlafzimmer liegen. Alles in allem ein niedriger Preis dafür, daß sie relativ unversehrt geblieben war, sagte sie sich. Sie schauderte bei der Erinnerung an die schrecklichen Minuten in jenem Haus.

Aber was sollte sie jetzt mit Suzy machen? Sie mußte eine Möglichkeit finden, um sie vor Beau zu schützen. Sie mußte ein paar Tage darüber nachdenken, durfte nichts Falsches tun oder sagen. Suzy war so dickköpfig.

Sie setzte sich auf und zuckte zusammen, weil ihr alles weh tat. Sie brauchte ein heißes Bad, aber sie wollte nicht, daß Mattie die blauen Flecke an ihrem Körper sah. Niemand sollte ahnen, daß sie den Abend nicht im Haus der Tates verbracht hatte.

Es stellte sich heraus, daß Mattie kein Problem war. Ihre Augen waren immer noch vom Weinen um Solomon gerötet, und am Nachmittag ließ Carrie Prosper rufen. Er versprach zu sehen, was er herausfinden konnte.

Als er am nächsten Tag wiederkam, wußte er, daß Monsieur Marchand aufgrund seines Alters tatsächlich nur verwarnt worden war und sich jetzt mit seiner Frau im Haus einer Nichte erholte. Solomon hatte seine Entlassungspapiere erhalten, aber niemand kannte seinen Aufenthaltsort. „Ich werde aber weiterhin versuchen, seine Adresse ausfindig zu machen, Mattie“, versprach Prosper freundlich.

Mattie nickte ernst und mit hängenden Schultern. „Danke, Mist' Prosper.“ Mit niedergeschlagenen Augen verließ sie langsam das Zimmer.

Prosper lehnte sich in seinem Sessel zurück und seufzte. „Das arme Mädchen. Die Liebe kann wirklich sehr schmerzhaft sein."

„Das glaube ich auch. Und nach Matties Verhalten zu urteilen, ist die ganze Sache schon viel weiter gegangen, als ich vermutet habe. Trotzdem ... ich glaube immer noch, daß sie ohne ihn besser dran ist."

Prosper zog die Brauen hoch. „Wer kann das schon für einen anderen beurteilen?" meinte er, grinste aber gleich darauf wieder. „Nun, ich bin nicht gekommen, um mit dir darüber zu sprechen."

„Nein?"

„Nein." Er fuhr sich mit der Fingerspitze über den Schnurrbart. „Ich wollte mit dir über Geld reden."

„Geld?"

„Ja. Ich glaube, es wird Zeit, daß wir über gewisse Tatsachen sprechen. Ich habe gesehen, wie du versucht hast, ein Darlehen aufzutreiben, um auf Kingston's Landing wieder anzubauen. Und ich habe auch gesehen, wie dein hübsches Gesicht immer bekümmerter wurde." Er nippte an seinem Kaffee. „Susannah hat mir erzählt, du hättest vor ein, zwei Tagen bei den Tates zu Abend gegessen."

„Ja", bestätigte sie vorsichtig.

„Ich nehme an, daß dabei nichts herausgekommen ist, denn sonst hättest du mir wohl davon erzählt."

„Das ... ist richtig." Carrie wich seinem Blick aus.

„Ich bin sicher, du hast dich die ganze Zeit über gefragt, warum der alte Freund deines Vaters, der weltbekannte Fechtmeister Prosper Durant, dir keine finanzielle Hilfe angeboten hat."

„O nein, Prosper, ich ..."

Mit einer Handbewegung brachte er sie zum Schweigen. „Um die Wahrheit zu sagen, ma chère, ich war zu Beginn des Krieges zwar ein verhältnismäßig reicher Mann. Aber ich hatte das meiste Geld in Gold angelegt – ich hielt es für die sicherste Art –, und als die Bankiers alles Gold aus der Stadt schickten, damit es nicht den Yankees in die Hände fallen konnte, war meines auch dabei." Lachend tat er sein Pech ab.

„Aber ich habe mein Guthaben noch einmal gründlich durchgesehen. Ich weiß, diese Summe ist für dein Vorhaben nur klein, aber ich möchte trotzdem, daß du sie annimmst.“ Er zog ein Blatt Papier aus der Innentasche seiner Jacke und reichte es Carrie lächelnd.

Sie starrte auf den Wechsel über zweitausend Dollar. „Prosper... ich... ich verstehe nicht.“

„Ich wünschte, es wäre mehr. Kannst du mit so wenig etwas anfangen?“

„Nun ja... ich denke, ich könnte...“, stammelte sie, noch immer erstaunt über die unerwartete Wendung der Dinge. „Aber, Prosper, ich kann das von dir nicht annehmen. Besonders nicht nach dem, was du mir eben erzählt hast.“

„Natürlich kannst du das. Ich will es nicht anders. Außerdem wirst du doch einem Älteren keine Vorschriften machen wollen, oder?“ spottete er.

Carrie hielt den Wechsel ganz fest, kämpfte gegen die Tränen. „Einem so lieben ganz gewiß nicht. Aber du brauchst es vielleicht selbst. Bist du sicher...?“

„Ganz sicher.“

Sprachlos saß sie da. „Ich werde dir jeden Cent zurückzahlen“, versprach sie schließlich, als sie richtig begriff, was geschehen war.

Großer Gott, wenn sie bedachte, was sie fast getan hätte!

Aber jetzt hatte sie das Geld, dank Prosper. Und sie konnte Suzy nehmen und heimkehren... heim nach Kingston's Landing.

18

Die Sonne stand tief am Himmel. Durch und durch müde tätschelte Carrie Majestic liebevoll den Hals. Es war für beide ein langer Tag gewesen.

Sie hatte Justice erst wenige Minuten zuvor verlassen, ehe er weitergeritten war zu seiner eigenen Farm, die nicht weit von Kingston's Landing entfernt war. Tatsächlich hatte das Land früher zur Plantage gehört, bis Adam Kingston die fünfunddreißig

Acres an Justice verkauft hatte. Und der Schwarze und seine Frau Tana lebten heute noch dort.

Carrie freute sich noch über die Abschiedsworte des Schwarzen. „Ich glaube, Sie hätten selbst 'nen guten Aufseher abgegeben, Miss Carrie." Das war ein hohes Lob von jemandem, der der Beste gewesen war. Aber sie wußte, ohne Justices Hilfe hätte sie es niemals geschafft. Und natürlich war ihr auch Prosper eine unschätzbare Hilfe gewesen, bis sie New Orleans verlassen hatte. Er hatte mit ihr zusammen die Hilfskräfte angeheuert, die sie auf der Plantage brauchte.

Sie lächelte vor sich hin, so müde sie auch war. Vor ihrem geistigen Auge sah sie die Ländereien im Süden, sah die grünen Zuckerrohrsprossen, die aus der Erde ragten. Sie hatte es geschafft. Sie würde ernten!

Jetzt konnte sie das Haus vor sich sehen, Kingston's Landing, dessen Schönheit von den knorrigen alten Magnolienbäumen noch unterstrichen wurde.

Als Carrie näher kam, zügelte sie ihr Pferd und ließ einen Moment lang einfach alles auf sich einwirken, spürte erneut die Liebe, die sie zu ersticken drohte. Papa hatte das auch immer gemacht, erinnerte sie sich, hatte immer einen Moment lang gehalten, einfach nur, um das Haus zu betrachten, als wäre es der schönste Anblick der Welt für ihn.

Die Farbe an den Säulen blätterte ab; einer der dunkelgrünen Schlagläden hing lose in den Angeln. Sie würde dafür sorgen, daß das alles gerichtet wurde... sobald sie genug Männer auf den Feldern erübrigen konnte.

Es gab immer so viel zu tun... und nie genug Arbeiter. Seufzend lenkte sie Majestic den Ställen zu, wo Benjamin wartete.

„Sorg dafür, daß er gut trockengerieben wird, Benjamin."

„Bestimmt, Miss Carrie." Zärtlich fuhr Benjamin mit der Hand über die staubige Flanke, und das Tier wieherte leise.

Carrie schlenderte über den Pfad auf der Rückseite des Hauses, wollte es durch die Wohnzimmertüren betreten. Susannah saß dort und arbeitete im Licht einer hohen Lampe an einem zarten Spitzenstück, den Mund schmollend verzogen.

„So“, meinte sie und warf den Stickrahmen beiseite, als sie ihre Schwester erblickte, „das wird ja auch Zeit! Chloe hat gesagt, wir könnten erst essen, wenn du da bist. Und ich bin am Verhungern!“

„Das tut mir leid, Suzy. Ich hatte so viel zu erledigen.“

Susannah musterte Carrie von Kopf bis Fuß, und ihr hübsches Gesicht umwölkte sich. „Ehrlich, Carrie... du solltest dich mal ansehen!“

Carrie schaute auf das derbe Baumwollhemd, den staubigen, zerrissenen Reitrock und ihre Stiefel hinab, die zu ihrer Arbeitskleidung geworden waren. Es war einfach unmöglich, in Krinolinen zu arbeiten, und sie war der Ansicht gewesen, daß ein Reitrock die beste Lösung darstellte. Chloe sorgte dafür, daß Carries drei Reitröcke immer gewaschen wurden, aber nach ein paar Stunden auf dem Feld war sie doch wieder dreckig. Sie wußte, daß ihr Haarband sich gelöst hatte, daß ihr Haar so zerzaust und staubig war wie alles andere an ihr.

„Ich weiß, Liebes! Ich muß schon einen tollen Anblick bieten!“ Sie grinste und versuchte, Susannahs Laune zu bessern. „Ich wasch' mich nur schnell ein bißchen, und dann können wir essen. Es dauert nicht lang.“

Aber Susannah hatte einen langen, langweiligen Tag hinter sich, hatte sich gefragt, warum Beau Canfield in all den Wochen, seit Carrie sie nach Kingston's Landing zurückgebracht hatte, weder selbst gekommen war noch eine Nachricht gesandt hatte. So kam es, daß sich ihr Zorn nicht so leicht besänftigen ließ. „Ich weiß wirklich nicht, was in dich gefahren ist“, heulte sie. „Arbeitest da draußen von Sonnenaufgang bis Sonnenuntergang... wie irgendein einfacher Landarbeiter!“

Carrie verkniff sich eine Antwort, wandte sich nur zum Gehen, als sie Chloe in der Tür stehen sah. Ihr Gesicht glich einer Gewitterwolke.

„Kommt mir so vor“, wandte sich die Negerin an Susannah, „als könnte eine gewisse Miss Somebody mächtig froh sein, daß sie eine Schwester hat, die so hart arbeitet und sich um alles kümmert. Ich könnte mir vorstellen, daß Miss Carrie liebend gern den ganzen Tag in der kühlen Galerie sitzen würde.“

Sklavin oder nicht, Chloe war wie eine zweite Mutter für die Mädchen gewesen, und wenn sie sprach, hörten sie auch heute noch zu. Unter dem strengen Blick wand sich Susannah auf ihrem Platz und gab schließlich zögernd nach. „Du hast ja recht, Chloe“, murmelte sie. „Es... es tut mir leid, Carrie. Es war einfach ein so langer Tag. Und ich hasse es hier! Ich begreife nicht, daß wir nicht in New Orleans bleiben können!“

Carrie und Chloe wechselten einen Blick. Sowohl Susannah als auch Mattie waren alles andere als erfreut gewesen, zur Plantage zurückzukehren, und keine von beiden hatte ihr Mißfallen zu verbergen gesucht.

„Ich bin bald fertig“, erklärte Carrie und wandte sich der Tür zu. „Ist Lafitte schon aus New Orleans zurück?“

„Ja, Miss Carrie. Kam vor etwa einer Stunde. Hat alles gekriegt, was er holen sollte. Hat auch einen Brief von Miz Morrison mitgebracht. Und ein paar Zeitungen.“

„Ich verstehe immer noch nicht, warum ich nicht mitfahren konnte“, beschwerte sich Susannah. „Ich hätte ja bei den Morrisons bleiben können, und Lafitte hätte mich dann in einer Woche oder so wieder abgeholt.“

Carrie seufzte nur und ging kopfschüttelnd zur Rückseite des Hauses, wo ihr Bad auf sie wartete.

Nach dem Abendessen ging Carrie ins Arbeitszimmer. Sie war nach dem langen Tag erschöpft, wollte aber wenigstens noch Abbys Brief lesen und einen Blick in die Zeitungen werfen, ehe sie zu Bett ging. Abby berichtete, daß Melissa einen gesunden Sohn zur Welt gebracht hatte. Im übrigen schrieb sie fast nur von ihrer Sorge um J.D. in Vicksburg, jetzt, da Grant die Schlinge um diesen strategisch wichtigen Ort immer enger zusammenzog.

Auch Carrie hatte Angst um J. D. und George Pierre, aber sie tröstete sich damit, daß niemand stärker oder tapferer war als ihre eigenen konföderierten Soldaten. Sie konnte nur beten, daß ihrem Bruder und J. D. nichts geschah.

Sie lehnte sich in ihrem Sessel zurück und schloß müde die Augen, spürte die kühle Nachtluft durchs Fenster hereinwehen.

Es dauerte nicht lange, und die Zeitung glitt aus ihrer Hand, als sie erschöpft einschlief.

Eine Stunde später kam Chloe herein, um zu fragen, ob Carrie Tee wünschte. Sie blickte auf das müde, junge Gesicht hinab, sah die frisch gewaschenen Haare, die sich um die Wangen ringelten, die jetzt, trotz aller Bemühungen, die zarte Haut vor der Sonne zu schützen, Sommersprossen aufwiesen.

Im Schlaf runzelte Carrie die Stirn, und die alte Negerin schüttelte traurig den Kopf. „Lord, Lord“, murmelte sie, „dieses Kind versucht, die ganze Welt auf den Schultern zu tragen.“

Gleich darauf streckte sie die Hand aus, weckte Carrie und schickte sie nach oben.

Es fing als sanfter Regen an, den Carrie willkommen hieß, denn die letzten Wochen waren zu trocken gewesen. Außerdem freute sie sich über einen Tag Pause von der harten Arbeit. Aber am zweiten Tag war der Himmel bleischwarz, der Regen fiel unaufhörlich, und Carries Sorge nahm beständig zu. Wenn es so weiterregnete, konnten die Gräben nicht mehr damit fertig werden, und das bedeutete das Ende ihrer Ernte.

Es würde bald aufhören, tröstete sie sich selbst. Trotzdem ließ sie nach dem Essen von Benjamin ihr Pferd satteln und ritt hinaus, ohne sich um Chloes Protest zu kümmern.

Die Gräben leiteten das Wasser zwar noch ab, schienen aber schon sehr hoch gefüllt zu sein. Carrie schaute über die Reihen wachsenden Zuckerrohrs hinweg, kniff die Lippen zusammen. Sie würde schon dafür sorgen, daß die Gräben offen blieben, ganz gleich, was sie dafür tun mußte.

Sie wendete Majestic und wollte gerade resolut zurückreiten, als sie Justice vor sich sah. Wie sie war er in eine Regendecke gehüllt und hatte sich seinen formlosen, verblichenen Filzhut tief ins Gesicht gezogen. Wassertropfen glitzerten auf seinem dunklen Gesicht, als sie vor ihm hielt.

„Justice ... ich glaube, wir sollten Männer hierherschicken“, rief sie ihm zu.

Er nickte. „Würde nicht schaden. Ich war auf den Feldern weiter oben. Das Wasser in den Gräben steht hoch. Ich mache mir Sorgen wegen der Sümpfe, Miss Carrie. Wenn das Wasser dort steigt, kann es die Felder überfluten. Und das heißt, daß das Zuckerrohr verrottet."

Carrie starrte über die Zuckerrohrreihen. „Das wird nicht passieren", erklärte sie stur.

Justice grinste sie an. „Ich gehe mit der Hälfte der Männer nach oben. Du bleibst mit den anderen hier unten. Aber es gibt nicht viel, was wir tun können, bloß die Gräben offenhalten... und beten, daß es nicht mehr lange regnet."

Sie holten die Arbeiter aus ihren Hütten, versorgten sie mit Gummidecken gegen den Regen, mit Hacken und Schaufeln aus dem Werkzeugschuppen, teilten sie dann in zwei Gruppen auf und bewegten sich in entgegengesetzte Richtungen davon.

Carrie ritt Majestic, und die Männer folgten in von Maultieren gezogenen Wagen. Im ersten Wagen saß Big Josephus – ein Mann, der aufgrund seiner Größe und seines Temperaments zum Anführer der Gruppe geworden war. Als sie den Rand des Feldes erreichten, brüllte er seine Befehle.

„Verteilt euch! Sorgt dafür, daß nichts die Gräben verstopft!" Grinsend wandte er sich Carrie zu. „Ich kenne Zuckerrohr, Miss Carrie. Wir woll'n nich', daß die Pflanzen im Wasser steh'n, wenn wir das verhindern könn'n."

Carrie schenkte ihm einen dankbaren Blick. Er war einer der wenigen Männer, die für ihren Lohn immer volle Arbeit geleistet hatten.

In den nächsten beiden Stunden regnete es weiter, suchten die Männer nach dem kleinsten Anzeichen einer Verstopfung der Gräben. Carrie stieg vom Pferd und hackte selbst manchmal auf einen Ballen Gras ein. Sie schwitzte unter der Gummidecke, Schweißperlen und Regen vermischten sich auf ihrem Gesicht, ihr Haar war naß und schwer unter dem durchweichten Strohhut, und der Saum ihres Reitrockes war schlammverkrustet.

Benjamin brachte große Kannen mit dampfendem Kaffee und Riesentöpfe mit Gumbo. Abwechselnd kamen die Männer zum Essen und ruhten sich ein paar Minuten lang aus.

Am späten Nachmittag ließ der Regen nach, hörte schließlich ganz auf, und die dunklen Wolken teilten sich etwas. Big Josephus grinste und rief, auf ein Zeichen von Carrie hin, die Männer zusammen.

Erleichtert und in der Hoffnung, daß die Sonne am nächsten Morgen scheinen würde, ging Carrie früh zu Bett und schlief unruhig bis kurz nach Mitternacht. Das Trommeln des Regens auf dem Dach weckte sie.

Sie stand auf, zündete eine Lampe an und kleidete sich so schnell sie konnte an, blickte dann aus dem Fenster. Kein Stern war zu sehen, nur der schwarze Himmel. O Gott, heulte sie innerlich, das Zuckerrohr mußte gedeihen!

Es klopfte leise an die Tür, und dann kam Chloe hereingetappt. „Ich wußte, daß du auf sein würdest, Liebes." Ihr faltiges Gesicht verriet ihre Sorge.

„Ich darf es nicht verlieren, Chloe! Ich darf diese Ernte nicht verlieren!" platzte Carrie heraus.

„Ich weiß, Liebes."

Gemeinsam warteten und beobachteten sie, bis der Morgen anbrach. Aber der Himmel war selbst dann noch so dunkel, daß alles grau und düster schien.

„Ich werde auf die Felder hinausreiten, Chloe. Ich muß sehen, wie schlimm es ist."

„Nein, Miss Carrie ... Da draußen hast du jetzt nichts zu suchen. Da kann sowieso niemand etwas tun. Wir müssen abwarten." Chloes Worte verpufften in der Luft, denn Carrie war schon halb die Treppe hinunter. Händeringend folgte ihr die Negerin, so schnell sie konnte.

Benjamin wartete unten. „Justice ist in der Küche, Miss Carrie", berichtete er, und Carrie eilte zu ihm.

„Justice ... wie schlimm ist es?"

Justice stand mit einer Tasse heißem Kaffee in der Hand an der Hintertür. „Die Straße am Fluß entlang ist noch offen, Miss Carrie, aber das Wasser in den Sümpfen steigt schnell. Unmöglich, auf die Felder zu kommen."

Carrie wandte sich enttäuscht ab, begriff aber gleichzeitig auch, daß Justice bei diesem Wetter zu ihr gekommen war, um zu helfen. „Tana?“

„Tana geht es gut. Ihre Cousine ist für ein paar Tage zu Besuch. Und unser Haus steht hoch. Das ist noch nie überflutet worden.“

„Ich muß es mir selbst ansehen. Benjamin, sattle mir Majestic“, befahl Carrie.

„Miss Carrie“, schalt Chloe, „hab' ich nich' gerade gesagt, du hast da draußen nichts zu suchen! Du holst dir nur den Tod, wirst bis auf die Haut durchnäßt. Und außerdem kannst du überhaupt nichts tun, wenn das Wasser weiter steigt.“

Justice erkannte am Ausdruck von Carries Gesicht, daß nichts sie davon abhalten konnte loszureiten, und so erklärte er ruhig: „Ich werde sie begleiten, Chloe.“

„Ich auch“, fügte Benjamin hinzu.

Sie liefen zu den Ställen, und Benjamin sattelte ein kräftiges und frommes Maultier für sich selbst, während Justice Majestic für Carrie fertig machte. Dann ritten die drei los, in den strömenden Regen hinaus.

Die Auffahrt mit ihrer Mischung aus Kies und Lehm war noch ziemlich fest, und die Uferstraße war von Natur aus mit kleinen Muscheln übersät. Der Fluß selbst floß dunkel und schnell dahin; Äste schossen vorüber, drehten sich im Wasser.

„Hier ist es nicht so schlimm“, ließ sich Justice vernehmen. „Aber ich glaube, die Straße zu den Feldern ist unwegsam.“

„Ich werde es dennoch versuchen“, brüllte Carrie zurück. Sie wendete Majestic und dirigierte ihn zu der schmalen Straße, die zu den Feldern führte. Der Wind kam jetzt von vorn, und sie senkte den Kopf gegen den beißenden Regen. Das Pferd unter ihr wieherte zum Protest.

Sie war kaum zwanzig Meter geritten, da stolperte Majestic auch schon und wäre fast in den tiefen Schlamm gestürzt.

„Ruhig, Junge, ... ruhig“, sagte sie und sprang aus dem Sattel, entschlossen weiterzumachen, und wenn sie zu Fuß gehen mußte. Aber schon nach den ersten Schritten versank sie bis zu den Knien im Schlamm, verlor dann das Gleichgewicht, halbgeblendet vom Regen, und fiel kopfüber in den Dreck.

Sie hatte sich aufgesetzt und versuchte, sich den Schlamm aus dem Gesicht zu wischen, als die beiden Männer sie schließlich erreichten. Während Justice den zitternden Wallach am Zügel ergriff und zurückführte, hob Benjamin Carrie mit seinen noch immer kräftigen Armen hoch und trug sie zu der festen Straße zurück, wo er sie sanft auf die Füße stellte.

Justices dunkle Blicke bohrten sich in ihre. „Wir können nichts tun, Miss Carrie! Ist das jetzt klar?"

Sie nickte unglücklich, zitternd und schlammbedeckt. Ihr Haar war vom Schlamm verklebt, er sickerte allmählich sogar in ihre Stiefel. Aber all das war unwichtig. Sie hatte die Ernte verloren, und sie wußte es.

Justice half ihr wieder in den Sattel, und dann traten die drei den Rückweg an. Tränen liefen über Carries Gesicht und vermischten sich mit dem Regen.

Es fiel Carrie noch immer schwer, alles zu akzeptieren ... obwohl sie die Tochter eines Pflanzers war und die Unwägbarkeiten des Wetters kannte. Trotzdem konnte sie nicht glauben, daß all die Arbeit, die Sorge – und das Geld – in einer einzigen Nacht zunichte gemacht worden waren.

Tage waren vergangen, ehe das Wasser abgelaufen war, und mehr als eine Woche dauerte es, bis die Felder so trocken waren, daß sie sie betreten konnten. Sie fand sie, wie sie es erwartet hatte. Das wenige Zuckerrohr, das nicht fortgespült worden war, lag faulend in der Sonne.

Jetzt, zehn Tage später, saß sie auf der Galerie und schaute über den Garten hinaus. Alles blühte und wuchs, als wollte es sich über sie lustig machen.

Susannah kam auf die Veranda heraus, knabberte an einem von Chloes Keksen.

„Du bist zum Essen nicht hereingekommen", bemerkte sie mürrisch.

„Tut mir leid. Ich hatte einfach keinen Hunger."

Susannah war mit dem Keks fertig und leckte sich die Finger. „Ehrlich, Carrie", explodierte sie schließlich, „ich hab' noch nie jemanden so ein Theater wegen einer ollen Ernte machen gesehen! Ich bin froh, daß sie fortgespült worden ist! Jetzt können wir vielleicht endlich nach New Orleans zurückkehren und beide wieder ein bißchen fröhlicher werden!"

Die Wut trieb Carrie auf die Füße. „Begreifst du denn nicht, daß wir kein Geld mehr haben, wenn ich hier nicht bald etwas ernte", tobte sie.

Susannah starrte sie einen Augenblick an, ehe sie achselzuckend meinte: „Ich bin sicher, die Morrisons würden für uns sorgen, bis –"

„Die Morrisons können kaum für sich selber sorgen!" schnitt Carrie ihr das Wort ab. „Hast du das denn nicht bemerkt, als wir das letzte Mal da waren?"

„Nun, dann ... George Pierre wird heimkommen", meinte Susannah trotzig.

Verzweifelt wandte Carrie sich ab. Wann würde George Pierre heimkommen, fragte sie sich. Würde dieser schreckliche Krieg jemals ein Ende finden? Sie hätte ihrer Schwester erzählen können, daß es gerade George Pierres Unfähigkeit gewesen war, die sie in diese Situation gebracht hatte. Aber das konnte sie nicht tun. Sie liebte ihren Bruder, und sie wußte, daß er sein bestes gegeben hatte. Er hatte sich so sehr bemüht, Papas Platz einzunehmen.

Susannahs Stimme ertönte leise hinter Carrie. „Ich wollte dich nicht wütend machen, Carrie. Das mit dem Zucker tut mir wirklich leid."

Carrie drehte sich um, blickte in das hübsche Gesicht ihrer Schwester, das im Moment so niedergeschlagen wirkte. Sie hatte noch nie lange böse auf Suzy sein können, und diesmal war es nicht anders. „Schon gut, Liebes." Sie streckte die Arme aus, und die beiden Mädchen umarmten sich.

Gleich darauf lächelte Susannah wieder. „Ach, Carrie, ich meine es ernst. Es tut mir wirklich leid mit der Ernte. Aber wenn sie nun mal ruiniert ist ... ich meine, was hält uns dann noch hier? Könnten wir nicht für eine Weile in die Stadt zurückkehren?"

Carrie seufzte und schaute erneut in den Garten. Sie war wieder genau da, wo sie angefangen hatte, nur, daß sie Prosper jetzt auch noch Geld schuldete. Hier auf der Plantage würde sie bestimmt kein Geld auftreiben. Wenn es überhaupt eine Chance für ein Darlehen gab, dann in New Orleans. Vielleicht hatte sich die Lage dort verändert. Vielleicht hatte Leroy Tate inzwischen etwas erreicht.

Sie bemerkte, daß Susannah auf ihre Antwort wartete, vor Eifer fast auf den Zehenspitzen stand. Sie ist noch so jung, dachte Carrie, so schrecklich jung. Alle Gedanken an Geld und Ernten und Krieg waren meilenweit von ihr entfernt. Liebe für ihre kleine Schwester durchströmte sie. Sie mußte alles in ihrer Macht stehende tun, damit es so bliebe.

Es kam ihr überhaupt nicht in den Sinn, daß sie selbst nur zwei Jahre älter war als Susannah. Sie nahm nur einfach Suzys Hand. „Ja“, meinte sie schließlich, „ich schätze, wir gehen für eine Weile zurück nach New Orleans.“

19

„Rat mal, wen ich heute nachmittag geseh'n habe? Direkt vor LeGallienne's Sweet Shop?“ Susannah stürmte in die Küche des Hauses in der Dumaine Street, wo Carrie Blumen in einer Vase ordnete. Jetzt wandte sie sich langsam ihrer Schwester zu, hoffte, daß es nicht Beau Canfield gewesen war. Zum Glück war er nicht in der Stadt gewesen, als sie vor einer Woche gekommen waren, und sie hoffte, daß er noch nicht zurückgekehrt war.

„Na . . . willst du es gar nicht wissen?“ bohrte Susannah.

„Doch, natürlich. Also, wen hast du gesehen?“

„Rance Stewart!“ verkündete Susannah.

Carrie wandte sich hastig wieder der Vase zu. „Wie schön.“ Sie bemühte sich, ihrer Stimme einen gleichgültigen Klang zu verleihen.

„Und ich war ehrlich überrascht“, plapperte Susannah weiter.

„Überrascht? Worüber denn?“

„Er ist verlobt. Er wird dieses Yankee-Mädchen heiraten, diese Nora Barlow. Sie war bei ihm.“

Carries Hand blieb in der Luft hängen, ihr Magen drohte sich umzudrehen. Verlobt? Rance wollte dieses Yankee-Weib *heiraten*!

„Rance hat mich ihr vorgestellt. Du hättest sie sehen sollen, Carrie“, erzählte Susannah atemlos. „Ihre Kleider waren einfach herrlich! Und ihr Hut ... ich habe noch nie etwas so Chices gesehen! Ein winziges Ding, ganz oben auf dem Kopf. Und über und über mit den weichsten, rosafarbenen Federn bedeckt –“

„Miss Carrie ... was haben Sie nur getan!“ unterbrach Mattie, die am Herd gestanden hatte. Carrie schaute auf ihren Daumen hinab, von dem Blut auf den Tisch tropfte.

„Du hast dich ja gestochen, Carrie. Wie ist denn das passiert?“ meinte jetzt auch Suzy.

Mattie eilte mit einer Schüssel mit Wasser herbei, um die Wunde auszuwaschen.

„Es ist nicht schlimm, Mattie“, protestierte Carrie.

„Besser, wenn wir es auswaschen. Kommt mir so vor, als wären die Dornen der Rosen in diesem Jahr besonders groß.“

Sie musterte Carrie, die sich hastig abwandte.

„Auf jeden Fall waren Nora Barlows Kleider einfach hinreißend. Und ich habe Rance gefragt, wann die Hochzeit sein soll, und er sagte, im Herbst. Es ist alles so romantisch. Ich wünschte, ich würde auch im Herbst heiraten.“

„Zum Glück tust du das nicht“, fuhr Carrie sie an. Ihr Daumen pochte. Der Dorn war recht tief eingedrungen.

„Ich werde es verbinden“, erbot sich Mattie.

„Nein, nein, es ist schon gut, Mattie.“ Carrie zog die Hand fort.

Susannah hatte sich auf einen Stuhl gegenüber von Carrie gesetzt und blickte jetzt ernst zu ihrer Schwester auf. „Ich muß sagen, es hat mich überrascht, weil ...“ Sie brach ab, fing dann von neuem an. „Nun ja, ich weiß, daß du J. D. heiraten wirst, aber es gab eine Zeit, da dachte ich, daß Rance ... daß du ...“

Carries Kopf schoß hoch, und sie warf Susannah einen bösen Blick zu. „Sei nicht albern, Suzy! Ich bin sicher, daß Major Stewart und seine Yankee-Braut hervorragend füreinander geeignet sind!“ Sie hob die Vase mit den Rosen hoch, obwohl noch ein paar Blüten im Korb lagen. „Ich denke, das reicht“, erklärte sie fröhlich. „Ich bringe sie ins Wohnzimmer.“

Doch kaum war sie allein im kühlen Flur, da lehnte sich Carrie an die Wand, schloß die Augen und umklammerte die Vase. Es war wundervoll, redete sie sich ein. Wundervoll, daß Rance dieses Mädchen heiraten würde. Damit würde er wenigstens aus ihrem Leben verschwinden. Und mehr hatte sie sich nie gewünscht. Aber der dumpfe Schmerz schien sich von ihrem Daumen verlagert zu haben. Ihr ganzer Körper schmerzte jetzt bei jedem Schlag ihres Herzens.

* * *

In den folgenden Tagen arbeitete Carrie soviel es ging. Es war nicht zu früh, ein Darlehen für die nächste Pflanzzeit aufzutreiben. Sie suchte Leroy Tate in der Bank auf.

„Ich weiß, Miss Kingston.“ Er strich sich übers Kinn, nachdem sie ihm ihre Bitte vorgetragen hatte. „Es sieht schlecht aus hier für alle, außer für die Armeeangehörigen und die Kriegsgewinnler.“

„Aber Sie werden doch weiterhin versuchen, ein Darlehen für mich aufzubringen, nicht wahr, Mr. Tate?“ flehte Carrie ihn an. „Ich muß das Geld im Frühjahr haben.“

„Ich werde tun, was in meiner Macht steht“, versprach er.

Wenigstens hatte sie genug Geld, um bis zum nächsten Jahr davon leben zu können, wenn sie vorsichtig damit umging. Prosper hatte sich nicht nur geweigert, das zurückzunehmen, was von seinem Geld noch übrig war, sondern hatte auch darauf bestanden, daß es sich nicht um ein Darlehen, sondern um ein Geschenk gehandelt hatte. Trotzdem wollte sie es zurückzahlen... ganz gleich, wie lange es dauern mochte.

Einen Großteil ihrer Zeit verbrachte sie mit Abby Morrison, wartete zusammen mit ihr auf Nachrichten aus Vicksburg. Sie hatte Angst um George Pierre und J. D., aber es gelang ihr, Abbys wegen die Zuversichtliche zu spielen.

Jetzt saß sie in der Bibliothek und las noch einmal die Schlagzeilen des Tages. Es war zwar schon fast elf Uhr, aber sie konnte nicht einmal daran denken, zu Bett zu gehen. Die Neuigkeiten waren beängstigend. SIEG DER UNION IN VICKSBURG SCHON BALD ERWARTET.

„Ich wette, Sie machen sich wieder Sorgen, Miss Carrie. Um Mist' George und Mist' J. D.", kam leise Matties Stimme von der Tür her.

Carrie blickte auf und sah das Mädchen in Nachthemd und rosageblümtem Morgenmantel in der Tür stehen. „Komm nur herein, Mattie", forderte Carrie sie auf und legte seufzend die Zeitung beiseite. „Sie sind jetzt seit Wochen unter Belagerung. Ich weiß nicht, wie sie das noch lange aushalten sollen. Die Garnison kann bald keine Lebensmittel mehr haben ... keine Medikamente ..."

„Ich will Ihnen mal was sagen, Miss Carrie. Ich habe die beiden Jungs aufwachs'n seh'n. Denen passiert nix, dafür garantier' ich. Den'n tut kein Yankee was."

Carrie mußte nun doch lächeln. „Du redest genauso wie Chloe."

Mattie kicherte leise. „Wenn Mama hier wäre, würde sie sagen, Sie brauch'n 'nen guten heißen Tee, dann könn' Se auch schlaf'n."

„Vielleicht hast du recht. Ist Suzy schon im Bett?"

„Seit über einer Stunde."

Carrie bemerkte im Licht der Gaslampe plötzlich ein Leuchten in Matties Gesicht, das lange nicht mehr zu sehen gewesen war.

„Sag mal, Mattie, hast du Solomon gesehen?"

Die geschmeidige Gestalt straffte sich. Es dauerte lange, bis Mattie antwortete. „Ja, Miss Carrie", sagte sie schließlich und sah ihre Herrin mit kaum verhohlenem Trotz an.

Carrie holte tief Luft. „Ich glaube nicht, daß du das solltest", erklärte sie entschieden. „Dieser Mann bedeutet nichts als Ärger. Das hast du doch sicher schon gemerkt."

Die großen, braunen Augen blitzten. „Wollen Sie mir verbieten, ihn zu sehen, Miss Carrie?" Es schien plötzlich sehr still im Zimmer.

Genau das hatte Carrie sagen wollen, aber zum erstenmal in ihrem Leben fragte sie sich jetzt, ob sie das Recht hatte, so etwas zu tun. Und wenn sie es tat, wäre es möglich, daß Mattie ihr nicht gehorchte? Ein Jahr zuvor wäre das undenkbar gewesen. Aber jetzt ... so vieles war anders geworden.

Sie suchte nach den richtigen Worten, als Lafitte sie unterbrach. „Miss Carrie ...“, sagte er leise von der Tür her, und sein langes Gesicht war ungewöhnlich ernst. „Benjamin ist hier. Er muß Sie sofort sprechen.“

Carrie wartete kaum ab, bis Lafitte geendet hatte. Sie hastete durch die Küche, gefolgt von Mattie.

„Benjamin ...“, platzte Carrie heraus, als sie den großen Schwarzen sah. „Benjamin, was ist los? Ist etwas nicht in Ordnung?“

Benjamins breites Gesicht zeigte Sorgenfalten, als er jetzt den Filzhut in den schwieligen Händen drehte. „Kann uns auch niemand hören, Miss Carrie?“

„Nein. Sag schon, was passiert ist.“

„Geht es Mama gut?“ warf Mattie ein.

Benjamin nickte seiner Tochter kurz zu, ließ aber gleichzeitig durch einen Blick erkennen, daß er ihr Verhalten nicht billigte. „Miss Carrie“, fing er leise an, „Mist' George Pierre ist daheim, und er ist bös' verletzt. Mist' J. D. hat ihn gebracht.“

„O mein Gott!“ Carrie wäre fast ohnmächtig geworden, als ihr die Bedeutung dieser Worte aufging. „Er ist verwundet?“

Benjamin nickte traurig.

„Aber er lebt, Benjamin? George Pierre lebt?“

„Ja, Miss Carrie.“ Die dunklen Augen wichen ihrem Blick aus. „Als ich aufbrach ... hat er gelebt.“

Carrie preßte die Hand an den Mund. Großer Gott ... sie durfte das nicht denken. Sie mußte überlegen, was jetzt zu tun war. Sie durfte keinen Fehler machen.

Sie reckte sich, verlieh ihrer Stimme Festigkeit. „Mattie, mach Benjamin etwas zu essen. Und du, Lafitte, du gehst nach oben und weckst Miss Suzy. Sie soll sofort herunterkommen. Beeilt euch.“

Sie wechselte noch ein paar Worte mit Benjamin und ging dann selbst hinauf in ihr Schlafzimmer, wo sie hastig ein paar Dinge in einen kleinen Koffer warf.

Nach ein paar Minuten konnte sie ihre Schwester murren hören, und als sie mit der Tasche in der Hand aus dem Schlafzimmer kam, sah sie ihre Schwester im Gang stehen, das Haar vom Schlaf zerzaust, mit schweren Augen.

„Carrie, warum um alles in der Welt sollte Lafitte mich wekken?“ beschwerte sie sich wütend.

„Suzy, komm nach unten. George Pierre ist schlimm verwundet, und J. D. hat ihn nach Kingston's Landing gebracht. Ich muß heute nacht heimkehren.“

Plötzlich hellwach, hastete Susannah hinter Carrie die Treppe hinunter. „Aber wann ist das passiert? Und woher weißt du es?“ wollte sie wissen, aber Carrie schob sie nur in die Küche.

„Jetzt hört mir mal alle gut zu“, erklärte sie dort. „Sobald Benjamin mit dem Essen fertig ist, werde ich mit ihm zusammen nach Kingston's Landing zurückkehren.“

„Ich komme mit“, warf Susannah ein. „Ich will auch bei George Pierre sein.“

„Nein. George Pierres Sicherheit hängt von euch dreien hier ab. Wenn die Yankees eine Ahnung hätten . . . niemand darf erfahren, was geschehen ist.“

„Aber Abby wird es wissen wollen“, protestierte Susannah. „Vor allem, wenn J. D. hier ist.“

„Wir dürfen es ihr nicht sagen, Liebes. Je mehr Leute davon wissen, desto größer ist die Gefahr für J. D. und George Pierre. Wenn Abby davon wüßte, würde sie darauf bestehen, mitzukommen . . . und Seth vielleicht auch. Das dürfen wir nicht riskieren.“

Susannah warf Carrie einen Blick zu, der verriet, daß sie erst halb überzeugt war.

„Bitte, Liebes, vertrau mir! Du darfst niemandem ein Sterbenswörtchen verraten. Versprich es mir!“

Susannah zögerte noch einen Moment, gab dann aber nach. „Also schön.“

„Gut. Das Schwierigste wird sein, alle davon zu überzeugen, daß hier alles in Ordnung ist. Macht alles, was ihr immer macht. Und was auch geschieht, sorgt dafür, daß niemand erfährt, daß ich nicht hier bin.“

„Aber, Carrie. Wir sollten morgen abend zu den Morrisons zum Essen kommen. Was soll ich denen sagen?“

„Daß es mir leid tut, aber daß ich schreckliche Kopfschmerzen habe und den Abend im Bett verbringe.“

„Und wenn Abby kommt?“

„Dann sag ihr, daß ich gerade zum Markt gegangen bin. Oder zur Schneiderin. Oder Prosper besuche. Irgend etwas eben. Und vergeßt nicht – kein Wort, zu niemandem! Ich verlasse mich auf euch!“

Benjamin hatte seine Milch getrunken und stellte das leere Glas auf den Tisch.

„Fertig, Benjamin?“ wandte sie sich an ihn.

„Ja, Miss Carrie.“

Schnell umarmte sie Susannah. „Ich wünschte, du könntest mitkommen, Liebes. Ich komme so schnell ich kann zurück.“

Carrie unterdrückte ein Schluchzen, als sie auf George Pierre hinabschaute, auf das vom Fieber gerötete Gesicht, die dünne Gestalt unter der Decke. Sie bemerkte die zarten kreolischen Züge. Als Junge hatte er ausgesehen wie sein Vater, aber als er erwachsen wurde, war es das Blut seiner kreolischen Mutter gewesen, das ihm seinen Stempel aufgedrückt hatte.

Er stöhnte, warf sich unruhig hin und her, und Carrie drückte ihn in die Kissen zurück. „Ich bin es, George Pierre. Carrie. Ich bin hier ...“

Chloes kräftiger Arm legte sich um sie. „Er kann dich nicht hören, mein Schatz. Ich glaube, er weiß nicht einmal, daß er daheim ist. Seit Mist' J. D. ihn gebracht hat, geht das schon so.“

Carrie war erst wenige Minuten zuvor gekommen und direkt zu ihm hinaufgegangen. Jetzt strich sie ihm das dunkle Haar aus der Stirn, fühlte die Haut vom Fieber heiß brennen, und Tränen liefen über ihr Gesicht.

„Wird er ... wird er ...?“ Ihre Stimme erstarb.

„Nicht, wenn ich es irgendwie verhindern kann“, erklärte die schwarze Frau entschieden.

Carrie wischte sich die Augen. „Was können wir tun?“

Chloe zog die Decke zurück, um ihr George Pierres geschwollenes, verfärbtes Bein zu zeigen. Gleich über dem Knie befand sich eine große, übel aussehende, dunkle Entzündung, und in Carries Nase stieg der süßliche Geruch faulenden Fleisches.

„Vor langer Zeit lebte hier einmal eine alte Frau namens Zsamelda", erzählte Chloe, während sie die Verbände überprüfte.

Carrie kniff die Augen zusammen. „Ich glaube, ich erinnere mich. Sie war verkrüppelt, nicht wahr? Hinkte."

„Richtig."

„Sie starb, als ich noch ein kleines Mädchen war."

Chloe nickte und zog die Decke wieder hoch. „Sie wußte viel über diese Dinge... geheime Dinge. Sie konnte jemanden mit einem Fluch belegen, wenn sie wollte. Aber sie konnte auch heilen. Und sie hat es mir beigebracht. Es gibt nichts Besseres als das hier, um Gift aus einem Körper zu ziehen. In dem Beutel sind Blätter und Kräuter und... andere Sachen."

Schweigend sahen die beiden Frauen auf den Mann hinab, der leise stöhnte.

„Du mußt todmüde sein, Kleines. Warum ruhst du dich nicht ein Weilchen aus?" meinte Chloe schließlich.

Carrie schüttelte den Kopf. „Das könnte ich nicht. Außerdem möchte ich wetten, daß du selbst kein Auge zugetan hast. Geh du, ich bleibe bei ihm."

„Dann mach' ich uns jetzt einen Tee, Miss Carrie. Es dauert noch eine ganze Weile, bis der Tag anbricht."

Als sie die Tür erreichte, hielt Carrie sie zurück. „Chloe... wo ist J. D.?"

„Schläft. Am andern Ende des Ganges."

Carrie nickte und wandte sich wieder ihrem Bruder zu.

Anschließend wechselten sich die beiden Frauen ab, wachten an George Pierres Seite und schliefen kurz in dem großen Sessel in einer Ecke. Einmal ging Chloe in die Küche und kehrte kurz darauf mit einem neuen feuchten Umschlag zurück, einer feuchten, dampfenden, fast schwarzen Masse. Carrie konnte nicht einmal raten, was in dem Beutel war.

„Ach, du lieber Gott!" stöhnte sie, als sie dann zum erstenmal die eigentliche Wunde erblickte. Sie war so groß wie eine Männerfaust und schien bis auf den Knochen zu reichen. Die Wundränder waren gelb, während das Fleisch ein tiefes, bösartiges Purpurrot aufwies.

„Ich glaube, es trocknet langsam aus“, tröstete Chloe.

„Aber das verbrennt ihn doch nicht, oder?“ fragte Carrie, als Chloe den immer noch dampfenden Beutel ans Bett brachte.

Chloe schüttelte den Kopf. „Aber er muß gut heiß sein, dann wirkt er besser. Und wir müssen alle paar Stunden einen neuen auflegen, weil der alte dann seine Kraft verliert.“

George Pierre rührte sich nicht einmal, als Chloe die heiße Masse auf seine Wunde preßte. Er lag einfach ganz ruhig, mit leicht geöffneten Lippen. Geschickt befestigte Chloe den Beutel mit Streifen alter Bettlaken, die sie für eben diese Art von Notfällen aufbewahrte.

Carries Beine gaben plötzlich unter ihr nach, und eilig kehrte sie zu dem Sessel zurück. Sie erinnerte sich, wie es gewesen war, als sie und George Pierre noch Kinder waren, wie sie ihm immer nachgelaufen war. Mein Gott, mußte sie ihm auf die Nerven gegangen sein!

Aber es war auch vorgekommen, daß George Pierre sich zu ihr umdrehte, sie mit seinem ernsten Lächeln aufgefordert hatte: „Komm weiter, Carrie.“ Jedesmal drohte ihr Herz vor Stolz zu zerspringen, vor Liebe zu diesem Bruder, der sechs Jahre älter war als sie und jetzt auf sie wartete.

Jetzt rief sie ihm zu. „Komm, George Pierre“, wisperte sie, so leise, daß nicht einmal Chloe es hörte. „Komm schon ... du darfst nicht sterben! Bitte, stirb nicht ...“

Carrie schreckte hoch. Ihr Nacken war steif, und am Stand der Sonne, die durchs Fenster fiel, erkannte sie, daß sie mehrere Stunden lang geschlafen haben mußte. Ihr Blick wanderte zum Bett hinüber, und sie entdeckte Chloe, die sanft ein feuchtes Tuch an George Pierres Lippen drückte.

„Chloe ... du hättest mich nicht so lange schlafen lassen sollen. Das wollte ich nicht.“

Chloe wandte sich nur lächelnd zu ihr um. „Ich hätte dich geweckt und zu Bett geschickt, wenn ich geglaubt hätte, daß du gehen würdest."

„Geht es ihm besser?" Carrie kam näher und betrachtete besorgt ihren Bruder.

„Jedenfalls geht es ihm nicht schlechter, und das ist ein gutes Zeichen."

Benjamin erschien an der Tür, fragte nach George Pierre und meinte dann: „Ich habe Ihnen heißes Wasser in Ihr Zimmer gebracht, Miss Carrie."

„Danke, Benjamin. Dann werde ich mich jetzt ein wenig frisch machen. Danach mache ich Kaffee und löse dich ab, Chloe. Du mußt auch ein bißchen schlafen. Du hilfst George Pierre nicht, wenn du zusammenbrichst. Ich bleibe bei ihm."

Sie warf einen letzten besorgten Blick auf ihren Bruder und ging dann in ihr Zimmer. Sie hätte gern lange gebadet, entschied sich aber dagegen. Sie wollte so schnell wie möglich zu George Pierre zurückkehren. Also wusch sie sich nur und zog sich frische Kleider an. Nachdem sie ihr Haar gebürstet hatte, nahm sie es gerade mit einem breiten Band zurück, als sie Schritte hörte, gefolgt von einem leisen Klopfen. Das wird Benjamin sein, dachte sie und rief: „Ja . . . herein!"

Im Spiegel sah sie die Tür aufschwingen. Und plötzlich stand J. D. dort. Sie stöhnte auf, starrte auf sein Bild im Spiegel, ehe sie zu ihm herumwirbelte.

Er war deutlich dünner als beim letztenmal, als sie ihn gesehen hatte: Sein Gesicht war schmal und wirkte länger. Aber die Augen waren vom selben leuchtenden Blau. Er trug verblichene Uniformhosen und eine Feldjacke. Sie hatte schon gehört, daß sich manche Soldaten der Konföderierten mit bunt zusammengewürfelten Uniformstücken begnügen mußten.

Er grinste sie an, und sie bekam ein schlechtes Gewissen. In ihrer Sorge um George Pierre hatte sie ihn ganz vergessen. Als wollte sie das jetzt wiedergutmachen, trat sie hastig einen Schritt auf ihn zu. Er breitete die Arme aus, und dann war er auch schon neben ihr, riß sie an sich.

„Carrie, Liebling ..." Sein hungriger Mund fand ihre Lippen, und obwohl sie immer noch unvorbereitet war, versuchte sie doch, seinen Kuß zu erwidern. Dies war der Mann, den sie heiraten würde, und sie beabsichtigte, ihn angemessen zu empfangen.

Als seine Zunge heiß und wild vorstieß, ließ sie es zu, aber da fing er an zu stöhnen, hielt sie so fest, daß sie Angst hatte, er würde sie zermalmen. Instinktiv stieß sie mit den Handflächen gegen seine Brust, wandte ihr Gesicht ab, lachte aber dabei, um ihr Handeln zu mildern.

„Laß dich ansehen", erklärte sie und trat einen Schritt zurück.

„Laß du dich ansehen", sagte er. Sein Atem ging schnell, sein Gesicht war gerötet. „Großer Gott, ich hatte ganz vergessen, wie hübsch du bist, Carrie Kingston!" Er packte ihre Hand und zog sie erneut zu sich heran.

„Warte, wir haben überhaupt noch nicht miteinander geredet!"

„Das ist ja das Problem", brummte er. „Ich will weder warten ... noch reden." Er küßte sie herzhaft, und sie wehrte sich nicht, sondern legte die Arme um seinen Hals und erwiderte wieder seinen Kuß, fragte sich, ob sie es richtig machte. Aber als seine Hand an ihrem Mieder hinabwanderte zu ihrer Brust, wich sie zurück.

„J. D.!" schalt sie.

„Tut mir leid, Süßes." Er grinste. „Manchmal vergesse ich einfach, was du für ein unschuldiges Ding bist."

Sie wandte sich ab. Unschuldig? Großer Gott, was würde er sagen, wenn er wüßte, daß seine Zukünftige alles andere als unschuldig war, daß sie mit einem Yankee ins Bett gegangen war? Und wenn diese Nacht mit Rance nicht ausreichte, was würde er davon halten, daß sie fast nackt in einem Haus in der Rampart Street geendet hatte? Sie fühlte ihre Wangen glühen.

J. D. lachte leise. „Du bist wirklich süß, wenn du rot wirst!" neckte er sie, offensichtlich überzeugt, daß er der Grund dafür war.

„Erzähl mir, was passiert ist", forderte sie ihn leise auf.

Er trat ans Fenster, schaute so lange hinaus, daß sie schon überlegte, ob er ihre Frage überhaupt vernommen hatte.

„Grant und seine Jungs haben uns jetzt wochenlang in Vicksburg festgenagelt", berichtete er schließlich.

„Ich weiß. Das stand in der Zeitung."

„Wir hätten sie abwehren können, ewig, wenn wir Vorräte gehabt hätten. Lebensmittel ... Medikamente." Er zuckte mit den Schultern. „Wir haben uns in die Berge eingegraben, um den Scharfschützen zu entgehen. Aber man konnte nicht immer in diesen verdammten Löchern bleiben. George Pierre wurde von einer Kugel getroffen." J. D. fuhr sich mit der Hand über das von der Sonne gebleichte Haar. „Die Ärzte haben sie rausgeholt, aber nach ein paar Tagen ... der Chirurg hat erklärt, das Bein müßte ab ... oder George Pierre würde sterben."

„Großer Gott!" flüsterte Carrie.

„Er hat mich angefleht, das nicht zuzulassen, Carrie. Hat mich gebeten, ihn heimzubringen. Also hab' ich die Wache bestochen und hab' ihn hierher geschleppt. Aber" – Seine Stimme brach fast – „ich schwöre bei Gott, ich weiß nicht, ob es richtig war."

Er wandte sich ihr wieder zu. Angst stand in seinem Gesicht, und Carrie lief zu ihm, nahm ihn in die Arme, lehnte den Kopf an seine Brust.

„Ich liebe dich, Carrie."

Sie zögerte nur einen Augenblick. „Ich liebe dich auch", sagte sie. Sie mußte es sagen. Konnte sie nicht spüren, wie gerade jetzt ihr Herz ihm zuflog? War das nicht Liebe? „Und du hast getan, was George Pierre sich gewünscht hat", fügte sie hinzu. „Du darfst dir keine Vorwürfe machen."

Er blieb stumm, noch immer zutiefst beunruhigt. Nach einer Weile trat Carrie zurück und wischte sich die Augen. „Wie seid ihr an Grants Männern vorbeigekommen?"

Ein Grinsen verzog seinen Mund. „Wer könnte schon besser durch die Sümpfe schleichen als ein Junge aus Louisiana?"

„Wirst du Ärger mit deinen Vorgesetzten bekommen?"

J. D. schnaubte. „Ich bezweifle, daß die überhaupt bemerkt haben, daß ich fort bin. Der Alte – General Pemberton – besprach gerade die Bedingungen zur Aufgabe, als wir fort sind. Wahrscheinlich ist das inzwischen geschehen."

„Aufgeben?“ Carrie starrte ihn an. „Dann gehst du nicht zurück?“

„Kaum! Jedenfalls nicht, um in irgendein Gefängnis der Yankees gekarrt zu werden! Ich werde mich heute abend von hier aus auf die Suche nach General Joe Johnstons Jungs machen. Oder vielleicht Kirby Smiths.“ Als er ihr trauriges Gesicht sah, fügte er sanft hinzu: „Sieh mich nicht so traurig an, Liebling. Vicksburg ist nicht der ganze Süden. Wir werden die Yankees immer noch dahin zurückschicken, wo sie hergekommen sind. Warte nur ab!“

Sie brachte ein halbes Grinsen zustande. „Ich glaube, das schafft ihr wirklich.“

Er küßte sie noch einmal, diesmal waren seine Lippen weich auf ihrem Mund, verlangten nichts.

„Ich sollte jetzt gehen“, meinte sie, kaum daß er sie losgelassen hatte. „Chloe muß sich ein wenig ausruhen. Vielleicht kannst du bei George Pierre wachen, während ich etwas zu essen koche. Ihr habt bestimmt alle Hunger.“

„Klar doch.“

„Und später können wir uns noch etwas unterhalten, J. D. Ich kann dir alles über deine Familie erzählen.“ Er wußte noch nicht, daß Seth die halbe Brennerei verloren hatte.

„Sind sie gesund?“ erkundigte er sich besorgt.

„Ja.“ Sie log – seit Seth den Eid abgelegt hatte, war er nicht mehr er selbst. „Sie haben gehört, daß deine Schwester Melissa einen kleinen Sohn bekommen hat.“

„He, das ist ja toll! Dann bin ich ja Onkel!“ Er grinste, die blauen Augen strahlten.

Sie streckte die Hand nach ihm aus. „Komm“, forderte sie ihn auf. Als sie sich zum Gehen wandten, sahen sie Chloe in der offenen Tür stehen, Tränen liefen über ihr Gesicht.

Carrie blieb wie angewurzelt stehen. „Chloe . . . o mein Gott . . . Chloe!“ Furcht umklammerte ihr Herz, aber dann sah sie, daß die Schwarze unter Tränen lächelte.

„Er ist noch nicht über den Berg . . . noch lange nicht. Aber Mist’ George Pierres Fieber ist gebrochen!“ erklärte Chloe. „Gelobt sei der Herr!“

Beau Canfield sah zu, wie Susannah die Lippen schürzte. „Ach, Beau, ich freue mich ja so, dich zu sehen! Du kannst dir nicht vorstellen, wie schrecklich es war, alle die Monate oben in Kingston's Landing eingesperrt zu sein. Und wenn der Regen nicht die ganze Ernte zerstört hätte, wären wir jetzt noch da. Ehrlich, ich verstehe wirklich nicht, warum Carrie lieber dort wohnt als hier in New Orleans."

„Ich auch nicht", pflichtete er ihr bei. Sein Gesicht legte sich in besorgte Falten, als er eine ihrer kleinen Hände ergriff und sich näher zu ihr beugte – woraufhin sie nur noch mehr errötete und bebte.

Sie saßen auf der Veranda bei den Morrisons, wo sie soeben gegessen hatten. Beau war gerade von einer langen und erfolgreichen Fahrt zurückgekehrt. Er hatte Baumwolle nach Baltimore und New York geliefert, war dann, nachdem er sich eine Weile an Land vergnügt hatte, zurückgekommen in den Süden, hatte die Blockade bei Charleston durchbrochen und Chinin und andere Medikamente zu horrenden Preisen an die Konföderierten geliefert, die sie dringend benötigten. Nur wenige Augenblicke zuvor, bei Tisch, hatte er sich von den Morrisons und Suzy die Geschichte seiner riskanten Fahrt entlocken lassen, hatte natürlich nur von den gelieferten Medikamenten erzählt, die er den armen Jungs in der grauen Uniform gebracht hatte ... alles im Namen selbstlosen Patriotismus'. Das erklärte Susannahs anhimmelnden Blick zumindest teilweise.

Patriotismus war etwas für Dummköpfe, dachte er düster. Die dunklen Straßen von Boston hatten ihm schon früh beigebracht, daß er für nichts und niemanden als sich selbst kämpfen durfte. Der Krieg hatte sich als Glücksfall für ihn erwiesen, denn er konnte relativ leicht in beide Lager eindringen. Da er im Norden aufgewachsen war, verstand er die Yankees, wußte, wie sie dachten. Und den weichen Südstaatenakzent hatte er mit Leichtigkeit erlernen können, da sein Vater ein Südstaatler gewesen war – ein weißer Aufseher, der von einer Plantage nach der anderen floh, für gewöhnlich wegen Trunkenheit und Diebstahl.

Taylor Canfield war schließlich in Boston gelandet, wo er sich in den Spielhallen herumtrieb und soff, während Beaus Mutter für einen halben Dollar die Beine breitmachte. Seit seinem dreizehnten Lebensjahr hatte er keinen von beiden mehr gesehen.

An diesem letzten Tag war sein Vater mit dem Riemen auf ihn losgegangen, wie er es getan hatte, seit Beau denken konnte. Aber diesmal schlug er seinen Sohn nicht, bis der Rücken und die Beine mit dunkelroten Striemen übersät waren. Diesmal hatte Beau plötzlich erkannt, daß er inzwischen fast so groß war wie sein Vater. Er hatte dem Bastard den Lederriemen aus der Hand gerissen und ihn kopfüber die Treppe hinuntergeworfen, während seine Mutter die ganze Zeit gekreischt hatte. Er hatte nicht einmal nachgesehen, ob sein Vater tot oder lebendig war.

Seitdem hatte er selbst für sich gesorgt. Als Spieler und Zuhälter. Allmählich hatte er sich nach außen hin die Manieren eines Gentlemans zugelegt. Und jetzt waren seine Aktivitäten größtenteils legal. Natürlich würden es die Morrisons und die Kingstons kaum gutheißen, wenn sie das gesamte Ausmaß seiner Geschäfte kennen würden.

Sein Blick ruhte auf Susannah. Er hatte beschlossen, sie zu verführen. Es wäre so lächerlich einfach, daß es schon gar keinen Spaß mehr machen würde. Er zog Frauen vor, die eine Herausforderung bedeuteten. Aber sie war unleugbar ein reizendes kleines Ding ... und so jung.

Es würde ihre Schwester verletzen, wenn er sie nahm, und er würde alles tun, um ihre Schwester zu verletzen. Er war entschlossen, Carrie eine Lektion zu erteilen. Er würde seine Rache für jene Nacht in dem Haus in der Rampart Street bekommen!

Er erkannte, daß Susannah ihn fragend ansah, überrascht über sein langes Schweigen. „Verzeih mir, mein Liebling", bat er hastig. „Ich dachte gerade, wie schade es ist, daß deine Schwester heute abend nicht zum Essen kommen konnte. Ich habe sie vor eurer Rückkehr nach Kingston's Landing zum letztenmal gesehen."

Susannah schlug die grünen Augen nieder und spielte mit den Knöpfen an ihrem rosa Seidenmieder. „Ja, sie hatte entsetzliche Kopfschmerzen. Es hat ganz plötzlich angefangen, und sie hielt es für das beste, heute abend im Bett zu bleiben."

Wie ein Habicht auf Beutesuche bemerkte Beau die leichte Nervosität, das Aufsagen ihres Textes, und er stürzte sich darauf. „Ich hoffe, es steckt nichts anderes dahinter." Er beobachtete sie genau. „Vielleicht sollte ich morgen nachmittag mal bei euch vorbeikommen."

„Nein!" protestierte Susannah hastig. „Ich ... ich meine, sie hat sich vielleicht ... noch nicht wieder erholt bis dahin."

„Natürlich, da hast du ganz recht." Ihm entgingen die kleinen Schweißperlen auf ihrer Stirn nicht. Was hatte sie nur zu verbergen?

Sie trat ein wenig von ihm fort, als wollte sie den mondbeschienenen Garten betrachten.

„Meine liebe Susannah –" er legte die Hände auf ihre bloßen Arme –, „stimmt etwas nicht?"

„Nein, nein. Was sollte denn nicht stimmen?"

Er drehte sie langsam zu sich herum. „Ich habe gewagt zu glauben, daß dich und mich eine ganz besondere Beziehung verbindet." Seine Stimme war leise und sanft.

„Oh, aber das tut es doch, Beau", erklärte sie ernst.

„Und ich hatte gehofft, du würdest dich mir anvertrauen. Alles, was dich betrifft, meine Liebe, betrifft auch mich."

Susannahs junge Brust hob und senkte sich, die Farbe ihrer Wangen vertiefte sich. „Ach, Beau ... du kennst mich so gut."

„Ich glaube schon. Aber ich würde mich natürlich niemals aufdrängen."

„Nein, nein, Beau, das tust du nicht." Sie ergriff seine Hand. „Ich meine, es gibt nichts in meinem Leben, das ich nicht mit dir teilen würde. Ich vertraue dir."

„Du hast keine Ahnung, wieviel mir das bedeutet", murmelte er und wartete.

„Ach, Beau, ich wollte es dir von der ersten Minute an erzählen, aber Carrie hat mich versprechen lassen, daß ich es den Morrisons nicht verrate. Es darf nämlich niemand wissen, weißt du." Sie holte tief Luft. „Carrie ist nicht mit Kopfschmerzen daheim im Bett, Beau. Sie ist in Kingston's Landing. Unser Bruder, George Pierre, ist da. Er ist schwer verwundet, und J. D. Morrison hat ihn heimgebracht. Du siehst, was passieren könnte, wenn die falschen Leute das herausfänden", schloß Susannah und preßte ihre hübsche kleine Hand an den Hals.

„Allerdings."

„Ach, Beau" – ihre Stimme zitterte –, „es ist so schön, jemanden zu haben, dem man vollkommen vertrauen kann."

Und er lächelte.

20

Rance Stewart lehnte sich in seinem Sessel zurück und nickte dem Kellner zu, als dieser ein Glas Brandy vor ihn auf den Tisch stellte. Lächelnd trank er den ersten Schluck und sah sich unter den anderen Gästen um.

Rance hatte den Abend bei den Barlows verbracht, wo er und Noras Vater wieder einmal gelangweilt dem endlosen Geschwätz der Frauen über die Pläne für die Hochzeit zugehört hatten. „Ich möchte, daß alles einfach perfekt ist, Liebling", hatte Nora wieder einmal als Grund dafür angeführt, daß sie schon jetzt über alles sprechen mußten, obwohl die Hochzeit erst Mitte Oktober stattfinden sollte.

Deshalb hatte er sich früh verabschiedet. Jetzt sah er einen jungen Hauptmann, den er kannte, aus dem Spielzimmer kommen. „Will . . .!" rief er. Der Junge nahm sofort Haltung an, als er seinen Vorgesetzten erkannte.

„Kommen Sie, trinken Sie etwas mit mir", lud Rance ihn ein.

Der junge Will Catton zögerte, grinste dann. „Das ist ein zu gutes Angebot, als daß ich es ablehnen könnte, Major Stewart. Obwohl ich eigentlich daheim sein und schlafen sollte. Ich muß morgen früh raus."

Rance winkte dem Kellner. „Schade. Es ist schon so lange her, daß ich richtig betrunken war, Captain. Ich dachte, Sie und ich könnten das heute nacht nachholen."

Catton lachte. „Es wäre mir eine Ehre und ein Vergnügen, Sir."

Der Kellner brachte ihre Drinks, ehe sie mehr als ein paar Worte wechseln konnten. „Sie haben also morgen früh Dienst?"

„Leider, ja. Eine Überprüfung, flußaufwärts."

Rance nippte an seinem Brandy. „Eine hübsche Gegend. Wird Ihnen bestimmt gefallen."

„Schon, bloß..." Catton zögerte.

„Will, wir sind privat hier. Heute abend vergessen Sie mal die Rangunterschiede."

Catton runzelte die Stirn. „Ich... mir gefällt der Auftrag einfach nicht, Rance."

Achselzuckend meinte dieser: „Im Krieg müssen wir alle Dinge tun, die wir lieber nicht tun würden."

„Wahrscheinlich. Und ich werde meine Befehle auch ausführen, obwohl ich gestehen muß, daß mir der arme Teufel leid tut, wenn er wirklich da ist."

„Welcher arme Teufel?" wollte Rance wissen.

Catton starrte in die bernsteinfarbene Flüssigkeit in seinem Glas. „Irgend jemand – ich weiß nicht, wer – hat durchsickern lassen, daß sich ein Offizier der Rebellen in seiner Plantage flußaufwärts versteckt hält. Der Informant hat erklärt, er wäre ziemlich schwer verwundet. Ich habe den Befehl, ihn zu verhaften." Kopfschüttelnd blickte er Rance über den Rand seines Glases hinweg an. „Ich werde tun, was getan werden muß. Aber ich muß zugeben, es würde mir besser gefallen, wenn ich es mit einem gesunden Mann zu tun hätte."

Rance nickte. „Aber die Regeln, nach denen die meisten von uns leben, gelten im Krieg nicht, Will. Und es gibt nicht viel, was wir da tun könnten."

„So ist das wohl." Catton kippte den letzten Schluck seines Whiskys hinunter. „So, bei Sonnenaufgang mache ich mich auf den Weg nach Kingston's Landing."

Zum Glück schob er gerade seinen Stuhl zurück und konnte nicht sehen, wie Rances Kopf hochschoß. „Kingston's Landing?"

„Ja. So heißt die Plantage. Der Knabe heißt George Irgendwas Kingston. Soviel ich weiß, handelt es sich um eine alteingesessene Familie. Wie es heißt, hat sein Vater hier früher das Sagen gehabt.“ Er nahm seinen Hut, verbeugte sich grinsend und meinte: „Danke für den Whisky, Major. Und was Ihre Einladung betrifft, da nehme ich Sie demnächst beim Wort.“

Rance nickte, bemüht, ein gleichgültiges Gesicht zu bewahren. Die Gedanken überschlugen sich in seinem Kopf. „Ich sehe Sie, wenn Sie zurück sind, Will.“ Kaum war der junge Hauptmann fort, da stöhnte Rance auch schon leise auf. Himmel... Kingston's Landing! Carries Bruder! Er mußte es sein!

Er wünschte, Catton hätte nichts davon gesagt. Er konnte nichts tun, aber Carries Gesicht tauchte plötzlich vor ihm auf, mit riesigen, vorwurfsvollen Augen wie in jener Nacht.

Er hatte seit Monaten nicht mehr an sie gedacht... nicht richtig an sie gedacht... weil er es sich nicht erlaubt hatte. Er konnte es nicht riskieren. Er und Nora würden heiraten, und es gab in seinem Leben oder seinen Gedanken keinen Raum für ein schönes Mädchen mit goldenen Augen, das von ganzem Herzen eine rebellische Südstaatlerin war. Und sie hatte keinen Zweifel daran gelassen, daß es in ihrem Leben ebensowenig Raum für einen Yankee gab.

„Verdammt!“ Er warf genug Geld auf den Tisch, um seine Rechnung zu begleichen, stülpte den Hut auf den Kopf und eilte auf die Straße hinaus, wo sein Pferd geduldig wartete.

Während er heimritt überlegte er, was Carrie machen würde, wenn sie wüßte, daß ihr Bruder sich auf der Plantage versteckt hielt. Sie wird zur Plantage zurückkehren, das ist doch klar, sagte ihm eine innere Stimme.

Er trieb sein Pferd an. Es gab nichts, was er tun konnte, sagte er sich wütend. Er war Major in der Armee der Vereinigten Staaten. Es kam überhaupt nicht in Frage, daß er einen Offizier der Rebellen warnte, ihm mitteilte, daß man wußte, wo er sich aufhielt. Nicht einmal einem Verwundeten. Nicht einmal Carrie Kingston's Bruder. Ein Mann, der so handelte, würde seinen Eid brechen, würde sich dem Kriegsgericht ausliefern, vielleicht sogar dem Erschießungskommando.

Aufstöhnend zügelte er sein Pferd. *Er war Carrie noch etwas schuldig*. Für jene Nacht damals. Vielleicht konnte er es nie wiedergutmachen, aber, verdammt noch mal, er würde wenigstens das tun ... er mußte es einfach tun.

Er wendete sein Pferd und galoppierte zu dem Haus in der Dumaine Street. Auf sein beharrliches Klingeln hin öffnete eine schläfrige Mattie die Tür.

„Mattie, ich muß augenblicklich Miss Carrie sehen!"

Das Mädchen zögerte nur einen Augenblick.

„Miss Carrie ist leider nicht hier, Major Stewart. Sie verbringt die Nacht bei einer der Damen aus der Kirche ... aus dem Nähzirkel."

Rance war in die Eingangshalle getreten, und jetzt sah er Susannah die Treppe herunterkommen. Auch sie trug einen Morgenmantel über dem Nachthemd.

„Rance, ich habe die Klingel gehört."

„Suzy, verzeih mir. Ich hatte keine Ahnung, daß es schon so spät ist ... und ich mußte Carrie sprechen." Er beobachtete sie, sah, wie ihr Blick kurz zu Mattie wanderte.

„Carrie? Warum, sie ... sie ...", stammelte Susannah, als Mattie sie unterbrach.

„Ich hab' Major Stewart schon erzählt, daß Miss Carrie die Nacht bei Miss Gertrude Lawson aus dem Nähzirkel verbringt, Miss Suzy."

„O ja." Erleichterung zeigte sich auf Susannahs puppenhaftem Gesicht. „Es ist wirklich schade, daß du sie nicht angetroffen hast."

„Nun" – Rance spielte ihr Spiel mit –, „es tut mir leid, daß ich dich gestört habe, Suzy."

„Das macht doch nichts."

„Also dann, gute Nacht. Ich werde Carrie ein andermal besuchen."

„Fein." Susannah entspannte sich sichtlich, lächelte.

Wenige Minuten später, als sich das Tor hinter ihm schloß, schlug sich Rance mit dem Hut an den Schenkel. Sie war da oben, bei ihrem Bruder, genau, wie er es sich gedacht hatte. Diese kleine Närrin! Diese prächtige kleine Närrin!

Seine Augen verengten sich, als er ausrechnete, wie lange er benötigen würde, um dorthin zu gelangen. Zum Glück schien der

Vollmond. Wenn er die Wachen erst einmal hinter sich gelassen hatte, würde er schnell reiten können. Mit ein wenig Glück könnte er gegen zwei Uhr morgens eintreffen.

Carrie schrak zusammen, ihr Herz schlug wild. Hatte sie wirklich ein Hämmern an der Haustür gehört? Sie sprang aus dem Bett und griff nach dem Musselinumhang, der auf dem Stuhl lag. Sie war noch dabei, ihn zu schließen, als sie das Zimmer ihres Bruders erreichte. George Pierre war noch immer schrecklich schwach, versuchte jetzt aber, sich aufzurichten.

Sie drückte ihn in die Kissen zurück. „Niemand kann wissen, daß du hier bist", flüsterte sie. „Bleib ganz ruhig."

Er nickte. „Sei vorsichtig, Carrie. Du darfst meinetwegen keinen Ärger bekommen."

Sie lächelte und ging dann hinaus, schloß leise die Tür hinter sich. Jetzt konnte sie unten Stimmen hören – Chloes und eine tiefere, männliche Stimme. Sie schlich näher zum Kopf der Treppe – und erstarrte plötzlich. *Mein Gott, es war Rance Stewart!*

„Ich weiß, daß sie hier ist, Chloe. Ich will deine Herrin augenblicklich sehen", befahl er.

„Aber hier sind nur Benjamin und ich . . . wir kümmern uns um alles. Miss Carrie is in New Orleans", erwiderte Chloe kühl.

„Ich will sie sehen, Chloe. Carrie!" brüllte er. „Ich weiß, daß du da oben bist! Komm herunter, oder ich komme rauf!"

Seine tiefe Stimme traf sie. Großer Gott, was machte er hier? Ausgerechnet jetzt, wo George Pierre im Haus war!

„Carrie!" Sein Ton wurde schärfer.

Sie fühlte, wie ihre Hände feucht wurden. Konnte er es wissen?

„Carrie!"

Bebend richtete sie sich auf. Sie würde ihn irgendwie täuschen müssen.

Er sah sie, als sie halb die Treppe heruntergekommen war. Mit drei Schritten war er bei ihr. „Ich muß mit dir sprechen."

„Und was, Major Stewart", begann sie eisig, „bringt Sie nach Kingston's Landing?"

„Ich könnte Sie dasselbe fragen, Miss Kingston."

Sie ließ sich nicht so leicht bluffen, erwiderte seinen Blick. „Es geht Sie zwar nichts an, aber ich bin gekommen, um mich zu vergewissern, daß hier alles gut läuft. Ich werde gleich morgen früh nach New Orleans zurückkehren."

„Das ist nicht wahr, Carrie." Seine Stimme wurde ein wenig sanfter. „Du bist hier, weil –"

„Major Stewart", unterbrach sie ihn, „wie können Sie es wagen, mitten in der Nacht hier hereinzuplatzen und mir zu erzählen, was wahr ist und was nicht? Haben Sie wieder einen ganzen Trupp Männer hinter sich wie beim erstenmal, als Sie in mein Haus eingedrungen sind?" Sie sah, wie ein Muskel in seinem Gesicht zuckte. Einen Moment herrschte Stille, ehe er antwortete:

„Vielleicht habe ich das verdient, Carrie. Aber wir haben dafür jetzt keine Zeit. Ich weiß, daß dein Bruder hier ist."

Carries Blut schien in den Adern zu gefrieren, aber nach außen hin ließ sie sich nichts anmerken. „George Pierre hier? Wie kommen Sie denn auf die Idee? Ich habe meinen Bruder nicht gesehen, seit –"

Mit langen Schritten überwand Rance den Abstand zwischen ihnen. Seine Finger bohrten sich in ihren Arm. „Carrie, hör zu! Kurz vor Tagesanbruch wird eine Unions-Patrouille New Orleans verlassen! Sie kommen, um deinen Bruder zu holen!"

Carrie konnte fühlen, wie alle Farbe aus ihrem Gesicht wich, aber sie versuchte trotzdem weiterhin, ihn zu täuschen. „Ich weiß nicht, wovon Sie sprechen!" behauptete sie trotzig. „Wenn Sie jetzt bitte gehen würden, Herr Major!"

„Carrie." Seine Stimme war jetzt leise, eindringlich. „Carrie, ich bin nicht gekommen, um dich zu verletzen ... oder deinen Bruder. Hab doch Vertrauen zu mir!"

Die klaren grauen Augen hielten sie einen langen Moment gefangen. Sie fühlte, wie ihre Beine zitterten. Durfte sie es wagen, George Pierres Leben Rance Stewart anzuvertrauen?

Nein! Großer Gott, er war ein Yankee-Offizier. Er hatte seine Wahl getroffen, gehörte mit Leib und Seele der Union an. Es wäre undenkbar, daß er einem Offizier der Rebellen helfen sollte.

Sie wollte sich von ihm abwenden, aber er hielt sie zurück, zwang sie, ihn anzusehen.

„Vertrau mir doch, Carrie", bat er wieder, und trotz all ihres Mißtrauens reagierte sie in ihrem tiefsten Innern darauf. Gefühl, ein Instinkt, leitete sie, nicht ihr Verstand, als sie jetzt langsam nickte und flüsterte: „Also schön, Rance, ich vertraue dir."

„Gut." Er ließ sie sofort los. „Wo ist er?"

Sie zögerte für den Bruchteil einer Sekunde. „Da oben."

„Ist er verletzt?"

Carrie nickte.

„Wie schwer? Kann er transportiert werden?"

Mit gerunzelter Stirn biß sie sich auf die Lippen. „Er ist sehr schwach", meinte sie schließlich, „aber wir müssen ihn verstecken. Das weiß ich. Es gibt da einen Ort, Rance . . . ein Versteck, das bis unters Dach reicht."

„Nein. Ich kenne den Mann, der die Patrouille anführt. Er befolgt nicht nur Befehle, er ist auch kein Dummkopf. Er wird jeden Zentimeter dieses Hauses durchsuchen. Jedes Brett. Jedes Mauseloch."

„Aber was dann?"

„Uns bleibt noch ein bißchen Zeit. Können wir ihn irgendwohin bringen? Zu jemandem, dem du vertrauen kannst? Der ihn versteckt?"

Carries Blick wanderte fragend zu Chloe. „Justice . . .", kam es wie aus einem Mund. „Er war früher der Aufseher meines Vaters. Er hat ein Anwesen gleich an der nördlichen Grenze der Plantage. Er wird uns helfen."

Rance nickte. „Wir brauchen einen Wagen."

Carrie wandte sich an Chloe. „Laß Benjamin anspannen. Er soll den Wagen mit Stroh und Decken auspolstern."

„Ja, Miss Carrie." Wie es schien, war Chloe halb davon überzeugt, daß dieser Yankee-Offizier gekommen war, um zu helfen.

„Außerdem brauchen wir ein frisches Reitpferd für mich und eines für dich", erklärte Rance. „Deine Leute sollen mein Pferd irgendwo auf einer entlegenen Weide verstecken. Sobald wir deinen Bruder sicher zu diesem Justice gebracht haben, müssen wir nach New Orleans zurückreiten, noch heute nacht. Es ist wichtig, daß wir beide morgen in der Stadt gesehen werden."

„Aber das kann ich nicht tun! Dann müssen Chloe und Benjamin hier allein den Soldaten gegenübertreten."

„Es wird ihnen nichts geschehen, das verspreche ich."

„Aber wie kannst du das versprechen?" wollte Carrie wissen. „Woher weißt du, was geschehen könnte? Die Yankee-Soldaten haben sich in solchen Situationen nicht immer anständig verhalten. Nein, ich bleibe hier und empfange sie selbst."

Rance sah sie müde an. „Carrie, was Schlimmeres könntest du gar nicht tun! Wenn sie dich hier finden, dann haben sie nur noch mehr Grund zu glauben, daß dein Bruder hier irgendwo ist. Sie sind entschlossen, ihn zu finden. Wenn du andererseits morgen in New Orleans gesehen wirst, dann wird das weitere Spekulationen zum Schweigen bringen."

„Da hat er recht, Miss Carrie", pflichtete Chloe ihm bei. „Ich und Benjamin, wir kommen schon zurecht."

Carrie zögerte.

„Ich verspreche dir, ihnen wird nichts geschehen. Ich kenne Will Catton. Er wird alles gründlich durchsuchen, und wenn er außer den Dienern niemanden findet, zieht er sich zurück. Du hast doch gesagt, du würdest mir vertrauen: . . ."

„Ach, ich weiß nicht . . ."

„Für Mist' George Pierre ist es so am sichersten, Miss Carrie", erklärte Chloe entschieden. „Ich weiß, was ich zu den Yankees sage. Ich sage: ‚Die Mistress ist in New Orleans. Hier ist niemand. Der Herr ist im Krieg, schon ewig!'"

Rance grinste. „Genau, Chloe. Ich schwöre dir, Carrie, so ist es das beste."

Carrie seufzte. „Also schön."

Chloe nickte und ging nach hinten. „Ich wecke Benjamin. Der Mann würde sogar noch den Weltuntergang verschlafen!"

„Und wir machen besser deinen Bruder fertig."

Carrie ging voraus zu George Pierres Zimmer. „Es ist alles in Ordnung", beruhigte sie ihn, als sie eintrat.

Sie machte die Lampe auf dem Nachttisch an, und ihr Bruder

schaute ruhig zu ihnen auf. Seine dunklen Augen hingen an Rances Uniform, die feinen Züge waren bleich nach seinem langen Leiden.

„Das ist Rance Stewart“, erklärte Carrie ihrem Bruder. „Er ist . . . ein Freund.“ Ihre Stimme zitterte ein wenig, und obwohl sie ihren Bruder angesehen hatte, spürte sie, daß Rance sich bei ihren Worten ihr zugewandt hatte. „Eine Patrouille der Union wird bei Morgengrauen hier erscheinen“, fuhr sie fort. „Wir bringen dich zu Justice. Dort bist du sicher.“

George Pierre sah Rance fest an. „Ich verstehe nicht recht, Major. Sie sind gekommen, um uns zu warnen?“

Rance zögerte. „Ich denke, so ist es wohl.“

„Warum?“

Die beiden Männer starrten sich lange an, ehe Rance endlich antwortete: „Ich schulde Ihrer Schwester einen Gefallen.“

Carrie unterbrach sie nervös. „Wir verlieren Zeit.“

„Das stimmt. Warum holst du nicht, was du brauchst?“ wandte er sich an Carrie. „In der Zwischenzeit ziehe ich Lieutenant Kingston an.“

Im gedämpften Licht des Mondes stapften die Maultiere über die Uferstraße dahin. Zwei gesattelte Pferde waren hinten am Wagen angebunden.

Carrie saß auf dem Kutschbock neben Rance und blickte sich besorgt nach George Pierre um. Obwohl er ihr immer wieder versicherte, daß es ihm gutginge, konnte sie doch die Schweißperlen sehen, die auf sein Gesicht getreten waren.

„Rance, halt bitte eine Minute an!“

Er warf ihr einen fragenden Blick zu, zügelte aber sofort die Tiere. Kaum kam der Wagen zum Stehen, da kletterte Carrie in ihrem Reitkleid vom Sitz nach hinten auf die Ladefläche.

„Sei vorsichtig!“ warnte Rance und wollte sie mit einer Hand stützen, aber sie hockte schon neben George Pierre.

„Du kannst weiterfahren. Halte dich am Fluß. Ich sage dir, wo du abbiegen mußt.“

Mit einem leichten Ruck setzten sich die Tiere wieder in Bewegung. Carrie zog ein Taschentuch hervor und tupfte George Pierre die Stirn trocken.

Er zwang sich zu einem Lächeln. „Es geht schon."

„Ich weiß." Sie nahm seine Hand und hielt sie ganz fest. Sie wußte, daß er Schmerzen hatte, hatte ihn aufstöhnen hören, als Rance und Benjamin ihn die Treppe hinunter- und zum Wagen getragen hatten.

„Der Fluß sieht heute nacht besonders schön aus", versuchte sie ihn abzulenken. Er lag zu tief, um über den Rand des Wagens sehen zu können. „Der Mond zaubert einen Weg aufs Wasser... Weißt du noch, wie du und J. D. immer nachts angeln gegangen seid?"

Er nickte.

„Ich wollte immer mitkommen, aber Mama wollte es nicht erlauben."

Er lächelte wieder, schloß aber die Augen und stöhnte auf, als die Räder über einen Steinbrocken holperten, den Rance übersehen hatte. Carrie hörte Rance fluchen.

Carrie überprüfte George Pierres Bein und bemerkte, daß eine dunkle Flüssigkeit durch den Verband und das Hosenbein sickerte. Die Wunde war wieder aufgebrochen. Aber zum Glück schien sie nicht stark zu bluten... noch nicht!

Dann erreichten sie eine Stelle, wo der Fluß eine weite Biegung machte. Carrie wandte sich an Rance. „Gleich da vorne geht auf der rechten Seite eine einfache Straße ab. Die ist es." Sie drückte George Pierre die Hand. „Jetzt ist es nicht mehr weit."

George Pierre hatte den Mund zu einer schmalen, blutleeren Linie zusammengekniffen. Carrie versuchte alle Stöße abzufangen, so gut sie konnte, als sie jetzt über den schmalen Pfad holperten.

Es war der schwierigste Teil der Fahrt, aber nach fast zehn langen Minuten gelangten sie an eine Lichtung. Vor sich sahen sie ein sauberes Holzhaus mit einer breiten Veranda. In der Nähe gedieh ein Gemüsegarten, der von blühenden Blumen eingegrenzt wurde.

Rance sprang vom Wagen, und sofort erschienen zwei gefleckte

Jagdhunde und bellten die Eindringlinge wütend an. Einen Augenblick später ging hinter einem der dunklen Fenster Licht an.

„Patches ... Lady ... hört auf!" rief Carrie den Hunden zu. Die Tiere schienen sie zu erkennen und wedelten jetzt mit dem Schwanz.

Rance half ihr aus dem Wagen, als Justice vom Haus her rief: „Wer ist da?"

„Ich bin es, Justice." Carrie ging zur Veranda, als der Schwarze herauskam.

„Miss Carrie ... was um alles in der Welt ..." Justice umfing mit einem Blick Rances Uniform und den wartenden Wagen und hörte dann stumm zu, als Carrie ihm die Situation erklärte.

„Ich hoffe, ich verlange nicht zuviel, Justice. Wirst du uns helfen?" schloß sie atemlos.

Als Antwort eilte Justice zum Wagen hinüber. Er nickte Rance kurz zu, genauso mißtrauisch ihm gegenüber wie die Hunde, und schwang sich dann in den Wagen hinauf.

„Mist' George Pierre ..." Seine Stimme war unsicher, als er auf den bleichen Mann hinabsah. George Pierre streckte ihm die Hand hin, und für einen Moment verschränkten sich blasse Finger mit dunklen. Dann blinzelte Justice und wandte den Kopf ab. „Dann wollen wir dich mal ins Haus bring'n."

Justices Frau, Tana, deren gelbliche Haut und fast rotes Haar ihre weißen Vorfahren verriet, war inzwischen auf die Veranda herausgekommen.

„Bringt ihn hierher!" rief sie Justice zu. Ihre schmalen Züge waren spitz vor Sorge.

Sie ging, um das zusätzliche Bett vorzubereiten, während Rance und Justice den aschfahlen George Pierre hineintrugen. Kaum legten sie ihn auf die mit Moos gefüllte Matratze, da stand sie auch schon mit einem scharfen Messer bereit, um sein Hosenbein bis zum Oberschenkel aufzuschlitzen.

Carrie blieb besorgt neben ihr, während Tana die Wunde untersuchte.

„Schon gut ... schon gut. Ich werde es nur sauber verbinden. Sie brauchen jetzt nur Schlaf, Mist' George Pierre, und ich mach' Ihn' gleich 'nen guten Tee. Hab' meine besonderen Kräuter dafür. Danach schlaf'n Sie wie'n neugeborenes Baby."

George Pierre konnte nur nicken. Ein halbes Lächeln lag auf seinen Lippen.

„Bist du sicher, daß es ihm gutgeht?" fragte Carrie.

Tana nickte, öffnete eine kleine Kommode und wühlte in ihrem Schatz an sauberen Leinenlumpen.

„Wir müssen sofort nach New Orleans aufbrechen", erklärte Carrie.

„Überlassen Sie ihn nur mir, Miss Carrie. Is' nich' das erste Mal, daß ich dies'n Jung'n verarzte."

„Ich werde das nie vergessen, Tana. Danke." Carrie küßte George Pierre zum Abschied. „Alles wird gut werden. Werde du nur erst gesund. Ich komme dich besuchen, sobald ich kann."

Hastig ging sie hinaus, aus Angst, sie könnte zu weinen anfangen. Im Wohnzimmer des kleinen, ordentlichen Hauses mit seinen fast weiß geschrubbten Bodenplanken und dem großen Kamin aus flachen Flußsteinen standen Rance und Justice ein wenig verlegen in gehörigem Abstand voneinander.

„Wir sollten sofort aufbrechen, Carrie", sagte Rance. Und als Carrie nickte, deutete Justice mit dem Kopf zur Veranda.

„Ich würde gern noch kurz mit dir sprechen, Miss Carrie."

Sie folge ihm hinaus. Es war nicht so dunkel, daß sie die besorgten Falten in dem vertrauten Gesicht nicht sehen konnte.

„Was ist mit diesem Yankee-Major, Miss Carrie? Bist du sicher, daß du ihm vertrauen kannst?"

Carrie zögerte nicht. „Er hat eine Menge riskiert, um uns zu warnen, Justice."

Der Neger brummte nur, warf einen skeptischen Blick durch die offene Tür zurück zu Rance, der ungeduldig wartete. „Wenn du es sagst, Miss Carrie. Auf jeden Fall kannst du ganz beruhigt sein, weil hier nämlich niemand Mist' George Pierre finden wird. Als ich dieses Haus für Tana und mich gebaut hab', hab' ich auch ein paar besondere Verstecke mit eingebaut. Bis heute mußte ich sie noch nie benutzen. Aber ein

Schwarzer lernt schon früh, vorsichtig zu sein, Miss Carrie.“ Er nickte mit dem Kopf, seine dunklen Augen waren weit fort. „O ja, ein schwarzer Mann lernt früh, vorsichtig zu sein.“

21

Die Luft war kühler geworden und fühlte sich feucht an Rances Wangen an. Sie hatten beschlossen, sich von den üblichen Straßen fernzuhalten und statt dessen durch das Sumpfgebiet zu reiten, um der Patrouille nicht zu begegnen, falls sie New Orleans früher verlassen hatte als geplant.

Trotz seines Protestes hatte Carrie darauf bestanden, die Führung zu übernehmen, und schon bald hatte Rance sich eingestehen müssen, daß sie genau wußte, was sie tat. Es gab Strecken, die sahen selbst im hellen Mondschein trügerisch fest aus, waren unschuldig mit langem Gras bewachsen, aber in Wirklichkeit befand sich wäßriger Morast darunter.

Rance beobachtete sie, wie sie vor ihm herritt, bemerkte den schmalen Rücken, die Fülle kastanienbraunen Haares, das im Schatten eines Baumes dunkler schien. Sie drehte sich leicht im Sattel, und er erhaschte einen Blick auf die Wölbung ihrer jugendlichen Brust, bemerkte die kräftige Linie ihrer Brauen, den wunderschönen Mund. Sie war eine Frau, die das Blut eines Mannes in Wallung bringen konnte, wenn er nicht aufpaßte. Und er hatte bereits in dieser Flamme gebrannt, erinnerte er sich.

Warum hatte er sich ihretwegen in diese Lage gebracht? Er hatte die Uniform verraten, die er trug, hatte Pflicht, Verpflichtung vergessen ... warum?

Er streckte sich. Morgen hatte er Zeit, über diese Frage nachzudenken. Im Augenblick jedenfalls tat es ihm nicht leid. Die Sache der Union wäre nicht verloren, weil man einem Rebellen erlaubte, seine Wunden in Ruhe zu lecken. Und er war Carrie noch etwas schuldig.

Zum Teufel mit jener Nacht! Er würde die Erinnerung an sie

niemals loswerden! Und wenn es nicht passiert wäre, könnte Carrie ihn jetzt vielleicht mit anderen Augen sehen . . .

Ach, verdammt! Dumme Gedanken! Sie standen auf verschiedenen Seiten in einem Krieg, und das war etwas, das Carrie ihm niemals verzeihen würde! Heute nacht hatte er die Regeln außer Kraft gesetzt, aber morgen wäre alles wieder beim alten. Er wußte das, und sie auch.

Sie ritten jetzt seit fast zwei Stunden, und Rance entdeckte eine kaum merkliche Veränderung am Himmel. Er wurde im Osten allmählich heller. Sie würden New Orleans nicht vor Tagesanbruch erreichen, aber das hieß nichts weiter, als daß sie noch vorsichtiger sein mußten, wenn sie sich an den Wachen vorbeischlichen. Es sollte nicht zu schwierig sein.

Er sah, wie sie sich im Sattel reckte, und wußte, daß sie müde sein mußte. Sie hatte kaum geschlafen, sie waren hart geritten, aber kein Wort der Klage war über ihre Lippen gekommen. Nora hätte schon eine ganze Litanei losgelassen. Kaum ertappte er sich bei diesem Vergleich, da war er auch schon wütend auf sich selbst.

Vor ihnen tauchte eine kleine Lichtung auf, und er rief ihr zu: „Laß uns hier halten und eine Pause einlegen!"

Sie warf ihm einen dankbaren Blick zu. „Können wir das riskieren?"

„Die Pferde brauchen die Rast." Er grinste sie an, als er aufschloß und sie beide abstiegen. Nachdem er die Pferde angebunden hatte, häufte er trockenes Gras neben einem umgestürzten Baumstamm an. „Da können wir bequem sitzen."

„Ich helfe mit." Auch Carrie schleppte einen Armvoll herbei.

Rance bedeckte alles mit einer Decke, die hinter seinem Sattel festgezurrt gewesen war, betrachtete den provisorischen Sitzplatz mit einer gewissen Zufriedenheit, verbeugte sich und erklärte: „Miss Kingston . . . Ihr Sofa."

„Major . . .", ging sie auf sein Spiel ein und sank dann dankbar auf die Decke.

„Wie ist es?" wollte er wissen.

„Wunderbar."

Er probierte es selbst aus, lehnte sich gegen den Baumstamm

und unterdrückte ein zufriedenes Stöhnen, als ihm klarwurde, wie lange er nicht mehr geschlafen hatte. Sein Bein streifte ihres, und sie rückte unverzüglich beiseite, aber schon breitete sich langsame Hitze in ihm aus. Er konnte sich noch zu genau an diese langen, schlanken Beine erinnern.

„Ich ... ich habe mich noch gar nicht bedankt“, murmelte sie. „Das möchte ich hiermit von ganzem Herzen nachholen. Mein Bruder ist mir sehr wichtig.“

Rance nickte, kämpfte noch gegen das Begehren an, das er für sie empfand, war aber entschlossen, eine ganz normale Unterhaltung zu führen ... nur, um sie nicht einfach in die Arme zu reißen, wie er es am liebsten getan hätte. „Wurde er in Vicksburg verwundet?“ erkundigte er sich.

Sie zögerte. „Ja.“

Von dem Augenblick an, als Rance erfahren hatte, daß George Pierre Kingston verwundet war und sich auf Kingston's Landing versteckt hielt, hatte er vermutet, daß er in Vicksburg gewesen war. Es war das einzige Schlachtfeld in erreichbarer Entfernung. Die Ironie bestand darin, daß dem Hauptquartier in New Orleans die Nachricht zugegangen war, daß Grant und Pemberton die Aufgabe besiegelt hatten. Es war ausgemacht worden, daß alle Gefangenen der Konföderierten freigelassen und heimgeschickt würden, wenn sie sich nur verpflichteten, nicht mehr gegen die Union zu kämpfen. So etwas war noch nie dagewesen, aber Grant hatte die Verantwortung dafür übernommen.

Aber da Kingston Vicksburg verlassen hatte, fiel er nicht unter diese Abmachung, sondern galt für die Unions-Armee als flüchtiger Rebell. Rance brachte es nicht über sich, Carrie das zu sagen.

„Ist dein Verlobter auch da?“ fragte er statt dessen.

Sie strich nervös ihr Kleid glatt, antwortete aber nicht. Er bedrängte sie nicht. Es war so gut wie sicher, daß Morrison in die Sache verwickelt war. Ein so schwer Verwundeter konnte kaum allein zur Plantage gelangt sein. Aber wenn es so war, dann war Morrison zweifellos so schnell es ging wieder verschwunden.

„Ein Glück, daß du einen Ort hattest, wo du deinen Bruder verstecken kannst. Ich glaube, niemand wird ihn dort suchen.“

„Die Kingstons konnten sich schon immer glücklich schätzen, Justice zum Freund zu haben", meinte sie.

Rance nickte. „Präsident Lincoln beabsichtigt, Männern wie Justice und Prosper Durant nach dem Krieg alle Bürgerrechte einzuräumen. Wahlrecht... einfach jedes Recht, das andere Männer auch haben."

Carrie reckte das Kinn und wandte sich ihm zu. „Mr. Lincoln wird nach dem Krieg nicht die Macht haben, irgend etwas für die Konföderierten Staaten von Amerika zu bestimmen!" erklärte sie spitz.

Nun mußte er doch lachen. „Verzeihung, ich hatte ganz vergessen, daß allein der Name ‚Lincoln' schon eine Explosion auslösen kann, wenn er einem Rebellen gegenüber erwähnt wird."

Sie beruhigte sich. „Er ist nicht sehr beliebt."

„Dabei ist er der netteste, freundlichste Mann, den ich je kennengelernt habe."

„Du kennst ihn persönlich?"

„Schon lange. Er und mein Vater waren gute Freunde."

„Waren?"

Rance wandte sich ab. „Der Krieg hat viele Leute entzweit... Freunde... Familien."

Sie sagte eine Weile nichts, ehe sie zögernd fragte: „Auch deinen Vater und dich, Rance?"

Als er sich ihr zuwandte, stellte er fest, daß sie ihn fragend, vielleicht sogar ein wenig mitleidig, beobachtete. „Ja."

„Ich... ich begreife jetzt, daß es sehr schwer für dich gewesen sein muß", gab sie leise zu. „Habt ihr gestritten?"

„Nicht direkt. Ich habe ihm zu erklären versucht, daß ich davon überzeugt war, daß wir trotz der Differenzen zwischen Norden und Süden das Land nicht auseinanderreißen dürften. Daß der Süden ebensosehr Amerika war wie der Norden. Jefferson. Washington. Sie waren Südstaatler. Durften wir etwas auflösen, das diese Männer geschaffen haben?" Rance schüttelte den Kopf. „Er hörte nicht zu. Ich glaube, es war ihm einfach nicht möglich zu glauben, daß sich einer seiner Söhne weigern würde, für die Sache des Südens zu kämpfen.

Mein Bruder hatte sich bereits freiwillig zu den Konföderierten gemeldet. Vater hatte trotz seines Alters sein Gewehr hervorgeholt und unterwarf sich dem Drill der Miliz in Charleston. Eines Tages rief er mich in sein Büro und fragte mich rundheraus, wann ich mich melden würde. Ich hatte schon überlegt, wie ich es ihm sagen sollte. Ihm sagen sollte, daß ich mich vier Tage zuvor gemeldet hatte. Zur Unionsarmee."

Er schwieg, fragte sich, warum er ihr das alles erzählt hatte. Er hatte noch nie mit irgend jemandem darüber gesprochen. Jetzt erwartete er, daß sie ihn mit Augen ansehen würde, die eiskalt waren, wie schon so oft. Aber sie blieb ganz ruhig neben ihm sitzen, das Gesicht halb im Schatten.

„Und wie hat er reagiert?"

Rance fühlte, wie sich seine Kehle zusammenzog.„Er ist ohne ein Wort aus dem Zimmer gegangen."

„Aber ... hast du seither nichts mehr von ihm gehört?"

„Nein. Als mein Bruder Brandon fiel ... hat mir ein Cousin geschrieben."

„O Rance ... das tut mir leid ..."

Sie berührte ganz kurz seine Hand, und er schaute sie überrascht an. Ihre Blicke tauchten einen langen Moment ineinander, und dann setzte sie sich zurecht und strich nervös über ihren Rock.

Er griff nach der Feldflasche, die er auf dem Baumstamm abgestellt hatte. „Ich weiß nicht, wie wir jemals auf dieses Thema zu sprechen gekommen sind", versuchte er abzulenken. „Möchtest du etwas trinken?"

„Ja, gern."

Er reichte ihr die Flasche, und sie legte den Kopf in den Nacken und trank durstig. Als sie ihm die Flasche zurückgab, achtete sie sorgsam darauf, daß sich ihre Hände nicht wieder berührten, aber trotzdem war es so, als wäre die Luft zwischen ihnen von knisternder Spannung erfüllt.

Als er trank, bildete er sich ein, ihre Lippen schmecken zu können, und die heiße Begierde in ihm wuchs, bis er nicht mehr sicher war, daß er sich beherrschen konnte.

Wütend auf sich selbst, schloß er die Feldflasche wieder. Würde er seine Lektion in bezug auf Carrie Kingston denn niemals lernen? Sie hatte mehr als einmal deutlich zum Ausdruck gebracht, welcherart ihre Gefühle für ihn waren.

„Carrie, ich . . . ich . . ." Er brach ab, sein Kopf fuhr hoch, als er das Stampfen von Pferden hörte. Dem Geräusch nach waren es mehrere. Er sah Carrie an und legte einen Finger an die Lippen, als die Nachtluft Männerstimmen zu ihnen herübertrug.

„Verdammt will ich sein, aber ich wünschte, wir wär'n in Texas geblieb'n und nicht wieder hierhergekommen", brummte eine.

„Ich auch", antwortete ein dünnes Stimmchen. „Hier gibt's doch sowieso nix mehr zu stehl'n."

Während das dünne Stimmchen sich weiter beschwerte, sah Rance, wie ihre beiden Pferde die Ohren spitzten und die Köpfe warfen. „Da", flüsterte er, öffnete das Lederhalfter an seinem Gürtel und reichte Carrie die Pistole. „Wenn du sie benutzen mußt: einfach den Hahn zurückziehen, zielen und abdrücken."

Sie nickte.

„Versteck dich hinter dem Stamm. Leg dich flach hin und bleib unten." Sie gehorchte, und er warf die Decke hinter ihr her und schob leise das Gras auseinander. Mit einem letzten Blick vergewisserte er sich, daß sie nicht zu sehen war. Dann hastete er zu den angebundenen Pferden. Er mußte sie ruhig halten, wenn es irgendwie ging. Wenn nicht, konnte er diese Männer wenigstens von Carrie fortlocken.

Er fluchte leise, als eines der Pferde jetzt die Ohren spitzte und den ankommenden Pferden ein schrilles Wiehern entgegensandte.

„Halts Maul, Cletus!" dröhnte eine tiefe Stimme. „Ich hab' was gehört. Da drüben!"

Rance streckte die Hand nach dem Gewehr aus, das noch am Sattel befestigt war, aber ehe er es losbekam, tänzelte das aufgeregte Tier seitlich davon. Als er es erneut versuchte, hörte er schnelles Hufgetrappel.

„Schaut euch das an! Wir hab'n uns 'nen Soldaten geangelt!"

„Scheiße! 'nen Major! Schnappt ihn euch!"

„Rance, paß auf!" Er hörte Carries Warngeschrei und wirbelte herum. Sie stand aufrecht, hielt die Pistole vor sich. Der Anführer der Reiter hatte die Lichtung schon halb überquert und kam schnell auf ihn zu, die abgesägte Flinte in der Hand.

„Runter mit dir!" rief Rance Carrie zu, aber seine Stimme ging im Getöse unter, als sich ein Schuß löste. Die Kugel blies dem Reiter die blaue Kappe vom Kopf.

Der Mann riß sein Pferd auf der Hinterhand herum, sein Kinn fiel herab, als er Carrie sah. Er stieß einen schrillen Schrei aus und hieb seinem Pferd die Fersen in die Flanken, als er es auf Carrie zutrieb.

Rances Finger hatten sich um sein Gewehr geschlossen, er zielte, sein Zeigefinger preßte sich auf den Abzug. Der Reiter wurde aus dem Sattel gehoben und flog zu Boden, zuckte noch einmal. Das Pferd raste davon.

„Verdammt, runter mit dir, Carrie!" brüllte Rance. Eine Kugel pfiff an seinem Ohr vorbei, und er fiel auf die Knie, um ein kleineres Ziel zu bilden. Sein Blick blieb an einem großen Mann mit Schlapphut hängen. Rance feuerte, und der Mann fuhr sich mit der Hand an die Schulter, ließ die Zügel hängen. Trotzdem hielt er sich im Sattel, als sein Pferd zwischen den Bäumen verschwand. Es waren noch mindestens drei weitere Männer dabei, aber als Rance einige Schüsse in ihre Richtung abfeuerte, hörte er, wie sie den Rückzug antraten.

„Laß uns von hier verschwinden!"

„Sie haben Cletus erwischt!"

„Zur Hölle mit Cletus! Kommt!"

Hufe donnerten, und als Rance überzeugt war, daß sie wirklich fortgeritten waren, lief er über die Lichtung zu Carrie zurück. Sie stand noch immer. Jegliche Farbe war aus ihrem Gesicht gewichen, ihre Augen hielt sie auf die Gestalt am Boden gerichtet, die nur wenige Schritte von ihr entfernt lag. Er lehnte das Gewehr an den Baumstamm und überzeugte sich mit einem Blick davon, daß der Mann wirklich tot war. Dann zog er Carrie in die Arme. Sie zitterte heftig.

„Schon gut . . . ist ja schon gut", beruhigte er sie. Sie zitterte noch immer, und auch sein Herz klopfte schnell, als er sie so nah an sich gepreßt hielt. Er wäre am liebsten ewig so stehen geblieben, wußte aber, daß sie unverzüglich weiterreiten mußten.

Er legte eine Hand unter ihr Kinn und hob ihr Gesicht an. „Kannst du reiten?“ Er blickte sie fragend an. „Wir müssen das hier hinter uns lassen.“

„Ja.“ Ihre Stimme war kräftiger, als er vermutet hatte.

Er ließ sie los, hob die Pistole auf, die sie fallen lassen hatte, und schob sie ins Halfter, nahm dann sein Gewehr und ergriff schließlich ihre Hand. „Komm“, forderte er sie auf.

Sie trat zurück. „Warte.“ Sie hatte sich umgedreht und starrte wieder auf den Leichnam am Boden. „Ich will das da. Bitte, Rance...“

„Was?“ Verblüfft sah Rance, daß sie auf einen Ring an der Hand des Toten wies. „Du willst diesen Ring?“

„Ja, bitte... er gehört mir.“

Er wollte keine Zeit mit Streiten verlieren, also bückte er sich und streifte den Ring vom Finger des Mannes. Als er ihn ihr reichte, sah er, daß es ein Wappenring war. Er trug die Initialen E. M. „Aber jetzt laß uns um Himmels willen von hier verschwinden. Sie könnten zurückkommen.“

Er half ihr in den Sattel und sprang dann selber auf. „Zum Glück sind sie flußaufwärts geritten. Wir können einfach unseren Weg von vorhin fortsetzen.“

Fast eine Stunde lang ritten sie hart. Die Pferde waren schaumbedeckt, und Rance konnte sehen, daß Carrie vollkommen erschöpft war. Sie ritt zwar grimmig weiter, war aber im Sattel zusammengesunken. „Halt, wir machen hier eine Pause!“ rief er ihr zu.

Er sprang ab und führte ihr Pferd vom Weg in ein Dickicht, das sie vor Blicken abschirmte. Das Gras war dicht und hoch und bildete eine winzige Höhle zwischen Büschen und Bäumen.

Er legte die Hände um ihre Taille und hob sie vom Pferd. Sie schwankte, und er zog sie an sich, fuhr sanft mit einem Finger die Tränenspuren nach, Tränen reinster Erschöpfung.

Sie versuchte nicht, ihm auszuweichen.

„Habe ich dir schon gesagt, Carrie Kingston, daß du ein Teufelsweib bist?“ brummte er.

Ein Lächeln trat auf ihre Lippen, und sie schloß die Augen,

seufzte, schlief schon fast, als er sie in das tiefe, süß duftende Gras gleiten ließ.

Die Pferde waren ein paar Schritte weitergewandert und grasten zufrieden. Ein schmaler Lichtstreifen zeigte sich am Horizont, und Rance setzte sich neben Carrie.

„Schlaf ...", sagte er laut. „Ruh dich aus. Ich bin bei dir."

* * *

Carrie drehte sich um und fühlte eine muskulöse Männerschulter neben sich. Entsetzt schrie sie auf.

„Carrie ... es ist ja gut. Ich bin es doch."

Rance lag ausgestreckt neben ihr im Gras und streckte jetzt beruhigend eine Hand nach ihr aus.

„Rance!" Erleichtert ließ sie sich zurücksinken.

Die Sonne war aufgegangen, aber im Dickicht war es kühl. Die Luft roch frisch und würzig.

„Ich ... habe ich geschlafen?" fragte sie.

Er nickte.

Sie schaute sich um, langsam kehrte die Erinnerung zurück. „Hast du mich ... die ganze Zeit beobachtet?"

„Es waren nur ein paar Stunden. Du bist wunderschön, wenn du schläfst."

Er hatte sich auf einen Ellbogen gestützt und blickte in ihr Gesicht. Sie wußte, daß sie aufstehen sollte, aber sie schien unfähig, sich zu rühren, obwohl sie so dicht nebeneinander lagen, daß sie sich fast berührten.

„Ich ... ich dachte, dieser Mann würde dich umbringen. Da hinten, auf der Lichtung", murmelte sie leise.

„Und da hast du dein Leben aufs Spiel gesetzt, um meines zu retten. Wo, zum Teufel, hast du so schießen gelernt?"

„Papa hat es mir beigebracht." Sie flüsterte jetzt, weil sich ihre Körper irgendwie berührt hatten. Sie konnte ihn neben sich spüren ... und sie war niemals verletzlicher gewesen.

Ihre Verteidigung war zusammengebrochen. All ihre Lügen, ihr Selbstbetrug, ihre Rechtfertigungen, ihre Tiraden gegen ihn hatten sich als das erwiesen, was sie wirklich waren, als es so aussah, als würde er vor ihren Augen erschossen. Und jetzt, bei seiner Berührung, durchfuhr sie heißes Begehren, überraschend und verlangend. Er hatte ihr sein Zeichen aufgedrückt, damals, in jener Nacht auf Kingston's Landing. Ein Teil ihrer Weiblichkeit war für immer sein.

Die Glut in ihr zeigte sich in ihren Augen. Er stöhnte, seine Finger strichen leicht über ihre Lippen, an ihrer Kehle entlang, zerrten an den Knöpfen ihres Mieders. Sein Mund fand ihren, er küßte sie gierig, als wäre er am Verhungern.

„Rance... Rance", stöhnte sie unter seinen Küssen. Und dann stieß sie einen leisen Schrei aus, als ihre Brust entblößt vor ihm lag.

Er umfaßte sie mit den Händen, neigte den Kopf und spielte mit der Zunge an ihren Brustwarzen, saugte dann daran, erst sanft, dann immer kräftiger. Ein süßes Feuer flammte zwischen ihren Beinen auf, ließ sie stöhnen und ihre Hüften bewegen.

Er hatte sein Hemd ausgezogen und half ihr jetzt aus ihrem Reitrock und der Unterhose. „Carrie... o mein Gott, Carrie..." Er kauerte über ihr, sein Gesicht füllte ihre Augen, ihr Herz, seine Hände strichen innen an ihren Schenkeln hinauf, zu dem Dreieck aus dunklen Haaren. „Ich habe nie aufgehört, dich zu begehren... nicht seit jener Nacht."

Er befreite sich von seiner Hose, und ihre Beine öffneten sich. Sie war warm und feucht für ihn, das Gefühl so angenehm und intensiv, als er in sie eindrang, daß sie aufschrie... und dann wieder und wieder, als er sich bewegte. Er murmelte Worte, von denen sie nur wenige verstehen konnte. „Carrie..." und „Jesus... o mein Gott..."

Sie hätte nicht einmal zu träumen gewagt, daß ein solches Lustgefühl existierte, aber es steigerte sich noch, bis sie es kaum noch ertragen konnte. Sie drängte sich ihm entgegen, ihr Haar hatte sich gelöst, umspielte ihr Gesicht.

„Carrie, du willst es... du willst es... genauso wie ich... Sag es. Sag es mir..."

„Ja... ja... ja!" rief sie. Das Wort wurde zum Schrei, als dieser innerste, geheimste Ort in ihr explodierte, als Wellen reinster

Ekstase sie erfüllten, sie blendeten, taub machten für alles andere, außer seinem eigenen, heiseren Schrei.

Mit noch immer klopfenden Herzen und schnell atmend lagen sie engumschlungen. „Carrie... meine süße Carrie", murmelte Rance, die Lippen an ihrer Kehle.

So blieben sie lange, wunderschöne Minuten lang liegen. Carrie konnte die Vögel wieder zwitschern hören. Die Äste über ihr bewegten sich leicht in der Brise.

Langsam und zögernd glitt Rance von ihr fort, schloß seine Hose und schickte sich dann an, sein Hemd überzuziehen.

Carrie schämte sich plötzlich ihrer eigenen Nacktheit und schlüpfte hastig in ihre Hose und ihren Rock. Sie knöpfte die Bluse zu, als Rance sich ihr wieder zuwandte.

Seine grauen Augen musterten sie fragend. „Geht es dir gut?" Sanft legte er seine Hand an ihre Wange.

Sie lächelte ihn an. „O ja."

Er stand auf, zog sie hoch und in seine Arme, küßte sie zärtlich. Sie preßte für einen Augenblick ihr Gesicht an seine Wange, ehe sie zu ihm aufblickte.

„Wir sollten jetzt weiterreiten, nicht wahr?" meinte sie zögernd.

Er nickte.

Es war leicht gewesen, unbemerkt wieder in die Stadt zu gelangen. Sobald sie an den Wachtposten vorbei waren, hatte Rance den ersten Mietwagen angehalten, den sie sahen. Er hatte die Pferde hinten an der Kutsche angebunden, ehe er zu Carrie ins geschlossene Wageninnere gestiegen war.

„Wir möchten ja nicht, daß uns jemand sieht. Noch nicht", sagte er, als der Wagen anfuhr.

„Wenn du daheim bist, kannst du ein paar Stunden schlafen", fuhr er fort. „Aber dann mußt du aufstehen und ausgehen. Du mußt sicher sein, daß du gesehen wirst. Geh zur Schneiderin oder zu Madame LeGalliene's Sweet Shop. Ich weiß, du bist erschöpft, aber es ist wichtig, daß du jedes Mißtrauen beseitigst. Deine Anwesenheit in New Orleans muß bekannt sein, nur für den Fall, daß die Armee es überprüfen sollte. Schaffst du das alles?"

„Ja. Was ist mit dir?"

„Ich werde eine Stunde oder so schlafen, dann mit Verspätung ins Hauptquartier gehen und vorgeben, mich gestern abend total betrunken zu haben. Selbst wenn ich mich rasiert habe, dürfte ich noch ziemlich überzeugend wirken."

„Wirst du Ärger bekommen?"

Achselzuckend meinte er: „Wenn ich Glück habe, schickt der General mich nur heim, um meinen Rausch auszuschlafen."

Carrie wandte sich von ihm ab, starrte auf die Plüschpolster. Eine Ewigkeit schien vergangen zu sein, seit sie in Kingston's Landing von dem Hämmern an der Tür geweckt worden und nach unten gegangen war. So viel war geschehen. Sie hatten George Pierre zu Justice gebracht. Dann die Männer auf der Lichtung. Rance... vor allem Rance. Sie würde einige Zeit brauchen, um das alles zu ordnen.

Sie griff in die Tasche ihres Reitkostüms und zog den schweren Ring heraus, den Rance dem Toten abgenommen hatte. „Da ist noch etwas, das ich dir sagen möchte, Rance. Ehe wir uns voneinander trennen. Dieser Ring gehörte meinem Onkel Etienne. Er hat ihn an dem Tag getragen, als er umgebracht wurde." Sie hielt ihm den Ring hin. „Ich habe ihn sofort erkannt. Ich weiß nicht, wie ich jemals glauben konnte, daß du... ich hätte wissen müssen, hätte erkennen müssen..."

Er legte einen Finger an ihre Lippen, unterbrach ihren Wortschwall. „Pst... ich bin nur froh, daß du die Wahrheit weißt. Lieber Gott, Carrie, ich wollte nie, daß du denkst, ich –" Er brach ab, starrte sie an. Seine Finger noch immer auf ihren Lippen, tauchten ihre Blicke ineinander.

Er legte die Arme um sie und küßte sie. Von bittersüßem Schmerz erfüllt hielten sie einander umschlungen. Dann lösten sie sich voneinander und fuhren stumm weiter.

Nach einer Weile zog er den verblichenen roten Vorhang beiseite. „Es wird jetzt nicht mehr lange dauern, dann sind wir bei eurem Haus. Da ist noch etwas. Ich habe etwas über Canfield herausgefunden, und ich glaube, du solltest es wissen. Wegen Suzy."

„Sag es mir", bat sie.

„Ich habe im Hauptquartier Unterlagen gesehen. Papiere, die noch in die Zeit von General Butlers Kommando gehören. Sie beweisen, daß Canfield und der Bruder des Generals, Jackson, Partner beim Verkauf von Rindfleisch aus Texas an die Regierung waren, zu horrenden Preisen. Versteh mich recht, es ist alles vollkommen legal gewesen. Aber ich finde es nicht sehr anständig. Und ich habe mich schon oft gefragt, warum ein Mann in Canfields Alter nicht bei der Armee ist. Auf der einen oder anderen Seite. Vielleicht hätte ich es dir nicht sagen sollen, aber –"

„Ich bin froh, daß du es getan hast", unterbrach sie ihn. „Ich habe erkannt, daß Captain Canfield nicht ganz das ist, was er zu sein scheint. Aber keine Angst. Ich werde schon dafür sorgen, daß er Suzy nicht weh tut."

„Ich freue mich, daß du das sagst."

Der Wagen hielt, und gleich darauf klopfte der Kutscher an die Tür. „Wir sind da, Sir. Auf der Rückseite des Hauses, wie Sie es mir befohlen haben."

„Einen Moment."

Rance wandte sich Carrie zu. Sie sahen sich lange an, und in ihren Augen standen all die ungesagten Worte. „Kommst du zurecht?" fragte er schließlich.

Sie nickte, stumm vor unterdrückten Tränen.

„Wenn ... du mich je brauchen solltest ..."

Er beendete den Satz nicht, aber Carrie nickte wieder. Sie konnte nichts mehr ertragen. Sie berührte mit einer Hand kurz sein Gesicht und sprang dann aus dem Wagen, ehe er sich rühren oder etwas sagen konnte.

22

Nach zwei Tagen, als Carrie das Warten nicht mehr länger ertrug, schickte sie Lafitte nach Kingston's Landing. Er sollte in Erfahrung bringen, was passiert war. Sie war über alle Maßen erleichtert, als sich bei seiner Rückkehr herausstellte, daß Rance recht gehabt hatte. Der befehlshabende Hauptmann hatte einfach alles gründlich durchsucht und sich, nachdem er außer den Dienern niemanden fand, entschuldigt und verabschiedet. George Pierre ging es gut bei Justice. Er würde noch einige Zeit dortbleiben. Er ließ Carrie ausrichten, sie solle in New Orleans bleiben, um keinen Verdacht zu erregen.

Lafitte hatte Rances Pferd mit zurückgebracht, und Carrie wies ihn an, es unauffällig dem Besitzer zu bringen. Sie hatte gehofft, Rance würde sich daraufhin bei ihr melden, aber das tat er nicht.

So war es wohl auch am besten. Sie würde die Erinnerung an diese kurze, aber zauberhafte Zeit zusammen bewahren. Jetzt, wo sie ihr altes Leben wieder aufgenommen hatten, konnte es nichts mehr bedeuten. Rance hatte versprochen, Nora Barlow zu heiraten. Es gab für ihn keine Möglichkeit mehr, sich von dieser Pflicht zu lösen. Und eines Tages würde J. D. heimkommen...

Es half ihr, daß sie in New Orleans mit genügend Problemen zu kämpfen hatte. Der gefürchtete Augenblick war gekommen: Beau Canfield war wieder in New Orleans, und Suzy traf sich mit ihm. Das konnte Carrie unmöglich weiterhin zulassen. Sie mußte ihrer Schwester die Wahrheit über Beau erzählen.

Es war ein wunderschöner Sommermorgen. Susannah saß im Schatten des Pflaumenbaumes und starrte düster auf die Nadel in ihrer Hand und den großen Korb mit Stopfwäsche neben sich.

„Ich weiß wirklich nicht, warum wir diese alte Unterwäsche flicken müssen“, beschwerte sich Suzy, als sie ihre Schwester sah. „Warum können wir nicht einfach neue kaufen?“

„Weil wir nicht genug Geld haben“, erklärte Carrie geduldig. „Heutzutage muß sich jeder irgendwie behelfen. Du siehst doch, daß Abby auch ständig flickt.“

Susannah seufzte. „Vielleicht kann Mattie das tun.“

„Mattie ist auf dem Markt. Außerdem hat sie mit dem Haushalt und dem Kochen schon genug Arbeit. Komm... gib mir Nadel und Faden, dann helfe ich dir.“

Susannah rückte ein Stück auf der Bank und reichte Carrie froh eine spitzenbesetzte Unterhose.

„Suzy", fing Carrie zögernd an, „ich glaube, wir beiden müssen über etwas reden."

„So? Worüber denn?"

„Über Beau Canfield. Ich habe gehört, er ist wieder hier."

„Richtig. Heute abend hat er mich ins Theater eingeladen."

Carrie suchte nach den richtigen Worten. Susannah mußte begreifen, wie gefährlich der Mann war. „Suzy, Liebes ... ich habe lange mit mir gekämpft, ob ich dir die volle Wahrheit über Beau sagen soll oder nicht. Ich wollte dir nicht weh tun ... aber jetzt, wo er zurück ist, halte ich es für unerläßlich, daß du Bescheid weißt."

„Worüber? Wenn du mir schlimme Dinge über Beau erzählen willst, kannst du es ebensogut gleich lassen! Ich finde es nicht falsch, daß er die Gayerre-Plantage gekauft hat. Irgend jemand mußte sie ja kaufen. Ich bin zufällig der Meinung, daß er den Morrisons einen Gefallen getan hat, als er ihre halbe Brennerei gekauft hat. So hat er sie ihnen gerettet."

„Man kann das ja wohl kaum als Kaufen bezeichnen", fuhr Carrie sie wütend an. „Seth hat ihm einfach die Hälfte übereignet."

„Und dafür das Geld bekommen, sie in Betrieb zu halten!"

Carrie sah ihre kleine Schwester an, und ihr Herz zog sich aus Liebe und Mitleid zusammen. Es war offensichtlich, daß die Kleine in Canfield verliebt war.

„Ich fürchte, es kommt noch mehr." Carrie holte tief Luft. „Beau Canfield ist nicht das, wofür die Morrisons oder du ihn halten. Ich ... ich weiß das, weil ... gewisse Dinge passiert sind."

„Was für Dinge?" wollte Susannah wütend wissen.

Carry wandte sich ab. „Während er so tat, als würde er dir den Hof machen, hat er sich mir genähert", brachte sie schließlich heraus. Dann überschlugen sich ihre Worte, als sie fühlte, wie Susannah neben ihr erstarrte. „Er hat ... mir Vorschläge gemacht, die ... kein ehrenhafter Mann machen würde."

„Ich glaube dir nicht!" Susannahs Stimme war hoch und zittrig, und als Carrie sich ihrer Schwester wieder zuwandte, war diese leichenblaß.

„Es ist wahr", sagte Carrie. Sie wußte, daß sie jetzt nicht aufhören konnte. „Er hat mir gesagt, er würde mir das Geld geben, das wir für Kingston's Landing brauchen, wenn... wenn ich seine Mätresse werden würde."

Susannah sprang auf. „Das ist eine Lüge!" keuchte sie und wollte zum Haus laufen, aber Carrie hielt sie fest.

„Es ist keine Lüge, und du wirst mir jetzt zuhören! Er sagte mir, wenn ich einverstanden wäre, brauchte es niemand zu erfahren... weder du noch die Morrisons."

Susannah riß sich los. Ihre riesigen grünen Augen waren von Unglauben und Zorn erfüllt. Langsam schüttelte sie den Kopf. „Du würdest alles tun... alles, um mich gegen ihn aufzubringen, nicht wahr? Ich weiß, daß du lügst, weil er mich liebt, Carrie. Er hat es mir gesagt."

„Nein... nein, Suzy."

„Du willst ihn für dich haben! Das war von Anfang an klar!"

„Das ist nicht wahr! Ich verabscheue ihn... und du wirst es auch, wenn du erst einmal begreifst, wie er wirklich ist!"

„Ich werde dir nicht länger zuhören!" erklärte Susannah kalt und wandte sich neuerlich dem Haus zu.

„Suzy!" Carrie konnte die Worte nicht länger zurückhalten. „Ich verbiete dir, Beau Canfield wiederzusehen!"

„Verbieten?" Susannah wirbelte herum. „Du *verbietest* es mir?" Sie bebte vor Wut. „Ich bin siebzehn Jahre alt, Carrie! Ich tue, was mir gefällt! Und wenn du versuchst, dich zwischen Beau und mich zu stellen... dann wird es dir leid tun!"

„Suzy... warte!" bat Carrie, aber es war zu spät. Susannah war bereits ins Haus gestürmt.

Am 16. Juli, nur zwölf Tage nach der Aufgabe von Vicksburg, traf das Dampfschiff *Imperial* in New Orleans ein, das erste Handelsschiff seit über zwei Jahren. Eine riesige Menschenmenge war auf den Beinen, um es zu empfangen.

„Ist das nicht wundervoll?" Abby stand neben Carrie. „Jetzt kann ich Briefe von Melissa bekommen! Vielleicht schickt sie uns ein Bild von dem Baby." Carrie hatte sie schon lange nicht mehr so glücklich gesehen.

„Ich wünschte, Susannah wäre mitgekommen", meinte Abby.

„Ich glaube, sie wollte mit Beau Canfield kommen", erwiderte Carrie. Die Worte schmerzten wie Messer in ihrer Kehle. Sie hatte getan, was sie konnte, um an ihre Schwester heranzukommen, aber diese hatte eisern geschwiegen.

Jetzt wurde Carries Blick auf den ersten Passagier gezogen, der an Land ging. Ein kleiner Mann mit glänzendem Goldzahn und schmierigem Haar, das ebensosehr glänzte wie seine Lederschuhe. Er warf einen kurzen, berechnenden Blick um sich und verschwand dann im Gedränge.

Obwohl ihm anständig aussehende Geschäftsleute in geblümten Westen und ganze Familien folgten, die gekommen waren, um wieder mit ihren Yankee-Ehemännern und Vätern zusammen zu sein, quälte Carrie die Erinnerung an diesen ersten Mann. Die Menschen in New Orleans hatten nicht nur unter dem Krieg und seinen Folgen zu leiden, sondern auch unter der Gier von Männern wie Jackson Butler und Beau Canfield. Und jetzt, da der Fluß wieder offen war, kamen die kleinen Opportunisten und versuchten, auch ihren Teil zu bekommen. Obwohl die Sonne heiß herabschien, wurde Carrie plötzlich kalt.

Wieder im Haus in der Dumaine Street versuchte Carrie, das dumpfe Gefühl loszuwerden, das sie im Hafen erfaßt hatte. Sie saßen im Wohnzimmer und entspannten sich bei einer Tasse Tee, die Mattie ihnen eingeschenkt hatte.

„Man könnte fast meinen, alles wäre wieder beim alten", seufzte Abby zufrieden. „Dabei gibt es ständig etwas Neues. Ich nehme an, du hast von diesem Neger gehört, der all unsere Hausleute anstiften will, fortzulaufen."

Mattie war gerade wieder ins Zimmer gekommen, und Carrie sah, daß sie fast den Teller mit Keksen fallen ließ.

„Nein . . . hatte ich nicht", erwiderte Carrie.

„Nun, die ganze Stadt spricht davon", erzählte Abby. „Es heißt, der Mann würde in dem Hüttenviertel wohnen, das die Nigger in der Nähe des alten Congo Square gebaut haben. Du weißt schon, oberhalb der Rampart Street, wohin die Sklaven früher geschlichen sind, um zu tanzen und Voodoo und Gott weiß was noch zu machen."

„Ich weiß", unterbrach Carrie sie ungeduldig. „Was ist mit dem Mann?"

„Sie sagen, er wäre ein großer Kerl ... muß selbst Sklave gewesen sein, aber jetzt behauptet er, er wäre frei. Hält jeden Abend Reden über die Freiheit und erzählt, daß Lincoln die Sklaven schon freigelassen hat und daß sie ihren Herren einfach nur fortlaufen müssen. Die Hälfte der Nigger in der Stadt schleicht sich fort, um ihm zuzuhören. Meine Penelope war letzte Woche drcimal nicht im Bett, als ich es überprüft habe. Und sogar der alte Thomas war nicht da, als Seth ihn vorgestern nacht brauchte. Lordy, ich weiß wirklich nicht, wohin das noch führen soll."

„Hat dieser Mann einen Namen?" erkundigte sich Carrie.

„Sie sagen, er heißt Solomon."

Als Carrie zu Mattie hinüberblickte, stand diese mit versteinertem Gesicht an der Tür.

„Das wäre alles, Mattie ... für den Augenblick."

Aber als sie später allein waren, sprach Carrie mit ihr. „Mattie, Mattie ... ich nehme an, du hast die ganze Zeit über gewußt, was er getan hat!"

Das Mädchen sah sie halb trotzig, halb ängstlich an.

Carrie schüttelte den Kopf. „Du mußt doch erkennen, daß er nichts als Unruhe schafft! Ärger für sich und alle andern!"

„Solomon glaubt, daß das, was er tut, richtig ist, Miss Carrie. Er sagt, der Tag, an dem *alle* schwarzen Menschen frei sind, kommt schon bald. Er sagt, dann können wir in die Schule gehen und etwas lernen, genau wie die Weißen. Wir werden Geld für unsere Arbeit bekommen und können Sachen kaufen ... und können selbst entscheiden, was wir aus unserem Leben machen wollen. Er sagt, wir können dann all die Dinge tun, die Sie tun können, Miss Carrie!" Sie hatte die Stimme gehoben und brach jetzt plötzlich ab, erschreckt von ihren eigenen Gefühlen.

Carrie starrte sie an, erinnerte sich daran, was Rance erzählt hatte, was Mr. Lincoln für die Schwarzen plante, wenn der Norden gewinnen würde. Und ihr kam ungewollt ein erstaunlicher Gedanke: *Wäre es wirklich so schrecklich?* Schließlich hatte Papa auch Justice die Freiheit gegeben.

Sie wandte sich hastig ab. Mattie sollte ihre Gedanken nicht in ihrem Gesicht lesen. „Mattie, du wirst vielleicht viel Kummer haben, wenn du dich weiterhin mit ihm triffst!"

Eine lange Pause entstand, und dann sagte Mattie mit einer Stimme, die älter war als ihre Jahre: „So ist das manchmal, wenn man einen Mann liebt. Wissen Sie das nicht, Miss Carrie?"

Carrie konnte nicht antworten.

Es war ein grauer, feuchter Tag im September. Carrie war allein daheim, als es klingelte. Als sie zum Tor ging, stand dort ein großer, hagerer Mann. Er stützte sich schwer auf einen Stock und hatte den schwarzen Schlapphut tief ins Gesicht gezogen. Ein dunkler, dichter Bart bedeckte den größten Teil seines Gesichts.

„Ja?" rief sie vom Haus herüber.

Sein leises Lachen, das Blitzen seiner weißen Zähne kam ihr irgendwie bekannt vor. „Ich denke, ich bin ziemlich sicher, wenn meine eigene Schwester mich nicht erkennt."

„George Pierre ...", flüsterte sie, öffnete das Tor und schob ihn ins Haus, so schnell sein Hinken es erlaubte.

Sobald die Tür sicher hinter ihnen geschlossen war, umarmte Carrie ihn herzlich. „George Pierre ... mein Gott, was machst du hier in New Orleans?" Sie schimpfte und lachte gleichzeitig, nahm ihm den mitgenommenen Hut ab und erforschte das schmale, bärtige Gesicht mit ihren Blicken.

Er grinste. „So, wie ich dich gerade zum Narren gehalten habe, glaube ich nicht, daß ich in allzu großer Gefahr bin. Außerdem bezweifle ich, daß die Yankees großes Interesse an einem knochigen Kerl mit einem lahmen Bein haben ... der New Orleans ohnehin heute abend verläßt", fügte er ernüchternd hinzu.

„Verläßt?"

Er nickte.

„Aber warum? Und wohin?" fragte Carrie besorgt. „Du wirst doch bestimmt nicht versuchen, wieder zur Armee zu gehen?"

Er schüttelte den Kopf. „Für mich ist der Krieg vorbei." Dabei warf er einen Blick auf sein Bein, und Carrie kämpfte mit den Tränen.

„Komm, mal sehen, was Mattie zum Essen in der Küche hat. Es überrascht mich, daß Chloe und Tana es nicht geschafft haben, dir ein bißchen Fleisch auf die Rippen zu zaubern."

Sie fand einen großen Topf mit Hühnersuppe und Klößen und gab ihm eine gehörige Portion auf einen Teller. In einem Korb lagen noch Pfirsiche, und auch Kekse waren noch vom Essen übrig. Sie stellte alles, zusammen mit einer Tasse Kaffee, auf ein Tablett und trug es ins Wohnzimmer, wo George Pierre sich hungrig darüber hermachte.

Carrie wartete mit ihren Fragen, bis er langsamer aß. „Wie geht es deinem Bein jetzt?"

Er trank einen großen Schluck Kaffee. „So gut, wie es je wieder werden wird. Es tut noch immer weh, aber das wird wohl nachlassen ... wenigstens hat der Arzt das gestern gesagt."

„Du hast es riskiert, zu einem Arzt zu gehen? Hier in New Orleans?"

George Pierre nickte. „Du erinnerst dich wohl nicht mehr an ihn. Er ist jetzt schon ein alter Mann. Baptiste Rambeau. Papa kannte und vertraute ihm, seit er ihm einmal das Leben gerettet hatte. Nun ja, er hat mir jedenfalls gesagt, was ich schon wußte ... daß ich für den Rest meines Lebens so laufen werde."

„Wie war es in Vicksburg?"

„Das ist jetzt vorbei." George Pierre sah sie mit diesen sanften, dunklen Kreolen-Augen an. „Hat keinen Sinn, jetzt noch daran zu denken."

„Aber der Krieg ...", platzte Carrie heraus. „Wir werden gewinnen! Oder nicht?"

Es schien plötzlich schrecklich still im Zimmer. „Vielleicht", meinte George Pierre schließlich. „Ich bin mir nicht sicher."

Carrie sah ihn an, zu überrascht, um zu sprechen. Zum erstenmal hatte sie einen Südstaatler etwas anderes als absolute Gewißheit ausdrücken hören.

„Die Yankee-Truppen sind besser ernährt, haben die bessere Ausrüstung", erklärte er verbittert. „Die meisten von uns haben nur altmodische Flinten. Die Yankees haben die neuesten Repetiergewehre."

Er brach ab, als er sah, wie die Fakten sie erregten. „Aber wir haben die besten Generäle der Welt", setzte er dagegen. „Und es gibt keine tapfereren oder besser kämpfenden Männer als die, die ich in der Armee der Konföderierten kennengelernt habe. Wenn das und ihre Entschlossenheit den Krieg gewinnen können... dann ja, dann werden wir gewinnen."

Er lehnte sich auf seinem Stuhl zurück, sah müde aus. „Es hängt jetzt alles von anderen Leuten ab, Carrie. Ich habe getan, was ich konnte."

„Ich weiß", sagte sie, dann schwiegen sie wieder.

„Wo ist Suzy?" wollte er endlich wissen.

„Sie wollte die Nacht mit einer Freundin aus dem Nähzirkel verbringen", antwortete Carrie und hoffte, daß es wirklich so war. So, wie ihre Schwester sich in der letzten Zeit verhalten hatte, war Carrie sich niemals sicher, ob sie wirklich dort war, wo sie behauptete. Da war immer die schreckliche Möglichkeit, daß sie... daß Beau...

„Carrie... es geht ihr doch wirklich gut, oder?"

Sie bemerkte plötzlich, daß George Pierre sie schon zweimal nach ihrer Schwester gefragt hatte. „O ja", log sie. „Suzy geht es prima." Warum sollte sie ihn beunruhigen? Er konnte ohnehin nichts ändern.

„Ich wünschte, sie wäre hiergewesen. Ich wollte mich verabschieden... von euch beiden. Ich reise heute abend ab."

„Du reist ab?"

George Pierre nickte. „Ich gehe nach Westen, Carrie. Da gibt es ein altes Handelsschiff, das nach Mittelamerika fährt, um Bananen zu holen. Der Kapitän hat eingewilligt, mich bis Texas mitzunehmen. Von dort an will ich auf dem Landweg weiter... bis Kalifornien vielleicht."

„Aber, George Pierre, warum willst du das tun? Warum willst du nicht auf Kingston's Landing bleiben? Der Krieg kann nicht ewig dauern", flehte sie.

„Carrie, Liebes... ich muß gehen. Hier gibt es nichts für mich... ganz gleich, welche Seite den Krieg gewinnt."

Sie versuchte ihn zu unterbrechen, aber er hielt eine Hand hoch.

„Laß mich ausreden. Ich war nie sehr gut, wenn es darum ging, die Plantage zu führen. Du weißt das besser als jeder andere. Du bist nur eine zu liebe, süße Schwester, um das zu sagen. Ich habe ungefähr fünf Jahre gebraucht, um das meiste von dem zu verlieren, was Papa aufgebaut hat. Und ich habe keine Entschuldigungen. Es gab Leute, die versucht haben, mir zu helfen. Justice zum Beispiel, aber nein“ – er lachte bitter –, „ich mußte alles selbst entscheiden. Papas Agenten in Philadelphia haben mich vor jedem Schritt gewarnt, den ich getan habe.“ Er holte tief Luft.

„Du warst doch noch ein Kind!“ protestierte Carrie.

Er nickte langsam. „Aber jetzt bin ich das nicht mehr. Ich bin ein Mann, der etwas suchen muß, das er kann.“ Er grinste. „Ich hatte immer das Gefühl, ich würde gern unterrichten ... aber ich war nie sicher, ob Papa das gut finden würde.“

Carrie dachte an ihren Vater, daran, wie stark und selbstsicher er gewesen war, wie schrecklich schwer es für George Pierre gewesen sein mußte, in seine Fußstapfen zu treten. Tränen traten ihr in die Augen.

„Du bist der beste Bruder, den man sich nur wünschen kann“, sagte sie zögernd.

„Aber ... aber ... keine Tränen“, brummte er, obwohl seine eigenen Augen verdächtig rot waren. Er griff in seine innere Jakkentasche und zog ein Stück Papier heraus. „Ich möchte, daß du das bekommst.“

„Was ist das?“

„Ich habe dir Kingston's Landing überschrieben, Carrie. Ich finde, es hätte dir ohnehin hinterlassen werden sollen.“

Verblüfft starrte Carrie auf das Papier in ihrer Hand. „George Pierre ... das kann ich nicht annehmen!“

„Natürlich kannst du das. Du mußt“, sagte er sanft. „Du liebst Kingston's Landing ebensosehr wie Papa. Du bist wie er, Carrie. Wenn irgend jemand es festhalten kann, es wieder hochbringen kann, dann bist das du.“

Carrie konnte die Tränen nicht länger zurückhalten. Mit einiger Schwierigkeit hievte sich George Pierre aus dem Sessel, zog sie ebenfalls auf die Füße und umarmte sie lange.

„Also schön", meinte er dann und fuhr sich mit der Hand übers Gesicht, „das wäre das." Er trat einen Schritt zurück. „Ich möchte, daß du Major Stewart in meinem Namen dankst. Ich weiß nicht recht, warum er das getan hat." Er sah sie prüfend an. „Gibt es da irgend etwas, das ich wissen sollte, Carrie? Über dich und Major Stewart?"

„Nein. Natürlich nicht. Er . . . er hatte nur das Gefühl, daß er Suzy und mir einen Gefallen schuldet, das ist alles."

„Es war ein großer Gefallen." Seine Augen hingen noch immer an ihrem Gesicht, aber schließlich akzeptierte er ihre Einstellung und nickte. „Wirst du zurechtkommen?" fragte er.

„Ja." Sie grinste mit hocherhobenem Kopf, und er grinste zurück.

„Ich wünschte, ich könnte dir ein bißchen Geld geben." Er umarmte sie erneut. „Gib Suzy einen Kuß von mir. Ich schreibe, sobald ich mich irgendwo niedergelassen habe."

23

Sobald George Pierre sicher außerhalb von New Orleans war, konnte Carrie Abby Morrison die Wahrheit über J. D. erzählen.

„Heißt das, J. D. war in Kingston's Landing, und du hast es mir nicht erzählt?" Sie starrte Carrie an. Rote Flecken zeigten sich auf ihren Wangen.

„Mutter Morrison . . .", versuchte Carrie zu erklären, „die ganze Situation war einfach zu gefährlich."

„Aber ich bin J. D.s Mutter!"

„Ich weiß. Und es tut mir leid, wirklich. Aber ich habe getan, was ich zu dieser Zeit für das beste hielt."

„Aber ich hätte dich begleiten, hätte ihn sehen können!"

„Ich verstehe deine Gefühle. Und vielleicht wäre es so wirklich besser gewesen. Aber es kam alles so plötzlich, und mir blieb keine Zeit zum Nachdenken."

„Und die ganze Zeit über hast du es geheimgehalten. Du hast mich glauben lassen, daß J. D. bald heimkehren würde."

Carrie seufzte. „Ich habe an George Pierres Sicherheit gedacht. Jemand hat den Yankees verraten, daß er dort war. Ich weiß immer noch nicht, wer es war. Ich konnte einfach kein Risiko eingehen. Bitte, versteh mich doch . . .“

Doch trotz Carries Bitten spielte Abby weiterhin die Märtyrerin, bis sie eines Tages mit rotgeweinten Augen im Haus in der Dumaine Street erschien.

„Penelope ist davongelaufen!“ heulte sie. „Sie hat mitten in der Nacht ihre Sachen genommen und sich fortgestohlen! Das ist nur die Schuld von diesem Nigger, diesem Solomon! Und ich weiß wirklich nicht, wie ich den Haushalt versorgen soll. Seth sagt, wir könnten nicht einmal mehr ein Mädchen kaufen, wenn wir das Geld hätten!“

Carrie zügelte ihre Ungeduld und erklärte, sie und Susannah wären ihr gern behilflich. Dabei hätte sie die Frau am liebsten geschüttelt, denn es gab weiß Gott andere Sorgen! Sie fragte sich, wie lange es dauern würde, bis auch Mattie davonlief.

In der Zwischenzeit war Susannah unverändert trotzig geblieben. Carrie konnte nur hoffen, daß sie durch irgend etwas Beaus wahren Charakter erkennen würde, ehe es zu spät war.

Es gab Augenblicke, da fragte sich Carrie, ob es überhaupt noch schlimmer werden könnte. Dann informierte Mattie sie eines Tages, daß ein Unions-Soldat sie zu sprechen verlangte.

„Ich habe ihn nie zuvor gesehen, Miss Carrie. Und er will mir nicht sagen, warum er hier ist.“

Der Sergeant wartete unten in der Halle. „Sind Sie Miss Carrie Kingston?“ erkundigte er sich, als sie nach unten kam.

„Ja.“

Er hielt ihr einen weißen Umschlag entgegen. „Ich habe eine Vorladung vom Kommandeur für Sie.“ Kaum hatte sie den Umschlag entgegengenommen, da setzte er seinen Hut wieder auf, nickte kurz und ging.

Carrie nahm ihren ganzen Mut zusammen und öffnete den Umschlag.

Sie werden hiermit aufgefordert, um 2.00 nachmittags am Mittwoch, 12. Oktober, vor diesem Gericht zu erscheinen, um einen Grund anzugeben, warum die Plantage flußaufwärts von New Orleans, die als Kingston's Landing bekannt ist und offensichtlich von ihrem Besitzer verlassen wurde, nicht von der Regierung der Vereinigten Staaten konfisziert und im Interesse des Landes wieder in Betrieb genommen werden soll.

Weiter hieß es, wenn Carrie nicht zum angegebenen Zeitpunkt vor Gericht erscheinen würde, würde die Plantage automatisch und unverzüglich konfisziert werden, aber das sah sie kaum. Schon beim ersten Satz schienen ihre Beine unter ihr nachzugeben, und sie sank auf die Treppe nieder.

„O mein Gott!" stöhnte sie und wiegte sich hin und her, während Mattie sich besorgt über sie beugte.

General Banks bedachte seinen Lieblingsadjutanten mit einem fragenden Blick. „Ist es möglich, Rance, daß Sie, äh – in diese junge Frau verliebt sind?"

„Nein, Sir", erwiderte Rance hastig und wand sich innerlich.

Der General beugte sich vor. „Rance, ich mag Ihr Vorgesetzter sein, aber ich bin auch ein Mann. Wenn Sie sich –"

„General Banks, Miss Kingstons Ruf ist über jeden Verdacht erhaben", erklärte Rance entschieden. „Sie und ihre Schwester sind einfach Freunde von mir."

„Nun" – der General nahm die Akte von seinem Schreibtisch auf –, „da Sie am Samstag Colonel Barlows reizende Tochter heiraten werden, freue ich mich, das zu hören."

„Ja, Sir."

„Wie es scheint, fiel uns die Plantage Kingston's Landing erst kürzlich auf, weil sie aufgrund der fälschlichen Beschuldigung, der Besitzer würde sich dort versteckt halten, durchsucht wurde. Wir fanden jedoch nur heraus, daß sie allem Anschein nach verlassen ist. Nur ein paar Negersklaven halten sich noch dort auf. Ich muß sagen, Rance, ich sehe nichts Unrechtes am Verhalten des Kommandeurs . . ."

„Sir, die Familie Kingston ist in diesem Teil des Landes höchst angesehen. Ich möchte nicht zusehen, wie ihnen Unrecht geschieht."

„Ich auch nicht", erinnerte ihn General Banks nachsichtig. „Aber das Land braucht Baumwolle und Zucker. Und Sie wissen ebensogut wie ich, daß die Regierung das Land so schnell wie möglich wieder bestellen will. Wir wollen ja nicht stehlen. Wir versuchen nur das zu tun, was das beste für die größte Anzahl von Menschen ist in dieser schweren Zeit."

„Aber ich glaube nicht, daß die Plantage wirklich verlassen ist, General. Miss Kingston hat Pläne damit. Wenn Sie nur der Anhörung heute nachmittag beiwohnen würden. Wenn Sie sich anhören würden, was sie zu sagen hat. Ich würde es als persönlichen Gefallen ansehen, Sir."

Der ältere Mann lehnte sich zurück. „Also schön, Major, ich komme mit, als Beobachter. Aber Sie müssen Ihrer künftigen Frau erklären, warum wir beide zu spät zu ihrem Gartenfest kommen werden."

Das Gartenfest! Rance stöhnte insgeheim auf. Das hatte er vollkommen vergessen. „Nun, ich bin überzeugt, Nora wird das verstehen, Sir." Er hatte sich schnell erholt.

Der General lächelte. „Nun, dann sehe ich Sie in einer Stunde."

„Danke, Sir."

Rance kehrte in sein eigenes Büro zurück. Er hatte bereits die Nase voll von Noras Verwandten, die anscheinend alle zur Hochzeit gekommen waren. Deshalb beschloß er, nur einen Boten mit einer Nachricht zu ihr zu schicken. Er würde ihr später alles erklären. Schließlich würde die Anhörung nicht allzu lange dauern.

Er wollte gerade den Posten rufen, der vor seinem Büro stand, als zu seinem Kummer die Tür geöffnet wurde und Nora unter dem Rauschen von blaßblauer Seide und cremefarbener Spitze eintrat. „Rance, Liebling..." Mit ausgestreckten Armen kam sie um den Schreibtisch. Der junge Soldat, der ihr gefolgt war, stand verlegen mit rotem Gesicht in der Tür.

„Schon gut, Tomkins", entließ Rance ihn. „Nora..." Er stand auf. „Das ist eine Überraschung." Er küßte sie.

„Ich bin gekommen, um dir zu erzählen, daß meine Tante Margaret aus Philadelphia heute morgen gekommen ist. Ich bin ja so froh, daß sie noch rechtzeitig zum Gartenfest kommen konnte. Sie ist meine Lieblingstante, und sie wird dir gefallen, Liebling. Ich weiß es einfach!"

„Das ist ... äh, schön, Nora. Ich freue mich, das zu hören. Aber, äh ... ich fürchte, ich werde ein bißchen zu spät kommen. General Banks und ich müssen noch etwas erledigen ..."

„Zu spät?" Nora wirbelte herum. „Ich kann einfach nicht glauben, daß General Banks dich zu spät zu deinem eigenen Fest kommen läßt ... wo er doch der Ehrengast ist! Ich glaube, ich werde sofort mit ihm sprechen."

Rance ergriff ihre Hand, um das zu verhindern. „Nora ... warte! Ich ... es tut mir leid, es ist meine Schuld, nicht General Banks'."

„Deine?" Sie sah ihn ungläubig an.

„Ja. Etwas Wichtiges ist passiert, und ich habe den General gebeten, die Sache persönlich zu begutachten."

„Wichtiger als unser Fest?" meinte sie kalt. „Meine Tante Margaret ist gerade den ganzen Weg von Philadelphia gekommen, meine Cousine Millicent, mein Onkel Harry ... all unsere Freunde werden warten. Was ist das denn so Wichtiges?"

Das lief ganz offensichtlich nicht sehr gut. „Sei doch nicht böse, Nora, Schatz." Rance nahm sie in die Arme. „Wenn es nicht wichtig wäre, würde ich doch überhaupt nicht daran denken, zu spät zu kommen. Und ich verspreche dir, es wird nicht mehr als eine Stunde sein ..."

Er wollte sie küssen, aber sie riß sich los. „Ich will wissen, was dich aufhält, Rance", verlangte sie in einem Ton, den er allmählich schon kannte. Sie nahm ihn immer an, wenn sie ihren Willen nicht bekam. Und wenn sie sich auch damit nicht durchsetzte, folgte ein Tränenausbruch.

Er wurde langsam ungeduldig. „Nora, eine Freundin von mir muß heute nachmittag vor dem Kommandeur erscheinen und begründen, warum ihre Plantage nicht konfisziert werden soll. Ich habe General Banks gebeten, der Anhörung beizuwohnen."

„*Ihre* Plantage? Von wem sprichst du?"

„Carrie Kingston.“

Ihre Nasenflügel bebten. „Das hätte ich mir denken können! Ich wußte vom ersten Augenblick an, daß sie hinter dir her ist!“

„Nora ... sei doch nicht albern!“

„Es ist doch wahr! Hältst du mich für so dumm? Ich habe doch gesehen, wie sie dich angeschaut hat, damals, als du uns im Theater miteinander bekannt gemacht hast.“

„Nora, ich kann dir versichern –“

„Ich dulde das nicht, Rance!“ Ihre Lippen zitterten, und Tränen hingen an ihren Wimpern. „Ich lasse mich nicht so erniedrigen!“

„Nora, Carrie und ihre Schwester sind Freundinnen von mir. Ich möchte nicht, daß sie ungerecht behandelt werden. Carrie Kingston war ... so freundlich, meinen Männern und mir Schutz zu gewähren, als wir ohne Proviant flußaufwärts festsaßen. Sie war sehr gastfreundlich.“

Nora starrte ihn an, ihr Gesicht weiß, Tränen liefen über ihre Wangen. „Darauf würde ich wetten!“

Sie bemühte sich nicht gerade, leise zu sprechen, und überrascht erkannte Rance plötzlich, wie er ihrer Launen und Tränen müde war ... sogar ihr Nordstaatenakzent ging ihm auf die Nerven.

„Ich gehe zu der Anhörung, Nora, und Schluß. Ich komme, sobald ich kann“, erklärte er ruhig.

Sie stampfte mit dem Fuß auf und funkelte ihn an, so wütend, daß sie sogar zu weinen aufhörte. „Wenn du nicht rechtzeitig kommst, Rance Stewart“, zischte sie durch ihre perfekten kleinen Zähne, „dann brauchst du überhaupt nicht zu kommen! Weder zu der Party ... noch zu der Hochzeit!“

Lange herrschte Stille im Raum. Rance musterte sie neugierig. Dann machte er eine steife Verbeugung. „Wenn du es so wünschst, Nora.“

Der Sergeant an der Tür nahm Haltung ein, als Rance und General Banks den Gerichtssaal betraten, aber die beiden Offiziere schlüpften dann doch unbemerkt auf die hinterste Bank.

Es war ein ziemlich großer Saal, aber nur wenige Plätze waren leer, da mehrere Fälle an diesem Nachmittag angesetzt waren.

Rance sah Carrie mit den Morrisons in der ersten Reihe sitzen. Prosper Durant war direkt hinter ihr, und auf der anderen Seite des Ganges saß Susannah mit Beau Canfield.

Rances Blick wanderte immer wieder zu Carrie zurück, die mit hocherhobenem Kopf in ihrem violetten Kleid dort saß, das sie auch an dem Nachmittag bei Prosper getragen hatte.

Drei Offiziere saßen an einem langen Eichentisch vor der Menschenmenge, den Zuschauern zugewandt. Rance erkannte in dem Mittleren den Kommandeur, Colonel Jeffrey Collins, einen sauertöpfischen Mann, der seine Arbeit buchstabengetreu erledigte. Die beiden anderen Männer kannte er vom Sehen. An einigen Tischen an der Rückwand saßen die Schreiber.

Einer von ihnen brachte jetzt einen Stapel Unterlagen zum Tisch und legte ihn vor Colonel Collins, ehe er an seinen Platz zurückkehrte. Der Colonel sah die Papiere durch, klopfte mit seinem kleinen Hammer auf den Tisch, und die Menschenmenge verstummte erwartungsvoll.

Der Colonel führte als erstes auf, welche Kraft dem Gericht von der Regierung der Vereinigten Staaten verliehen worden war. Dann erklärte er: „Die Sitzung ist eröffnet. Wir befassen uns als nächstes mit der Konfiszierung der Plantage Kingston's Landing. Es wurde kürzlich bekannt, daß dieser Besitz allem Anschein nach von seinem Besitzer, einem gewissen“ – er warf einen Blick auf die Seite vor sich – „George Pierre Kingston verlassen worden ist. Angesichts dieser Tatsache ist das Gericht zu der Entscheidung gekommen, daß die Plantage konfisziert werden soll gemäß den Richtlinien –“

„Nein! Das dürfen Sie nicht!“ Carrie, die bislang reglos wie aus Stein gemeißelt dort gesessen hatte, war zum Leben erwacht und aufgesprungen.

Colonel Collins blickte deutlich überrascht auf. Er musterte Carrie über seine ziemlich lange Nase hinweg mit einem Ausdruck milden Zorns. „Dürfte ich fragen, Miss, wer Sie sind?“

„Ich ... ich bin Carrie Kingston, Sir. Ich bin die Schwester von George Pierre Kingston.“

Der Colonel fuhr sich mit der Hand über den kahl werdenden

Kopf. „Ah, ja... da wir erfahren haben, daß Mr. Kingston zwei Schwestern hat, die jetzt in New Orleans leben, wurde Ihnen als der älteren aus Höflichkeit eine Einladung zugesandt, Miss Kingston. Nur für den Fall, daß Sie über Informationen verfügen, die das Ergebnis dieser Anhörung beeinflussen könnten."

„Das tue ich, Sir." Carrie trat zum Tisch vor. „Nicht mein Bruder ist der Besitzer von Kingston's Landing, sondern ich. Hier ist der Beweis."

Sie zog einen Umschlag aus ihrer Handtasche und reichte ihn dem Colonel, der ihn öffnete und den Brief las. Dann sah er sie ziemlich überrascht an.

„Es scheint sich um ein Papier zu handeln, durch das Ihr Bruder Ihnen die Plantage überträgt, Miss Kingston."

„Das ist richtig, Sir."

„Wissen Sie, wo sich Ihr Bruder derzeit aufhält, Miss Kingston?"

„Nein, Sir", erwiderte sie wahrheitsgemäß. „Das weiß ich nicht."

Der Colonel hatte das Papier an die beiden Offiziere neben sich weitergereicht und beriet sich jetzt im Flüsterton mit ihnen, ehe er sich erneut Carrie zuwandte.

„Miss Kingston, es tut mir leid, aber dieses Gericht kann das Papier nicht anerkennen. Es ist weder datiert noch trägt es die Unterschrift von Zeugen. Es könnte von jedermann geschrieben worden sein."

„Aber mein Bruder hat es geschrieben!" brach es aus Carrie heraus. „Das ist seine Unterschrift. Und ich bin sicher, daß sich das beweisen ließe."

Rance konnte sehen, wie blaß sie war. Er wäre gern für sie eingetreten, aber er wußte, daß das keinen Sinn hatte. Er schaute zu General Banks hinüber, der dem Vorgang seine volle Aufmerksamkeit schenkte.

„Selbst wenn es sich beweisen ließe", sagte der Colonel, „bin ich nicht sicher, daß es die Situation ändern würde." Seine Stimme war nicht ohne Mitgefühl. „Ich... ich weiß nicht, wie eine junge Frau wie Sie eine Plantage dieser Größe leiten und wieder ertragreich machen könnte."

„Aber ich kann es!“ beharrte Carrie. Ihre Augen baten nicht mehr, sondern sprühten goldenes Feuer. „Das Land hat meinem Vater gehört, Adam Kingston. Und jetzt gehört es mir! Alle Yankees der Welt können es mir nicht fortnehmen!“

Im Gerichtssaal brach Tumult aus. Und die Tränen, die Rance jetzt über Carries bleiches Gesicht laufen sah, waren die stolzesten Tränen, die er je gesehen hatte. Er wandte sich General Banks zu. „General, wenn es irgend etwas gibt ...“

Der Colonel schlug mit der Faust auf den Tisch und verlangte Ruhe, und in all dem Durcheinander schien niemand General Banks zu bemerken, der sich erhob und den Mittelgang entlangschritt. Doch dann erblickten ihn Colonel Collins und die anderen Offiziere und nahmen augenblicklich Haltung an, während ein Stöhnen durch die Menge ging, als sie den Kommandierenden General von New Orleans erkannte – ein feiner Mann mit seiner scharlachroten Schärpe.

„Rührt euch, Männer“, sagte der General ruhig, aber im Saal war es jetzt so still, daß seine Stimme auch noch im hintersten Winkel gehört werden konnte. „Ich würde dieser jungen Dame gern ein paar Fragen stellen, wenn Sie nichts dagegen haben, Colonel.“

„Ja, Sir. Gewiß, Sir.“

General Banks lächelte Carrie beruhigend zu. „Miss Kingston, mein Name ist Banks.“

„Ich weiß, wer Sie sind, General“, erwiderte Carrie mit klarer, fester Stimme.

General Banks' Augen funkelten amüsiert. „Ich bin einer der Yankees, von denen Sie gerade gesprochen haben. Aber ich versuche zu helfen.“

Carrie sah ihn lange an, als müßte sie ihn einschätzen. Dann nickte sie. „Danke, General.“ Sie war so blaß, daß Rance fürchtete, sie würde jeden Augenblick in Ohnmacht fallen. Es hielt ihn kaum mehr an seinem Platz.

„Können Sie mir sagen, warum Sie so sicher sind, Sie könnten diese Plantage leiten?“

„Weil mein Vater mir beigebracht hat, eine Plantage zu leiten,

Sir“, erwiderte Carrie, ohne zu zögern. „Er war der beste Pflanzer in Louisiana, und er hat mir alles gezeigt, was ich wissen muß. Außerdem habe ich bereits gezeigt, daß ich es kann. Ich habe im letzten Frühjahr gepflanzt.“

„Und was ist aus der Ernte geworden? Soviel ich weiß, liegt das Land jetzt brach.“

Carrie biß sich auf die Lippen. „Sie wurde im Mai überschwemmt“, erwiderte sie zögernd. „Aber das könnte jedem passieren!“

General Banks dachte einen Moment darüber nach. „Ja . . . das ist wohl richtig“, gab er zu. „Und welche Pläne haben Sie für die Zukunft?“

„Ich habe die Absicht, erneut anzubauen, wenn die Pflanzzeit kommt, General Banks.“ Ein kleines Fünkchen Hoffnung stahl sich in Carries Stimme, aber es wurde von der nächsten Frage des Generals zunichte gemacht.

„Haben Sie die notwendigen Mittel, um das zu tun? Ich weiß, daß die Plantage praktisch verlassen ist, und das heißt, Sie müßten genügend Arbeiter einstellen . . . und brauchen darüber hinaus ausreichend Geld, um die anderen Unkosten zu decken, bis Sie Ihren Zucker produziert haben.“

Carrie schwieg einen Moment. „Nun . . . nein“, gab sie schließlich zu. „Im Augenblick habe ich das Geld nicht. Aber ich werde es haben, wenn ich es brauche.“

„Und wie gedenken Sie dieses Geld zu bekommen?“

„Ich werde es leihen.“

General Banks musterte sie nachdenklich. Im Saal war es still, aller Augen ruhten auf der schönen jungen Frau, die mit ihrem Mut ihrer aller Herzen für sich eingenommen hatte, und auf der imposanten Gestalt in Blau, dem Kommandogeneral von New Orleans, der ihre Zukunft in Händen hielt. Schließlich schüttelte der General den Kopf, und zwei tiefe Falten zeigten sich zwischen seinen Brauen.

„Ich würde diese Angelegenheit gerne zu Ihren Gunsten entscheiden, Miss Kingston. Aber ich darf auch nicht vergessen, daß ich geschworen habe, meine Pflicht zu tun und für die Einhaltung der Gesetze und Bestimmungen der Regierung zu sorgen. Angesichts der derzeitigen Wirtschaftslage in New Orleans würde es mich wundern, wenn Sie die nötigen Mittel aufbringen könnten. Trotzdem will ich Ihnen jede Chance geben. Aus diesem Grunde wird die Angelegenheit bis morgen um die gleiche Zeit vertagt. Wenn Sie mir bis dahin beweisen können, daß Sie das Geld wirklich aufbringen werden, werde ich mich dafür einsetzen, daß dieser Besitz nicht konfisziert wird. Aber ich muß Ihnen sagen, Miss Kingston", fügte er zögernd hinzu, „daß ich meine Pflicht vernachlässigen würde, wenn ich es dem Gericht nicht erlauben würde, bei Ihnen dieselben Maßstäbe anzulegen wie bei allen anderen, wenn Sie diesen Beweis nicht erbringen. Das verstehen Sie doch, oder?"

Rance sah Carrie zögern, aber sie erwiderte General Banks' Blick, als sie erklärte: „Ich verstehe, General. Ich werde kommen."

Die Morrisons eilten ihr nach, als sie sich umdrehte und den Gang entlangschritt. Prosper Durant bildete den Abschluß, und noch weiter hinten kam Susannah am Arm Beau Canfields. Aber aller Augen ruhten auf Carrie, als sie mit weißem Gesicht, aber hoch erhobenem Kopf durch die Menge schritt.

Als sie die Tür schon fast erreicht hatte, wandte sie leicht den Kopf und bemerkte Rance. Sie zögerte für den Bruchteil einer Sekunde. Schmerz stand in ihren großen, bernsteinfarbenen Augen. Aber ehe er eine Bewegung auf sie zu machen konnte, wandte sie sich bereits ab und verschwand durch die Doppeltür.

Carrie lag auf dem Bett und starrte mit brennenden Augen an die Decke. Im Geiste war sie alles mindestens einhundertmal durchgegangen. Es gab keine Möglichkeit, General Banks die Zusicherungen zu machen, die er verlangt hatte. Sie hatte erst gestern mit Leroy Tate gesprochen. Sie würde Kingston's Landing morgen verlieren. Das Wissen betäubte sie wie eine schreckliche Wunde; der Schmerz würde sie erst später mit voller Wucht treffen.

Nach ihrer Rückkehr vom Gericht war Susannah mit Beau Canfield aus dem Haus gestürmt, nachdem Carrie deutlich gemacht hatte, daß er hier nicht willkommen war. Die Morrisons und Prosper Durant hatten ihren Wunsch nach Alleinsein respektiert und sich ebenfalls verabschiedet. Seitdem hatte sie hier auf dem Bett gelegen, hatte sich nicht einmal umgezogen.

Es wurde allmählich dunkel im Zimmer, und Carrie hörte Mattie leise klopfen. Sie brachte es nicht fertig, zu antworten, aber das Mädchen trat dennoch ein und stellte ein Tablett auf den Nachttisch.

„Dachte, Sie würden vielleicht gern was essen", erklärte Mattie mit gezwungener Fröhlichkeit, als sie die Lampen anzündete und die weißen Vorhänge zuzog.

Carrie schüttelte den Kopf. „Das könnte ich nicht, Mattie. Aber trotzdem danke."

„Nun ja – ich bin jedenfalls unten in meinem Zimmer, wenn Sie mich brauchen", sagte Mattie, als sie resignierend das Tablett wieder aufnahm.

Carrie begriff, daß Mattie ihr klarmachen wollte, daß sie sich heute nicht mit Solomon treffen würde. „Danke, Mattie", erwiderte sie leise. „Das weiß ich zu schätzen."

Irgendwann später zwang sie sich, sich auszuziehen und in ein Nachthemd zu schlüpfen, ehe sie zu Bett ging, nur, um noch einmal alles zu überdenken. „Ich habe jede Möglichkeit erschöpft, Miss Kingston", hatte Leroy Tate ihr traurig erzählt. „Ich weiß nicht, was ich sagen soll."

Endlich fiel sie in einen unruhigen Schlaf, aus dem sie Matties Klopfen aufschreckte.

„Mist' Prosper is' unten, Miss Carrie."

„Prosper? O nein", stöhnte Carrie. „Ich habe ihm doch gesagt, daß ich wirklich niemanden sehen möchte."

„Er sagt, es wäre äußerst wichtig."

Carrie seufzte. Der liebe gute Prosper ... „Also schön, Mattie. Sag ihm, ich komme gleich."

Sie zog ihren alten geblümten Morgenmantel über und betrat kurz darauf das Wohnzimmer, in dem der Fechtmeister ungeduldig wartete.

„Ma chère", begann er, kaum daß er sie sah, „verzeih mir, aber ich muß sofort unter vier Augen mit dir sprechen!"

„Prosper... was ist los?“ Es kam ihr in den Sinn, daß er ihr vielleicht noch mehr Geld anbieten wollte, aber sie wußte, daß er wirklich nichts mehr erübrigen konnte.

„Es handelt sich um eine Angelegenheit, die äußerste Diskretion verlangt. Es darf keine Möglichkeit geben, daß jemand hört, was ich dir zu sagen habe.“ Dabei warf er einen Blick in den leeren Flur hinaus und schloß dann fest die Doppeltür.

Sie beobachtete ihn verwirrt. „Wer sollte uns schon hören? Mattie ist in ihr Zimmer zurückgekehrt, Lafitte ist schon lange in seiner Unterkunft. Und ich glaube, Suzy ist noch nicht einmal heimgekommen.“

„Gut!“ Er fing an, nervös auf und ab zu gehen und dabei mit der Uhrkette zu spielen, die sich über seine weinrote Seidenweste spannte. „Ich wünschte, ich wüßte, was dein Vater von mir erwarten würde. Ich hätte bei meiner Ehre schwören können, bei meiner Seele, daß ich niemals verraten würde –“

„Prosper, wovon, um Himmels willen, sprichst du eigentlich?“ So lieb er Carrie auch war, ihr Kopf schmerzte, und sie war nicht in der Stimmung für Spielchen.

„Carrie –“ Er nahm ihre Hand und führte sie zu einem der Sessel, setzte sich dann ihr gegenüber – „Carrie, ich habe mich heute abend mit einer Frage gequält und bin zu dem Entschluß gekommen, daß ich dir etwas enthüllen muß, von dem ich sicher war, ich würde es mit ins Grab nehmen.“

An seinem Ton erkannte Carrie schließlich, daß es sich wirklich um eine ernste Angelegenheit handelte. „Hat es mit Kingston's Landing zu tun?“ fragte sie ängstlich.

„In gewisser Weise. Es ist etwas, das es dir vielleicht ermöglicht, die Plantage zu behalten... aber zu einem hohen Preis. Vielleicht zu einem schrecklichen Preis.“ Er wandte sich ab, als zögerte er plötzlich, ihrem Blick zu begegnen, aber sie beugte sich vor und umklammerte seinen Arm.

„Oh, sag es mir, Prosper! Wenn es Kingston's Landing retten könnte, dann mußt du es mir sagen!“

Er nickte, noch immer zögernd. „Das werde ich, bei Gott, das werde ich.“

Er stand auf und trat an die Fenstertüren, blickte auf den Hof hinaus, der im Mondschein lag. „Sein Leben lang hat dein Vater ein Geheimnis gehütet, Carrie. Ein Geheimnis, das nur wenige Menschen kannten. Für die ganze Welt war er der Sohn des reichen Pflanzers George Kingston aus Barbados. Er war von diesem Mann aufgezogen worden, hatte sein Vermögen geerbt. Aber in Wirklichkeit war er–" Er wandte sich wieder ihr zu – „war Adam Kingston ... dein Vater ... der illegitime Sohn von Armand Moreau."

Carrie starrte ihn an, versuchte zu verdauen, was er gerade gesagt hatte. „Armand Moreau ... war Papas Vater? Aber das kann nicht sein, Prosper. Armand Moreau war Onkel Etiennes Vater. Papa war mit Armand Moreaus Tochter, Dominique, verheiratet, ehe er Mama heiratete."

„*Stieftochter*, ma chère. Dominique war eine Waise, die Tochter einer anderen alten und angesehenen kreolischen Familie, aber keine richtige Moreau."

Carrie zog die Brauen zusammen, versuchte sich zu erinnern.

„Der alte Monsieur Moreau war Papas Vater? Dann heißt das ja, daß Onkel Etienne Papas Bruder war!"

Prosper nickte. „Sein Halbbruder."

Carrie schüttelte den Kopf. „Aber ich verstehe immer noch nicht ... was das mit der Rettung von Kingston's Landing zu tun hat."

Prosper starrte sie mit düsteren Augen an. „Ich weiß nicht, was das für dich bedeuten wird, ma chère. Und ich weiß nicht, wie ich es dir anders sagen soll. Adams Mutter, deine Großmutter, war eine wunderschöne Frau namens Madeleine Tristesse."

„Ja ...?"

„Sie war eine *octoroon*."

Ihr Herz setzte einen Schlag lang aus. Dann holte Carrie scharf Luft, und Prosper wandte sich erneut dem Fenster zu, um ihr Zeit zu geben, sich zu fangen.

Papas Mutter war ... dann war Papa ein Farbiger? *Sie selbst ... war eine Farbige!*

Sie konnte nicht sprechen. Dieser ganze lange Tag war wie ein Alptraum gewesen. Und jetzt erzählte ihr Prosper, daß sie nicht wirklich war, wofür sie sich gehalten hatte. Sofort rebellierte sie gegen diesen Gedanken. Sie war Carrie Kingston ... wer immer, was auch immer Carrie Kingston war.

Sie zitterte heftig, begriff aber plötzlich, warum Prosper ihr das lange gehütete Geheimnis verraten hatte. „Die Behörden würden das Eigentum eines Menschen mit Negerblut nicht anrühren“, murmelte sie.

Prosper wandte sich um und nickte.

„Gibt es einen Beweis ... vor dem Gesetz?“

„Abgesehen von meiner Aussage gibt es einen Brief.“

Sie fuhr sich mit einer Hand übers Gesicht, versuchte, sich über die Konsequenzen klarzuwerden.

„Es liegt bei dir, ma chère“, meinte Prosper sanft. „Ich hätte nicht weiterleben können, wenn ich dir das jetzt nicht gesagt hätte. Ich weiß, wieviel Kingston's Landing deinem Vater bedeutet hat. Und jetzt dir. Aber ich weiß auch, was es heißt, in dieser Gesellschaft als Farbiger zu leben.“

Um Prospers Lippen spielte ein verzerrtes Lächeln, seine Augen blickten traurig, und Carries Kehle war so zugeschnürt, daß sie nicht sprechen konnte.

„Du allein mußt die Entscheidung treffen, ma petite Carrie. Wenn du dich entscheidest, diese Information für dich zu behalten, dann werden wir beide das Geheimnis gemeinsam wahren, und es wird nie wieder erwähnt werden. Wenn du dich anders entscheidest ...“ Er verbeugte sich leicht in ihre Richtung, eine schwache Imitation seines alten Selbst: „Ich stehe zu Ihren Diensten, Mademoiselle Kingston.“

24

Die Nachmittagssitzung im Gericht war selten so gut besucht gewesen. Es hatte sich herumgesprochen, daß General Banks persönlich über den Fall eines temperamentvollen Mädchens urteilte, das darum kämpfte, die Familienplantage zu erhalten.

General Banks war pünktlich gekommen, Carrie ebenfalls, aber selbst als ihr Name aufgerufen wurde, wußte sie noch nicht, was sie tun sollte. Sie hatte fast die ganze Nacht lang wach gelegen, war aber zu keinem Ergebnis gekommen.

Um Mattie und Abby Morrison eine Freude zu machen, hatte sie ein kleines Frühstück heruntergezwungen und sich mit größter Sorgfalt ein elfenbeinfarbenes Seidenkleid mit großen Puffärmeln angezogen. Sie hatte ihr Haar ganz schlicht frisiert und trug heute den großen Strohhut. Sie wollte so gut wie möglich aussehen ... ganz gleich, wie alles ausgehen würde.

Als sie jetzt aufgerufen wurde und vortrat, so daß alle sie deutlich sehen konnten, hörte man deutliches Flüstern. Die Frauen rückten ihre Hüte zurecht und betrachteten sie mit neidvoller Bewunderung. Die Männer stießen sich kopfschüttelnd gegenseitig an, und sogar eingefleischte Yankees stimmten darin überein, daß es eine Schande sei, daß ein so reizendes junges Mädchen es mit der ganzen Unionsarmee aufnehmen mußte.

Carrie wußte, daß die Morrisons und Prosper anwesend waren ... und Susannah, die neben Beau Canfield saß. Sie fragte sich, ob auch Rance da war. Sie hatte sich nach ihm umsehen wollen, es sich aber nicht gestattet.

Benommen wurde ihr klar, daß General Banks sie nach den Bestätigungen fragte, die er von ihr verlangt hatte.

„Nein, Sir", erklärte sie, und ihre klare, feste Stimme überraschte sie selbst. „Ich konnte sie leider nicht beschaffen."

General Banks zögerte. Dann räusperte er sich laut. „Miss Kingston, ich möchte, daß Sie wissen, daß es mir zutiefst leid tut, daß ..."

Er sprach weiter, und Carrie konnte seine Stimme hören, als käme sie von weither, konnte sehen, wie sich seine Lippen bewegten, wußte, was er sagen würde.

Sie konnte schweigen, dann würden die Yankees Kingston's Landing an sich reißen, und sie würde irgend etwas tun ... *irgend etwas* ... Es bedeutete ja nicht den Weltuntergang.

Aber als sie hörte, wie er weitersprach, schnürte es ihr die Kehle zu. Großer Gott, sie durfte Kingston's Landing nicht verlieren! Sie dachte an das Land und an den Fluß, an das Haus, in dem sie geboren worden war... Es war ein Teil von ihr, so wie es ein Teil von Papa gewesen war!

Sie mußte es retten. Koste es, was es wolle. Der Gedanke war so klar, daß sie sich wunderte, daß sie jemals etwas anderes in Erwägung gezogen hatte.

Instinktiv drehte sie sich zu Prosper um. Er verstand ihren Blick und lächelte, nickte langsam.

Sie wandte sich wieder dem General zu, war sich ihrer Entscheidung jetzt ganz sicher. „General Banks", unterbrach sie ihn mit hoher, klarer Stimme. „Es gibt da noch etwas, das Sie wissen sollten, Sir."

Er zog die Brauen hoch. „Also schön, Miss Kingston." Er war bereit, ihr jede Chance einzuräumen.

„Ich habe kürzlich gewisse Dinge erfahren, von denen ich annehme, daß sie sich auf diese Angelegenheit auswirken, General. Es ist in New Orleans allgemein bekannt, daß die Militärregierung das Eigentum eines Menschen... mit Negerblut unangetastet läßt."

Tödliche Stille herrschte im Gerichtssaal, bis der General meinte: „Das ist richtig, aber ich verstehe nicht –"

„Meine Großmutter", erklärte Carrie mit einer Stimme, die nicht nur fest war, sondern auch überall zu hören, „war eine Frau namens Madeleine Tristesse. Sie war eine *octoroon*."

Einen Augenblick lang schien der ganze Saal wie gelähmt. Dann brach Lärm und Aufruhr los. Die Menschen wandten sich einander zu, schüttelten ungläubig die Köpfe. Das war ein Trick, um das Land zu behalten. Unmöglich, daß diese hübsche junge Frau... Einige der Anwesenden erinnerten sich noch an Adam und Molly Kingston. „Eine Unverschämtheit!" rief jemand.

„Um Gottes willen, Carrie", rief Seth Morrison, „erzähl keine solche Lüge... auch nicht, um die Plantage zu behalten!" So lebhaft war er nicht mehr gewesen, seit er den Eid geleistet hatte.

Carrie sah zu ihm hinüber, und dann fiel ihr Blick plötzlich auf Susannahs Gesicht, das totenblaß war, und es traf sie wie ein

Keulenschlag, daß sie nicht die einzige war, die von dieser Enthüllung betroffen war.

Es dauerte über eine Minute, bis Colonel Collins den Aufruhr unter Kontrolle gebracht hatte.

„Miss Kingston", meinte General Banks mit besorgtem, väterlichem Ton, „ich bin mir klar darüber, daß das alles hier zuviel für Sie ist. Wenn Sie Ihre letzte Bemerkung zurückziehen möchten –"

„Nein, Sir." Carrie wußte, daß es kein Zurück mehr gab, obwohl ihr Herz brach bei der Erinnerung an Susannahs Gesicht. „Es ist heute hier jemand anwesend, der die Wahrheit dessen, was ich Ihnen erzählt habe, bestätigen kann. Monsieur Prosper Durant. Er ist ein Mann, der in New Orleans und anderswo einen gewissen Ruf genießt. Er war ein guter Freund meines Vaters... und ist auch meiner."

Prosper hatte sich erhoben, und General Banks winkte ihn heran.

„Sie sind Prosper Durant?"

„Der bin ich."

„Und haben Sie Informationen, die belegen, daß das, was Miss Kingston uns soeben erzählt hat, der Wahrheit entspricht?"

Prosper verbeugte sich leicht. „Ich denke schon." Er griff in die Tasche und holte einen vergilbten Umschlag hervor, den er General Banks reichte. „Diesen Brief hat mir Adam Kingston einen Monat vor seinem Tod geschrieben. Er spricht darin von seiner Mutter, Madeleine Tristesse, und davon, daß er selbst ein Mischling war. Sollte es Zweifel geben, bin ich überzeugt, daß seine Unterschrift leicht überprüft werden kann.

Ich möchte an dieser Stelle noch etwas sagen... Adam Kingston war der beste Mann, den ich je kennengelernt habe."

Prosper hatte sich so würdevoll betragen, daß alle im Gerichtssaal geschwiegen hatten und jetzt gespannt warteten, als General Banks zwei Blatt Papier hervorzog und überflog.

Sein Gesicht verriet seinen Kummer, als er die Blätter faltete, in den Umschlag zurückschob und diesen Prosper reichte. „Ich danke Ihnen, Mr. Durant." Er wandte sich Carrie zu. „Unter diesen Umständen . . . wird das Verfahren eingestellt. Die Plantage gehört Ihnen, Miss Kingston."

Verlegene Stille senkte sich über den Saal, als die Bedeutung dieser Worte allen klarwurde. Dann hörte man einen Jungen aus einer der hinteren Ecken rufen: „Shit . . . die is' nix weiter als 'ne Niggerin in all ihren chicen Sachen!" Woraufhin sein Freund neben ihm ihn in den Bauch stieß und Soldaten herbeieilten, um einen Kampf zu verhindern.

Überall im Saal wurde hitzig diskutiert, aber Carrie konnte nur Seth Morrison sehen, der sich über Abby beugte, die einfach ohnmächtig geworden war. Und dann stand Susannah vor ihr, mit einem triumphierenden Beau neben sich.

„Du lügst, Carrie!" schrie sie mit verzerrtem Gesicht. „Du und Prosper, ihr seid Lügner! Du würdest alles sagen, um die Plantage zu behalten . . . alles! *Ich hasse dich . . . ich hasse dich, Carrie!*" Sie schlug mit ihren kleinen Fäusten nach Carrie, bis Beau sie fortzog.

General Banks trat vor und befahl vier Soldaten: „Begleiten Sie Miss Kingston und Mr. Durant nach Hause."

Carrie glaubte, Rance hätte sie gerufen, als sie gerade eine Seitentür erreichten, und sie zögerte. Aber der Sergeant neben ihr nahm ihren Arm und schob sie weiter.

Carrie warf einen nervösen Blick auf die Uhr in der Bibliothek und nippte an ihrem Kaffee. Stunden waren vergangen, und Susannah war noch immer nicht heimgekehrt. Prosper hatte sich auf die Suche nach ihr gemacht.

Wieder fragte sie sich, wie sie jemals hatte vergessen können, daß Susannah ein Recht hatte, bei der Entscheidung mitzubestimmen, ob sie ihre wahre Herkunft bekanntmachen sollten oder nicht. Sie hatte sie nicht einmal gewarnt. Das war unverzeihlich, und sie wußte es.

Noch immer konnte sie Suzys Gesicht sehen, spürte sie ihre kleinen Hände. Mein Gott, vielleicht hatte sie recht! Vielleicht behandelte sie sie wirklich wie ein Kind. Aber sie würde versuchen, es wiedergutzumachen. Sie würde versuchen, es ihr zu erklären.

Sie hörte die Glocke. Konnte das Suzy sein? Nein, die würde nicht klingeln. Vielleicht Prosper. Sie hastete in die Halle und sah, wie Mattie Seth und Abby Morrison einließ.

Sie blieben stehen, als sie sie erblickten, wirkten plötzlich alt.

„Wir... wir dachten, wir sollten kommen", meinte Abby, und Carry erkannte, daß sie ihr gegenüber den Ton anschlug, den sie sonst Fremden gegenüber benutzte.

„Das war nett von euch. Kommt doch ins Wohnzimmer. Kann Mattie euch Kaffee bringen?"

„Nein", antwortete Seth, und sein Ton war übertrieben herzlich. „Wir können nicht lange bleiben... Geschäfte... ein Bekannter, den ich – das heißt, wir – später treffen."

„Natürlich."

Sie saßen auf dem Rand ihrer Sessel. Die Stille wurde immer bedrückender.

„Ihr habt Suzy wohl auch nicht gesehen?"

„Nein... nicht seit –" Abby brach ab.

„Nicht seit der Anhörung", vollende Seth ihren Satz.

„Ach, Carrie", platzte Abby los, „bist du ganz sicher, daß –" Wieder brach sie mitten im Satz ab, und Carrie hatte plötzlich Mitleid mit ihr.

„Ja, Abby." Zum erstenmal nannte sie sie beim Vornamen, aber keiner von beiden fiel das auf.

„Hast du es schon vorher gewußt?" fragte Seth fast wütend.

„Nein. Ich habe es erst gestern abend erfahren."

„Von diesem Prosper Durant", erklärte Abby verbittert.„Ich habe nie verstanden, warum dein Vater... aber... wahrscheinlich hatten sie so manches... gemeinsam", schloß sie peinlich berührt.

„Wir möchten, daß du weißt, daß du dich auf uns verlassen kannst", erklärte Seth mit seiner falschen, herzlichen Stimme und stand bereits auf. „Deshalb sind wir gekommen. Aber –", er warf einen Blick auf seine Uhr, „wie gesagt – Geschäfte."

„Ich verstehe, Seth. Ich begleite euch hinaus."

Sie hatten die Haustür erreicht, als Carrie sie aufhielt. „Da ist noch etwas", meinte sie zögernd, „ich möchte, daß ihr den behaltet ...“ Sie streifte den goldenen Ring mit den drei kleinen Smaragden vom Finger und hielt ihn Abby hin.

J. D.s Eltern wechselten einen schnellen Blick. Wortlos, mit Tränen in den Augen, nahm Abby den Ring entgegen. Seth streckte eine Hand nach Carries Arm aus.

„Tut mir leid, daß es so gekommen ist.“ Seine Stimme brach, und Carrie wußte, daß er es ehrlich meinte. „Wenn du Hilfe brauchst ...“

Sie nickte, und sie gingen.

Es tat ihr nicht leid, daß sie den Ring zurückgegeben hatte. Sie liebte J. D. nicht so, wie es sein sollte, wenn man jemanden heiraten wollte. Was wichtig schien, war die Art, wie Seth und Abby sie angesehen hatten, als suchten sie nach einem Zeichen, das sie hätte warnen müssen.

Wie wollte sie damit fertig werden? Und die arme kleine Suzy – würde sie es jemals schaffen?

Prosper kam kurz darauf zurück, aber er hatte kein Glück gehabt. „Ich bin überall gewesen, wo sie mit Canfield sonst hingeht. Auch in seinen Zimmern im Pontalba und sogar in dem Haus in der Rampart Street, von dem ich gehört hatte ... aber sie waren nirgends. Aber ich bin sicher, daß sie bald heimkehrt. Vielleicht muß sie einfach ein wenig allein sein.“

Carrie ging in ihr Zimmer, um sich auszuruhen, aber Prosper blieb, weil er sich Sorgen um sie machte. Es vergingen nur wenige Minuten, dann klopfte er leise an ihre Tür. „Rance Stewart ist unten. Er möchte dich sprechen, Carrie“, erklärte er, als sie öffnete.

„Nein ... nein, sag ihm, ich will niemanden sehen ...“ Es kam ganz instinktiv.

„Er besteht darauf, Carrie. Ich weiß nicht, ob er eine Absage akzeptieren wird.“

„Er wird es müssen.“ Ihre Lippen bebten, Tränen schnürten ihr die Kehle zu. Sie kämpfte dagegen an.

Prosper runzelte die Stirn. „Ich wünschte, du würdest mit ihm reden.“

„Nein! Nein!“ erklärte sie entschieden.

„Also schön ... ich sage es ihm."

Kaum war sie allein, liefen ihr die Tränen über das Gesicht. Sie warf sich aufs Bett, dabei wäre sie am liebsten nach unten gelaufen, hätte sich in Rances Arme geworfen.

Doch das würde sie ihm nicht antun. Er würde an diesem Wochenende Nora Barlow heiraten, und sie durfte keine Forderungen an ihn stellen. Das würde alles nur schwerer für ihn machen ... und auch für sie.

Erst am nächsten Tag hörte Carrie von Susannah. Ein zerlumpter Straßenjunge brachte eine Nachricht.

Wenn Du das liest, bin ich schon weit fort auf hoher See, mit Beau. Wir werden im ersten Hafen, den wir anlaufen, heiraten. Ich werde Dir niemals verzeihen, was Du getan hast, Carrie.

Susannah

In den nächsten Tagen las Carrie den Brief wieder und wieder.

„Sie meint es nicht so", versuchte Prosper sie zu trösten. „Du wirst sehen."

Aber Carrie hatte schreckliche Angst, ihre Schwester für immer verloren zu haben. Und das Wissen, daß Suzy mit einem Mann wie Canfield verheiratet wäre, war fast unerträglich.

Gegen Ende der nächsten Woche erhielt sie eine Nachricht von Leroy Tate, der sie sprechen wollte. Ängstlich fuhr sie in sein Büro. Sie hatte das Haus kaum verlassen, war noch nicht an die Blicke und das Flüstern gewöhnt, das ihr selbst dann entgegenschlug, wenn sie nur auf dem French Market einkaufen ging. Sie fürchtete, der Bankier könnte ihr ebenso verlegen gegenübertreten wie alle andern.

Aber sie hätte sich keine Sorgen zu machen brauchen. Leroy Tate schob sie lächelnd in sein Büro. „Sie sehen prachtvoll aus, Miss Kingston", fing er an, aber Carrie wußte, daß er log. Sie war dünner als früher, und nach den schlaflosen Nächten lagen Ringe unter ihren Augen.

„Danke, Mr. Tate."

„Bitte ... nehmen Sie Platz. Ich habe von der Sache vor Gericht gehört“, erklärte er rundheraus und ohne Verlegenheit oder Entschuldigung. Er grinste. „Mein Gott, tat das gut zu sehen, daß jemand sich ihnen stellte und gewonnen hat!“

Zum erstenmal seit Tagen mußte Carrie lächeln. Sie fragte sich flüchtig, ob dieser Mann wohl nachgegeben und den Loyalitätseid unterzeichnet hätte wie so viele andere.

„Ich glaube, ich habe gute Nachrichten für Sie“, kam er dann aufs Geschäft zu sprechen. „Sie wissen das vielleicht nicht – aber es gibt in New Orleans die sogenannte *Free Labor Bank*. Sie wurde erst kürzlich eröffnet und ist nur für Neger bestimmt.“ Grinsend musterte er sie über den Rand seiner Brille hinweg. „Ich habe mir die Freiheit genommen“, fuhr er dann fort, „Erkundigungen für Sie einzuziehen, und ich bin sicher, daß Sie über diese Bank ein Darlehen erhalten können ... wenn Sie wollen.“

Carrie konnte kaum glauben, was sie da hörte. „Aber natürlich will ich! Aber ... sind Sie sicher, daß ich –“

„Daß Sie dafür in Frage kommen? Nun, im Gesetz steht, daß jeder Mensch, von dem man weiß, daß er Negerblut in den Adern hat, wie gering der Anteil auch sein mag, rechtmäßig ein Neger ist. Meiner Meinung nach ist das Blödsinn, aber in diesem Fall ist ein albernes Gesetz von Vorteil, und Sie können es ebensogut ausnutzen.“

Es fiel Carrie immer noch schwer, daran zu glauben, aber schließlich fragte sie: „Wie lange wird es dauern, das Geld zu bekommen? Wenn das Wetter gut bleibt, möchte ich so früh wie möglich mit dem Anpflanzen beginnen.“

„Ich habe schon alles besprochen, aber Sie müssen zur Bank gehen und die Papiere unterzeichnen. Dann wird das Geld hierher überwiesen. Ich begleite Sie gern hinüber, wenn Sie möchten ... nur heute geht es nicht. Ich habe den ganzen Nachmittag über Termine.“

„Ach, das ist auch nicht nötig. Mr. Durant kann mitkommen.“

„Also gut. An diesen Mann müssen Sie sich wenden.“ Er reichte ihr ein Blatt mit Namen und Adresse.

Carrie hätte ihn am liebsten umarmt. Nicht nur des Darlehens wegen, sondern auch, weil er der erste war, der sie nicht behandelte, als hätte sie eine schreckliche Krankheit. Aber er winkte ihren Dank ab und begleitete sie zur Tür, wie er es immer getan hatte.

„Wissen Sie, Miss Kingston, ich muß es immer wieder sagen: Mein Onkel Rhymer hielt große Stücke auf Ihren Vater."

Carrie gab ihm die Hand. „Danke, daß Sie es in diesem Augenblick sagen, Mr. Tate." Ihre Kehle zog sich zusammen.

Draußen wartete Lafitte mit dem Wagen, und als sie einstieg, verspürte Carrie plötzlich den Wunsch, unverzüglich zur *Labor Bank* zu fahren. Warum sollte sie es aufschieben?

Kurz darauf hielt Lafitte vor einem heruntergekommenen Gebäude mit einer breiten Veranda. Die grünen Rolläden vor den Fenstern waren hochgezogen. Ein Neger lehnte an einem der Verandapfeiler, ein anderer saß mit dem Rücken an die Mauer gelehnt. Beide beäugten Carrie neugierig.

„Soll ich mit hineingehen, Miss Carrie?" wollte Lafitte wissen, als er ihr aus dem Wagen half.

„Nein, danke, Lafitte. Warte hier."

Es dauerte einen Moment, bis sich ihre Augen an das Dämmerlicht im Haus gewöhnt hatten. An einem Schreibtisch saß ein hellhäutiger Neger. Drei schwarze Männer und eine Frau saßen auf einer Bank an der Wand. Ihre Gesichter zeigten offen ihre Überraschung bei Carries Anblick, wurden dann mürrisch.

„Kann ich Ihnen helfen, Miss?" fragte der Angestellte.

„Ja", erwiderte sie zögernd und überlegte, ob es eine gute Idee gewesen war, allein zu kommen. „Ich soll hier ein paar Papiere unterschreiben ... für ein Darlehen", fügte sie hinzu, als er sie skeptisch musterte. „Mein Name ist Carrie Kingston."

„Hmm, da muß ich Mr. Mason fragen. Im Augenblick ist jemand bei ihm. Nehmen Sie solange Platz."

Carrie setzte sich aufs äußerste Ende der Bank.

Die Minuten vergingen schleppend, nichts war zu hören, nicht einmal das Kratzen eines Stiftes auf Papier. Carrie spürte, daß alle sie anstarrten, aber sie blieb hocherhobenen Hauptes sitzen und schaute zum Fenster hinüber. Durch die schmutzigen Scheiben konnte sie Lafitte und den Wagen sehen.

Es dauerte nicht lange, und ein erstaunlich schwarzer Mann kam aus dem Büro. Er warf einen verwirrten Blick auf Carrie und eilte hinaus.

Der Mann am Schreibtisch ging zur Tür, die einen Spalt offen geblieben war, wechselte ein paar schnelle, unverständliche Worte mit dem Mann im Büro und kam zurück.

„Sie können jetzt hineingehen, Miss Kingston." Carrie hörte einen gemurmelten Fluch von einem Mann, der schon lange wartete. „Sie brauchen ja nur ein Papier zu unterschreiben", fügte der Angestellte hinzu, aber das Gemurmel wurde nur noch lauter, und Carrie floh durch die Tür.

Ein kleiner, heller Mann mit dünnem Haar blinzelte sie von seinem Stuhl hinter dem Schreibtisch an. Er stand nicht auf.

„Mr. Mason?"

Er nickte. „Sie sind diejenige, wegen der Tate mich angesprochen hat. Unterschreiben Sie hier und hier." Er reichte ihr einen Federhalter.

Sie zögerte. „Sollte ich nicht erst lesen –"

„Hören Sie, wollen Sie ein Darlehen oder nicht? Da draußen warten auch noch andere."

Sie schluckte. „Ja, natürlich." Sie unterschrieb eilig. „Mr. Tate hat nicht gesagt, wieviel Geld . . ."

„Das steht hier."

Sie sah auf die Stelle, auf die er zeigte. 2500 Dollar. Nun ja, damit konnte sie es schaffen.

„Das wäre alles", erklärte er mit dünnem Lächeln. „Sie können das Geld bei Mr. Tate in ein, zwei Tagen abholen."

„Danke."

„Bitte." Er schob die Unterlagen bereits beiseite und griff nach den nächsten.

Mit zusammengekniffenen Lippen eilte sie zur Tür. So war sie noch nie zuvor behandelt worden, aber sie hatte das Geld. Jetzt konnte sie heimkehren . . . heim nach Kingston's Landing. Das war das wichtigste.

Sie hastete in den dämmrigen Wartesaal und wandte sich der Tür zu, aber die drei Männer, die an der Wand gesessen hatten, versperrten ihr den Weg. Stumm standen sie da, während die Frau von der Bank aus gleichgültig zuschaute.

Carries Herz raste, als sie in die feindseligen Gesichter sah. Nervös wandte sie sich zu dem Mulatten um, der plötzlich äußerst beschäftigt schien.

„Verzeihung...“, sagte sie, aber keiner der Männer rührte sich. Sie bemerkte die rasende Wut in ihren Augen und fühlte, wie ihr der Schweiß aus allen Poren trat.

„Ich weiß nicht, was Sie hier mach'n, Lady“, erklärte der mittlere der Männer. Sein Gesicht war grob, mit einer halbmondförmigen Narbe über dem einen Auge.

Trotz ihrer Angst stellte sie überrascht fest, daß sie verstand. Für sie war sie eine Weiße, und sie war an diesem Ort nicht erwünscht... einem Ort, auf den sie so lange hatte warten müssen. Sie spürte, wie ihr die Wut von Hunderten von Jahren entgegenschlug.

„Ich... ich...“ Verzweifelt suchte sie nach Worten, aber plötzlich wurde die Tür hinter ihnen aufgerissen. Carrie schaute auf. Da stand Solomon, füllte fast den ganzen Türrahmen aus. Sein Gesicht erinnerte sie an ein Stück Ebenholz.

Er trug einen gutgeschnittenen grauen Anzug, das weiße Hemd stand am Kragen offen. Sein Blick wanderte von Carrie zu den Männern und zurück. Die Frau auf der Bank stöhnte leise.

Die drei Männer erkannten ihn und machten schnell Platz.

Er lächelte. „Warum setzt ihr euch nicht, Brüder?“ erkundigte er sich mit seiner sanften, tiefen Stimme. Nach einer Weile senkten sie alle die Augen unter seinem Blick, aber keiner von ihnen ging zur Bank zurück.

„Guten Tag, Miss Kingston“, begrüßte Solomon sie, als wäre nichts Ungewöhnliches passiert. „Sind Sie auf dem Weg hinaus?“

Carrie nickte. „Ja...“, brachte sie schließlich heraus.

Langsam trat er neben sie. „Dann darf ich Sie begleiten?“ Er bot ihr den Arm.

Die Luft im Raum schien heiß und schwer. Sie zögerte nur

einen Moment und legte ihre Hand dann auf seinen Arm. Gemeinsam gingen sie zur Tür und auf die Veranda hinaus, wo die beiden Männer sie anstarrten.

„Danke“, flüsterte sie, und ihr Mund war plötzlich trocken.

Er antwortete nicht, aber sie spürte die Intensität, die von ihm auszustrahlen schien.

Er begleitete sie zum Wagen und half ihr unter Lafittes überraschtem Blick hinein. Dann blickte er zu ihr empor, ein dunkles Feuer brannte in seinen Augen.

„Ich schätze, es ist nicht leicht für Sie, Miss Kingston“, meinte er schließlich. „Und es tut mir leid, daß Sie Probleme haben. Aber sie –“ Er nickte mit dem Kopf zu dem Haus hinüber, aus dem sie gerade gekommen waren – „waren ihr ganzes Leben lang Neger.

Bring sie heim, Lafitte“, meinte er dann und hieb mit der flachen Hand kräftig auf die Flanke des Pferdes.

Carrie wollte jetzt nur noch nach Kingston's Landing zurückkehren. Mit dem Packen war sie fast fertig und plante die Abreise für den kommenden Tag. Sie, Mattie und Lafitte würden das Nachmittagsschiff flußaufwärts nehmen. Aber da gab es noch etwas, das sie unbedingt erledigen mußte. Sie ließ sich von Lafitte zu Prosper fahren.

„Ich werde dich vermissen, ma chère... aber keine Angst, jetzt, wo die Schiffe wieder fahren, komme ich oft zu Besuch.“

Carrie nickte. „Und ich muß auch von Zeit zu Zeit kommen. Rechnungen müssen bezahlt werden, Vorräte besorgt.“ So beiläufig sie es vermochte, meinte sie dann: „Aber ehe ich fahre, möchte ich noch jemanden sprechen. Glaubst du, du könntest Rance Stewart eine Nachricht zukommen lassen, daß ich abreise... und bitten, er möchte mich daheim aufsuchen?“ Sie wagte es nicht, Prospers Blick zu begegnen. Sie wollte nicht, daß er ahnte, wie sehr sie sich danach sehnte. Sie war sich klar darüber geworden, daß sie New Orleans nicht verlassen konnte, ohne Rance gesprochen zu haben... ohne ihm zu danken, weil er General Banks auf ihren Fall aufmerksam gemacht hatte. „Wenn er natürlich zu beschäftigt ist...", fügte sie hastig hinzu. Als sie aufblickte sah sie, daß Prosper sie mit einem merkwürdigen Ausdruck anschaute.

„Carrie", erklärte er leise, „Rance ist nicht mehr hier."

„Nicht mehr hier? Ich verstehe nicht." Sie zupfte an ihren Handschuhen, ihre Hände waren plötzlich kalt.

Prosper wandte sich rücksichtsvoll ab, rührte seinen Kaffee um. „Er wurde versetzt. Ich weiß nicht, wohin. Er sollte sich in Washington melden und dort neue Befehle entgegennehmen."

„Oh... das wußte ich nicht. Ich... ich hoffe, es läuft alles gut für ihn." Wahrscheinlich war er froh, daß er fort konnte, quälte sie sich selbst. Er hatte jetzt eine Frau, und er würde alles andere vergessen wollen.

Es gelang ihr, sich zu fangen, und sie sprachen von anderen Dingen, bis Carrie heimkehrte. Dort wanderte sie lustlos im Garten umher, erfüllt von der Erinnerung an Rance, an seine klaren grauen Augen. Ihr Körper erinnerte sich an das Gefühl seiner Männlichkeit. Sie schloß die Augen, und ein Schmerz erfüllte sie, von dem sie nicht wußte, ob sie ihn würde ertragen können. Sie war so dumm gewesen! Wenn sie sich anfangs nicht wie eine Idiotin aufgeführt hätte... vor Nora. Aber nun war er fort, verheiratet und fort mit seiner neuen Frau, und es war zu spät.

„Miss Carrie..."

Sie fuhr zusammen, als sie Matties Stimme hörte. „Ja, Mattie... was gibt es?"

„Miss Carrie, ich... ich muß mit Ihnen reden."

Jetzt, da sie genauer hinsah, entging es ihr nicht, daß das Mädchen geweint hatte, und sie deutete auf die Bank unter dem Pflaumenbaum. „Komm, setzen wir uns. Stimmt was nicht?"

Mattie verkrampfte die Hände ineinander. „Ich weiß nicht, Miss Carrie. Solomon will, daß ich hier bei ihm bleibe. Er sagt –" Mattie wandte den Blick ab, schaute zu der alten Mauer hinüber –, „daß niemand niemandem außer sich selbst gehört, Miss Carrie."

Sie schwiegen, und Mattie fing wieder an zu weinen.

„Wein doch nicht, Mattie", tröstete Carrie, obwohl sie selbst einen Kloß im Hals hatte, der sie zu ersticken drohte.

„Ich weiß nicht, was ich machen soll. Er sagt, daß ... Sie mich nicht hindern können."

„Nein, das könnte ich wohl nicht."

„Aber wenn Sie mir sagen, ich soll es nicht tun, Miss Carrie ... ich weiß nicht, ob ich es dann kann!" Mattie weinte nur noch mehr, und Carrie legte die Arme um sie.

„Ach, Mattie ... Mattie", sagte sie und dachte daran, wie die Männer in der Bank für Solomon Platz gemacht hatten. Er strahlte Kraft und Macht aus, war der geborene Führer. Gott allein wußte, wohin ihn das bringen würde. „Er ist unberechenbar ... gefährlich!"

Mattie lächelte unter Tränen. „Ich weiß. Er ist mein Mann."

Carrie konnte nun selbst die Tränen nicht länger zurückhalten. Weinend umarmten sich die beiden. Es gab eine Zeit, da hatte Carrie geglaubt, die richtige Antwort auf alles zu haben. Jetzt war sie sich dessen nicht mehr so sicher. Sie wußte nur, daß sie dumm genug gewesen war, Rance zu verlieren ... und sie wollte nicht, daß Mattie denselben Fehler machte.

„Ich denke, dann ist es besser, du gehst zu ihm", sagte sie, und beide lachten und weinten, umarmten sich so wie früher, als sie noch kleine Mädchen waren.

„Mein Gott", meinte Mattie nach einer Weile und tupfte sich die Augen, „was, um alles in der Welt, werden Sie Mama sagen?"

Carrie zog ihr eigenes Taschentuch heraus. „Ich werde dafür sorgen, daß sie es versteht", versprach sie.

25

Chloes müdes Gesicht legte sich in ungläubige Falten. „Wie meinen Sie das, Mattie kommt nicht heim, Miss Carrie? Wer ist dieser Solomon?"

Carrie versuchte, ihr die Sache mit Solomon zu erklären ... daß er der Anführer einer großen Gruppe von Sklaven geworden war, die in New Orleans in Freiheit lebten. Sie fügte nicht hinzu, daß er die anderen, die ihren Familien noch treu dienten, ständig aufforderte, ihre Herren ebenfalls zu verlassen. Das wäre in Chloes Augen kein Vorteil gewesen, denn sie war jeglicher Veränderung ebenso abgeneigt wie so mancher weiße Südstaatler.

„Mir gefällt das nicht“, murrte sie. „Wann sehen wir sie?“

„Sie wird zu Besuch kommen.“ Und leise fügte sie hinzu: „Sie liebt ihn, Chloe.“

„Du lieber Gott ...“ Chloe wischte sich mit dem Schürzenzipfel eine Träne fort. „Miss Suzy läuft mit diesem Kerl davon, Mist' George Pierre ist ich weiß nich' wo, und Mattie läßt sich mit einem ein, der nich' weiß, wo sein Platz is' ...“ Traurig schüttelte sie den Kopf und schaute dann Carrie an. „Wenigstens ist eines meiner Kinder heimgekommen.“

Als die Tage und Wochen vergingen, fand Carrie allmählich wieder zu sich selbst. Sie bedauerte die Sache mit Suzy zutiefst, aber sie wußte auch, daß sie richtig gehandelt hatte. Dabei half ihr die Erkenntnis, daß einige der Menschen, die sie am liebsten hatte, Negerblut in den Adern hatten. Papa, Chloe, Prosper, Mattie. Die Gesellschaft konnte und würde ihren Preis dafür verlangen, aber sie würde sich niemals dafür schämen, das Blut dieser Leute zu teilen. Und wenn ihr Vater diese Last getragen hatte, dann konnte sie es auch.

Prosper kam zu Weihnachten, und im Januar fuhr Carrie kurz nach New Orleans. Justice begleitete sie, und zusammen mit Prosper heuerten sie die Arbeiter an, die sie in der kommenden Saison benötigen würde.

Eines Tages traf sie zufällig Seth Morrison in der Stadt und erfuhr, daß J. D. gefangengenommen war und sich in einem Lager in Ohio befand. Das bekümmerte sie. Sie war zwar nicht in J. D. verliebt, aber er war in mancher Hinsicht wie ein Bruder für sie.

Sie besuchte auch Mattie.

„Miss Carrie!“ rief diese aus und schob sie in die kleine Holzhütte. Die beiden Zimmer waren makellos sauber. Auf dem Tisch stand eine Vase mit Blumen, und ein selbstgemachtes Bücherregal in der Ecke enthielt ungefähr ein Dutzend Bücher. Hastig setzte Mattie Kaffeewasser auf.

Carrie brauchte sie nur anzusehen, um zu erkennen, daß es ihr gutging. Ein zufriedenes Strahlen ging von ihr aus. Dann erzählte sie: „Ich bin wirklich glücklich mit Solomon. Immer mehr Leute kommen jetzt zu ihm, hören ihm zu, wenn er ihnen sagt, daß wir frei sein müssen, lernen müssen, arbeiten müssen. Und ich unterrichte jetzt die Kinder." Ihre dunklen Augen funkelten.

„Unterrichten?"

Mattie nickte. „Ich bringe ihnen Lesen und Schreiben bei. Mist' Adam hat es mich lernen lassen, als ich klein war. Und Solomon ist so schlau. Er bringt mir immer wieder etwas Neues bei."

Sie lachten und redeten. Mattie wollte alles von Chloe und Benjamin wissen und versprach, schon bald einmal zu Besuch zu kommen.

„Brauchst du irgend etwas?" erkundigte sich Carrie.

Mattie schüttelte den Kopf. „Ich habe alles, was ich brauche."

Das Wetter blieb auch weiterhin gut, als Carrie wieder auf der Plantage war, und am 1. Februar konnten sie mit dem Anpflanzen beginnen. Sie arbeitete lange und hart, las aber immer noch die Zeitungen, um sich auf dem laufenden zu halten. Der Krieg zog sich dahin, nahm an Tempo zu, aber noch immer hielten die zerlumpten, müden Männer der Konföderierten aus, waren noch immer entschlossen zu siegen.

Eines Tages, Ende Mai, war Carrie zum Mittagessen heimgekommen. Nachdem sie ihre Buttermilch ausgetrunken hatte, ging sie auf die Veranda auf der Gartenseite, um sich noch ein paar Minuten auszuruhen, ehe sie wieder auf die Felder zurückkehrte.

Sie saß in der alten Zypressenschaukel, die von einem der Dekkenbalken herabhing, und dachte zufrieden an die Arbeit dieses Morgens. Das Zuckerrohr war gesund und schön. Mit ein bißchen Glück würde Kingston's Landing im kommenden Dezember wieder guten Zucker nach New Orleans schicken können.

Sie hatte in den letzten Wochen so hart gearbeitet, daß sie jetzt schon ein schlechtes Gewissen hatte, weil sie sich mitten am Tag ausruhte. Aber sie wußte, daß sich Big Josephus um alles kümmern würde.

Der große Schwarze hatte sich gefreut, daß er wieder auf Kingston's Landing arbeiten konnte, und da Carrie seine Fähigkeiten kannte, hatte sie ihn zum Vormann gemacht. Er bekam sechs Dollar anstelle der vier, die die anderen verdienten. Diesmal hatte er seine Frau mitgebracht, wie auch einige andere, und sogar Kinder waren dabei. Allmählich erwachten die Unterkünfte wieder zu neuem Leben.

Carrie versorgte sie mit Pökelfleisch, Bohnen und Mehl, und jede Familie hatte ein kleines Gemüsebeet und hielt eigene Hühner. Milch war immer für alle ausreichend vorhanden.

Alle hatten einen Tag in der Woche frei, und Carrie hatte das Gefühl, daß die Arbeitsbedingungen ausgesprochen fair waren. Einige der Leute arbeiteten auch hart und schienen verläßlich. Doch dann wieder war plötzlich eines Morgens eine ganze Familie ohne Vorwarnung verschwunden. Das ärgerte sie noch immer, aber allmählich lernte sie es, damit umzugehen.

„Sie müssen sich selbst beweisen, daß sie freie Menschen sind", erklärte Justice. „Sie werden es noch lernen, dich vorher zu warnen. Aber es dauert eine Weile, bis man sich daran gewöhnt hat, ein Sklave zu sein, und genauso braucht man auch einige Zeit zu lernen, mit der Freiheit umzugehen."

Vielleicht hat er recht, dachte Carrie, als sie sich jetzt in der Schaukel zurücklehnte. An viele Dinge mußte man sich erst gewöhnen.

Das Wiehern eines Pferdes schreckte sie auf. Sie stand auf und ging um die Ecke, fragte sich, ob Justice gekommen war.

Als sie auf die Vorderseite des Hauses kam, stieg gerade ein Mann ab, und sie erkannte ihn erst, nachdem er sich umgedreht hatte.

„Mein Gott . . . J. D.!"

Er ließ die Zügel fallen und kam zu ihr, gab ihr lachend einen Kuß, der fast ihren Mund verfehlte. „Hallo, Carrie."

„Du bist zurück." Ihr Blick fiel auf die Zivilkleidung, das dunkelbraune Jackett und das weiße Hemd, das am Kragen offenstand.

„Ja." Er grinste.

„Seit wann?"

Achselzuckend antwortete er: „Ach, zwei, drei Wochen. Ich ... ich hatte einiges nachzuholen."

Stille trat ein, aber Carrie machte ihr schnell ein Ende. Sie lächelte und meinte: „Das kann ich mir denken."

Sie bemerkte die tiefen Falten unter seinen Augen, sah, wie dünn er war und wie bleich unter der Sonnenbräune. „Ich habe gehört, du warst in Gefangenschaft. Das muß schrecklich gewesen sein."

Er schaute zu dem Pferd hinüber, wandte sich erst nach einer Weile wieder Carrie zu. „Ich bin ausgetauscht worden. Das ist wohl das wichtigste. Und ich habe verdammtes Glück gehabt. Jetzt werden nicht mehr viele ausgetauscht."

„Hast du dein Wort gegeben?"

„Ja, hab' ich", antwortete er nach einer Weile. Tief in seinen Augen konnte Carrie Dinge sehen, die zu schrecklich waren, um darüber zu sprechen. Sie nahm seine Hand.

„Ich habe hinten auf der Veranda gesessen. Komm mit, dann sehe ich zu, ob Chloe noch etwas von der kalten Buttermilch für dich hat."

„Hört sich gut an. Ich sattle nur mein Pferd ab, dann komme ich nach."

Als sie ein Weilchen später das Tablett für J. D. auf den Tisch stellte, dachte Carrie darüber nach, wie sehr sich alles verändert hatte. Es war noch nicht so lange her, da hielten sich immer vier oder fünf Jungs bereit, um sich sofort um das Pferd eines Besuchers zu kümmern. Und sie selbst trug ihr bestes Seidenkleid, wenn sie einen Besucher empfing, und bewirtete ihn mit zuckersüßer Limonade und Keksen.

Sie lachte leise, als sie auf ihren abgetragenen Reitrock, das vielfach geflickte Hemd und ihre rauhen Hände sah.

„Was ist so komisch?" wollte J. D. wissen.

„Nichts. Ich bin einfach froh, daß du wieder daheim bist."

J. D. sprach über den Krieg, als wollte er die Dinge hinausschieben, die sie einander noch sagen mußten. Schließlich fragte er: „Hast du von George Pierre gehört?"

Carrie nickte. Sie hatte vor kaum zwei Wochen einen Brief von ihrem Bruder bekommen. „Er ist in San Francisco. Er hofft, daß er bald eine Anstellung als Lehrer bekommt, aber im Augenblick arbeitet er als Verkäufer. Es geht ihm recht gut."

J. D. schüttelte den Kopf. „George Pierre in Kalifornien. Kaum zu glauben. Gibst du mir seine Adresse?"

„Natürlich."

Er stand auf, ging zum Rand der Veranda und lehnte sich an eine der Ziegelsäulen, die den Balkon im ersten Stock trugen.

„Wie geht es deinen Eltern?" erkundigte sich Carrie.

Er drehte sich zu ihr um. „Ich denke, ebensogut wie allen anderen." Schreckliche Traurigkeit sprach aus seiner Stimme. „Pa kann kaum noch in seine eigene Brennerei gehen. Der Agent, den dieser ... dieser Canfield eingesetzt hat, hat alles fest in der Hand. Herrgott, ich begreife nicht, wie sie sich so haben reinlegen lassen! Canfield hat ihnen die Brennerei praktisch gestohlen!"

„Ich weiß."

„Ich ... Ich habe gehört, daß Suzy mit ihm durchgebrannt ist und ihn geheiratet hat." J. D. schien verlegen.

„Das stimmt." Carrie kämpfte mit den Tränen, die immer dicht an der Oberfläche lagen, wenn sie an ihre Schwester dachte. „Sie hat das meinetwegen getan ... wegen dem, was ich vor Gericht gesagt habe. Ich bin sicher, deine Eltern haben dir alles erzählt."

Diese Schultern, die einst so breit gewesen waren und jetzt so zerbrechlich wirkten, zogen sich zusammen. J. D. schob die Hände in die Taschen und wandte sich wieder ab.

Nach einer Weile kam er zu ihr und zog etwas aus der Tasche, streckte ihr die Hand entgegen. Darin lag der Smaragdring.

„Ich möchte, daß du den bekommst ... wenn du ihn willst."

Sie schwiegen lange. Einmal bellte Justices alter Hund in der Ferne. Carrie holte tief Atem. Dann schüttelte sie zögernd den Kopf.

„Nein, J. D." Ihr Ton war sanft. „Es war richtig von mir, ihn deinen Eltern zurückzugeben. Und es ist richtig, wenn ich ihn jetzt zurückweise."

„Carrie, es ist nicht wichtig für mich, daß du ... daß du–"

„J. D.", unterbrach sie ihn, „es gibt Gesetze, die es unmöglich machen. Weiße können keine Farbigen heiraten. Außerdem hätte ich den Ring sogar zurückgegeben, wenn ich nichts von Papas Mutter erfahren hätte."

Er kniff die Augen zusammen. „Warum?"

„Weil mir klargeworden ist, daß ich dich wie einen Bruder liebe ... nicht anders."

Stumm versuchte er, das zu verstehen. Carrie spürte den Schmerz in ihm, aber sie wußte, daß auch Erleichterung dabei war. Und sie konnte ihn verstehen. Sie wußte, daß er lange brauchen würde, um mit allem fertig zu werden, was er durchgemacht hatte. Da brauchte er keine weiteren Komplikationen.

Nach einer Weile steckte er den Ring wieder ein und legte den Kopf schräg, was sie an den alten J. D. erinnerte. „Gibt es einen anderen, Carrie?" fragte er, und eine tiefe Falte stand zwischen seinen Brauen.

Sie nickte.

Er schaute fort. „Wer ist das?"

Sie antwortete nicht.

„Wo ist er?"

„Ich weiß es nicht."

Danach schwiegen sie beide, hingen ihren eigenen Gedanken nach.

„Hör mal", durchbrach Carrie schließlich die Stille, „warum reiten wir nicht aus und ich zeige dir unsere Arbeit? Das Rohr gedeiht prächtig! Wie in alten Zeiten ... nur nicht so große Felder", warnte sie ihn.

Die verkrampften Linien in seinem Gesicht schienen sich zu entspannen, als er sie lächelnd ansah. „Ja, ich glaube, das würde mir Spaß machen."

Carrie streckte sich in der Badewanne und genoß das warme Wasser, den Luxus und die Entspannung, die sie sich seit Wochen nicht gegönnt hatte. Sie wollte diese Erholung noch einmal genießen, ehe sie mit der Herstellung des Zuckers begannen. Wenn sie erst einmal mit dem Schneiden des Zuckerrohrs angefangen hatten, war keine Zeit mehr für ein schönes, langes Bad.

Sie hatte den Arbeitern ein paar Tage frei gegeben, und Lafitte und Benjamin waren in New Orleans, um Vorräte zu besorgen. Alles andere war bereit.

Es war ein komplizierter Prozeß, und sie hatte ein wenig Angst. Ohne Justice wäre es unmöglich. Aber er hatte jahrelang zusammen mit ihrem Vater Zucker gemacht, und sie wußte, daß sie es mit seiner Hilfe schaffen konnte.

Sie würden Tag und Nacht arbeiten müssen, die großen Öfen durften nicht ausgehen, bis auch die letzten goldenen Tropfen der Melasse in den Zisternen aufgefangen waren.

Sie lächelte, als sic daran dachte. Chloe könnte Kuchen und Pasteten backen, soviel sie wollte.

Sie seifte sich ein, wusch auch ihr Haar, spülte es dann gründlich, trocknete sich anschließend ab und zog sich schnell an. Danach ging sie nach draußen und setzte sich in die Sonne, bis ihr Haar endlich trocken war. Sie war gerade dabei, es auszubürsten, als Chloe zur Hintertür kam und aufgeregt winkte.

„Mist' Prosper ist vorne!“ rief sie. „Seine Kutsche hat gerade gehalten!“

Überrascht und erfreut folgte Carrie Chloe schnell durchs Haus und band unterwegs die Haare zusammen.

„Prosper!“ rief sie, als sie aus dem Haus trat. „Was für eine schöne Überraschung!“

Prosper war gerade vom Kutschbock gestiegen und umarmte Carrie jetzt. „Carrie, ma petite ... du siehst wunderbar aus! Einfach wunderbar!“

Carrie grinste ihn an. „Warum bist du denn mit der gräßlichen alten Kutsche gekommen? Stimmt was nicht mit dem Buggy?“

Sein Gesicht verdüsterte sich. „Nein, ich dachte mir, die Fahrt wäre darin leichter.“

Verblüfft sah Carrie ihn an. „Du bist doch nicht krank?“ erkundigte sie sich besorgt.

„Nein, natürlich nicht. Es ist bloß ...“ Er zögerte, als suchte er nach den richtigen Worten. „Du wirst es verstehen, wenn – Da im Wagen ist jemand, der dich gern sehen möchte, ma chère.“

Er nahm Carries Arm und führte sie zu dem großen schwarzen

Wagen. Die Vorhänge waren zugezogen, so daß sie nicht hineinschauen konnte. War es Abby? War Seth ... oder J. D. etwas passiert? Rance? Ihr Herz setzte aus. Nein, natürlich nicht. Rance würde nicht so im Wagen warten.

Prosper öffnete die Tür und trat zurück, als wollte er sich nicht einmischen. Sie blickte in das dämmrige Innere, ihr Blick fiel auf die bleiche, zierliche Gestalt in der Ecke, zierlich bis auf den riesigen Bauch, den nicht einmal die Krinoline verbergen konnte.

„Suzy ...", flüsterte sie. „O mein Gott ... Suzy, Liebes ..."

Susannah sah Carrie ernst aus Augen an, die in dem bleichen Gesicht müde und erschöpft wirkten. Die einst tanzenden Locken hingen lustlos herab. Die schmalen Hände ruhten auf dem Bauch, die weißen Finger drehten ein Taschentuch zu endlosen Knoten. „Darf ich heimkommen, Carrie?" fragte sie mit einer Stimme, die flach und unendlich müde klang. „Darf ich bitte heimkommen?"

Tränen liefen über Carries Gesicht, aber sie lachte gleichzeitig. „Ach, Suzy! Chloe, es ist Suzy!" rief sie über die Schulter und stieg bereits in den Wagen, umarmte ihre Schwester wieder und wieder.

„Komm, ich bringe dich ins Haus."

Prosper half Susannah aus dem Wagen, und Chloe, die ungeduldig gewartet hatte, drückte Susannahs geschwollenen Körper an sich. „Gott sei Dank bist du wieder da!"

Es war klar, daß Susannah nach der Fahrt von New Orleans sehr müde wahr. Chloe brachte sie in ihr altes Zimmer, half ihr beim Ausziehen und steckte sie ins Bett. Brummend kam sie dann wieder nach unten, um ihr eine heiße Brühe zu machen.

Carrie und Prosper unterhielten sich inzwischen auf der Veranda.

„Hat sie dir etwas erzählt?" wollte Carrie von ihm wissen. „Wo war sie die ganze Zeit über?"

„Sie hat nur gesagt, daß ihr jemand geholfen hat, wieder nach New Orleans zurückzukehren. Dort ist sie direkt zu mir gekommen. Ich wollte, daß sie Baptiste Rambeau aufsucht, du weißt schon, den Arzt, der gleich um die Ecke wohnt. Aber sie hat es abgelehnt. Sie wollte nur heim."

In den folgenden Tagen brach es Carrie fast das Herz zu sehen, wie ihre kleine Schwester so blaß und stumm wie ein Geist durchs Haus ging. Und es war rührend zu sehen, wie sie versuchte, sich nützlich zu machen. Immer versuchte sie zu helfen, sogar bei Dingen, die in ihrem Zustand eindeutig zuviel für sie waren. Sie erzählte nur wenig von dem, was in dem Jahr geschehen war, in dem sie nicht daheim gewesen war, sagte nur, sie wäre früher heimgekehrt, aber Beau hätte sie nicht gelassen.

„Da ... da war eine Frau“, erzählte sie zögernd. „Zuerst mochte sie mich nicht ... aber später war Monique sehr gut zu mir, Carrie.“

Monique! Erinnerungen an jene Nacht in der Rampart Street stürzten auf Carrie ein. Sie erinnerte sich an die Tränen in Moniques Augen, als Beau sie fortgeschickt hatte. Wie mußte es für die arme Suzy in all den Monaten gewesen sein ... mit Beau, der eine Frau auf die andere hetzte.

„Monique hat mir geholfen“, berichtete Suzy. „Sie hat mir genug Geld für die Fahrt nach New Orleans gegeben. Ich weiß nicht, was Beau ihr antut, wenn er das herausfindet.“

„Und habt ihr ...“ Carrie zögerte, es zu fragen, aber sie mußte es wissen – „habt ihr geheiratet, du und Beau?“

Susannah schloß die Augen und lehnte sich in ihrem Sessel zurück. Sie sah viel älter aus als achtzehn. „Nein“, hauchte sie.

„Gott sei Dank!“

Susannah blickte überrascht auf. „Aber, Carrie, mein Baby ... mein Baby wird keinen Namen haben!“ Ihre grünen Augen wirkten gequält.

„Oh doch, das wird es, Suzy. Dieses Baby wird ein Kingston!“

Das größte Risiko für einen Pflanzer zur Schnittzeit war, daß es für die Jahreszeit zu kalt werden konnte, daß das Zuckerrohr auf den Feldern verdarb, ehe es geschnitten und zur Mühle gebracht werden konnte. Aber in diesem Oktober blieb es mild, die Arbeiter hieben das Rohr mit gewaltigen Schlägen ab, Wagen warteten am Feldrand und fuhren zwischen den Feldern und der Mühle hin und her, wo der Saft ausgepreßt wurde. Dann wurde der Saft in den ersten der großen Eisenkessel gegossen, und das Kochen begann.

Justice überwachte das Kochen, Big Josephus ritt zwischen den Feldern und der Mühle hin und her, und Carrie war überall.

Zuerst dachte sie, sie würde ohnmächtig werden von der Hitze und dem starken Geruch im Zuckerhaus, aber dann gewöhnte sie sich daran. Sie gewöhnte sich sogar an die Männer, die halbnackt arbeiteten.

Die Frauen aus den Unterkünften brachten große Töpfe mit Gumbo, gebratenes Fleisch oder Huhn dorthin, wo die Männer gerade arbeiteten. Manchmal, wenn Carrie aus dem Zuckerhaus kam, um die Arbeit zu überprüfen, traf sie Susannah bei den anderen Frauen an.

„Suzy, Liebes", schalt sie, „du solltest nicht hier sein. Du gehörst nach Hause, du mußt dich ausruhen."

Aber Susannah, mit riesigem Bauch, das Haar zurückgekämmt, was ihr schmales Gesicht noch betonte, widersprach. „Es geht mir gut, Carrie, wirklich. Ich helfe gern. So habe ich etwas zu tun."

Aber dann eines Tages, ungefähr zwei Wochen nachdem sie angefangen hatten, erschien plötzlich Lafitte im Zuckerhaus, bahnte sich in seinem schwarzen Anzug seinen Weg zwischen den schwitzenden Arbeitern hindurch zu Carrie, die mit Justice am letzten Kessel stand.

„Miss Carrie."

Carrie wußte sofort, daß nur etwas sehr Wichtiges ihn hierher getrieben haben konnte. „Was gibt es, Lafitte?"

„Miss Carrie. Chloe sagt, Sie sollten besser kommen. Miss Susannahs Zeit ..." Er brauchte nicht mehr zu sagen, Carrie stieß einen leisen Schrei aus und wandte sich an Justice.

„Geh nur. Wir kommen schon zurecht", erklärte dieser.

Carrie fand Susannah in ihrem Zimmer. Kissen in ihrem Rücken ließen sie fast sitzen. Sie trug ein sauberes weißes Baumwollhemd und sah Carrie mit ängstlichen Augen an.

„Das Wasser ist vor etwa zwei Stunden abgegangen, Miss Carrie", erklärte Chloe, die neben dem Bett saß und Carrie einen beruhigenden Blick zuwarf. „Die Wehen kommen schnell für das erste Kind. Sieht aus, als hätte das Kind es eilig, auf die Welt zu kommen." Chloe grinste.

„Was kann ich tun?“ erkundigte sich Carrie. Sie war noch nie bei einer Geburt dabeigewesen und hatte selbst Angst.

Noch ehe Chloe antworten konnte, krümmte sich Susannah und atmete hörbar ein, und Chloe beugte sich über sie und preßte eine geübte Hand auf den Unterleib. „So ist es gut... gut...“ Sie nickte, als der Schmerz verebbte. „Ich glaube, du wirst schon bald mit dem Pressen anfangen können.“

Carrie sah die dünne Schweißschicht auf Susannahs Stirn, ging zum Waschtisch hinüber und holte einen Lappen, tupfte damit die Stirn ihrer Schwester ab.

„Danke“, flüsterte Susannah, „das tut gut.“

„Ich werde die Sachen holen, die wir brauchen“, erklärte Chloe. „Möchtest du etwas, Honey? Ein bißchen Buttermilch?“

Susannah schüttelte den Kopf, und Chloe verließ das Zimmer.

„Carrie, ich habe Angst“, flüsterte Susannah.

Carrie umklammerte die schmale Hand ihrer Schwester, hielt sie ganz fest. „Ich weiß.“

„Aber ich wünsche mir dieses Baby, ganz gleich, wer der Vater ist.“

Susannahs sanfte Stimme klang beherrscht. Das unreife Mädchen, das in der einen Minute gelacht hatte und im nächsten Augenblick einen Wutanfall bekam, war verschwunden. Als Carrie daran dachte, brach es ihr fast das Herz. Vielleicht hatte Suzy erwachsen werden müssen, aber es war so schrecklich für sie gewesen, daß Carrie fürchtete, sie würde nie wieder dieser Mensch werden, der alle für sich hatte einnehmen können.

„Ach, Suzy...“, brach es aus ihr heraus, aber sie riß sich zusammen. Das war nicht der Augenblick für Tränen. „Hör mal, wir alle wollen dieses Baby. Und alles wird gutgehen. Es gibt keine bessere Hebamme als Chloe. Sie hat auch uns auf die Welt geholt, hier in diesem Haus.“

Sie sprachen über die alten Zeiten, als sie mit ihrem Vater nach New Orleans gefahren waren, und immer wieder kamen die Wehen, folgten immer schneller aufeinander.

Carrie war froh, als Chloe wiederkam, einen ganzen Wäschekorb mit Bettüchern auf der Hüfte, ihre Arzttasche obenauf.

„Kommen die Wehen gut?“ fragte sie.

Susannah nickte, und genau in diesem Moment kam die nächste. Chloe beobachtete sie genau, und ein erfreutes Lächeln trat auf ihr Gesicht, als sie vorüber war.

„Also schön“, meinte sie, „ich glaube, wir können mit der guten alten Arbeit anfangen, Honey.“

Sie schlug das Bettuch zurück, untersuchte Susannah. „Alles ist genauso, wie es sein soll.“

Sie holte zwei große Tücher aus dem Wäschekorb und verknotete sie fest an den Pfeilern am Kopfende des Bettes. „So“, sagte sie und reichte Suzy die freien Enden, „wenn die nächste Wehe kommt, hältst du dich daran fest. Und dann preßt du. Bei jeder Wehe, die jetzt kommt, will ich, daß du preßt.“

Susannah tat, was Chloe gesagt hatte. In den nächsten anderthalb Stunden, als die Wehen immer schneller und stärker wurden, traten ihr große Schweißtropfen aufs Gesicht, und sie stöhnte leise.

„Weiter, Suzy“, munterte Carrie sie auf. „Es wird nicht mehr lange dauern.“ Sie sagte das, obwohl sie sich in Wirklichkeit selbst fragte, wie lange das noch gehen sollte, aber Chloe nickte zustimmend, und Carrie fühlte sich besser.

„Ich weiß, es tut weh, Honey . . . ich weiß“, tröstete Chloe.

Carrie biß sich auf die Lippen, konnte es kaum noch ertragen, ihre Schwester so leiden zu sehen. Es war fast eine Erleichterung, als Chloe sie in die Küche schickte, um einen Eimer mit heißem Wasser zu holen.

„Beeil dich!“ rief sie ihr nach.

Als Carrie zurückkam, klebte ihr Mieder an ihrem Körper, und nachdem sie den Eimer neben den Waschtisch gestellt hatte, fächelte sie Susannah mit einem Leintuch kühle Luft zu, wusch ihr zwischendurch immer wieder das Gesicht mit kaltem Wasser.

Die Wehen kamen jetzt so schnell hintereinander, daß sie sich zwischendurch kaum erholen konnte, und Susannah stöhnte und keuchte, als sie sich erneut aufbäumte.

Chloe preßte auf den Bauch, und ihr Schrei vermischte sich mit Susannahs. „Ich kann den Kopf sehen! Preß fest, Honey!“

„Suzy!“ Carrie konnte ihre Aufregung kaum noch bezwingen,

als sie den Scheitel des Babys deutlich zwischen Susannahs Beinen sah. „Ach, Suzy, ich wünschte, du könntest es sehen! Du hast es fast geschafft!“

Die Wehe ließ nach, und schlaff und keuchend sank Susannah zurück in die Kissen. Dann wurde sie erneut gepackt, und als sie einen hohen, dünnen Schrei ausstieß, trat der Kopf des Babys aus. Sie machte kaum eine Pause, sondern keuchte weiter, preßte, Schweiß lief über ihr Gesicht.

„Nimm meine Hände“, sagte Carrie. „Ich helfe dir...“

Susannah verdrehte die Augen, ihr Mund öffnete sich, dann biß sie die Zähne zusammen, stöhnte vor Anstrengung, als sie wieder preßte und kräftig an Carries Händen zog. Ein Schrei entrang sich ihr, als Chloe geschickt eine Schulter des Babys befreite, und dann plötzlich kam der ganze schlüpfrige kleine Körper zum Vorschein. Susannah stieß einen letzten Schrei aus, ihr Atem ging stoßweise, als sie in die Kissen zurückfiel.

„O Suzy!“ murmelte Carrie, unfähig, den Blick von dem blutverschmierten Baby zu wenden.

„Seht euch das an! Nun seht euch bloß dieses Baby an!“ erklärte Chloe, hielt es an den Füßen hoch. Doch noch ehe sie ihm einen Schlag aufs Hinterteil versetzen konnte, stieß das Kind einen wütenden Schrei aus, gefolgt von Geheul. Das winzige Gesicht war rot, die Arme bewegten sich hin und her. Chloe lachte glücklich, als sie es auf den Bauch der Mutter legte. „Wir haben ein kleines Mädchen! Dem Herrn sei Dank!“

Susannah stützte sich auf, um das Baby besser sehen zu können, und Carrie liefen die Tränen übers Gesicht. Sie war sicher, nie im Leben etwas so Schönes gesehen zu haben. Sie wandte sich ihrer Schwester zu, wollte etwas sagen, und sah, daß sich deren Gesicht verändert hatte. Mit leuchtenden Augen blickte sie auf ihre Tochter. Es war das erste Mal, seit Suzy zurückgekommen war, daß sie lachte.

Nachdem auch die Nachgeburt gekommen war und Susannah und das Baby mit warmem Wasser gewaschen worden waren, saß Carrie am Bett und bestaunte ihre Nichte. Sie lag in den Armen ihrer Mutter, in eine weiche Decke gewickelt, mit geschlossenen

Augen. Der winzige Mund spitzte sich, und Carrie und Susannah lachten entzückt.

„Hast du schon einen Namen für sie?" fragte Carrie.

„Ich glaube, ja. Ich werde sie Molly Caroline nennen. Nach Mama ... und dir, Carrie."

26

Molly Caroline war ein gesundes und schönes Baby. Jede runde Wange zeigte ein Grübchen, und mit ihren braunen Locken und den Augen, die schon jetzt versprachen so grün wie die ihrer Mutter zu werden, glich sie einem kleinen Engel.

Carrie betete ihre kleine Nichte an, und als sie jetzt ein Stück Saatkartoffel in die weiche Erde des Gemüsegartens drückte, schaute sie zum anderen Ende des Beetes hinüber, wo das Kind auf einer Decke saß und glücklich im Schatten eines Baumes spielte. Susannah lockerte in der Nähe mit einer Hacke den Boden auf und lächelte ihrer Tochter hin und wieder zu. Ihr Gesicht war nicht mehr so spitz. Ihr ganzes Leben drehte sich jetzt um ihre Tochter, und sie schien zufrieden, auf Kingston's Landing zu leben.

Benjamin kam zu Carrie hinüber und füllte ihren Korb mit neuen Saatkartoffeln auf. „Das klappt prima, Miss Carrie. Gibt 'ne Menge gutes Essen", lobte er.

Dann ging er weiter, spielte kurz mit Molly Caroline, deren erklärter Liebling er war, und kehrte dann an seine eigene Arbeit zurück.

Carrie genoß die Wärme der Sonne, das Gefühl der Erde zwischen ihren Fingern. Nachdem das Zuckerrohr angepflanzt war, blieb ihr jetzt ein wenig Zeit, um im Garten zu helfen. Es gab noch immer viel zu tun, aber wenigstens hätten sie genug zu essen.

Manchmal fragte sich Carrie, ob die schlechten Zeiten je zu Ende gehen würden. Mit dem Krieg schien alles immer schlimmer zu werden. Nur wenige Wochen nach Molly Carolines Geburt hatten sie die Nachricht erhalten, daß Sherman Atlanta niedergebrannt hatte, und der gesamte Süden trauerte. Atlanta... diese schöne Stadt.

Damit nicht zufrieden, hatte der Unionsgeneral seinen Marsch zur See angetreten, und seine Armee hatte alles zerstört, was auf ihrem Weg lag. Nur die wenigsten glaubten jetzt noch an einen Sieg der Konföderierten, obwohl General Lee und seine zerlumpte Armee Grant immer noch zurückhielten.

Carrie dachte öfter an Rance, als ihr lieb war. Sie erinnerte sich daran, daß die Plantage seiner Familie in der Nähe von Charleston lag, und sie fragte sich, was daraus geworden war. Aber vor allem hätte sie gern gewußt, wo er war... und sie betete zu Gott, daß er gesund war.

Sie würde ihn nie wiedersehen, damit hatte sie sich abgefunden. Aber es hinderte sie nicht daran, ihn zu lieben. Und immer wieder kam es vor, daß sie sein Gesicht so deutlich vor sich sah, als stünde er direkt vor ihr. Es gab Zeiten, da wachte sie in der Hitze der Nacht auf, bildete sich für einen Moment ein, seine Berührung zu fühlen, und die Erinnerungen quälten sie.

Jetzt schüttelte sie diese Gedanken ab, schaute über das Land vor sich. Das war ihre Welt, und sie liebte sie. Susannah und Molly Caroline waren in Sicherheit. Sie hatte ihren Zucker verkauft und den größten Teil ihrer Schulden zurückgezahlt. Natürlich hatte sie neues Geld aufnehmen müssen, aber das war zu erwarten gewesen. Sie verlangte nicht mehr als das, was sie hatte.

Big Josephus kam auf dem großen Wallach herangeritten, den er meistens benutzte. Er grüßte Carrie, und sie ging zu ihm, um mit ihm zu reden.

„Ich hab' eine Gruppe an die Abwässergräben geschickt, Miss Carrie, nur für den Fall, daß es früh zu regnen anfängt. Und ich dachte, wenn's Ihn'n recht is', könn'n 'n paar Mann heut' nachmittag das Scheunendach reparier'n. Da is' 'n großes Loch drin."

„Das ist eine gute Idee, Josephus. Und wenn wir die Zeit haben, könnt ihr euch vielleicht auch darum kümmern, daß die Hütten repariert werden. Willies Frau Bessie hat mir erzählt, bei ihr leckt es."

„Ich schicke heute nachmittag jemanden hin."

Carrie war kaum an ihre Arbeit zurückgekehrt, nachdem sie sich von ihm verabschiedet hatte, als sie einen anderen Reiter zwischen den Bäumen zu ihrer Linken auftauchen sah. Sie richtete sich auf, spähte unter der Krempe ihres Strohhutes hervor, um zu erkennen, wer der gutgekleidete Mann war.

Es dauerte eine volle Minute, bis sie seine Züge ausmachen konnte, und dann erstarrte ihr Herz in ihrer Brust. Der Mann war Beau Canfield.

Sie blickte schnell zu Susannah hinüber, die noch arbeitete. Sie hatte ihn nicht gesehen. „Suzy... Suzy, hol Molly Caroline!" rief sie.

Verwirrt schaute ihre Schwester auf. „Was?"

„Hol Molly Caroline!" wiederholte Carrie, und in diesem Augenblick entdeckte Susannah Beau. Die Hacke fiel ihr aus der Hand. Selbst aus dieser Entfernung konnte Carrie den Ausdruck namenlosen Hasses sehen, der das Gesicht ihrer Schwester verzerrte, ehe diese zu ihrem Kind lief.

Benjamin merkte, daß etwas nicht in Ordnung war, stand mit gerunzelter Stirn auf und trat näher zu Susannah und dem Kind.

„Benjamin... bring sie ins Haus!" rief Carrie ihm zu, als sie sich zwischen Beau und die anderen stellte.

Benjamin zögerte, hin und her gerissen zwischen dem Wunsch, Susannah und das Kind zu beschützen, und der Angst, Carrie allein zu lassen.

„Benjamin, beeil dich!" drängte Carrie. Als er dann sah, daß Josephus zu Carrie zurückkehrte, nahm er Susannah das Baby ab und legte den freien Arm um sie. Sie eilten zum Haus und verschwanden hinter den dichten Büschen.

Carrie ging Beau entschlossen entgegen. Ihr Herz klopfte heftig, als er näher kam. Mit dem altbekannten Grinsen zog er den Hut. „So, so", meinte er und musterte sie von oben bis unten, den alten, verblichenen Reitrock, das geflickte Hemd, die erdigen Hände und den Schmutzflecken auf der Wange, „buddelst du jetzt mit all den andern Niggern im Dreck, Carrie?"

Sie fühlte, wie ihre Zähne knirschten, reagierte aber nicht auf die Spitze. „Was willst du hier, Beau?"

Er strich die Aufschläge seiner maßgeschneiderten Jacke glatt. Schon lange hatte sie niemanden mehr gesehen, der so gutgekleidet war.

„Ich mache nur einen nachbarlichen Besuch. Du hast doch bestimmt nicht vergessen, daß wir Nachbarn sind!"

Carrie hatte nicht vergessen, daß ihm die Gayerre-Plantage gehörte, aber sie hatte niemals erwartet, ihn dort zu sehen. Ein Aufseher hatte die Plantage von Anfang an geleitet.

„Ich kann mir kaum vorstellen, daß dir das Landleben gefällt, Beau."

„Oh, aber es ist so friedlich hier. Und außerdem gibt es da gewisse Attraktionen... wie zum Beispiel mein Kind."

Carrie wurde trotz der Hitze des Tages plötzlich kalt, aber sie sah ihn nur wütend an. „Solche Ideen solltest du besser vergessen", erklärte sie entschieden.

Beau schaute zu Josephus hinüber, der vom Pferd gestiegen war und jetzt breitbeinig direkt hinter Carrie stand.

„Kann ich Ihnen helfen, Miss Carrie?"

„Bleib da", befahl Carrie, und Beau lachte.

„Großer Gott, Carrie... du tust ja so, als wollte ich dir etwas tun. Ich bin nur wegen des Babys gekommen. Ein Vater hat doch bestimmt gewisse Rechte."

„Erzähl mir nichts von Rechten! Was Molly Caroline angeht, hast du überhaupt keine Rechte, Beau!"

„Ein Mädchen!" Er grinste. „Sieht sie aus wie ich oder wie ihre Mutter, Carrie?"

„Überhaupt keine Rechte", fuhr Carrie fort. „Du und Susannah, ihr seid nie verheiratet gewesen, Gott sei Dank. Und Molly Carolines Geburt wurde in New Orleans gemeldet – Vater unbekannt. Sie ist eine Kingston, Beau. Molly Caroline Kingston. Und du hast keine Ansprüche. Ich schlage deshalb vor, du verläßt diesen Besitz. Und setze nie wieder deinen Fuß auf Kingston's Landing!"

„Carrie... das ist doch nicht dein Ernst."

Mit hocherhobenem Kopf und ohne mit der Wimper zu zucken erklärte sie: „Und ob das mein Ernst ist."

„Komm schon. Ich bin sicher, Susannah möchte mich sehen, selbst wenn du es nicht willst."

„Begleite Mr. Canfield von der Plantage, Josephus", sagte Carrie kalt.

Zum erstenmal verriet Beaus Gesicht seinen Zorn. Seine Nasenflügel bebten, und ein kleiner Muskel unter seinem Auge zuckte. Er musterte den großen Neger von oben bis unten und verbeugte sich schließlich ironisch vor Carrie.

„Sieht so aus, als wärst du im Vorteil, Carrie. Grüß Susannah von mir."

Damit wendete er sein Pferd und trabte davon. Nach einem Blick auf Carrie sprang Josephus ebenfalls auf und folgte ihm.

Carrie sah ihnen nach und hörte Josephus den durchdringenden Pfiff ausstoßen, mit dem er Arbeiter herbeirief. Zwei Mann zu Pferde kamen über das Feld und schlossen sich ihm an.

Erst da hastete sie ins Haus, wo sie eine nahezu hysterische Susannah vorfand, die Molly Caroline an sich preßte und so laut weinte, daß das Baby zu heulen anfing. Chloe versuchte alles, um Susannah zu überreden, das Kind ihr zu geben.

„Suzy, er ist fort!" beruhigte Carrie ihre Schwester. „Jetzt laß Chloe Molly Caroline nehmen. So . . ."

Zögernd überließ Susannah ihr das Kind mit den Worten: „Aber laß sie nicht aus den Augen."

„Keine Angst, Honey", versprach Chloe. „Niemand nimmt mir dieses Kind fort!"

Es dauerte fast eine Stunde, bis Josephus wieder zurückkam. „Wir sind ihm bis zur Fähre gefolgt, Miss Carrie, und haben gesehen, wie er einstieg."

„Danke, Josephus. Sag den Männern, wenn Canfield sich irgendwann hier blicken läßt, soll er unverzüglich fortgeschickt werden."

Josephus nickte. „Sie können sich darauf verlassen, Miss Carrie."

Aber obwohl Carrie sie zu beruhigen versuchte, Susannah weigerte sich, das Haus zu verlassen oder Molly Caroline hinauszulassen, bis Justice eine Woche später berichtete, daß Canfield nach

New Orleans zurückgekehrt sei. Justice hatte sich mit Canfields Aufseher angefreundet.

Endlich war auch Susannah überzeugt und entspannte sich ein wenig.

Der Krieg ging in einer kleinen Stadt in Virginia zu Ende. Der Süden war geschlagen. Und doch empfand Carrie nur dumpfe Erleichterung, nur eine dumpfe Traurigkeit, weil alles so lange gedauert und so viel gekostet hatte.

Kurz darauf erreichte sie die Nachricht von Abraham Lincolns Ermordung. Als Carrie davon las, erinnerte sie sich an jene Nacht in den Sümpfen, als Rance vom Präsidenten gesprochen hatte.

„... der netteste Mann, den ich je kennengelernt habe“, hatte Rance erzählt.

Wo immer er jetzt war, Carrie wußte, daß Rance von dieser neuesten Nachricht zutiefst betroffen sein würde.

In den nächsten Tagen und Wochen begann der lange Treck heimwärts für magere Soldaten mit brennenden Augen, die ritten, gingen oder humpelten oder den Mississippi mit selbstgemachten Flößen herausforderten ... alles, um heimzukommen.

Sie waren immer hungrig und kamen, klopften leise an die Tür und baten mit ihren sanften Südstaatlerstimmen um ein Stück Brot oder eine Tasse Buttermilch.

Carrie wies Chloe an, allen etwas zu geben, die nach Kingston's Landing kamen.

Einige waren nicht so freundlich, stahlen mitten in der Nacht die Hühner, rissen ganze Pflanzen aus, und selbst eine Kuh wurde eines Morgens tot aufgefunden. Sie hatten alles Fleisch genommen, das sie tragen konnten.

Deshalb holte Carrie eine der Pistolen ihres Vaters heraus, und sie und Justice brachten Susannah und Chloe den Umgang damit bei.

Es war ungewöhnlich heiß und trocken, und Carrie beobachtete ängstlich das Zuckerrohr, arbeitete hart und saß des Nachts über den Büchern, um alle Zahlungen pünktlich zu leisten.

„Großer Gott, Kind“, schimpfte Chloe, als sie sie nach Mitternacht noch immer am Schreibtisch fand, „so kannst du ja nicht genug Schlaf bekommen!“

Carrie rieb sich die müden Augen und streckte sich. „Und was ist mit dir? Du bist doch auch auf. Hat Molly Caroline dich geweckt?“

Chloe schüttelte den Kopf. „Nein. Ich wollte nach Lafitte sehen. Er hat sich den ganzen Tag nicht gut gefühlt.“

„Lafitte? Ist er krank?“

„Ach, er sagt, es geht ihm gut.“

„Meinst du, ich sollte nach ihm sehen?“

„Ich weiß nicht, Miss Carrie. Er ist ein komischer Mann. Behauptet, es ginge ihm prima und er müßte nur eine Nacht lang schlafen.“

Carrie lächelte. „Nun, in dem Fall spreche ich mit ihm, ehe ich morgen aus dem Haus gehe.“

Aber am nächsten Tag war Lafitte zum erstenmal, seit sie alle ihn kannten, zu krank, um aufzustehen.

„Er hat Fieber, Miss Carrie, und hat die ganze Nacht gehustet. Benjamin und ich konnten ihn in unserem Zimmer hören. Und jetzt will er nicht einmal die Medizin nehmen, die ich ihm gebracht habe“, beklagte sich Chloe, als Carrie ins Krankenzimmer kam.

„Ich bin bald wieder gesund, Missy“, behauptete er verlegen.

Zu seinem offensichtlichen Kummer fühlte ihm Carrie die Stirn. Die Haut war heiß und trocken, und fast sofort fing er auch wieder zu husten an.

Als es vorüber war, tätschelte ihm Carrie die Schulter. „Ich möchte, daß du jetzt tust, was Chloe sagt, Lafitte. Versprichst du mir das?“

Er verzog das Gesicht. „Wenn Sie darauf bestehen, Miss Carrie.“ Mit triumphierendem Blick stand Chloe daneben.

„Das tue ich. Und ich sehe vor dem Essen wieder nach dir.“

„Bis dahin bin ich längst auf“, erklärte er hartnäckig.

Aber das war nicht der Fall. Im Gegenteil. Chloe empfing Carrie fast noch an der Tür und erzählte, daß es ihm schlechterginge.

„Mir gefällt das überhaupt nicht, Miss Carrie. Er brennt vor Fieber. Hat Sommerlungenentzündung und ist damit noch ’rumgelaufen. Mit gefällt das nicht.“

Carrie warf nur einen kurzen Blick auf die matten Augen, die sie kaum erkannten, und zog Chloe dann aus dem Schlafzimmer. „Ich glaube, Benjamin sollte den Arzt holen."

Chloe nickte. „Kann nicht schaden. Obwohl ich alles tue . . ."

„Ich weiß, Chloe. Warte . . . drei Stunden hin und drei Stunden zurück braucht Benjamin mindestens, und dann kommt die Zeit dazu, die er in der Stadt braucht. Wahrscheinlich also acht Stunden, bis er wieder hier ist. Ich werde ihm sagen, er soll zu Prosper gehen. Der wird einen Arzt für uns finden."

Sobald Benjamin unterwegs war, kehrte sie in Lafittes Zimmer zurück und half Chloe, die Brust des Kranken mit Senf einzureiben. Er protestierte nicht, und das war ein sicheres Zeichen für Carrie, wie krank er war.

Im Laufe des Nachmittags wechselten sie den Umschlag häufig, und immer wieder gab Chloe ihm von ihrer Medizin, die sie aus Kräutern, Wurzeln und anderen geheimen Dingen hergestellt hatte. Aber nichts schien Lafitte zu helfen.

Als Susannah Molly Caroline zum Mittagsschlaf hingelegt hatte, kam sie und hielt seine Hand. Er erkannte sie und lächelte. Carrie erinnerte sich, daß Susannah Lafitte immer zum Lächeln hatte bringen können.

Danach fiel er in einen leichten Schlaf. Mit Tränen in den Augen verließ Susannah das Zimmer.

„Ruf mich, wenn du mich brauchst", bat sie.

Dic Vorhänge bewegten sich in der leichten Sommerbrise, und Carrie lehnte sich in ihrem Sessel zurück und dachte über Lafitte nach. Sie hatte ihm niemals gesagt, wieviel er ihr bedeutete. Aber das würde sie tun, sobald es ihm besserging. Sie würde auch über das Ende des Krieges sprechen und davon, was es für ihn bedeutete . . . und für Chloe und Benjamin. Vielleicht hatte sie es aufgeschoben, weil sie Angst gehabt hatte, sie könnte sie verlieren. Und sie gehörten ebenso zu ihrer Familie wie Susannah und Molly Caroline . . . und wie George Pierre.

Da sie ein etwas schlechtes Gewissen hatte, schnitt sie das Thema jetzt Chloe gegenüber an, erklärte ihr, was es für sie und Benjamin bedeutete. „Ihr seid frei", schloß sie leise. „Ihr könnt gehen, wohin ihr wollt ... jederzeit. Aber ich weiß nicht, was ich ohne euch tun sollte."

Chloe blinzelte Carrie halb lachend, halb böse an. „Und warum sollten Benjamin und ich das tun? Lieber Gott, Schätzchen. Wir geh'n nirgends hin." Kopfschüttelnd beugte sie sich über Lafitte und befühlte die Wärme seines Umschlags.

Carrie beobachtete sie stumm. Dann fragte sie: „Glaubst du, er denkt genauso darüber?"

„Lafitte?" Chloe wandte sich lächelnd zu Carrie um. „Himmel, Kind ... den könntest du nicht mal mit 'nem Stock wegjagen."

Susannah brachte ihnen etwas zu essen, und anschließend schleppten Chloe und Carrie Kessel mit heißem Wasser herbei und stellten sie an sein Bett. „Der Dampf hilft ihm, besser zu atmen", erklärte Chloe.

Doch als der Abend kam, lag er im Koma, und obwohl sie immer noch die Umschläge wechselten, ging sein Atem schwerer. Seine Wangen schienen eingefallen, seine Haut hatte ein auffälliges Grau um Mund und Augen herum angenommen.

Benjamin kam gegen zehn Uhr, zusammen mit Prosper und Dr. Baptiste Rambeau. Er verbeugte sich ernst vor Carrie und wandte seine Aufmerksamkeit dann sofort dem Patienten zu. Gleich darauf blickte er zu der kleinen Gruppe auf, die besorgt wartete, und schüttelte langsam den Kopf.

Lafitte starb, als die Uhr gerade elf zu schlagen begann. Sie begruben ihn am nächsten Tag in der Nähe von Adam und Molly Kingston. Auf der anderen Seite der Straße und noch ein Stückchen weiter abwärts befand sich die Stelle, wo all die anderen treuen Diener der Familie begraben lagen, aber diese Unterschiede schienen für Carrie nicht mehr wichtig.

* * *

„Sind alle Kuchen fertig?" fragte Susannah Chloe, und die Negerin zeigte grinsend auf die Anrichte, wo drei Kuchen in all ihrer zuckersüßen Pracht nebeneinander standen.

„Da sind sie. Himmel, ich weiß wirklich nich', wie lange es her is', daß wir so viel Zucker auf einmal gebraucht hab'n. Is' fast wie früher . . . vor dem Krieg."

„Und da ist das Huhn." Carrie kam durch die Tür. Sie konnte die schwere Platte mit den krossen Stücken gebratenen Huhns kaum tragen. Zusammen mit Suzy stellte sie sie neben die Kuchen.

Molly Caroline saß in dem Hochstuhl, den Benjamin für sie gemacht hatte, und knabberte genüßlich an einem Keks. Das meiste davon klebte als zähe Masse um ihren Mund.

„Alles ist fertig", erklärte Chloe. „Ich sage Benjamin, er soll den Wagen vors Haus fahren."

Seit Lafittes Tod war ein Monat vergangen . . . ein Monat trockener Hitze, unter der das Zuckerrohr fleckig wurde und die Straßen staubig. Als die Laune schlechter wurde, hatte Carrie plötzlich beschlossen, ein Fest für die ganze Plantage zu veranstalten. Sie wollten ein Picknick machen, und jeder sollte etwas mitbringen.

Als sich Carrie jetzt in der Küche umsah, hatte sie ein ungutes Gefühl. Sie war sich nicht sicher, daß sie so viel Geld ausgeben konnte, aber es würde schließlich allen guttun. Sie hatten schon so lange keinen Spaß mehr gehabt.

Chloe kam in die Küche zurück. „Benjamin hat den Wagen vorgefahren. Und Justice und Tana sind da."

Lachend luden sie alles auf. Molly Carolines Augen funkelten, und sie klatschte in die Hände und brabbelte, als wüßte sie, daß heute etwas Besonderes passieren würde.

Chloe und Benjamin fuhren in dem Wagen, Susannah und das Baby stiegen zu Justice und Tana, und Carrie ritt auf Majestic voraus.

Schon lange ehe sie die vereinbarte Stelle erreichten, hörten sie Josephus' Geige und Willies alte Gitarre. Ein Indianer-Neger-Mischling namens Charlie Lonestar trommelte dazu auf einem hohlen Baumstamm.

Es wurde getanzt, und das Essen stapelte sich auf den provisorischen Tischen, die die Männer aufgebaut hatten. Justice betrachtete alles und erklärte dann: „Das erinnert mich an die Zeit, als dein Daddy noch Parties gegeben hat. Wir hatten immer eine, wenn der Zucker fertig war. Und die Leute kamen von meilenweit her."

„Ich kann mich noch an einige davon erinnern. Suzy und ich bettelten immer so lange, bis Mama erlaubte, daß wir länger aufblieben und beim Tanzen zusehen konnten."

Carrie ging umher und sprach mit den Leuten. Old Toby, der einzige der alten Sklaven, der noch lebte – seine Frau Nadine war im letzten Winter gestorben –, saß in einem Stuhl und schlug mit einem Fuß den Takt der Musik. Obwohl er stocktaub war, schien er doch die Vibration zu fühlen. Josephus' Frau Sara stand hinter ihm. Carrie klopfte ihm auf die Schulter und lächelte ihm zu. Es hatte keinen Sinn, mit ihm zu sprechen, aber seine Augen leuchteten auf, als er sie erkannte.

„Er sieht gut aus, Sara", bemerkte Carrie. „Laß es mich wissen, wenn er irgend etwas braucht."

„Das werde ich, Miss Carrie."

Als sie weiterging, kam Susannah mit Molly Caroline auf sie zu.

„Kannst du dir vorstellen, daß ich ohne ihre Windeln gekommen bin? Es wird bestimmt nicht lange dauern, bis sie naß ist. Wenn du sie nimmst, fahre ich schnell heim und hole die Windeln."

„Das mache ich. Ich kann Majestic nehmen, dann brauche ich nur ein paar Minuten. Wo hast du sie gelassen?"

„In der hinteren Halle. Ich hatte sie schon zusammengelegt. Ehrlich, Carrie, ich verstehe das nicht."

Molly Caroline lächelte Carrie an und streckte die Ärmchen aus.

„Laß sie mitkommen", meinte Carrie. Sie ritt oft mit dem Kind vor sich im Sattel, wie ihr Vater es mit ihr gemacht hatte.

Carrie ritt über die Wiesen und erreichte das Haus in wenigen Minuten. Sie stieg ab und betrat mit Molly Caroline im Arm das Haus durch die Hintertür. In der Halle suchte sie die Windeln, konnte sie aber nirgends sehen.

„Wo könnte deine Mammi sie bloß gelassen haben?" wandte sie sich an das Baby. Sie kam zu dem Schluß, daß Suzy sie in ihrem Zimmer vergessen haben mußte, neben der Wiege. Das Kind auf ihrem Arm wurde langsam so schwer, daß Carrie es in den Hochstuhl setzte und der Kleinen einen Holzlöffel in die Hand drückte. „Warte hier, ich bin gleich wieder da."

Carrie ging in die vordere Halle des Hauses und dann nach oben, wo sie die Windeln neben der Wiege fand, wie sie vermutet hatte. Sie nahm sie und ging wieder zurück, machte kurz in ihrem eigenen Zimmer Pause, um zu sehen, ob die Vorhänge dicht geschlossen waren und keine Sonne einließen.

Dann ging sie die Treppe hinunter und durchs Haus zurück. Molly Caroline hämmerte jetzt nicht mehr mit dem Löffel, aber sie hörte das Kind lachen und lächelte vor sich hin. Doch ihr Lächeln gefror ihr auf den Lippen, als sie durch die Küchentür trat. Beau Canfield stand dort, Molly Caroline im Arm.

Carrie stöhnte auf, ließ die Windeln zu Boden fallen. Sie stürzte ins Zimmer, um ihm das Kind zu entreißen. Molly Caroline, die zufrieden geplappert hatte, sah sie überrascht an. Ihr Unterlippe zuckte.

Beau warf Carrie einen wütenden Blick zu. „Großer Gott, Carrie, du denkst doch nicht etwa, ich wollte ihr etwas tun?“

Carrie beäugte ihn mißtrauisch. „So, wie du auch Suzy nichts tun wolltest – oder mir?“

„Wie es scheint, meine liebe Carrie, hast du dich überhaupt nicht verändert. Aber was immer du auch denken magst, ich habe Gefühle. Und sie ist meine Tochter.“

„Vor dem Gesetz nicht.“

„Gesetz! Was hat das Gesetz damit zu tun? Sie ist mein Kind, Carrie! Mein einziges, soweit ich weiß. Ist es so schwer zu verstehen, daß ich sie sehen möchte . . . wissen möchte, wie sie aussieht?“

Sein Ausbruch erstaunte Carrie. Aus seinem Ton sprach eine Wahrheit, die sie nie zuvor in seiner Stimme vernommen hatte.

Beau betrachtete seine Tochter, die an Carries Bluse zupfte, lange Zeit. „Sie ist schön, nicht wahr?“

„Ja.“

„Findest du, daß sie mir ähnlich sieht?“

Carrie nickte wahrheitsgemäß. „Ein wenig. Aber auch Suzy.“

„Braucht ihr Geld?“ fragte er. „Ich könnte ihr alles geben –“

„Nein“, unterbrach Carrie ihn. „Es geht ihr gut. Wir möchten nur, daß du uns in Ruhe läßt, Beau.“

Er ging zum Fenster hinüber und blickte lange hinaus, ehe er sich wieder zu ihr umwandte. „Du wirst das wahrscheinlich nicht glauben, aber es tut mir wirklich leid, daß sich die Dinge zwischen uns so schlecht entwickelt haben, Carrie."

Carrie musterte ihn kalt. „Sag mal, Beau... bist du jemals wirklich etwas von dem gewesen, was du behauptet hast? Hast du jemals wirklich die Blockade gebrochen?"

Er zog die Brauen hoch. „Natürlich. Oft. Ich habe mein Leben riskiert und eine Menge Geld gemacht. Aber ich habe keinen Favoriten gehabt. Ich habe mein Geld genauso vom Norden genommen wie vom Süden."

„Du warst niemals etwas anderes als ein Profitgeier."

„Nenn es, wie du willst." Er trat dicht zu ihr und dem Kind. „Der Krieg hat mich zu einem reichen Mann gemacht. Ich habe alles, was ich will... außer dir, Carrie." Seine Augen verengten sich ein wenig, als er sie ansah.

„Hör auf damit, Beau."

Er lachte. „Ich muß zugeben, daß du für mich etwas Besonderes bist... wahrscheinlich, weil du die einzige Frau bist, die ich nicht bekommen habe, obwohl ich es wollte. Aber", er zuckte unter dem gutgeschnittenen Jackett mit den Achseln, „selbst ich weiß, wann ich aufhören muß."

Er nahm seinen Hut vom Tisch auf. „Du brauchst keine Angst zu haben, daß ich euch noch einmal belästige. Ich werde bald nach Europa reisen. Ich habe mich entschlossen, dort zu leben. Die Atmosphäre entspricht mehr meinem Geschmack."

Er hielt Molly Caroline eine Hand hin, die sofort an dem goldenen Ring an seinem Finger zerrte. Sein Gesicht verriet nichts, als er seine Tochter betrachtete. Schließlich nickte er Carrie zu.

„Danke, daß ich sie sehen durfte."

Er stand schon im Gang, als er sich grinsend noch einmal umdrehte. „Da ist noch etwas, das dich vielleicht interessieren wird, Carrie. Ich war es, der den Yankees damals von eurem Bruder erzählt hat. Als Entschädigung für die Beule auf meinem Kopf."

Er stand noch immer so, halb ihr zugewandt, lachend, eine Braue ironisch hochgezogen, als der Knall eines Pistolenschusses an Carries Ohren drang. Sie würde ihn nie vergessen, würde sich immer daran erinnern, wie sich seine Augen weiteten, wie seine Hand an die Brust fuhr.

Er stöhnte auf, versuchte dann, den Gang entlangzuschauen, aber sein Kopf zuckte, ließ sich nicht mehr kontrollieren. Langsam sackte er zu Boden, erstarrte, lag dann reglos.

Molly Caroline hatte bei dem lauten Geräusch aufgeschrien. Carrie starrte auf Beau, auf den leuchtendroten Flecken, der sich auf seinem weißen Hemd ausbreitete. Sie unterdrückte den Schrei, der in ihrer Kehle aufstieg, und zwang sich, den Gang entlangzugehen. Eine schmale, blasse Gestalt stand dort, Adam Kingstons alte Duellpistole in der Hand.

„O mein Gott ... Suzy! Was hast du getan?" wisperte Carrie.

Krachend fiel die Pistole zu Boden, Susannahs Lippen zogen sich über den Zähnen zurück, und sie fing ein Geheul an, das Molly nur noch mehr ängstigte. Als Carrie näher kam, packte ihre Schwester das Kind und umklammerte es so fest, daß es nur noch lauter schrie.

„Hör auf, Suzy! Du machst ihr angst."

„Ich konnte nicht zulassen, daß er ihr weh tat ... Er hätte sie uns fortgenommen! Das durfte ich nicht zulassen!" brabbelte Susannah.

„Du lieber Gott", stöhnte Carrie, „du irrst dich. Er wollte nicht –" Sie brach ab. Ihre Schwester hörte sie gar nicht.

„Ich ... bin gekommen, um dir zu sagen, wo ich die Windeln gelassen habe. Ich habe ihn gehört. Ich habe Beau gehört. Ich wußte, er war gekommen, um uns zu holen ..." Ihre Stimme war dünn und schrill, hysterisch.

„Hör mir mal zu, Suzy", befahl Carrie scharf. „Ich will, daß du jetzt mit Molly Caroline nach oben in euer Zimmer gehst. Dort wartest du auf mich. Hast du gehört?"

Susannah nickte, und als ihre Schwester ein, zwei zögernde Schritte auf die Treppe zu machte, wandte sich Carrie wieder Beau zu.

Ein einziger Blick genügte, um ihre schlimmsten Befürchtungen zu bestätigen. Er atmete nicht. Die Lippen waren leicht geöffnet, die Augen glasig. Es war klar, daß sie nichts mehr für ihn tun konnte.

Sie bemerkte, daß Susannah noch immer an derselben Stelle stand. Sie ging zu ihr. „Komm!“ Sie legte einen Arm um ihre Schwester. „Laß uns hinaufgehen.“

Oben erlaubte Susannah, daß sie Molly Caroline in ihre Wiege legte. Das Kind rollte sich auf den Bauch, zog die Beine an und steckte den Daumen in den Mund. Bleich und reglos saß Susannah auf dem Bett.

„Er hätte uns gezwungen, mit ihm fortzugehen, Carrie. Ich konnte ihn Molly Caroline nicht haben lassen“, flüsterte sie.

„Denk nicht mehr daran, Liebes. Leg dich ein wenig hin. Und dann schließ die Augen und denk an überhaupt nichts mehr.“

Carries Gedanken überschlugen sich. Suzy durfte nicht noch mehr verletzt werden, als es ohnehin schon der Fall gewesen war. Sie wußte, was zu geschehen hatte. Sie bekämpfte den Wunsch zu weinen. Das konnte sie später tun.

„Suzy...“ Sie strich eine Haarsträhne aus der feuchten Stirn ihrer Schwester. „Ich gehe zu den anderen zurück und hole Justice und Benjamin. Ich werde allen erzählen, du hättest Kopfschmerzen. Ich möchte, daß du hier in deinem Zimmer bleibst, während ich fort bin.“

Susannah nickte.

„Versprichst du es mir? Du wartest hier, bis ich dich hole.“

„Ja.“ Susannah schloß die Augen.

Als sie wieder beim Picknick war, gelang es Carrie zu lächeln, während sie sich langsam ihren Weg zu Justice bahnte.

„Komm so bald du kannst zum Haus“, flüsterte sie, als er einen Tanz mit Tana beendete. „Aber niemand darf es wissen“, fügte sie hinzu.

Dasselbe sagte sie auch zu Benjamin, als der mit einem großen Stück Brot die Soße auf seinem Teller aufwischte. Er stand langsam auf, streckte sich, verkündete laut, wie voll er war, und verschwand einen Augenblick später zwischen den Bäumen. Jeder, der ihn sah, würde vermutet haben, er wollte sich Erleichterung verschaffen.

Sobald sie wieder im Haus waren, übernahmen die beiden Männer das Kommando. Sie wickelten Beaus Leichnam in eine alte Decke und hoben ihn hoch.

„Mach das gut sauber." Justice wies mit dem Kopf auf die Blutflecken am Boden. Dann schleppten er und Benjamin ihre Last zu dem alten Wagen hinaus, den sie aus der Scheune geholt hatten.

Carrie schrubbte die Bretter und wachste sie anschließend gut ein. Die alte Pistole ihres Vaters hatte sie schon wieder aufgeräumt.

Sie fragte die beiden später nicht, was sie mit Beaus Leiche getan hatten. Sie wußte nur, daß sie ungefähr zwei Stunden lang fort waren, lange genug, um weit hinten in die Sümpfe zu fahren . . . wo wilde Kreaturen lebten, wo Treibsand ein Tier – oder einen Menschen – verschlang, ohne Spuren zu hinterlassen.

Ein paar Tage später ritt der Aufseher der ehemaligen Gayerre-Plantage zu Justices Hütte und fragte, ob er Beau Canfield gesehen hätte. Als Justice verneinte, wischte sich der Aufseher mit einem roten Taschentuch über seine zahlreichen Kinne und fluchte.

„Das ist wirklich 'n komischer Kauz. Bei dem weiß man nie, wann er kommt oder geht. Scheiße, ich hab' noch nich' mal meinen Lohn für diesen Monat gekriegt!"

27

Carrie saß an dem alten Schreibtisch ihres Vaters und ging ein letztes Mal die Bücher und Rechnungen durch. Es war ganz einfach. Ihre Gläubiger verlangten ihr Geld, und sie hatte nichts, um sie zu bezahlen.

Sie hatte es seit Wochen gewußt, aber immer noch hatte sie sich an die Hoffnung geklammert, daß irgend etwas geschehen würde. Doch vor zehn Tagen hatte sie nach New Orleans fahren und Leroy Tate bitten müssen, Vorkehrungen zu treffen, um Kingston's Landing zu verkaufen.

Seither hatte sie alles getan, damit die anderen nicht merkten, wie weh es ihr tat. Mit falschem Enthusiasmus hatte sie ein Bild des neuen Lebens gemalt, das sie in Kalifornien erwartete. George Pierre hatte geschrieben, daß er eine Stellung als Lehrer bekommen hatte, und sie, Susannah und Molly Caroline sowie Chloe und Benjamin würden zu ihm ziehen, sobald die Plantage verkauft war. Vielleicht wäre es gut so für Susannah, dachte Carrie. Ihre Schwester hatte sich seit dem Tag des Picknicks noch mehr in sich selbst zurückgezogen und war nur völlig entspannt, wenn sie mit Molly Caroline zusammen war. Vielleicht würde sie in Kalifornien vergessen.

Carrie stand auf und ging rastlos hin und her. Sie hatte so lange und hart gekämpft, um die Plantage zu behalten. Und es wäre ihr auch gelungen, wäre da nicht das schlechte Wetter gewesen und jetzt der heiße, trockene Sommer. Das Zuckerrohr auf den Feldern würde nicht einmal die Hälfte ihrer Schulden decken, wenn es erst zu Zucker verarbeitet worden war.

Sie hatte die meisten Arbeiter fortschicken müssen, weil sie kein Geld mehr hatte, um sie zu bezahlen. Die Unterkünfte waren praktisch leer. Die Familien waren alle fort. Und Old Toby war zwei Wochen nach dem Picknick gestorben.

Carrie eilte aus dem Zimmer, kämpfte mit den Tränen. Es gab noch etwas, das sie tun mußte, und sie konnte es ebensogut gleich tun.

Sie ging zur Scheune und sattelte Majestic. Der Geruch von Leder und Pferden stieg ihr in die Nase und erfüllte sie mit Erinnerungen.

Sie sattelte das Tier und führte es nach draußen, stieg auf und ritt dann über die Straße am Fluß entlang. Blasse Schaumkronen saßen auf den Wellen, und am Horizont entdeckte sie eine Reihe Wolken. Es sah nach Regen aus. „Zu spät", murmelte sie.

Sie wandte sich der Stelle zu, wo einst Maisonfleur gewesen war, ritt dann weiter zum Friedhof.

Es war angenehm hier. Moos wuchs auf den Grabsteinen von Onkel Etienne und ihrem Großvater, dem alten Monsieur Moreau. Vögel zwitscherten in den Zweigen einer Eiche. Ein leichter Wind setzte ein.

Carrie ließ Majestic stehen und ging zu den Gräbern ihrer Eltern hinüber. Das Schlimmste für sie war, daß sie auch das Land verkaufen mußte, in dem all jene, die sie liebte, begraben lagen. Steif blieb sie stehen, als erwarte sie ihr Urteil.

„Ich habe es versucht, Papa", murmelte sie mit trockenen Augen. „Ich habe es so sehr versucht. Aber ich schaffe es nicht. Ich muß die Plantage verkaufen, Papa. Es tut mir leid ..." Sie wandte sich allen zu. „Es tut mir leid ..."

Die Tränen in ihrer Kehle erstickten sie. Sie rannte zu ihrem Pferd zurück, sprang auf und galoppierte wild davon, ohne sich um die Richtung zu kümmern. Doch nach einer Weile bemerkte sie, daß die Flanken des Tieres schweißnaß waren.

Sie zügelte Majestic, stieg ab und warf sich ins Gras, vergrub das Gesicht darin und atmete den süßen Duft tief ein ... Dann ließ sie all den Tränen freien Lauf, die sie so lange zurückgehalten hatte.

Anschließend drehte sie sich auf den Rücken und beobachtete die Wolken, die über den Himmel zogen. Sie waren in der Nähe des Flusses, und sie konnte das Dampfschiff pfeifen hören. Es brachte wohl die Zeitungen und vielleicht auch Post. Sie strich ihr zerzaustes Haar zurecht und bestieg Majestic erneut.

Carrie zügelte Majestic im selben Augenblick, als der Lotse das große Schiff vorsichtig am Dock anlegen ließ. Ein Steward rief ihr einen Gruß zu und warf das Zeitungspaket auf die Planken des Stegs.

Es war ein Brief von Leroy Tate dabei, und Carrie wartete nicht erst, bis sie daheim war, sondern las ihn auf der Stelle.

Ich hatte nicht erwartet, die Angelegenheit so schnell regeln zu können, aber ich habe bereits einen Käufer von außerhalb für Kingston's Landing gefunden. Wenn Sie Freitag morgen um neun in meinem Büro sein können, können wir die Papiere unterzeichnen.

„Diesmal nicht! Sie werden nicht wie der letzte Feldarbeiter nach New Orleans fahren!" schimpfte Chloe und zerrte Carries Krinoline aus dem Schrank, sah die Reihe der Kleider durch, die sie seit Monaten nicht mehr getragen hatte.

Die letzten Male, wenn Carrie geschäftlich in die Stadt gereist war, war sie an einem Tag hin und zurück geritten, immer in ihrem Reitkostüm aus Samt, das in besserem Zustand war als ihre übrigen Reitkleider. Sie wußte kaum noch, wie es sich anfühlte, einen Reifrock zu tragen.

„Wenn Se die Plantage schon verkauf'n müss'n, dann soll der Käufer, wer immer das is', wenigstens wissen, daß er es mit 'ner Lady zu tun hat!" fuhr Chloe fort und ließ keinen Protest zu. „Also, Sie fahr'n Donnerstag, und heut' is' Dienstag..."

Sie sorgte dafür, daß Carrie ihre rauhen Hände in Sahne badete und sie über Nacht in alte, weiße Handschuhe steckte. Ihr Gesicht wurde großzügig mit Buttermilch behandelt, die Nägel geschnitten, das Haar gewaschen und gespült, bis es glänzte.

Sogar Susannah wurde mitgerissen und kramte ungeflickte Unterwäsche und ein Nachthemd aus ihrer Truhe, ehe sie Carrie noch ihre Kette aus Korallenperlen lieh.

Carrie war ganz gerührt angesichts all dieser Fürsorge und versuchte, sich nicht anmerken zu lassen, wie schwer ihr Herz war.

Am Donnerstag fuhr sie mit dem Nachmittagsschiff in die Stadt und ging direkt zu Mattie, die offensichtlich glücklich und beschäftigt war. Carrie versprach ihr, daß Chloe und Benjamin sie noch besuchen würden, ehe sie alle nach Kalifornien abreisten.

Danach ging sie zu Prosper und trank Tee mit ihm.

„Es tut mir leid, ma chère", tröstete er sie. „Aber wer weiß. Vielleicht passiert noch etwas Wunderbares, wenn du es am wenigsten erwartest." Seine dunklen Augen glänzten, die Spitzen seines Schnurrbartes zitterten.

„Vielleicht. Auf jeden Fall bin ich entschlossen, mich zu amüsieren, wenn ich schon in der Stadt bin. Wenn du mich also bitte entschuldigst" – sie versuchte, fröhlich zu klingen –, „dann werde ich jetzt all das tun, wonach ich mich schon so lange gesehnt habe."

„Wie zum Beispiel...", hakte er nach.

„Ach... ich werde mir etwas schrecklich Süßes kaufen. Und dann gehe ich vielleicht sogar zur Schneiderin. Schließlich bekomme ich morgen etwas Geld. Natürlich werde ich nicht zuviel für Kleider und so ausgeben", fügte sie hastig hinzu, „ich hoffe, ich kann irgendein Geschäft eröffnen, wenn wir in Kalifornien sind."

Prosper nickte. „Soll ich dich fahren?“

„Nein, danke. Ich gehe lieber zu Fuß. Ich muß mich an alles erinnern.“

Prospers schwarze Augen wurden sanft. Er verstand sie.

Sie ging zu Madame Louisa und bestaunte all die schönen Stoffe und die neueste Mode in einem Stapel von Zeitschriften. Sie versprach, daß sie zusammen ins Geschäft kommen würden, sobald sie das Geld in Händen hielt. Sie wollte ihre Verzweiflung nicht zulassen. Susannah und Molly Caroline brauchten beide Kleider. Und sie hatte rosafarbenen Seidenstoff gesehen, der für Chloe einfach perfekt geeignet war. Das würde schon nicht zuviel kosten. Und Benjamin durfte sie auch nicht vergessen. Er würde einen neuen Anzug und einen Hut bekommen. Wenn sie nach Kalifornien reisten, würden sie nicht als Bettler kommen.

Sie verabschiedete sich von Madame Louisa und schlenderte die Straße entlang. Sie erblickte ihr Spiegelbild im Fenster eines kleinen Cafés und betrachtete es kurz. Sie trug ihr blaues Kleid, das tief genug ausgeschnitten war, um Hals und Brustansatz zu zeigen. Unter ihrem breiten Strohhut fiel das Haar in leuchtenden, kastanienbraunen Locken herab, aber Chloes Buttermilchbehandlung gegen ihre Sommersprossen hatte versagt. Rund um die Nase waren sie noch ebenso deutlich zu sehen wie zuvor.

Seufzend öffnete sie den weißen, rüschenbesetzten Sonnenschirm und ging weiter. Jetzt, da sie nicht mehr auf der Plantage arbeitete, würde sie es vielleicht allmählich wieder lernen, wie eine Dame auszusehen und sich auch so zu benehmen. Der Gedanke war kein großer Trost für sie.

Sie kam zum Jackson Square, der wie üblich recht belebt war. Carries Blick fiel auf eine alte Negerin, die ein Tablett mit Pralinen feilbot, den Kopf hierhin und dorthin wendend wie ein Vogel.

Carrie überlegte noch, ob sie eine der Köstlichkeiten kaufen sollte, als eine tiefe, vertraue Stimme hinter ihr erklang. „Wir nehmen zwei, bitte.“

Sie wirbelte herum und sah eine goldene Uhrkette, die sich über eine königsblaue Seidenweste spannte. Ihr Blick wanderte aufwärts zu einem kräftigen Kinn mit ausgeprägtem Grübchen unter einem dunklen Schnurrbart und schließlich noch weiter zu klaren grauen Augen. Alles schien vorübergehend vollkommen stillzustehen. Rance lächelte ihr zu, den Hut in der Hand.

„Zwei, Michie . . . zwei . . ." Die alte Negerin wickelte die Süßigkeiten in Papier, und Rance reichte ihr eine Münze.

Noch immer lächelnd hielt er Carrie die Süßigkeiten hin. „Ich habe die nicht für mich gekauft, weißt du."

Als sie sich endlich wieder rühren konnte, nahm sie die Pralinen mit Fingern, die sich immer noch taub anfühlten, entgegen. „Rance . . .", murmelte sie und erwiderte sein Lächeln.

„Hallo, Carrie."

„Ich . . . ich . . ." Sie versuchte, sich zusammenzureißen. „Ich hätte nicht erwartet, dich hier in New Orleans zu sehen."

„Ich hatte einiges zu erledigen."

„Ja, natürlich. Nun . . . du siehst . . . gut aus", schloß sie und war sich plötzlich ihrer Sommersprossen und der gebräunten Haut bewußt.

„Du auch." Sein Blick wanderte über sie, und ihr liefen Schauer über den Rücken. „Warum setzen wir uns nicht?" Er wies auf eine Steinbank in der Nähe.

Als sie hinübergingen, warnte sie sich insgeheim. Rances Anwesenheit in New Orleans hatte nichts zu bedeuten. Er war gewiß nicht ihretwegen gekommen, und sie war kein dummes, kleines Mädchen mehr und sollte sich auch nicht so benehmen.

Sie setzte sich auf die Bank und wandte sich ihm zu. „Wirklich ein Zufall, dich zu treffen. Ich bin nur für ein paar Tage in der Stadt."

„Ach, dann lebst du auf Kingston's Landing?"

„Ja."

„Und wie geht es Suzy?"

Carrie stockte. „Suzy ist . . . hat sich sehr verändert", antwortete sie ehrlich. „Manchmal fällt es schwer zu glauben, daß sie erst neunzehn ist." Sie zögerte, erzählte ihm dann aber. „Sie hat ein Kind, Rance. Ein kleines Mädchen."

Er zog die Brauen zusammen. „Canfield?"

Sie nickte.

„Ich sollte ihn umbringen!" Sein Gesicht wurde hart. „Ich habe immer Geschichten über ihn gehört, aber –"

Sie holte tief Luft, unterbrach ihn. „Er ist ... vor einiger Zeit verschwunden. Niemand scheint zu wissen, was passiert ist. Aber –" Sie wechselte das Thema – „Molly Caroline ist ein süßes kleines Ding. Du mußt –" Sie brach ab. Fast hätte sie gesagt, er müßte sie besuchen kommen.

Sie schwiegen einen Moment.

„Nun, und wie geht es Nora?" erkundigte sie sich dann fröhlich.

Er schien in seine eigenen Gedanken verloren zu sein, aber jetzt fuhr sein Kopf hoch und er sah sie überrascht an. „Ich habe keine Ahnung."

Carrie starrte ihn an. „Das verstehe ich nicht. Deine Frau ..."

„Frau?" Der überraschte Ausdruck wich plötzlich einem des Verstehens. „Du hast gedacht, daß ich ... daß Nora und ich ... Großer Gott, Carrie, Nora und ich haben nie geheiratet!"

Carrie konnte fühlen, wie ihr Unterkiefer herabfiel. Sie fühlte sich benommen. Die ganze Zeit über hatte sie vermutet, die Hochzeit hätte wie geplant stattgefunden. „Oh ... ich ... das tut mir leid."

Er lachte. „Mir nicht. Gott sei Dank haben wir noch rechtzeitig herausgefunden, wie falsch das gewesen wäre." Die Brise zauste sein dunkles Haar. Er grinste sie an. „Du hast deine Pralinen nicht gegessen."

Sie blickte auf ihren Schoß. „Nein, ich habe keinen rechten Hunger mehr."

Seine Hand suchte ihre, seine kräftigen Finger schlossen sich sanft darum. „Vielleicht später. Darf ich dich heute abend zum Essen einladen?"

Es war, als würde ein Vogel in ihrer Brust flattern, aber ihre Stimme war ganz fest, als sie antwortete: „Sehr gern, Rance."

Wie immer hatte Prosper Carrie sein Haus in der Dumaine Street überlassen und diesmal darauf bestanden, sein Mädchen, Delphine, zu ihr zu schicken. Carrie hatte zwar protestiert, war jetzt aber froh, daß das Mädchen da war.

Als Delphine Carrie jetzt den Rücken schrubbte und ihr anschließend das Haar wusch, meinte sie: „Es kommt mir so vor, als würde heute abend ein ganz besonderer Herr kommen." Sie schenkte Carrie einen verständnisvollen Blick und kicherte. Carrie ertappte sich dabei, daß sie einfiel.

„Ich glaube, das kann man wohl sagen. Major – ich meine, Mr. Stewart führt mich zum Essen aus."

Delphine spitzte die Lippen. „Dieser gutaussehende Yankee-Offizier? Wer könnte den vergessen!" Sie rollte mit den Augen.

„Ja... wer könnte vergessen?" wiederholte Carrie ernst und errötete dann.

Mit funkelnden Augen erklärte Delphine: „Wir werden bereit sein."

Nach dem Bad trocknete sie Carrie ab und besprühte sie dann mit Lavendelwasser, das sie aus ihrem eigenen Schrank nahm. „Mein Emile liebt das", versicherte sie Carrie. Dann polierte sie Carries Nägel und bürstete ihr Haar, bis es glänzte.

Susannahs gute Unterwäsche wurde hervorgeholt und angezogen, zusammen mit einem Rüschenunterrock und der weiten Krinoline.

„Ach, wenn ich doch nur ein neues Kleid hätte...", jammerte Carrie.

Aber Delphine sah schnell den Schrank durch und wählte dann das elfenbeinfarbene Seidenkleid mit den großen Puffärmeln und der Spitzenkaskade am Ellbogen.

„Aber das hat er schon gesehen! Er hat sie alle schon gesehen."

Delphine legte nachdenklich einen Finger an die Zähne. Dann strahlte sie auf. „Überlassen Sie nur alles mir, Mademoiselle. Ich bin bald wieder da."

Sie verließ das Haus, kam aber nach ungefähr zwanzig Minuten zurück, eine Tasche am Arm und einen triumphierenden Ausdruck in den Augen. „Ich habe genau das richtige", verkündete sie und zog ein halbes Dutzend winziger Seidenrosen, Nadel und Faden aus der Tasche. Mit schnellen, unsichtbaren Stichen befestigte sie die Rosen an dem tief ausgeschnittenen Mieder. Als Carrie in das Kleid geschlüpft war, griff sie noch einmal in die

Tasche und holte eine breite, rosa Seidenschärpe heraus, die sie auf dem Rücken zu einer großen Schleife band.

„Fast perfekt . . ." Sie trat zurück und betrachtete ihr Werk. „Sie brauchen Schmuck . . . ein Medaillon . . . irgend etwas . . ."

„Ich weiß, was." Carries Augen blitzten, als sie in ihren Koffer griff und Susannahs rosa Korallenkette hervorholte. Sie trat zurück und betrachtete sich selbst im Spiegel, erstaunt über das strahlende Bild darin. Sie hatte sich so daran gewöhnt, sich in der groben Arbeitskleidung zu sehen, daß sie kaum glauben konnte, daß sie selbst diese reizende Frau im Spiegel war.

Sie wandte sich zu Delphine um und umarmte sie lachend, als die Glocke ertönte.

„O mein Gott!" Plötzlich war Carrie nervös.

„Monsieur Stewart wird entzückt sein", schnurrte Delphine. „Und denken Sie daran, Mademoiselle . . . ich bin weit hinten in meinem Zimmer, wenn Sie und Monsieur zurückkehren, und ich habe einen sehr gesunden Schlaf."

„Delphine!" Carrie errötete bis in die Haarwurzeln. Aber das Mädchen war schon zur Tür geeilt und ließ Rance ein, um sich anschließend taktvoll zurückzuziehen.

Sein Blick wanderte langsam an Carrie auf und ab. „Mein Gott . . . du siehst wunderschön aus!" erklärte er lächelnd und bot ihr ernst den Arm. „Der Wagen wartet. Wollen wir gehen?"

Er führte sie in das anerkannt beste Restaurant der Stadt, aber Carrie konnte kaum schlucken, so aufgeregt war sie, so nervös, weil sie Rance wiedersah.

Sie sprachen vom Krieg und seinen Auswirkungen. Er erzählte ihr von seiner Rückkehr nach Hause, bei der er erfahren hatte, daß sein Vater tot war.

„Ach, Rance, das tut mir leid." Instinktiv legte sie ihre Hand auf seine.

Er nickte traurig. „Sie sagen, er hätte nach mir gerufen . . . ganz zum Schluß. Ich möchte gern glauben, daß das heißt, daß er mir meinen Entschluß verziehen hat, für die Union zu kämpfen."

„Ich bin sicher, das hat er." Sie drückte seine Finger und zog dann scheu ihre Hand zurück.

„Shermans Männer haben das Haus verschont, aber alles andere zerstört. Unmöglich, dort jetzt Reis anzubauen. Bei den meisten anderen Plantagen sieht es ähnlich aus."

„Aber das Land ist noch da", meinte Carrie.

„Ja. Vielleicht könnte ich Baumwolle anbauen. Oder Zucker." Er lachte.

„Vielleicht", sagte sie. Sie erzählte ihm nicht, daß sie gezwungen war, Kingston's Landing zu verkaufen. Sie wollte nicht, daß er Mitleid mit ihr hatte. Wenn sie ihn richtig verstanden hatte, würde er nur wenige Tage in New Orleans bleiben, es bestand also kein Grund anzunehmen, daß er es überhaupt je erfahren würde.

Sie aßen fertig und tranken anschließend einen Café Brulôt. Er war mit Brandy, Curacao und Zucker gewürzt, und als Carrie sich im Spiegel sah, bemerkte sie, daß ihre Wangen rosig schimmerten und die Augen golden leuchteten.

Zurück im Haus in der Dumaine Street stellte Carrie fest, daß Delphine Wort gehalten hatte. Sie war nirgends zu sehen, aber die Leuchter an den Wänden brannten, und zwei weiße Kerzen flakkerten auf einem Teetischchen. Eine Karaffe mit Brandy und zwei Gläser standen auf einem Tablett.

„Äh . . . Delphine scheint etwas von Prospers Brandy herausgeholt zu haben", meinte Carrie, als sie Rance den Hut abnahm. „Möchtest du welchen?"

„Nein."

Sie drehte sich zu ihm um.

„Nein?" wiederholte sie leise.

„Nein." Er streckte die Hand aus, und sie erwiderte seinen Blick.

„Rance . . ." Sein Name war wie Musik auf ihrer Zunge. Ihre Hand zitterte, als sie sie ihm entgegenstreckte, aber nur aus Vorfreude und Erwartung. Sie war eine Frau. Sie wußte, daß es vielleicht nur diese eine, letzte Nacht geben würde . . . aber sie wünschte sie sich von ganzem Herzen.

In dem Augenblick, als sich ihre Handflächen berührten, zog er sie an sich. „Carrie . . . o Carrie . . ." Sein harter, muskulöser Körper schien den ihren zu verbrennen. Sein Mund ertränkte das

Stöhnen, das über ihre Lippen kam. Er küßte sie langsam, wie erstaunt, wich dann einen Schritt zurück, um sie zu betrachten, ihr Gesicht anzusehen, mit der Fingerspitze über ihre Brauen, ihre Nase und ihre Lippen zu fahren. „O Gott, Carrie . . ."

Wieder preßte sich sein Mund auf ihren, diesmal fordernd, seine Zunge teilte ihre Lippen, drang ein, seine Hände strichen über ihren Rücken, bis ihr ganzer Körper prickelte, nach mehr verlangte . . . mehr . . .

Seine Hand fuhr über ihre Brust, und die bereits erregten Brustwarzen wurden noch härter, drängten gegen das Mieder. Sie stöhnte leise, und seine grauen Augen stellten die unausgesprochene Frage.

„Carrie . . . ich habe dich schon so lange gewollt", murmelte er heiser.

Sie hob den Kopf, sie sah ihn offen an. „Und ich dich", flüsterte sie, so ehrlich, wie sie nie in ihrem Leben gewesen war.

Dunkle Feuer brannten in seinen grauen Augen, und ehe sie seine Absicht erkannte, hatte er sie hochgehoben und trug sie in seinen kräftigen Armen die Treppe hinauf, wandte sich dem Schlafzimmer zu, dessen Tür offenstand. Delphine hatte die Bettdecke einladend aufgeschlagen.

Nachdem er mit dem Fuß die Tür zugeschlagen hatte, stellte Rance Carrie neben das hohe Bett und fing an, sie langsam auszuziehen. Seine großen Hände liebkosten ihre Haut, bis sie stöhnte und schwankte und das Verlangen kaum noch ertragen konnte, das in ihrem Körper brannte. Mit den Fingerspitzen fuhr er an der Linie entlang, wo die braune Haut in milchigweiße Brüste mit geschwollenen Warzen überging.

„Mein Gott . . . du bist so schön!" flüsterte er und zog sie an sich. Wie im Fieber rissen sie sich die übrigen Kleider vom Leib, so stark war ihr Bedürfnis nacheinander.

Sie sanken auf die weiche Matratze, ihre Körper verschmolzen miteinander, Lippen und Zungen trafen sich. Rances lange, sehnige Beine teilten ihre, und als er in ihre sanfte Feuchtheit eindrang, stöhnte sie auf. So scharf, so intensiv war das Vergnügen . . . aber es nahm noch zu, als er sich, erst langsam, dann immer schneller, in ihr bewegte und sie zu Gipfeln der Ekstase forttrug, die sie noch nicht einmal an jenem Morgen im Wald erreicht hatte. Sie schrie auf bei jedem neuen Gefühl, drängte sich an ihn, hob ihm ihren Körper entgegen, ließ sich von ihm leiten.

Sie sah den feinen Schweiß auf seinem Körper, sah die Muskeln, die sich unter seiner Haut bewegten, und schwelgte in diesem Mann, der sie für sich beanspruchte ... und sei es nur für diese eine Nacht. Und dann hörte sie sich aufschreien, und es war, als wäre sie in tausend wunderschöne Farbteilchen explodiert, einen winzigen Augenblick vor ihm.

Lange blieben sie völlig erschöpft liegen. Dann glitt Rance von ihr herab und zog sie in die Arme. Ihr Kopf lag an seiner Schulter, seine Hand streichelte sanft über ihr Haar, und so lagen sie, zufrieden und stumm, küßten sich, noch immer, ohne etwas zu sagen, als fürchteten sie, den Augenblick der Verzauberung zu zerstören. Carrie, die noch nie so glücklich gewesen war, schlief in der Geborgenheit und Sicherheit seiner Arme zufrieden ein.

Als sie einige Zeit später erwachte, schlief Rance ganz fest. Sie schlüpfte aus dem Bett, löschte die Lampen und ging zum Fenster hinüber, zog die Vorhänge beiseite und ließ die kühle Nachtluft ein.

Das Zimmer lag im silbrigen Mondlicht, als sie wieder zum Bett zurückging und sich neben Rance legte, sein Gesicht musterte. Die ganze Zeit hatte sie es im Herzen getragen. Er öffnete plötzlich die Augen, murmelte heiser: „Hallo ..."

„Hallo." Sie schämte sich plötzlich, dabei ertappt worden zu sein, wie sie ihn anstarrte, während er schlief, vor allem, weil sie beide nackt waren. „Ich ... ich wollte dich nicht aufwecken", stammelte sie.

„Warum nicht?" spottete er.

Sie wußte nicht, was sie darauf sagen sollte, schauderte nur, als er mit dem Zeigefinger sanft über ihren bloßen Bauch fuhr. Und als seine Lippen seinem Finger folgten, ging ihr Atem schneller und sie stöhnte: „Rance".

Er lachte, küßte sie lange und zärtlich auf den Mund. Sie spürte seine Härte und war erstaunt festzustellen, wie groß auch ihr Verlangen schon wieder war.

Diesmal liebten sie sich langsam und ausdauernd, und anschließend war sie von einer Zufriedenheit erfüllt, die sie nicht für möglich gehalten hätte.

Als sie das nächste Mal erwachte, fiel strahlender Sonnenschein durchs Fenster. Sie lag still, mit geschlossenen Augen, genoß diesen Moment. Sie wußte, sie mußte nur die Hand ausstrecken, um Rances Schulter zu berühren, um mit den Fingern durch das dunkle, lockige Haar auf seiner breiten Brust zu fahren. Sie reckte sich, drehte sich um, sah aber nur ein leeres Kissen, und ihr Lächeln verging.

„Rance", rief sie leise, setzte sich auf. Das Zimmer war leer, seine Kleider waren verschwunden. Vielleicht war er hungrig und ist nach unten gegangen, dachte sie.

Hastig sprang sie aus dem Bett, zog den Morgenmantel über und lief die Treppe hinab.

„Rance...!" rief sie wieder, aber sowohl die Halle als auch das Wohnzimmer und die Bibliothek waren leer. Sie hörte ein Geräusch in der Küche und fand Delphine, die gerade Muffins zubereitete.

„Guten Morgen", sagte Carrie. Sie sah Delphine an, daß diese genau wußte, daß Rance die Nacht mit ihr verbracht hatte. So holte sie tief Luft und kam direkt zur Sache.

„Hast du... Mr. Stewart gesehen, Delphine?"

Delphine richtete sich auf. „Nein, Miss Carrie. Aber ich habe ihn vor ungefähr einer halben Stunde fortgehen gehört. Ich schätze, er war es. Ich hab' gehört, wie die Haustür geöffnet und geschlossen wurde."

„Ja... äh, danke, Delphine."

„Das Frühstück ist gleich fertig. Soll ich zwei Teller hinstellen oder einen?" rief Delphine ihr nach, aber Carries Gedanken galten im Moment nicht dem Essen. Vielleicht hatte er eine Nachricht für sie hinterlassen... in der Halle, oder im Wohnzimmer.

Sie fand nichts. Schließlich trat sie ans Fenster und starrte in den Hof hinaus. War sie zu offen gewesen? Hatte sie ihr Verlangen zu deutlich gezeigt? Wäre es besser gewesen, wenn sie die Schüchterne gespielt hätte? O Gott, es war so perfekt gewesen. Warum war er ohne ein Wort gegangen? Er hatte ihr letzte Nacht nicht gesagt, daß er sie liebte. Und sie machte ihm keine Vorwürfe. Sie hatte kein Versprechen verlangt. Aber der Gedanke, daß sie ihn vielleicht nie wiedersehen würde, war fast mehr, als sie ertragen konnte.

Da war ihr Blut, ihr Erbe. War er deshalb gegangen ... schnell und leise, ehe sie aufwachte?

Tränen brannten in ihren Augen, sammelten sich in ihrer Kehle, aber sie hielt sie zurück. In einer Stunde sollte sie in Leroy Tates Büro sein, um die Papiere wegen Kingston's Landing zu unterschreiben.

Sie würde dort sein.

Der alte Angestellte, Simpson, meldete sie an, und Leroy Tate kam heraus, um sie wic immer persönlich in sein Büro zu führen. „Sie sehen reizend aus wie immer, Carrie." Er nannte sie schon seit langem beim Vornamen.

„Danke, Leroy", erwiderte sie und bemühte sich um ein Lächeln.

Sie meinte, in den Augen des Bankiers noch etwas anderes zu sehen ... Sorge, ein wenig Angst, und das war so gar nicht typisch für ihn. Sie schob es darauf, daß er wußte, wie schwer ihr dieser Schritt fallen mußte.

„Ist der Käufer gekommen?" Carrie brachte die Worte kaum heraus.

„Ja. Er wartet in meinem Büro. Wollen wir hineingehen?" Ein verlegenes Lächeln stand auf Tates rundem Gesicht.

„Ja, bitte." Carrie wollte es hinter sich bringen ... wollte den Schnitt so schnell und sauber wie möglich machen. Vielleicht hatte Rance dasselbe getan. Sie wußte es nicht, würde es wahrscheinlich niemals wissen. Aber sie nahm sich vor, ganz geschäftsmäßig vorzugehen. Niemand sollte sehen, daß sie das verloren hatte, was ihr am wichtigsten war ... beides am selben Tag. Sie hatte Rance wieder verloren, davon war sie inzwischen überzeugt. Und sie würde Kingston's Landing verkaufen ... wahrscheinlich an jemanden, der es niemals so sehr lieben könnte wie sie.

Entschlossen ging sie auf die Tür zu – und blieb dann stocksteif stehen. Alle Farbe wich aus ihrem Gesicht.

„Guten Morgen, Carrie", grüßte Rance. Er erhob sich aus einem der Ledersessel vor Leroy Tates Schreibtisch.

Sie konnte ihn nur anstarren, schaute von ihm zu Tate, der mit seiner Uhrkette spielte. „Ich glaube, Sie beide kennen sich", murmelte er.

„Das tun wir", bestätigte Rance freundlich. „Nimm doch bitte Platz, Carrie."

Sein Blick ruhte abwartend auf ihr, und irgendwie gelang es Carrie, zu einem Stuhl zu gehen und sich zu setzen. Die beiden Männer folgten ihrem Beispiel.

„Nun also ...", Tate räusperte sich nervös, „ich nehme an, Carrie, daß es besser ist, daß ein Freund die Plantage kauft, wenn du sie schon abgeben mußt, nicht wahr?" Er stieß ein leises, fragendes Lachen aus.

Sie antwortete nicht, sondern wandte sich Rance zu. „Du ...?" flüsterte sie. „Aber warum? Ich verstehe das nicht."

Achselzuckend meinte er: „Ich habe gehört, die Plantage wäre zu verkaufen, und da habe ich beschlossen, sie zu kaufen."

„Aber ...", stammelte sie.

„Du willst sie doch verkaufen, oder?"

„Nein. Ich ... ich meine, ja", murmelte sie schließlich.

Er nickte und wandte sich dem Schreibtisch zu. „Haben Sie die Papiere fertig?" fragte er Tate.

„Gleich hier. Mr. Stewart zahlt genau den Preis, den Sie verlangt haben, Carrie." Der Bankier zog die Unterlagen aus dem Ordner, den Simpson ihm vorher gegeben hatte. „Ich brauche nur noch Ihre Unterschriften", wandte er sich an die beiden und reichte dann zuerst Carrie den Federhalter. „Gleich hier, Carrie ... und hier."

Carries Hand zitterte deutlich, sie drehte sich um und sah Rance lange an.

„Nun?" meinte der.

Hastig unterschrieb sie und reichte ihm dann den Federhalter, wandte sich ab, als er unterschrieb.

„So, das wäre es dann", erklärte Tate mit falschem, herzlichem Ton.

„Ja", stimmte Rance zu. „Sagen Sie, Mr. Tate, haben Sie auch die andere Angelegenheit für mich geregelt?"

„Aber gewiß doch. Sie müssen nur hier unterschreiben, Mr. Stewart."

Carrie konnte sich kaum noch beherrschen. Was, um alles in der Welt, hatte Rance vor? Warum tat er das ... und warum hatte er ihr nicht schon gestern gesagt, daß er der Käufer war, mit dem sie verabredet war?

Er hatte das zweite Papier unterschrieben und stand jetzt auf. „Wenn Sie uns bitte einen Augenblick allein lassen würden, Mr. Tate", bat er.

„Aber natürlich ... natürlich. Lassen sie sich nur Zeit. Ich werde draußen warten", erklärte Tate und mied Carries Blick.

Rance begleitete den Bankier zur Tür und schloß sie fest hinter ihm. Dann wandte er sich zu Carrie um.

„Rance, ich wüßte gern, was du glaubst, was du da tust?"

„Ich habe soeben Kingston's Landing gekauft", erklärte er kühl.

„Das weiß ich. Was ich nicht verstehe ist, warum?" Sein ernstes Gesicht und sein Schweigen machten ihr angst. Erinnerungen an die letzte Nacht stürzten auf sie ein ... an seine Arme, an seinen harten, schönen Körper. Lieber Gott, was ging hier vor?

„Ich verstehe es nicht", wiederholte sie, „aber vielleicht ist das auch nicht wichtig. Ich schätze, was Leroy gesagt hat, war richtig. Mir ist es lieber, daß du die Plantage kaufst ... als irgendwer sonst. Und ... du brauchst dir wegen gestern nacht keine Gedanken zu machen." Sie wollte nicht, daß er ihr gegenüber Schuldgefühle entwickelte. „Ich meine –"

„Carrie, würdest du bitte ausnahmsweise mal ruhig sein und mir zuhören!" unterbrach er sie.

Sie nickte bloß.

„Gut!" Er stieß mit dem Papier, das er in der Hand hielt, nach ihr. „Ich möchte, daß du das hier bekommst", brummte er.

Sie überflog es hastig und las es dann noch einmal, um sich zu vergewissern, daß sie richtig gelesen hatte. Das Papier, das sie in der Hand hielt, gab ihr Kingston's Landing wieder zurück.

Sie starrte ihn an. „O nein ... das kann ich nicht zulassen!"

„Du kannst mich nicht daran hindern", erklärte er ruhig.

„Doch, das kann ich! Leroy!" Sie ging auf die Tür zu, aber Rance hielt sie fest.

„Verdammt noch mal, Carrie, hör mir endlich mal zu! Ich liebe dich, Carrie, deshalb bin ich zurückgekommen. Ich glaube, ich habe dich vom ersten Augenblick an geliebt, als ich um das Haus gekommen bin und dich gesehen habe, wie du Corporal Hagerty eine Standpauke gehalten hast."

Carrie war stumm und schwach auf einen Stuhl gesunken. Heiße Freude erfüllte sie.

Er hatte eine kurze Pause gemacht, sprach jetzt weiter. „Ich möchte, daß du mich heiratest."

„O Rance ...", hauchte sie. Aber dann traf sie die Wirklichkeit wie ein scharfes Messer. „Aber, du weißt doch ..." Ihre Stimme zitterte. „Du weißt, das wir das nicht können. Das Gesetz ..."

„Das Gesetz kümmert mich keinen Deut! Und mir ist es vollkommen egal, wer deine Großmutter war!" explodierte er. „Abgesehen davon", fügte er sanft hinzu, „daß sie ein Teufelsweib gewesen sein muß, wenn sie dir auch nur ein bißchen ähnlich war."

„Aber –"

„Wirst du jetzt endlich still sein und mir zuhören!" brummte er. „Ich weiß, daß wir dem Gesetz von Louisiana nach nicht heiraten können. Aber es gibt Orte auf dieser Welt, da existieren solche idiotischen Gesetze nicht! Ich liebe dich. Ich will, daß du mich heiratest. Ich will dich zur Frau."

Carrie zitterte, konnte kaum glauben, was sie hörte. Rance sagte Dinge, von denen sie nicht einmal zu träumen gewagt hatte. Aber sie spürte, daß da noch etwas war, etwas, das sie von ihm fernhielt, gleichgültig, was er sagte.

„Da ist noch mehr", bestätigte er ihr Gefühl. „Und nur du, mein Schatz, kannst diese Entscheidung treffen. Ich möchte, daß du gründlich darüber nachdenkst, ehe du sie triffst."

„Ich verstehe dich nicht, Rance. Welche Entscheidung?“

„Als ich wieder nach New Orleans zurückkam, bin ich direkt zu Prosper gegangen, und er hat mir erzählt, daß du Kingston's Landing verkaufen mußt.“

„Er hat mir nie gesagt –“, fing Carrie an.

„Ich habe ihm das Versprechen abgenommen, nichts zu verraten“, unterbrach Rance sie. „Und dem armen Mr. Tate da draußen ebenfalls.“ Er grinste. „Weißt du, ich habe immer gewußt, wie sehr du Kingston's Landing liebst, aber erst nachdem ich mit Prosper gesprochen hatte, begriff ich, wie sehr es dich schmerzen könnte, wenn du es verlassen müßtest. Ich entschied, daß du die Wahl haben mußt. Du weißt, mein Vater war ein Verfechter des Südens. Ironischerweise lag sein Geld auf Banken im Norden, als der Krieg ausbrach. Mit seinem Tode wurde ich ein reicher Mann. Es fällt mir nicht schwer, dir Kingston's Landing zu schenken, Carrie. Es ist dein, für immer.“

Sie begriff nicht, worauf er hinauswollte. „Rance ...“, fing sie an, aber er schüttelte den Kopf.

„Nicht. Ich muß nur noch etwas sagen. Mit dem Geld, das du heute durch das Geschäft bekommst, kannst du auf die Plantage zurückkehren und damit tun, was du willst. Mach sie so erfolgreich, wie sie früher war. Oder ... du kannst mit mir kommen. Dann mache ich dich zu meiner Frau ... meiner geliebten Frau.“

„Oh ...“, kam es über ihre Lippen, aber er hielt noch einmal die Hand hoch, um sie zum Schweigen zu bringen.

„Ich weiß, daß du auch an andere denken mußt. Ich versichere dir, daß für sie gesorgt sein wird. Kingston's Landing kann ihr Heim bleiben, und ein Aufseher wird die Plantage führen. Oder du kannst sie zu uns holen lassen, wenn wir ein eigenes Heim gefunden haben ... Suzy und das Baby ... Chloe und Benjamin. Wie du willst. Aber du mußt verstehen, daß wir wahrscheinlich nur hin und wieder zu Besuch hierherkommen könnten. Ich habe mich von einem Anwalt beraten lassen. Er vertritt die Ansicht, daß die Behörden es uns nicht gestatten würden, als Ehemann und Ehefrau auf Dauer hier zu leben. Und anders will ich es nicht. Das könnte ich dir nicht antun.“

Ehe sie noch etwas sagen konnte, hatte er seinen Hut vom Ständer in der Ecke genommen. „Ich möchte dir nicht das Gefühl geben, bedrängt worden zu sein. Es ist deine Wahl, und ich möchte, daß du sie frei triffst." Seine Augen wurden weicher, dunkel und zärtlich. „Ich werde dich immer lieben, Carrie ... ganz gleich, wie du dich entscheidest."

Er wandte sich der Tür zu. „Bis morgen nachmittag drei Uhr bin ich im St. Charles. Wenn ich bis dahin nichts von dir höre, werde ich wissen, wie deine Antwort lautet."

Er blickte nicht zurück, und Carrie saß wie gelähmt, unfähig, alles zu begreifen, was er gesagt hatte. Wenn sie es wünschte, hatte er es ihr möglich gemacht, Kingston's Landing zu haben ... das, wovon sie geglaubt hatte, daß es ihr das Wichtigste auf der Welt wäre.

Aber durch die offene Tür konnte sie ihn fortgehen sehen, fort von ihr für immer, und sie sprang von ihrem Stuhl auf. Lieber Gott, es gab auch nicht den leisesten Zweifel daran, was sie wollte. Kingston's Landing würde ihrem Herzen immer sehr nahe sein ... aber Rance war ihr Herz.

„Rance ... Rance!" rief sie, stürzte hinter ihm her, vorbei an den überraschten Angestellten und Leroy Tate, an den gaffenden Kunden und der mürrischen fetten Frau. Und als sie sich in Rances Arme warf, starrte der alte Simpson sie an, mit verrutschtem Augenschirm, einen Federhalter in der Hand.

„Aber, aber, Simpson", schalt ein strahlender Leroy Tate, „nun starr doch unsere Kunden nicht so an!" Und Simpson sank wieder hinter seinem Pult nieder, senkte den Kopf, blinzelte aber immer noch durch seinen grünen Schirm.

Die Kassierer beugten sich über ihre Schalter, grinsten, und sogar die dicke Frau lächelte, als diese hübsche junge Frau etwas in das Ohr des großen, gutaussehenden Mannes flüsterte, woraufhin er sie an sich riß, den Kopf zurückwarf und lachte, sie hochhob und in einem Wirbel aus Unterröcken und weißen Schuhen schwenkte ... und dann küßte er sie, als wollte er sie niemals wieder gehen lassen.